祕夜魔冠

玻璃王座系列二

CROWN OF MIDNIGHT

莎菈·J·瑪斯/著　甘鎮隴/譯

SARAH J. MAAS

獻給蘇珊——

妳我友誼永不結束，直至我倆化為塵土。

（就算到那時候也還沒完呢。）

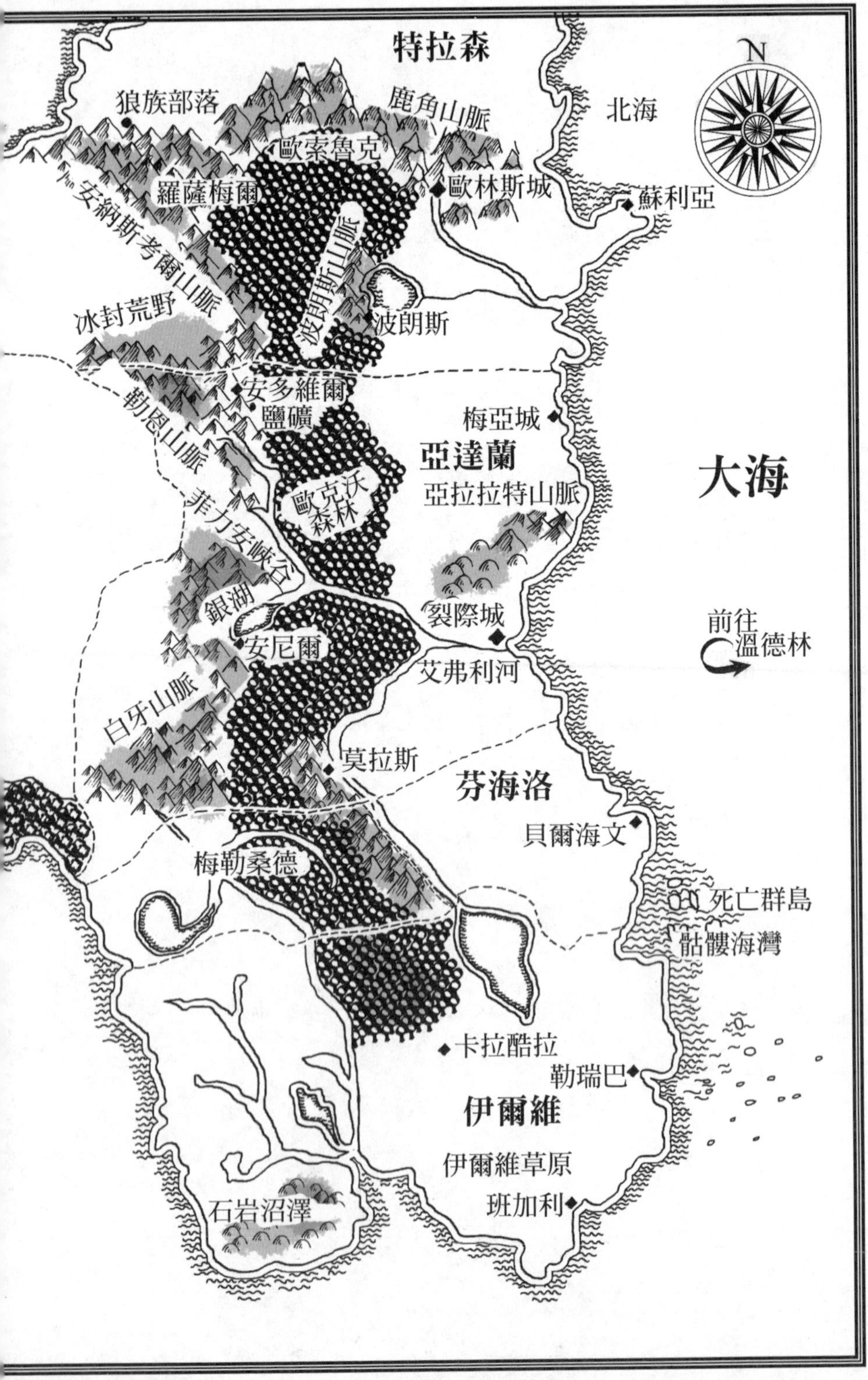
特拉森
N
狼族部落
鹿角山脈
北海
歐索魯克
歐林斯城
蘇利亞
羅薩梅爾
安納斯考爾山脈
波朗斯山脈
冰封荒野
波朗斯
安多維爾
鹽礦
梅亞城
勒恩山脈
亞達蘭
大海
歐克沃
森林
亞拉拉特山脈
菲力安峽谷
銀湖
裂隙城
前往
溫德林
安尼爾
艾弗利河
白牙山脈
莫拉斯
芬海洛
貝爾海文
梅勒桑德
死亡群島
骷髏海灣
卡拉酷拉
勒瑞巴
伊爾維
伊爾維草原
班加利
石岩沼澤

亞瑪洛斯
冰封荒野
摩爾拉廢墟
摩爾拉叢林
西部荒野
女巫王國
荊棘崖
艾瑞利亞
帛丹諾叢林
貧瘠之地
歌唱沙地
歐羅灣
尤爾帕
赤紅
沙漠
靜默
刺客
巴爾格
綠洲
大裂隙
山卓城
諾爾
黑色沙丘
羅斯
黑沙
熔岩之流

I 御前鬥士

CROWN *of* MIDNIGHT

第一章

百葉窗隨著暴風吹襲而搖擺，這是她入侵室內的唯一跡象。沒人注意到她在夜幕掩護下翻過莊園別墅的花園圍牆，也因為雷鳴和不遠處的海岸傳來的強風，沒人聽見她沿一條排水管慢慢向上爬，擺盪到一面窗臺然後溜進二樓走廊。

聽見一串沉重腳步聲逼近，這名御前鬥士就近藏身於一面壁龕中。在黑面具與黑兜帽的遮蔽下，她讓自己遁入陰暗處、化為一抹黑影。一名年輕女僕拖著步伐走向開啟的窗戶，嘴裡念念有詞的把它關上，然後移向走廊另一端的樓梯井，下樓消失，完全沒注意到地板上的溼腳印。

一道電光閃過，照亮走廊。刺客深呼吸，在腦海中複習這棟坐落於貝爾海文郊區的莊園別墅的平面圖——花了三天監視所整理出來的成果。每一面牆有五道門，尼洛爵士的臥室是左邊第三間。

她傾聽是否有其他僕人在附近，但這棟被暴風包圍的別墅室內沒有其他動靜。

她沿走廊而行，整個人如鬼魅般寂靜輕靈。打開尼洛爵士的臥室門時，門板微微吱嘎。趁另一團雷霆翻騰而至時，她把門輕輕在身後關上。

又一道電光閃過，照亮睡在四柱床上的兩個人影。尼洛爵士的年齡不超過三十五，而他美麗的黑髮妻子正安睡於他的懷抱中。他們倆到底哪裡得罪了國王，換來這等下場？

她悄悄來到床邊。她沒資格提出質疑，她的職責就是服從命令，這攸關她日後的自由。走向尼洛爵士的每一步中，她都再次在腦海中審查這項計畫。

利劍出鞘時只發出微弱的摩擦聲。她顫抖的吸口氣，為接下來的一幕做好準備。

御前鬥士的劍高舉於尼洛爵士頭上，這時他突然睜眼。

第二章

瑟蕾娜·薩達錫恩抬頭挺胸，穿過裂際城的玻璃城堡之中的走廊。她手中的沉重布袋隨著每個步伐而搖晃，不時撞上膝蓋。雖然她的臉龐大半被黑披風的兜帽遮蔽，但是衛兵們沒攔住她前往亞達蘭國王議會廳的去路。他們清楚知道她的身分——以及她為國王幹些什麼差事。身為御前鬥士，她的階級高過他們；事實上，城堡中現在沒幾人高過她，對她不懷恐懼之人更是少之又少。

她走向敞開的玻璃大門，披風於身後擺動。進入議會廳前，她朝大門兩旁的衛兵們點個頭，他們立刻挺直身子。踩在大理石地板上，她的黑靴近乎無聲。

亞達蘭國王坐在議會廳中央的玻璃王座上，陰沉視線鎖定她指間懸垂的布袋。和之前三次會面時的程序相同，瑟蕾娜在王座前單膝跪下，低下頭。

鐸里昂·赫威亞德站在父王的王座旁——她的臉龐能感覺到那雙藍寶石眼眸的凝視。佇立於王座高臺的底端、永遠攔在她和皇室之間的人，則是侍衛隊長鎧奧·韋斯弗。她從兜帽的陰影下窺視他，觀察他的臉龐線條。從他的表情來判斷，她似乎被他當成陌生人，但這是意料之內，也是他們倆這幾個月越玩越熟練的遊戲一部分。雖然鎧奧算得上是她的朋友、她願意信賴的人，但他仍然是侍衛隊長，最重要的職責依然是保護在場的皇室性命。

國王終於開口：「平身。」

瑟蕾娜昂首，站起身，摘下兜帽。

國王朝她揮個手，他手上的黑曜石戒指在午後陽光下閃爍。「完成了？」

瑟蕾娜把戴上手套的手伸進布袋，從中取出首級，丟到國王面前的地板上。化為一團腐肉的頭顱在大理石彈跳幾下，發出不堪入耳的沉悶撞擊聲，滾到高臺邊緣才停止，混濁的眼珠朝向天花板的華麗玻璃吊燈。

鐸里昂挺直身子，將視線從頭顱撇開。鎧奧的反應只是瞪著她。

「他的抵抗還算頑強。」瑟蕾娜說。

國王俯身向前，仔細查看面目全非的臉龐和鋸齒狀斷頸。「我幾乎認不出他。」

瑟蕾娜朝國王露出歪嘴微笑，雖然喉頭緊繃。「斷頭並不適合長途旅行。」她又把手伸進布袋，掏出一隻斷手。「他的印章戒指在這。」她試著別把太多注意力放在這團腐肉上，其惡臭隨著時間經過而愈加濃烈。她把斷手遞向鎧奧，他接過、交給國王，棕眸依然冷漠。國王厭惡的噘起嘴唇，但還是從僵硬的手指拔下戒指，把斷手丟回她腳邊，打量戒指。

在父王身旁的鐸里昂挪動身子。她之前參加競賽時，他似乎不介意她的過往。不然他**以為**她成為御前鬥士後要幹些什麼差事？雖然她也知道，斷肢斷頭這類東西確實會讓大多數人作嘔——就算已經在亞達蘭的血腥統治下生活了十年。鐸里昂未曾見過戰場，未曾目睹以鎖鍊串在一起的隊伍緩緩走向屠宰場……或許她應該為他尚未嘔吐而感到欽佩。

「他的妻子呢？」國王追問，不斷轉動指間的戒指。

「跟她丈夫的屍骸以鎖鍊相綑，長眠海底。」瑟蕾娜回以賊笑，從布袋取出一隻細長而蒼白的手，指間有一只刻有結婚日期的婚戒。她把斷手遞向國王，但他搖搖頭。她把斷手放回厚重的帆布袋，不敢看鐸里昂或鎧奧的表情。

「那就好。」國王喃喃自語。她維持不動，他的視線徘徊於她身上、布袋和頭顱。漫長片刻後，他再次開口：「一股反動勢力正在這座裂際城醞釀，那幫傢伙會盡一切手段推翻我的王位——也試圖介入我的計畫。妳的下一項任務，是在他們對我的帝國造成嚴重威脅前，將他們找出而且悉數剷除。」

瑟蕾娜抓緊布袋，因用力過度而指頭疼痛。鎧奧和鐸里昂凝視國王，彷彿這也是他們倆初次聽聞。

她被送去安多維爾之前曾聽說過那些反抗分子——她在鹽礦**見過**被捕的成員。但在主城醞釀的反動勢力……讓**她**將他們一一消滅……還有所謂的計畫——什麼樣的計畫？那些反抗分子對國王的計謀有多少了解？她把這些疑問不斷往心底壓，直到他不可能在她臉上看到這些問號。

國王的指尖在王座扶手敲擊，另一手還在把玩尼洛的戒指。「我有幾個懷疑的對象——但我一次只會給妳一個目標，畢竟這座城堡裡到處都是奸細。」

聽到這話，鎧奧身子僵直，但國王朝他揮手。鎧奧因此走向她，遞出一張紙條，表情依然冷漠。

鎧奧把信紙交給她的同時，她逼自己別凝視他的臉龐，雖然他以手套覆蓋的指頭在放開紙條之前擦過她的指尖。她維持面無表情，查看紙張，上面只有一個姓名：亞奇・芬恩。

她動用所有意志力和自制力隱藏震驚的表情。她認識亞奇——她十三歲時就認識他，他曾在刺客要塞學習一些課程。他比她年長幾歲，當時已經是相當受歡迎的男妓，學習防身術是為了應付他那些醋意失控的客戶……以及那些客戶的丈夫。

他從未介意她當時對他的迷戀；事實上，他還任憑她挑逗，雖然下場通常是她被逗得傻笑不斷。當然，她已經好幾年沒見到他——她被送去安多維爾之前就已經沒再聯絡——但她從沒想過他居然有能耐做出這種事。她印象中的他英俊親切又開朗，完全不像是會對國王的地位帶來威脅、因而惹來殺身之禍的人。

這實在太過荒謬，提供國王這項情報的人根本沒腦子。

「只殺他？還是連同他那些客戶？」瑟蕾娜衝口說出。

國王對她緩緩一笑。「妳認識亞奇？我一點也不意外。」這是嘲諷——也是挑戰。

她只是凝視前方，逼自己維持冷靜、持續呼吸。「那是以前的事了。他身邊戒備森嚴，我需要時間想辦法突破他的防禦。」她的用字遣詞極為謹慎。之所以需要時間，是為了查清楚亞奇為何會牽連其中——而且國王說的到底是不是事實。如果亞奇真的是個叛徒、反抗分子……好吧，她到時候再決定該怎麼辦。

「我給妳一個月，」國王說：「如果他到時候還沒入土為安，或許我該重新考慮妳的職位，小姑娘。」

她點個頭，態度順服又優雅。「謝陛下。」

「等妳料理了亞奇，我會讓妳知道暗殺名單的下一個目標。」

多年來，她想辦法避開這些王國的政治問題——尤其是那些反抗勢力，現在卻身陷其中，**太棒了**。

「這事不容耽擱，」國王警告：「也務必小心謹慎。尼洛這趟差事的酬勞已放在妳房裡。」

瑟蕾娜又點個頭，把紙條塞進口袋。

國王正在瞪她，瑟蕾娜也回以凝視，逼自己的嘴角上揚、雙眼因獵殺的刺激而放光。國王終於把視線移向天花板。「把頭顱拿走，退下吧。」他把尼洛的印戒收進口袋，瑟蕾娜吞下微微作嘔的感受。印戒成了國王的戰利品。

她揪住頭顱的黑髮，把它連同斷手一併塞回布袋。她只瞥臉色蒼白的鐸里昂一眼，旋即轉身離去。

鐸里昂・赫威亞德默默站在原地的同時，僕人們忙著重新布置議會廳，把橡木大桌和華麗座椅放回會場中央，三分鐘後將舉行會議。他幾乎沒聽到鎧奧先行離去、說要去聽取瑟蕾娜詳細解釋任務經過。父王悶哼一聲，允許鎧奧退下。

瑟蕾娜殺了一對夫妻，是父王下的令，鐸里昂幾乎無法看著父王或她的眼睛。冬至節前夕的伊爾維反抗分子屠殺事件後，他原以為自己成功說服父王重新評估那些殘酷政策，但目前看來根本沒有任何成果。至於瑟蕾娜……

僕人們整理好桌椅後，鐸里昂就在平常的位置坐下——父王的右手邊。議員們紛紛入場，連同帕林頓公爵，他直接走向國王，兩人開始低聲交談，聲音輕得讓鐸里昂聽不見。

鐸里昂懶得對任何人說話，只是凝視面前的玻璃水瓶。剛剛的瑟蕾娜看起來不像她本人。事實上，在她正式成為御前鬥士的這兩個月來，她就是這種態度舉止。她身上不再是可愛的裙裝或是華服，而是一身散發威脅感的短身外袍和長褲，頭髮綁成一條長辮，伸進形影不離的黑披風皺褶中。她是個美麗的鬼影——她看著他的時候，彷彿根本不認識他。

鐸里昂瞥向敞開的門口，她不久前從那裡消失。

如果她能像這樣殺人不眨眼，那讓他自作多情又有何難？讓他成為盟友——讓他因為對她**產生愛意**而在他父王面前為她辯解、確保她成為御前鬥士……

鐸里昂無法讓自己繼續這樣想下去。他會去探望她——大概明天，只是去看看自己是不是判斷錯誤。

但他實在感到好奇：自己對瑟蕾娜是否有過任何意義？

瑟蕾娜迅速而安靜的大步穿過走廊和樓梯井，沿著不再陌生的路線前往城堡下水道。這條小川也流過她那條祕密地道，雖然這裡的臭味更為恐怖，因為僕人們幾乎每小時都會把垃圾往水裡倒。

她的腳步聲在這條冗長地道迴響，還有第二人的腳步聲——鎧奧，但她不發一語，直至岸邊才停步。她瞥向兩岸的幾道拱門，沒第三人在場。

「所以，」她頭也不回的開口：「你打算打招呼？還是繼續當個跟屁蟲？」她轉身面對他，布袋依然在手中搖晃。

「妳還在扮演御前鬥士？還是回歸瑟蕾娜的身分？」在火炬照映下，他的棕眸閃閃發光。

鎧奧當然會注意到差別——沒有任何細節逃得過他的銳眼。她不確定自己是否因此高興，尤其因為他的話語帶有一絲攻擊性。

看她沒回應，他問道：「貝爾海文如何？」

「老樣子。」她很清楚他的意思——他想知道她的任務經過。

「他有反擊？」他的下巴朝她手中的布袋一撇。

她聳個肩，轉身面對黑水。「不是什麼我應付不了的事。」她把布袋扔進下水道。兩人默默看著布袋搖晃幾下、隨即緩緩下沉。

鎧奧清清喉嚨。她知道他痛恨這一幕，她去執行第一項任務時——地點是梅亞城沿岸的某處莊園——看他不停來回踱步的模樣，她真以為他會開口叫她別去。等她拖著某人的頭顱回城，而且卡爾林爵士遇刺的謠言紛飛，他在一星期後才願意看著她的眼睛。不然他期望她怎麼做？她根本沒得選。

「妳何時開始下一項任務？」他問。

「明天，或是後天。我需要先休息。」看他開始皺眉，她立刻補充道：「更何況，我只需要一、兩天的時間查明亞奇有何安全措施，然後安排計畫。如果一切順利，我甚至不需要國王給的一個月期限。」而且亞奇也能提供一些答案，說明他為何會在國王的暗殺名單上，還有國王到底密謀什麼計畫，她就能知道該拿他怎麼辦。

鎧奧走到她身旁，依然凝視汙水，布袋想必已被水流擒住，正漂向艾弗利河和遠方大海。

「我想聽取妳的任務報告。」

她揚起一眉。「你不打算先帶我去吃晚餐？」聽她如此回應，他瞇起眼睛，她嘟起嘴脣。

「我沒在開玩笑。我想知道尼洛任務的詳細經過。」

她以咧嘴笑容把他支開，兩手的手套往長褲擦抹幾下，然後轉身準備走上樓梯。

鎧奧揪住她的胳臂。「如果尼洛反抗，那很可能有旁人聽見——」

「他沒發出任何聲音。」瑟蕾娜發火，甩開他，氣沖沖上樓。經過兩星期的長途旅行，她只想**睡覺**，就連走回房間的路途也感覺像在跋涉。「你不需要**聽取我的報告**，鎧奧。」

在一處陰暗的樓梯轉折處，他又伸手攔住她，這次是用力按住她的肩膀。「妳每次離去，」他開口，遠處的火炬照亮他粗獷的臉龐輪廓，「我**根本不知道**妳有什麼遭遇，我不知道妳是否負傷，或正在哪個水溝裡腐爛。昨天我聽到某個傳言：殺害尼洛的凶手已經被捕。」他的臉龐湊向她的臉，嗓音沙啞。「直到妳今天回來，我以為他們抓到**妳**。我原本正打算去那裡找妳。」

好吧，這就能解釋她為何回到城堡時，看到鎧奧的坐騎在馬廄中被裝上馬鞍。她吐口氣，臉龐突然感到灼熱。「對我稍微有點信心吧，我好歹是御前鬥士。」

她還來不及做好準備，已經被他用雙臂緊緊抱住。

她沒有猶豫，也把雙臂勾在他的肩後，嗅入他的氣息。他上一次抱她，是她正式贏得競賽那天，那個擁抱的回憶常飄進她的思緒。就算兩人正緊擁彼此，「擁抱他」的這種渴望未曾在她心中停止咆哮。

他的鼻子擦過她的頸背。「諸神在上，妳好臭。」他咕噥。

她嘶吼一聲，推開他，臉頰徹底通紅。「伴屍同行千里，體味豈能兼顧！如果我回來能先去洗澡而不是**立刻**向國王稟報，我或許就能——」看到他露齒而笑，她閉上嘴，用力捶他的肩膀。「笨蛋。」瑟蕾娜挽起他的手臂，把他往樓上拉。「來吧，回我房間去，你能像個正派紳士一樣聽我娓娓道來。」

鎧奧嗤笑一聲，用手肘頂她一下，但沒放開她的手臂。

等興高采烈的飛毛腿稍微冷靜下來、讓瑟蕾娜能開口說話而不慘遭亂舔，鎧奧逼她說出每一項細節，然後向她保證幾小時後會回來帶她去吃晚餐，接著便離開她房間。在浴室忍受菲莉琵的騷擾、怨嘆她的頭髮和指甲狀況有多悲慘後，瑟蕾娜終於倒在床上。

飛毛腿跳上床，緊挨在她身旁縮成一團。瑟蕾娜撫摸牠絲綢般的金毛，凝視天花板，疲憊感從痠疼的肌肉滲出。

國王相信她的說詞。

鎧奧在訊問任務過程時也沒懷疑她的故事。她不太確定自己因此感到竊喜、失望，或是徹頭徹尾的內疚，但謊言已經說出口：尼洛在她動手前的那一刻醒來，她得割斷他妻子的咽喉以防那女人放聲尖叫，而且那場打鬥比她預料的稍微麻煩些。她也提供真實細節：二樓走廊的窗戶、暴風、持蠟燭的僕人……最佳謊言向來必須佐以事實。

瑟蕾娜緊抓胸前的護符——伊琳娜之眼。上次在墓穴的會面後，她就沒再見到伊琳娜；既然瑟蕾娜已經成為御前鬥士，或許上古王后的魂魄就不會再糾纏她。儘管如此，在伊琳娜提供護符之後的幾個月來，瑟蕾娜開始覺得這東西的存在令她安心。這塊金屬總是溫暖，彷彿擁有生命。

她緊握護符。如果國王知道真相——她過去兩個月到底做了什麼……

她出城進行第一項任務時，確實打算迅速解決目標。她做好心理準備，告訴自己卡爾林爵士只不過是個陌生人、他的命對她毫無價值。但等她來到他的莊園，看到他對僕人們表現出不凡的仁慈，看到他讓一位吟遊詩人寄宿於他的別墅、跟對方一起彈奏七弦豎琴，當她意識到自己在助紂為虐……她無法下手。她試著對自己強逼利誘，但就是下不了手。

儘管如此，她還是得弄出一個命案現場——連同屍體。

她給尼洛爵士的選擇跟當初給卡爾林爵士的提案相同：當場受死，或是假死逃亡——逃至天邊，永遠不再使用自己的本名。目前為止，她獲令暗殺的四名男子全部選擇逃亡。

讓他們放下印戒或其他證物，這並不困難。讓他們交出睡袍、讓她在上面劃幾刀，這更容易。就連屍體也不難取得。

醫院每天都會交出新鮮屍體，要取得與暗殺對象**模樣類似**的屍體向來不難——尤其因為暗殺地點十分遙遠，讓屍體有充分時間腐爛。

她不知道尼洛爵士的替代頭顱到底是誰的腦袋，只知道髮色相似，而且在上面劃幾刀、再讓這顆腦袋慢慢腐爛後，偽裝效果還不錯，那隻斷手也來自同一具屍體。至於女士的手……來自一名剛進入青春期的少女；某種疾病奪走她的命——換作十年前，任何良醫都能輕易治好的病，但因為魔法被禁、優秀醫者們不是被吊死就是被燒成灰，民眾因此大規模死於疾病……明明能治的病。

她翻個身，臉埋在飛毛腿的柔軟毛皮中。

還有亞奇。她要怎麼讓**他**假死？他那麼受歡迎，知名度那麼高。她還是無法想像他跟某個地下活動有關，但既然他在國王的名單上，那或許自從上次見面後的這些年來，亞奇利用自己的才能掌握不少權力。

但那些反抗分子對國王的計畫到底有何了解？為何會構成嚴重威脅？國王奴役了整片大陸——情況還能糟到哪裡去？

沒錯，這個世界上還有其他大陸、國富民強的王國所在之地——例如溫德林，大海彼岸的遙遠國度。直至今日，溫德林依然成功抵禦亞達蘭國王的海軍攻勢，但打從她被送去安多維爾的日子以來，她幾乎沒再聽聞過戰況。

而且那些反抗分子明明有自己的國家要擔心，又何必在乎另一片大陸的那些王國？所以那些計畫一定跟**這片**陸地、**這塊**大陸有關。

她不想知道。她不想知道國王在做什麼，不想知道國王對自己的帝國有何幻想。她只打算用這個月想清楚該拿亞奇怎麼辦，而且假裝自己從沒聽過那可怕的字眼：計畫。

瑟蕾娜強忍顫意。她正在玩一場非常、**非常**致命的遊戲。而現在，既然目標就在裂際城，就是**亞奇**……她得想個辦法玩得更巧妙。因為如果國王發現真相、查出她在搞什麼把戲……

她必死無疑。

第三章

呼吸凌亂的瑟蕾娜快步穿過陰暗的祕密通道，向後一瞥，看到兩眼彷彿煤塊燃燒的凱因朝她咧嘴笑。

不管她跑多快，都被他的步伐輕易追上。他走過之處留下一串散發綠光的命運之痕，這些怪異形狀和符號照映周遭的古老石磚。滅絕獸以長爪刮過地面，跟在凱因身後。

瑟蕾娜腳步蹣跚，但穩住身子。每一步都沉重得彷彿涉過泥濘，她無法逃離他的魔爪，遲早會被他逮到。一旦滅絕獸追上……她不敢再回頭瞥視牠嘴裡伸出的巨牙，牠那雙深不可測的眼眸流露出將她一口口吃掉的欲望。

凱因咯咯發笑，聲音擦過石牆。他持續逼近，指尖甚至擦過她的頸背。他輕喚她的名字，她的真名，她放聲尖叫，因為他——

瑟蕾娜驚醒，倒抽一口氣，緊抓伊琳娜之眼。她掃視房中，尋找暗影形體、泛光命痕，或是有任何跡象顯示掛毯後方的暗門被打開。但她只聽見即將熄滅的爐火劈啪作響。

瑟蕾娜躺回枕頭上。只是個惡夢，凱因和滅絕獸老早被殺，伊琳娜也不會再騷擾她。結束了。

睡在層層毛毯下的飛毛腿把腦袋貼在瑟蕾娜的肚皮上。瑟蕾娜在枕頭堆中陷得更深，閉著眼，兩手抱著飛毛腿。

結束了。

冰涼晨霧中，瑟蕾娜把一根棍子丟過寬廣的狩獵場。飛毛腿彷彿一道金色閃電衝過淡綠草地，快得令瑟蕾娜不禁吹聲口哨讚嘆。一旁的娜希米雅也嘖嘖稱奇，目光鎖定敏捷的獵犬。公主平時忙著籠絡喬治娜王后，而且探聽國王對伊爾維有何計畫，因此這兩人通常只能在大清早見面。國王知不知道娜希米雅其實也是所謂的奸細之一？他不可能知道，否則他不可能放心讓瑟蕾娜擔任御前鬥士，畢竟她們倆的友誼眾所皆知。

「為什麼是亞奇．芬恩？」娜希米雅壓低嗓門，以伊爾維語開口。瑟蕾娜說明了最新一項任務，細節部分則簡扼帶過。

飛毛腿咬起棍子，跑回兩人面前，搖著長尾巴。雖然牠尚未成年，但體型已經異常龐大。鐸里昂從沒清楚說明他懷疑飛毛腿的母親到底跟哪種犬類交配，從飛毛腿的體型來看，其父可能是狼犬，或許根本就是狼。

聽到娜希米雅的疑問，瑟蕾娜聳個肩，兩手插進披風的毛襯口袋。「國王認為……亞奇參加某個反動勢力、試圖推翻國王的地位，那幫反抗分子就在這座裂際城中。」

「不可能有人那麼大膽吧。反抗軍應該是躲在山間、林中，讓當地人能幫忙隱藏、暗中支持的地點——不是在這。在裂際城搞這種事，無異於自殺。」

瑟蕾娜聳個肩，這時飛毛腿回到面前，要她再丟一次棍子。「看來並非如此，而且國王已經把可能是反動勢力的關鍵人物列成一份名單。」

「而妳要……將他們全殺光？」娜希米雅滑如乳脂的棕色臉龐微微蒼白。

「一一消滅。」瑟蕾娜回答，把棍子盡可能丟到霧氣籠罩的場地遠處。飛毛腿拔腿狂奔，乾草和上一場暴雪的殘跡在牠的巨掌下碎裂。「國王一次只會給我一個姓名，我個人認為他這麼做還滿戲劇化的，但那些反抗分子顯然正在介入他的**計畫**。」

「什麼計畫？」娜希米雅口氣尖銳。

瑟蕾娜皺眉。「我原以為妳可能知道。」

「我不知道。」她停頓，氣氛顯得緊繃。「如果妳查到任何情報……」她又開口。

「我盡量。」瑟蕾娜說謊。她甚至不確定自己是否真想知道國王有何打算——更別說跟任何人**分享**那些情報。這麼做或許既自私又愚蠢，但她忘不了國王將她封為御前鬥士那天提出的警告：如果她越界、如果她背叛，鎧奧就會被處死。然後娜希米雅會被殺，全家等著陪葬。

而這一切——她安排的每一次假死、說出的每一個謊言——都讓他們陷入危險。

娜希米雅搖搖頭，但沒回話。每當公主、鎧奧或甚至鐸里昂**這樣**看著她，都令她感覺沉重得難以負荷。但他們也必須相信她的謊言，這是為了他們自身安全。

娜希米雅扭搓雙手，眼神變得茫然。瑟蕾娜最近一個月常看到這種表情。「如果妳是擔心我——」

「不是，」娜希米雅開口：「我知道妳會照顧自己。」

「那妳在擔心什麼？」瑟蕾娜的腸胃糾結。如果娜希米雅又提起那些反抗軍，她不知道自己的精神狀態還能支撐多久。沒錯，她希望擺脫國王的控制——擺脫御前鬥士以及亡國後裔的身分——但她不想跟正在裂際城醞釀的某項計畫或是反抗軍仍持有的希望有任何關聯。對抗國王，這只是愚昧之舉，會害死大家。

但是娜希米雅解釋：「卡拉酷拉勞動營的人數持續增加，每一天都有大量伊爾維反抗分子被送去那裡——如果他們能**活著**抵達，那已算奇蹟。自從那五百名反抗軍被屠殺……我的人民深感恐懼。」飛毛腿又回到兩人身旁，這次換娜希米雅從牠嘴中接過棍子，再次丟向灰色的黎明天空。「可是卡拉酷拉的狀況……」

她停頓，大概想起瑟蕾娜背後的三條疤，安多維爾鹽礦的殘酷生活留下的永久紀念——這也提醒瑟蕾娜：就算她獲得自由，成千上萬人仍在那裡奴役至死。卡拉酷拉，安多維爾的姊妹營，聽說情況更為慘烈。

「國王不願見我，」娜希米雅勾轉一條細髮辮。「我已經向他要求過三次，希望能跟他討論卡拉酷拉的狀況，但他每次都推說他很忙。很顯然的，他忙著找目標讓妳去殺。」

聽到娜希米雅的尖銳語氣，瑟蕾娜羞愧得滿臉通紅。飛毛腿又回來原地，但娜希米雅拿起棍子之後沒再丟出去。

「我必須採取行動，艾蘭堤雅，」瑟蕾娜坦承自己是刺客的那晚，公主給她取了這個名字。「我必須想辦法幫助我的人民。『蒐集情報』這回事到頭來成了一場僵局，我們得等到什麼時候才採取行動？」

瑟蕾娜吞嚥口水。那個字眼——行動——實在令她害怕，比計畫二字更恐怖。飛毛腿坐在她們腳邊，搖著尾巴，等著再次撿棍子。

看到瑟蕾娜不發一語、沒做出任何承諾——她每次聽到娜希米雅提到這種事時就是這種反應，公主把棍子扔到地上，默默走回城堡。

等到娜希米雅的腳步聲淡去，瑟蕾娜才長嘆一聲。她幾分鐘後要去跟鎧奧晨跑，但在那之後……她要進入裂際城。等下午再開始處理亞奇那件事吧。

畢竟國王給了她一個月的時間。雖然她對亞奇的事情充滿疑惑，但她想先稍微離開城堡。

第四章

鎧奧・韋斯弗迅速穿越狩獵場，瑟蕾娜緊跟一旁。寒冷晨風令他感覺彷彿把碎玻璃吸進肺臟，吐出的氣息也在臉前化為白煙。兩人在不妨礙行動的前提下盡可能穿得保暖——大多只是層層上衣和手套——但就算已經汗流浹背，鎧奧還是冷得凍僵。

鎧奧知道瑟蕾娜也凍得要命——她的鼻尖染上一抹粉彩，臉頰和兩耳泛紅。注意到他的目光，她回以露齒笑容，亮綠眼眸綻放光芒。「累了？」她取笑他，「我**就知道**你趁我出遠門的時候偷懶。」

他發出帶呼吸聲的輕笑。「**妳**出任務的時候顯然疏於鍛鍊，這已經是今早我第二次得放慢速度等妳。」

睜眼說瞎話。她輕鬆跟上他，如穿越樹林的雄鹿般敏捷。有時候他發現自己實在忍不住想盯著她——觀察她的動作。

「繼續自欺欺人吧。」她回話，稍微跑得更快。

他也加快速度，不想被丟下。僕人們已經在狩獵場的雪地清出一條路，但是腳下地面依然結冰而且滑溜。

他最近不斷意識到一點：他實在很討厭「被她丟下」的感覺。她去進行那些該死的任務時，接連幾天或幾星期都沒跟他聯絡。他不知道這種感覺為何又何時產生，但他開始在乎她會不會回來。加上兩人經歷過那麼多事……

在那場決鬥後，他殺了凱因，為了救她而殺他。雖然他並沒有強烈感到後悔——如果事情重演，他一樣會毫不猶豫的出手——但還是會因為這件事而半夜驚醒，滿身大汗，感覺彷彿沾滿凱因的血汗。

她瞥向他。「怎麼了？」

他強忍浮現的罪惡感。「眼睛看路，小心滑倒。」

她難得聽話照做。「你想談談嗎？」

想。不想。如果有誰能明白他在想起殺害凱因那一幕時，所產生的強烈內疚和憤怒，只會是她。「妳多常……」他邊喘邊說：「想起妳殺害的那些人？」

她的頭立刻扭向他，然後放慢腳步。他並不想停下來，而想繼續跑下去，但她揪住他的手肘，逼他停步。她抿起嘴唇：「如果你認為在我吃早餐之前對我做出批判是個**好主意**——」

「不，」他氣喘吁吁的打斷她的話，「不——我不是那個意思……」他吸幾口氣。「我不是在批判妳。」如果他能正常呼吸，就能把話說清楚。

她的眼神如周遭雪地般寒冷，但接著歪起頭。「這是關於凱因？」

聽到她說出那個名字，他不禁繃緊下顎，但勉強點個頭。

她眼中的寒冰悉數溶化。他討厭她臉上的同情和理解。

他是侍衛隊長——遲早要殺人。在國王的名義下，他已經見過太多、做過太多——他和不少人打鬥過、傷害過他們，所以他根本不該有這些感受，尤其不該跟**她**說這些。他們倆之間終究有條界線——而且他相當確定自己最近不斷試探那條界線。

「我永遠忘不了我殺過的人，」她吐出的氣息在兩人之間打轉。「就算是我為了生存而殺的那些人。我還是看得到他們的臉，清楚記得他們死於哪道致命傷。」她望向骷髏般的枯樹。

「有時候，那感覺像是另一個人下的手。雖然那些人大多**死有餘辜**，但無論是出於什麼原因而下手，每次殺人——彷彿都奪走我一小部分的靈魂，所以我恐怕永遠忘不了他們。」

她的視線又移到他身上，他點個頭。

「可是，鎧奧，」她加強在他臂上的手勁，他現在才意識到自己被她抓住。「凱因那件事，那不是暗殺，甚至也不算冷血謀殺。」他試圖後退，但她緊抓不放。「你所做的絕不可恥——而且我並不是因為你當時救了我的命才這麼說。」她停頓漫長一刻。「你永遠不會忘記殺害凱因的感覺，」她終於開口，兩人的視線接觸時，他的心跳激烈得彷彿傳遍全身。「但我也永遠不會忘記你為了救我一命而做的事。」

他好想投入她的溫暖懷抱，這股衝動實在令人難耐。他逼自己後退，遠離她的手，逼自己再點個頭。他們倆之間**確實**有條界線。國王或許不在意他們倆之間的友誼，但兩人如果越界，下場恐怕就是死亡——這會讓國王質疑他的忠誠、職位及一切。

如果他哪天必須在國王和瑟蕾娜之間擇一……他向命運之神祈求，希望永遠不用面對那種選擇。堅守於界線的**這一側**是合理的選擇，也是光榮的選擇，畢竟鐸里昂……他知道鐸里昂還在用哪種眼神看她，他不會背叛老友。

「這個嘛，」鎧奧故作輕鬆，「既然亞達蘭刺客欠我人情，**或許**不算壞事。」

她朝他鞠躬。「小女子在此為您服務。」

他這次露出真心微笑。

「來吧，隊長，」她開始小跑。「我肚子餓了，也不想待在這裡讓屁股凍僵。」

他低聲輕笑，兩人跑過狩獵場。

晨跑結束後，瑟蕾娜的兩腿搖晃，天寒地凍加上過度操練，肺臟難受得彷彿正在滲血。兩人放慢腳步，以健走的速度返回溫暖的宮殿——以及她期待已久的豐盛早餐。等吃過早餐後，她打算去購物。

兩人進入城堡花園，穿過碎石小徑和高聳樹籬。她的雙手一直夾在腋下，就算戴上手套，指頭還是凍僵。她的兩耳也疼痛不已，或許她應該開始戴頭巾——就算會換來鎧奧的無情取笑。

她一瞥身旁的夥伴，對方已經脫下外層衣物，露出裡面因汗溼而緊貼身軀的上衣。兩人繞過一面樹籬，看到是誰在前方等候，瑟蕾娜不禁翻個白眼。

最近越來越多宮廷仕女一大早就在花園遊蕩。一開始只是幾名年輕女子——她們初次目睹因為晨跑而渾身汗溼、肌線畢露的鎧奧時，不禁駐足發愣。瑟蕾娜敢發誓，那幾個女人盯他盯得眼球突出、舌頭滾地。

然後隔天早上，她們**又**出現在同一條小路上，換上更美的裙裝。再隔一天，更多女孩出現。從那之後，數量持續增加，而現在，狩獵場和城堡之間的每一條直通道路上都**至少**有一批年輕女子巡邏、等他出現。

「唉，又來了。」瑟蕾娜嘶聲抱怨。兩名戴皮草耳罩的女子趁他經過時朝他眨眼傳情，身上的裙裝華麗精緻，想必是天亮前就起床更衣。

「怎麼了？」鎧奧揚眉問道。

她不知道他只是**沒注意到**，還是不想發表意見，不過……「冬天早上這麼冷，卻還有這麼多人來花園。」她謹慎用字。

他聳個肩。「有些人會因為冬天窩在室內太久而心煩氣躁，想出來走走。」

或許她們只是喜歡看到渾身肌肉的猛男隊長。

但她只是回答「有道理」便閉上嘴巴。既然他**遲鈍得跟木頭一樣**，那也無需跟他解釋太多，尤其考慮到幾名仕女實在美得令人驚豔。

「妳今天會進裂際城去監視亞奇？」小徑終於不再出現笑呵呵又臉紅紅的仕女團體時，鎧奧輕聲問道。

她點個頭。「我想知道他大概的行蹤，所以我打算去跟蹤他。」

「我去幫妳吧？」

「我才不需要你幫忙。」她知道這種態度大概會被他解讀成「自大」——這倒也是原因之一，但是……如果真讓他牽連進來，等日後要讓亞奇逃亡時，事情就會複雜化。不過，那也要等她從亞奇身上取得真相——得知國王到底有何計畫。

「我知道妳不用我幫忙，我只是以為妳或許想……」他欲言又止，然後搖搖頭，彷彿在責備自己。她雖然很想知道他到底想說什麼，但還是決定讓這個話題就此打住。

兩人又繞過一面樹籬，城堡入口就在不遠處，她幾乎因為暖氣在望而開心嘆息，但這時——

「鎧奧。」鐸里昂的聲音切過清晨涼風。

她驚呼一聲，雖然輕得幾乎聽不見。鎧奧困惑的瞥她一眼，然後轉身看到鐸里昂大步走來，一名年輕金髮男子緊跟在旁。她從沒見過這名年輕人，他身穿華服，年齡似乎與鐸里昂相近——可是鎧奧繃緊身子。

對方似乎不像個威脅，雖然她知道千萬別在這種宮廷裡小看任何人。他只在腰間佩帶一柄匕首，白皙臉龐似乎顯得雀躍，儘管這個冬晨寒冷難耐。

她注意到鐸里昂正在皮笑肉不笑的看著她——眼神帶有莞爾，這令她想賞他一耳光。王子隨即瞥鎧奧一眼，輕笑幾聲。「我還以為那些仕女起個大早是為了迎接我和羅蘭呢。等她們全都患了重感冒，我會讓她們爹娘知道你是罪魁禍首。」

鎧奧的雙頰微微泛紅，看來他其實沒那麼遲鈍，他知道早上那麼多觀眾為何而來。「羅蘭爵士。」他以緊繃的口氣向鐸里昂的友人開口，鞠個躬。

金髮男子也向鎧奧行禮。「韋斯弗隊長。」他的嗓音雖然堪稱悅耳，但其中某種情緒令她一愣。那不是好奇、傲慢或憤怒……但她也說不上來。

「容我介紹我的堂弟，」鐸里昂對她開口，拍拍羅蘭的肩膀，「來自梅亞城的羅蘭‧赫威亞德爵士。」然後指向瑟蕾娜。「羅蘭，這位是莉莉安，她替我父王效命。」

當她無法避開宮中其他人時，鐸里昂和鎧奧還是會使用她的假名，雖然宮中每個人或多或少都知道她在宮中並非參與行政或政治事務。

「很榮幸與妳見面，」羅蘭彎腰鞠躬。「妳是最近才來到宮中？我以前沒見過妳。」

光聽他說話的方式，她已經知道他對女人很有一套。「我是今年秋季才來到這。」她的聲音有些過輕。

羅蘭露出朝臣風格的微笑。「妳為我伯父做些什麼樣的工作？」

鐸里昂不安的挪挪身子，鎧奧靜止不動，但是瑟蕾娜回以微笑：「我把國王的敵人埋在永遠不會被發現的地方。」

令她意外的是，羅蘭居然咯咯發笑。她不敢看鎧奧，畢竟她確定等下會被他罵得狗血淋頭。「我聽說過御前鬥士，我只是沒想到對方會是這麼……美麗的女子。」

「你是為了什麼事來到城堡，羅蘭？」隊長追問。每次鎧奧以這種凶惡眼神看她，她都很想往反方向逃跑。

羅蘭再次微笑，他的笑容太常出現——也太圓滑。「國王陛下讓我成為議會一員。」鎧奧的視線瞥向鐸里昂，對方聳個肩、表示這是事實。「我昨晚抵達，今天開始工作。」

鎧奧微笑——如果這也算微笑，倒更像亮出獠牙。沒錯，如果鎧奧這樣看她，她一**定**會逃跑。

鐸里昂也明白這個表情，故意輕笑一聲。羅蘭多觀察她幾眼，而且眼神有點過度熱切。

「或許妳我應該多認識彼此，莉莉安，妳的職位令我好奇。」

她不會介意與他共事——但不是羅蘭所指的那種方式，而是以匕首、鏟子和亂葬坑組成。鎧奧彷彿看穿她的思緒，把手放在她背上、表示帶路。「我們得趕去食堂用餐，」他朝鐸里昂和羅蘭鞠躬。「恭喜你獲得那份職務。」他聽起來彷彿剛吞下發酸的牛奶。

讓鎧奧帶進城堡時，她意識到自己迫切需要洗澡，但這不是因為身上的衣服被汗水浸溼，而是因為羅蘭・赫威亞德的諂媚笑容和揮之不去的目光。

鐸里昂看著瑟蕾娜和鎧奧消失於樹籬後，隊長的手仍貼在她背上，她沒試圖甩開。

「就算是舉行了那場競賽，伯父做的這個決定也確實令人意外。」一旁的羅蘭發表評論。

開口前，鐸里昂先逼自己收起惱火的情緒。雖然以前每年至少見兩次面，但他從沒喜歡過這位親戚。

鎧奧則是非常討厭羅蘭。每次提到這傢伙時，通常都會伴隨「被縱容的混球」和「被寵壞的鼻涕蟲」之類的形容詞，至少鎧奧三年前那天怒吼時就是搭配這些字句，就在他用一記重拳捶在羅蘭臉上、把那小鬼打昏後。

但那也是羅蘭活該，而且那件事也沒影響鎧奧的榮譽名聲，沒阻礙他日後獲封為侍衛隊長，反而讓他在其他衛兵和次級貴族之間的地位更高。

哪天鐸里昂鼓起勇氣，他很想問父王為何讓羅蘭加入議會。梅亞城是亞達蘭王國之中一座規模雖小但富庶繁華的沿海城市，不過這座城沒有實質的政治力量——它甚至沒有駐軍，只有哨兵。羅蘭是國王的堂親之子，或許國王覺得議會廳之中需要更多赫威亞德的氏族成員才把他找來。儘管如此——羅蘭未經訓練，而且對女孩子的興趣似乎遠超過對政治的興趣。

「你父王這名鬥士打哪來的？」羅蘭問，把鐸里昂的注意力移回當下。

鐸里昂轉身面對城堡，進入不同於鎧奧和瑟蕾娜所通過的另一道入口。他還記得兩個月前的決鬥後，他走進她房間，看到那兩人擁抱，他們是以何種眼神看他。

「莉莉安的來歷只能由她自己訴說。」鐸里昂說謊，他只是不想說明競賽那件事。父王命他今早帶羅蘭散步，這已經令他心煩，唯一的亮點是看到瑟蕾娜顯然很想親手埋葬這位年輕爵士。

「她只聽從你父王的差遣？還是也為其他議員辦事？」

「你來這裡還不到一天，已經有敵人需要處理，堂弟？」

「咱們可是赫威亞德啊，堂兄，我們向來有敵人需要處理。」

鐸里昂皺眉，這點倒是事實。他開口：「她只有跟我父王簽訂契約。不過如果你覺得受到威脅，我可以請韋斯弗隊長安排一名——」

「噢，當然沒有，我只是好奇罷了。」

羅蘭確實惹人厭，也太清楚自己的俊美外表和赫威亞德的身分在女人身上的影響，但他其實無害。應該吧？

鐸里昂不知道答案——大概也不想知道。

御前鬥士的酬勞優渥，瑟蕾娜也花得連一枚銅板都不剩。鞋子、帽子、外袍、禮服、珠寶、武器、可愛的小玩意兒，還有書本，一大堆書，菲莉琶只好派人再搬一個書櫃到她房間。

當天下午，瑟蕾娜拖著帽盒、裝滿香水和甜食的彩色袋子，以及棕色紙袋——裝滿**不看會死**的好書，回到房間，看到鐸里昂·赫威亞德坐在玄關，差點把所有東西扔在地上。

「諸神在上。」看到她買的這堆東西，他驚呼。

他只知其一，不知其二。這些只是她拿得動的部分，她另外還訂購了一堆東西，正在運送途中。

「好吧，」他又開口。她把袋子丟在桌上，差點跌進一團包裝紙和緞帶之中。「至少妳今天不是嚇人的一身黑衣。」

她身子僵直，回頭瞪他一眼。今天她身穿一件淡紫和象牙色的長袍——就冬末時日來說，這種顏色有點過於亮眼，但這也是象徵即將到來的春季。更何況，只要穿得漂亮，就一定能在任何商店獲得最完善的服務。令她意外的是，許多店主還記得她幾年前的到訪——也相信她「前陣子遠赴南國」的說詞。

「什麼風把你給吹來了？」她解下白色的獸毛披風——買給自己的另一個禮物——丟到玄關桌旁的一張椅子上。「我今早不是已經在花園見過你了？」

鐸里昂依然坐著，臉上是熟悉的稚氣笑容。「朋友一天只能見一次面？」

她低頭瞪他。跟鐸里昂維持友誼，她其實並不確定自己真的**辦得到**，尤其因為他那雙藍寶石眼眸總是帶著那種光芒——而且她的命運由他父親掌控。但在她結束跟他之前那種微妙關係的這兩個月來，她發現自己常常想著他，不是接吻和調情那些情節，只是惦記**他**。

「你想怎樣，鐸里昂？」

他站起身，臉上微閃怒火，她得仰頭才能看清楚他的臉。「妳說過，妳跟我還是朋友。」他壓低嗓門。

她閉眼片刻。「我那是真心話。」

「那就像個朋友，」他的語氣變得輕鬆。「跟我一起用餐——打撞球。跟我說說妳在看些什麼書——或是買什麼書。」他朝她那堆東西眨個眼。

「噢？」她逼自己勉強露出微笑。「你最近這麼閒？又有空跟我多多相處？」

「關於這點，雖然我平時得照料不少仕女，但我**永遠**能抽空陪妳。」

她朝他眨眨羽睫。「我實在倍感榮幸。」事實上，想到鐸里昂跟其他女人在一起，這令她想砸爛窗戶，但如果讓他知道這點，對他並不公平。她瞥向牆邊一面小桌上的時鐘。「其實，我現在需要回裂際城一趟。」這不是謊話。白晝還剩幾小時——足以讓她觀察亞奇的高級宅邸，之後再花幾小時跟蹤他、得知他平常的去處。

鐸里昂點個頭，微笑淡去。

兩人之間一片沉默，只聽見時鐘滴答作響。她交叉雙臂，想起他的氣息和嘴脣的觸感。兩人之間的距離，持續拉長的深淵鴻溝——但這是為了大家好。

鐸里昂走近一步，攤開雙掌。「妳希望我為妳而戰？是這樣嗎？」

「不，」她輕聲道。「我只希望你離我遠點。」

他的眼神閃爍，透露沒說出口的訊息。瑟蕾娜凝視他，一動不動，直到他默默離去。

獨自待在玄關，瑟蕾娜握緊又鬆開拳頭，突然對桌上那些漂亮袋子感到厭煩。

第五章

在裂際城高級住宅區的某處屋頂上，瑟蕾娜蹲在煙囪陰影下，朝艾弗利河吹來的冷風皺眉。她第三次查看懷錶，亞奇・芬恩的前兩次約會只各維持一小時，然後在對面那棟房子待了快兩小時。

這棟優雅的綠屋頂連排式住宅本身並無特別之處，她也查不出是誰住在這，只知道客戶的姓名，叫什麼巴蘭欽女士。她重施在先前兩棟房子用過的伎倆：假扮信差要送包裹給某某爵士，應門的管家或佣人回答這裡**不是**某某爵士的住處，她便故作尷尬，詢問這裡是誰的住處，跟對方閒聊片刻之後便離開。

瑟蕾娜調整雙腿的姿勢，轉轉脖子，太陽幾乎已沉，溫度持續下降。除非她能進入屋內，否則根本查不到什麼情報，而考慮到亞奇此刻大概正在履行他拿錢該盡的義務，她也不急著衝進去。最好先查明他去哪、見誰，之後再安排下一步。

她已經很久沒在裂際城搞這種事——蹲在翠綠屋頂上觀察獵物。與奉國王之命去貝爾海文行刺或是監視某位爵士的莊園時不同，此地此刻、就在裂際城中，這感覺彷彿……彷彿她未曾離開，彷彿她轉頭就會看到山姆・科特蘭蹲在身後，彷彿她今晚不會返回玻璃城堡，而是位於城中某處的刺客要塞。

瑟蕾娜嘆口氣，把雙手夾在腋下，保持指頭溫暖靈活。

一年半前的那個夜晚，她失去自由——失去山姆。那件事到底怎麼會發生？答案就在這座城中某處，只要敢去找，她確信會找到，也知道那個答案會讓她崩潰。

房子的前門開啟，亞奇大搖大擺走下樓梯，直接進入正在等候的馬車，旋即被送走，她只來得及看到他的金棕頭髮和華麗服飾。

瑟蕾娜呻吟抱怨，站起身，迅速離開屋頂。幾段令人毛骨悚然的攀爬和跳躍後，她回到鵝卵石街道。

她跟蹤亞奇，在大街小巷的陰暗處來回穿梭，還好路上車水馬龍，她能跟上緩緩前進的馬車。她雖然不急著查出當初是誰害她被抓、害山姆被殺，而且她相當確定國王對亞奇的判斷**一定有誤**……但她不禁懷疑，等查明關於反動勢力以及國王的計畫，那些真相是否也會毀了她。

而且不只是毀了她——還有她越來越在乎的一切。

享受劈啪作響的爐火帶來的暖意，瑟蕾娜的頭靠在小沙發上，兩腿垂掛於柔軟的扶手邊，拿在面前的紙頁文字開始變得模糊，這並不令人意外，畢竟現在已過晚上十一點，而她今早天亮前就起床。

鎧奧坐在辦公桌邊，就在她前方的破舊紅地毯上，手中的玻璃筆在火光照映下閃爍，他忙著查看公文、簽字和寫筆記。瑟蕾娜從鼻孔微微嘆氣，放下文件。

跟她寬敞的複合式套房不同，鎧奧的臥室只是單獨一個大房間，裡面只有一張桌子，擺在唯一一扇窗戶旁，外加石質壁爐旁的一張舊沙發。灰色石牆掛有幾張掛毯，大型的橡木衣櫃矗立於一角，四柱床的緋紅鴨絨床罩顯得有些老舊而褪色。房間有專屬浴室——沒她那間大，但也足以放下浴缸和馬桶。他只有一面小書櫃，擺滿整齊排放的書籍。就她對鎧奧的了解，她猜應該是按照字母順序排列，而且大概只放他最喜歡的書——這點跟瑟蕾娜不同，她幾乎什麼書都想買，不管是否喜歡。撇開那面整齊得不尋常的書櫃，她喜歡這裡——感覺舒適愜意。

她幾星期前開始前來探訪——每次想到伊琳娜、凱因和祕密通道，她就想逃離自己的房間。雖然他抱怨隱私遭她侵犯，但也沒趕她走，不反對她常在晚餐後跑來這。

鎧奧停筆。「再提醒我一次，妳現在在忙什麼？」

她在沙發躺下，把紙張在半空中揮了揮。「只是關於亞奇的情報，他的客戶、最常出沒的地點，還有每日行程。」

鎧奧的金棕眼眸在火光照映下顯得柔和。「妳明明可以一箭了結他，又何必如此大費周章？妳說他身邊戒備森嚴，但妳今天跟蹤他的時候似乎很順利。」

她繃起臉，鎧奧這傢伙可真是聰明過了頭。「因為，如果真有一群人打算推翻國王，那我應該在殺掉亞奇之前盡可能蒐集情報，說不定跟蹤他能讓我找出更多密謀者——或至少查出他們可能的下落。」這是實話，她今天追著亞奇的華麗馬車跑過這座主城的大街小巷，就是為了這個原因。

但在跟蹤他的幾小時中，他只是去見了幾位客戶，之後便回到優雅的自宅。

「原來如此，」鎧奧說：「所以妳現在只是……忙著把那些資料記在腦子裡？」

「如果你在暗示我這個閒人**該滾蛋**，大可明說。」

「我只是試著弄清楚，到底什麼東西沉悶得讓妳十分鐘前打瞌睡。」

她用雙肘撐起身子。「我才沒有！」

他揚起眉毛。「我聽見妳打呼。」

「你這滿嘴謊話的小子，鎧奧・韋斯弗。」她把文件朝他一甩，倒回沙發上。「本姑娘只是稍微閉目養神。」

他只是搖搖頭，繼續工作。

瑟蕾娜臉頰泛紅。「我其實沒打呼，對不對？」

他一臉嚴肅：「跟熊一樣響亮。」

她一拳捶在沙發扶手上，他咧嘴笑。她悶哼一聲，手臂滑過沙發，摳著古老地毯的線頭。

「告訴我，你為什麼討厭羅蘭？」

鎧奧抬頭看她。「我從沒說過我討厭他。」

她耐心等候。

鎧奧嘆口氣。「我認為妳應該一眼就看出我為何討厭他。」

「是因為某件特定的事嗎——」

「**很多件事**，我一件都不想提。」

她把兩腿甩過扶手，坐起身。「你很不耐煩唷？」

她抓起另一份文件，是城市地圖，標明亞奇的客戶所在位置，似乎都住在高級區，也就是裂際城大多數的菁英分子所居住的區域。亞奇的住處就在那一區，位於安靜而體面的街邊一角。她的指甲刮過地圖上的位置，看到幾條街外的某街，她的手停止動作。

她知道那條街——也熟悉坐落於轉角處的那棟房子。每次進入裂際城，她都會避免過於接近，今天也不例外，她甚至多繞了幾條路，就為了保持距離。

她開口，眼睛不敢看鎧奧：「你知道羅爾克・法蘭是誰嗎？」

這個名字喚起她壓抑已久的憤怒和悲痛，雖然令她作嘔，但她勉強說出口。因為就算她不想知道所有真相……但她確實想稍微弄清楚自己當初被捕的事。就算過了這麼久，有些事她還是想知道。

她能感覺到鎧奧的注意力。「那名黑幫老大？」

她點個頭，兩眼依然盯著那條街，發生太多悲劇的地方。「你有跟他交手過嗎？」

「沒有，」鎧奧說：「但……那是因為法蘭已死。」

她放下紙。「法蘭死了？」

「九個月前。他和三名手下的屍體被發現，凶手是……」鎧奧咬脣，回想那個名字。「衛斯理，名為衛斯理的男子殺了他們四人，他是……」鎧奧歪頭思索。「他是艾洛賓．漢默爾的貼身保鑣。」她的胸腔緊繃、呼吸困難。「妳認識他？」

「我原以為我認識。」她輕聲道。跟艾洛賓相處的那些年中，衛斯理一直表現得沉默而危險，他很少容忍她，也一向清楚表示如果她哪天對他的主人造成威脅，他會要她的命。但在她遭到背叛而被捕那晚，衛斯理曾試圖阻止她出門。她原以為那是因為艾洛賓下令把她鎖在房裡、不准她出去為遭法蘭殺害的山姆報仇，可是……

「衛斯理怎麼了？」她問：「被法蘭的手下逮到？」

鎧奧抓抓頭髮，垂頭瞥向地毯。「沒有。我們隔天就發現衛斯理——由艾洛賓．漢默爾提供的情報。」

她感覺自己臉上失去血色，但鼓起勇氣問道：「怎麼會？」

鎧奧仔細打量她——小心翼翼。「衛斯理的屍體插穿在羅爾克住處的鐵柵欄上，現場有……足夠血跡顯示衛斯理是活生生被插在上頭。我們判斷屋裡的僕人們收到指示讓他待在柵欄上、直到斷氣，雖然他們一直沒承認。」

「我們認為那是為了減少兩派之間的仇恨，如此一來，等下一任黑幫首領繼位，他們就不會把艾洛賓及其手下當作敵人。」

她又凝視地毯。溜出刺客要塞、打算追殺法蘭的那晚，衛斯理曾試圖阻止她，也試圖讓她知道那是陷阱。

瑟蕾娜中斷即將做出結論的思緒，這是她必須另外花時間慢慢分析的消息，等她獨自一人，等她不用擔心亞奇、反動勢力還有這一堆屁事，等她能試著明白為何艾洛賓・漢默爾可能背叛了她——而且她打算如何處理這恐怖的認知，她打算讓他為此承受多少痛苦——流多少血。

沉默片刻後，鎧奧問：「不過，我們一直搞不懂衛斯理為何要追殺羅爾克・法蘭，衛斯理只是個貼身保鑣，他跟法蘭之間有何過節？」

感到兩眼灼熱，她看向窗戶，窗外夜空浸沐於月光之中。「那是為了復仇。」她能看見山姆的扭曲遺體，躺在刺客要塞地下室的桌上，她能看見法蘭蹲在她面前，雙手在她癱瘓的身軀上游移。她感覺咽喉一緊，嚥嚥口水。「我的一名……夥伴被法蘭逮到、凌虐至死。隔天晚上，我去找他報仇，下場很不順利。」

壁爐中的一根木頭晃動分岔，為房中帶來一閃而過的強烈火光。

「那是妳被抓那晚？」鎧奧問：「可是我以為妳不知道是誰背叛妳？」

「我到現在還是不知道。有人僱用我和我的夥伴去暗殺法蘭，但那其實是個陷阱，法蘭只是個誘餌。」

又一陣沉默。「他叫什麼名字？」

她抿起嘴唇，從腦海中推開最後一次見到他的模樣——他殘破的身軀躺在那張桌上。「山姆，」她開口：「他叫山姆。」她顫抖的吸口氣。「我甚至不知道他被埋在哪，我也根本不知道該去問誰。」

鎧奧沒回應，她不知道自己為何還在說話，但似乎就是停不下來。「我辜負了他，」她說：「從每個重要層面來看，我都辜負了他。」

又一陣沉默，然後嘆息。「不是每個層面，」鎧奧說：「我確信他會希望妳生存下去——好好**活下去**，妳在這方面並沒有讓他失望。」

她撇開頭，強忍淚水，點個頭。

片刻後，鎧奧又開口：「她名叫莉黛兒。三年前，她在宮中負責服侍一名貴族仕女。不知道為什麼，羅蘭找上她，還故意讓我看到他們倆同床共枕的畫面。我知道，這跟妳經歷過的事情相比根本不算什麼……」

她沒想到他居然曾經對**任何人**感興趣，不過……「她為什麼那麼做？」

他聳個肩，雖然因為那個回憶而顯得難過。「因為羅蘭是個赫威亞德，我只是侍衛隊長。他甚至說服她跟他一起回梅亞城——雖然我一直不知道她後來的下落。」

「你愛過她。」

「我以為我愛她，我也以為她愛我。」他搖搖頭，彷彿默默自責。「山姆愛過妳嗎？」

愛過，比任何人都愛她。他願意為她冒任何險——放棄一切。他的愛是那麼強烈，令她依然能感受到那份愛的餘溫，直至今日。「非常。」她吸氣。

時鐘報出十一點半，鎧奧搖搖頭，卸下緊繃的情緒。「我好累。」

她站起身，不太清楚兩人為何會談起往日摯愛。「我該回去了。」

他站起身，兩眼發光。「我送妳回去。」

她抬起下巴。「我還以為我不再需要被押解。」

「是不需要，」他走向門口。「但**這是**朋友之間該做的。」

「你也送鐸里昂回房？」她朝他眨眨眼，大步穿過他打開的房門。「還是只有你的淑女朋友享有這個特權？」

「**如果**我有任何淑女朋友，我當然會提供這種服務，不過我不太確定**妳**稱得上淑女。」

「還真有騎士風範啊，難怪那些姑娘每天早上都會想辦法在花園守候。」

他嗤笑一聲。兩人默默穿過石城堡寂靜而昏暗的走廊，走向她位於城堡另一側的房間。這條路並不短，而且冷得要命，因為走廊窗戶無法抵禦寒風。

來到她的房門時，他很快跟她說聲晚安，隨即便往回走。她把指頭放在黃銅門把上，轉身看他。

「我說這話或許是廢話，鎧奧，」她開口。他轉頭面對她，兩手插在口袋。她對他微微一笑。「但如果她選了羅蘭而沒選你，她就是史上第一大白痴。」

他凝視她許久，低聲說道：「謝謝妳。」然後循路而回。

瑟蕾娜目送他離去，看著他在黑色外袍下的發達背肌挪移，突然感到慶幸：還好那位莉黛兒姑娘老早離開這座城堡。

午夜報時傳遍城堡，花園那座詭異鐘樓發出的古怪鐘聲在寂靜黑暗的走廊中迴響。雖然鎧奧送她回房，但在臥室來回踱步五分鐘後，她又走出房間，漫步走向圖書館。雖然房中的待閱書籍堆積如山，但她現在一本都不想看，而是需要找事**做**，轉移注意力，讓她不再去想跟鎧奧的對話、她開誠布公的往事回憶。

瑟蕾娜用披風緊緊裹住身子，凝視吹起窗外積雪的強風。希望圖書館還剩幾個壁爐尚未熄滅，如果那裡也冷颼颼，她打算拿幾本**真的**令她感興趣的書，跑回房間跟飛毛腿一起躲在溫暖的被窩裡。

瑟蕾娜拐過一個轉角，進入兩排都是窗戶、通往圖書館高聳大門的昏暗走廊，這時她僵住。

今晚寒冷難耐，也難怪有其他人以黑披風裹住全身、兜帽遮臉。但不知道為什麼，看到佇立於敞開的圖書館大門中央那道身影，她的本能發出強烈警告，令她不敢再踏出一步。

那人朝她轉頭，也停止動作。

走廊窗戶外頭的雪花紛飛、貼上玻璃。

那只是一個人，她提醒自己。這時，那道身影完全面向她，身上的披風烏黑如夜，厚重兜帽徹底遮蔽臉龐。

對方朝她嗅聞，發出動物般的吐氣聲。

她完全不敢動。

那個形體又嗅聞幾下，然後朝她走近一步。牠**移動**的方式，彷彿煙霧與黑影……

一道微弱暖意在她的胸口綻放，然後一道藍光脈動——

伊琳娜之眼正在發光。

那道身影停止移動，瑟蕾娜屏住呼吸。

牠嘶吼一聲，隨即後退，遁入圖書館大門後方的陰影處。護符中央的小型藍寶石發出更耀眼的光芒，瑟蕾娜朝光源眨眼。

她睜眼時，護符的光芒消失，兜帽怪客也不見蹤影。沒有絲毫蹤跡，甚至沒有任何腳步聲。

瑟蕾娜沒進入圖書館，絕不，而是盡可能以敏捷步伐回房。雖然她不斷告訴自己那一切都出自她的幻想、因為太久沒休息而出現的某種幻覺，但她就是不斷聽見那該死的字眼。

計畫。

第六章

「圖書館外頭那人大概跟國王沒有瓜葛。」瑟蕾娜邊走邊如此向自己解釋，穿過走廊，返回房間，但**不允許**自己狂奔。這座城堡這麼大，當然什麼怪人都有，雖然她很少在圖書館見過其他人，或許有些人只是……喜歡獨自去圖書館……而且打扮神祕。在這座宮廷中，閱讀早已退流行，或許剛剛那人只是某位朝臣，不想讓朋友們知道自己對書籍的熱愛。

還是個散發野獸氣息的詭異朝臣……令她的護符發光。

進入臥室的同時，月蝕剛好開始，瑟蕾娜呻吟一聲。「月蝕來得還真巧。」她咕噥，轉身背對露臺門，朝掛毯走近。

雖然她不願這麼做，雖然她希望永遠不會再見到伊琳娜……但她還是需要答案。

或許那位上古王后只會嘲笑她、說她在杞人憂天。諸神在上，她**真希望**伊琳娜會這麼說，因為如果不是這種答覆……

瑟蕾娜搖搖頭，一瞥飛毛腿。「要不要一起來啊？」飛毛腿彷彿知道她有何打算，在床上繞幾圈，悶哼一聲，然後縮成一團。「我想也是。」

不久後，瑟蕾娜已經推開祕密入口前的大型五斗櫃，抓起一根蠟燭，進入暗道，沿著被遺忘的古老階梯往下走、深入地底。

三道拱門的岔路出現在眼前，最左邊那道通往一條方便窺視宴會大廳的祕道，中間那道通往下水道——以及日後或許能救她一命的祕密出口。至於右邊那道……通往上古王后的墓穴。

走向墓穴的途中，她的視線避開某個階梯轉角處的小房間——她在那裡發現凱因從另一個世界召來滅絕獸，被那頭凶獸破壞的門板碎片依然散落於那一處階梯上。當時，滅絕獸破門而出，在石牆留下爪痕，追她進墓穴，直到她及時抓起達瑪利斯——古王蓋文之劍、將怪獸擊殺。

瑟蕾娜一瞥右手，手掌的穿刺傷留下一圈白疤，圍繞拇指。要不是娜希米雅及時發現，她那晚已死於滅絕獸咬擊而留下的毒液。

來到螺旋階梯底部，她發現自己正在凝視那個骷髏頭造型的青銅門環。

或許這不是個好主意，或許那些答案不值得付出這種代價。

她應該上樓回房。現在仔細想想，跑來這裡一定不會有好下場。

伊琳娜似乎因為瑟蕾娜遵從指示、成為御前鬥士而感到滿意。如果瑟蕾娜再次來到墓穴，只會表現得好像她**願意**再為伊琳娜效命。命運之神明鑑，她的煩惱已經夠多。就算是因為——剛剛在走廊**那東西**看起來不甚友善。

顱骨門環似乎對她微笑，凹陷眼窩直視她的眼睛。

諸神在上，她應該轉身離開。

但不知道為什麼，她的指尖已經伸向門把，彷彿被一隻無形之手帶領——

「妳不打算敲門？」

瑟蕾娜向後跳，背貼於牆面，一手已經拔出匕首，準備讓來者濺血。不可能——這一定出自她的幻想。

顱骨門環剛剛開口說話，嘴巴開開合合。

沒錯，這是一定、絕對、無法否認的**不可能**，比伊琳娜說過或做過的任何事更匪夷所思。

青銅頭顱以閃爍的金屬眼眸凝視她，咂咂舌頭。它居然有**舌頭**。

或許她剛剛在階梯某處跌倒、腦袋摔在石地上——這種可能性比**現在這一幕**更合理。凝視門環的同時，一串串咒罵從她腦中飄過，內容不堪入耳。

「喂，別這麼緊張兮兮行不行？」骷髏頭悶哼一聲，眯起雙眼。「老子卡在這塊門板上，根本碰不到妳。」

「可是你——」她用力吞嚥口水。「魔法。」

不可能——**應該**不可能。魔法早在十年前、在國王頒布禁令之前，已消失於這塊大陸。

「這個世界上的一切都是魔法，真感謝妳以廢話指出眾所皆知的事實。」

她勉強中止雜亂思緒，開口問道：「可是魔法早已失效。」

「新魔法確實不再有效果，但是國王無法抹滅建立於古老力量的咒語——例如命運之痕。那些上古魔法依然存在，尤其是負責『注入生命』的力量。」

「你……是活物？」

門環咯咯發笑。「活物？我是以青銅製成，我不用呼吸、不吃不喝，所以，不，我不是活物，但我也不是死物，反正我就是這樣存在著。」

她凝視這道小門環，還不及她的拳頭大。

「妳應該向我道歉，」它說：「妳這幾個月來老是跑下來戳怪屠魔，真把我吵死了、看了就煩。我一直忍著不吭聲，等妳看夠怪事、能**接受**我的存在再開口，但妳顯然令我失望。」

她以顫抖的手將匕首收進刀鞘，放下蠟燭。「我**可真**開心，你終於認為我有資格跟你說話。」

青銅頭顱閉上雙眼，這顆腦袋居然有眼皮，她為什麼以前都沒注意到？「老子為何要跟不懂得打招呼，甚至不敲門的傢伙說話？」

瑟蕾娜吸口氣，讓自己鎮定下來，仔細觀察門板，滅絕獸闖入時在石牆留下的爪痕依然存在。「她在裡面嗎？」

「**誰**在裡面？」銅顱含糊其詞。

「伊琳娜——王后。」

「她當然在裡面，已經待了一千年。」銅顱的兩眼似乎發出光芒。

「別嘲弄我，否則我會把你拔下來、丟進熔爐。」

「天下第一大力士也不可能拔得動。布蘭農國王親手把我放在這裡，守護她的墓穴。」

「你有那麼老？」

銅顱悶哼一聲。「妳居然批評老子的年紀，真是沒大沒小。」

瑟蕾娜交叉雙臂。荒唐透頂——魔法總是帶來這種鬧劇。「你叫什麼名字？」

「**妳**叫什麼名字？」

「瑟蕾娜・薩達錫恩。」她咬牙道。

銅顱哈哈大笑。「哎呀，這太好笑了！我已經好幾世紀沒聽過這種笑話！」

「給我安靜點。」

「我的名字是莫特，如果妳非知道不可。」

她拿起蠟燭。「我們以後每次見面都會如此令人愉快？」她朝門把伸手。

「我們談了這麼久，妳還是不打算敲門？妳真的很沒教養。」

她動用所有自制力，沒用拳頭捶他的小臉蛋，而是以過度的力道在木門敲三下。

門板靜靜敞開時，莫特賊賊一笑。「瑟蕾娜・薩達錫恩。」他自言自語，又哈哈大笑。瑟蕾娜朝他咬牙嘶吼，把門踹上。

昏暗墓穴中的光線如霧，瑟蕾娜走向天花板格柵——內部的鍍金通風井將外頭的光芒一路反射至此。墓穴平時更為明亮，此刻因為尚未結束的月蝕而格外朦朧。

她在離門口不遠的位置停下，把蠟燭放在地上，發現自己在凝視——空無一物。

伊琳娜不在。

「有人在嗎？」

莫特的輕笑聲從門外傳來。

瑟蕾娜翻個白眼，又把門打開。還真巧，她有重要問題要問，伊琳娜就**剛好不在**，她就只能跟莫特那玩意兒瞎扯淡。真巧，真巧，真巧。

「她今晚會來嗎？」瑟蕾娜追問。

「不，」莫特簡短答覆，彷彿她早該知道。「這幾個月來為了救妳，她嚴重過勞。」

「什麼？所以她……走了？」

「目前如此——直到她恢復能量。」

瑟蕾娜交叉雙臂，再深吸一口氣。這間墓穴似乎跟她上次到訪時一樣，兩座石棺躺在中間，其中一座雕像是蓋文——伊琳娜的丈夫、亞達蘭的第一任國王，另一座雕像是伊琳娜，兩座都栩栩如生得近乎詭異。伊琳娜的銀髮散落於棺側，頭上一頂王冠，纖細尖耳顯示她是半人類、半永生精靈。瑟蕾娜的注意力逗留於伊琳娜腳邊的刻字：哀哉！光陰如裂痕！

布蘭農，伊琳娜的永生精靈父親——特拉森的第一任國王——親手在這座石棺刻上這幾個字。

說起來，這整間墓穴無處不怪。地板刻有星紋，拱形天花板以花草樹木的圖案綴飾；牆面刻滿命運之痕，這種古老符號讓人得以取用依然存在的力量——娜希米雅一族隱瞞已久的力量，直到凱因不知何故也習得其法。如果國王得知那種力量、知道這能讓他像凱因那般召喚魔獸，他就能在艾瑞利亞釋放千千萬萬的惡魔大軍，他那些計畫的殘酷程度將更勝以往。

「不過伊琳娜**的確**跟我說過，如果妳又屈尊前來，」莫特說：「她有個口信要給妳。」

瑟蕾娜感覺彷彿站在一道巨浪前、緊張的等它當頭砸下。不急——那個口信可以等，即將到來的重擔可以等——她想多享受片刻的自由。她走向墓穴深處，珠寶、黃金和寶箱堆積如山。

寶山前方展示一套盔甲和蓋文的傳奇之劍達瑪利斯，劍柄乃金銀雙色，實而不華，劍首呈眼眸造型，但眼中凹槽並無鑲嵌寶石，只是一圈金環。一些傳說指出，蓋文在揮動達瑪利斯時能看穿表面、洞察真相，而這就是他為何加冕為王……之類的狗屁故事。

達瑪利斯的劍鞘覆以幾道命痕——似乎一切都跟那些該死的符號有關。瑟蕾娜繃起臉，查看古王盔甲，黃金鎧面依然布滿刮痕和凹陷，顯然是戰痕，有些或許與埃拉魍那場激戰有關——闇黑領主率領惡魔與亡靈大軍侵略這片大陸，當時的眾多王國只不過是爭戰中的分裂領土。

伊琳娜也說過自己是戰士，此處卻不見她的盔甲。在哪？大概被遺忘於某座城堡、某個王國。被遺忘。正如後人將這位戰士公主描寫成獨守空閨、等待蓋文英雄救美的弱女子。

「還沒結束，是不是？」瑟蕾娜終於問莫特。

「沒錯。」莫特的嗓門比先前都低。這就是瑟蕾娜這幾星期——幾個月來擔心的事。墓穴中的月光持續黯淡。銀月即將全蝕，墓穴將會一片漆黑，僅剩燭光。

「好吧，咱們來聽聽她的口信。」瑟蕾娜嘆道。

莫特清清喉嚨，然後開口，口吻與王后異常相似：「如果不用再騷擾妳，我確實願意跟妳保持距離，但妳這輩子一路走來，妳清楚知道妳永遠無法擺脫一些重擔。無論妳是否接受，妳都和這個世界的命運緊緊相連。身為御前鬥士，妳現在位居要職，能改變許多人的未來。」瑟蕾娜感覺腸胃翻攪。

「凱因和滅絕獸只是艾瑞利亞所面臨的威脅的冰山一角，」莫特的話語在墓穴中迴響。「一股更恐怖的力量準備吞噬全世界。」

「讓我猜猜：我得去查明這一切是怎麼回事。」

「沒錯，現在已經有些線索讓妳開始下手、妳必須追蹤的跡象。拒絕殺害國王的目標，這只是第一步，也是最小的一步。」

瑟蕾娜仰望天花板，彷彿視線能穿透樹紋、抵達遠在上頭的圖書館。「我今晚在城堡走廊看到某人，某種**東西**……使我的護符發光。」

「人類？」莫特的口氣顯得好奇，雖然不甘願。

「不知道，」瑟蕾娜坦承：「感覺不像。」她閉上眼，沉穩的吸口氣。她一直在等這一刻，等了幾個月。「這一切都跟國王有關，是不是？這些可怕的事？就連伊琳娜的命令——是為了查明**他**到底有何力量、帶來何等威脅。」

「妳已經知道答案。」

她的心跳如雷——她不確定是出自恐懼或憤怒。「既然她無比強大、無所不知，那她可以親自去查明國王的力量來源。」

「這是**妳的**命運，**妳的**責任。」

「根本沒有所謂的命運。」瑟蕾娜嘶吼。

「唷，說這話的姑娘似乎忘了某件事——她之所以能逃過滅絕獸一劫，是因為**某種**力量迫使她在薩溫節跑來這兒，讓她看到達瑪利斯、知道這把劍在此。」

瑟蕾娜向門口走近一步。「說這話的姑娘在安多維爾待過一年，她知道諸神根本不在乎我們的死活，正如我們不在乎腳下蟲蟻的死活。」她凝視莫特的閃亮臉龐。「現在回頭想想，我不太明白我**為何**應該在乎艾瑞利亞的死活，畢竟諸神顯然不在乎我們的死活。」

「妳這並非真心話。」他說。

瑟蕾娜抓緊匕首握柄。「是真心話。所以麻煩轉告伊琳娜，請她把這些鬼差事丟給其他白痴。」

「妳**必須**盡快查明國王的力量來源以及計畫——否則為時已晚。」

瑟蕾娜嗤之以鼻。「你還不懂？老早為時已晚，晚了**好幾年**。十年前有一堆英雄能讓伊琳娜挑選的時候，她在哪？當這個世界陷入危機時——當特拉森的眾多勇士遭亞達蘭大軍屠殺獵捕處決時，她在哪？她的那些可笑任務在哪？當眾多王國一一落入亞達蘭國王手中時，她在哪？」她感到兩眼灼熱，但她把這些痛楚推進內心深處那個黑淵。「這個世界早已毀滅，我不想再浪費時間做白工。」

莫特瞇起眼睛。墓穴中的光芒淡去，月近全蝕。「我為妳所失去的感到遺憾，」他的口氣跟原本不太一樣。「我也為妳雙親喪命那晚感到遺憾，那實在——」

「**永遠別**談起我父母，」瑟蕾娜咆哮，伸手指向他的臉。「我不在乎你是不是魔法物體，是不是伊琳娜的嘍囉，是不是出自我的想像，只要你膽敢再提起我父母，我就把這扇門劈成碎片，聽懂沒？」

莫特只是怒瞪她。「妳就這麼自私？這麼懦弱？妳今晚到底為何前來，瑟蕾娜？為了幫助我們大家？還是只是幫助妳自己？伊琳娜跟我說過妳的事——關於妳的過去。」

「閉上你的臭嘴。」她發火，氣沖沖奔上階梯。

第七章

天未亮，瑟蕾娜已經醒來，感覺頭痛欲裂。瞥見床頭櫃上幾乎融盡的蠟燭，她知道那場墓穴奇遇並非惡夢，這表示她房間的下方深處**確實**有個會說話、被注入某種古老活化咒文的門環。伊琳娜又找到某種方法讓她的人生變得無比複雜。

瑟蕾娜呻吟一聲，把臉埋在枕頭上。她昨晚說的是真心話，這個世界早已沒救，就算……就算她曾親眼目睹天下局勢可能變得多麼危險——惡化得多麼嚴重。而走廊那個人……

她翻身仰躺，飛毛腿的溼鼻尖輕戳她的臉頰，她漫不經心的摸摸牠的腦袋，凝視天花板，淡淡灰光從窗簾滲入。

雖然她不想承認，但是莫特說得沒錯：她之所以前往墓穴，只是想叫伊琳娜去處理一下走廊那名怪客——想確認自己啥都不用做。

我的計畫，國王如此說過。如果伊琳娜要求她去查明那些計畫——找出他的力量來源……那麼，那些計畫一定很可怕，比卡拉酷拉和安多維爾的奴役集中營或是更多反抗軍遭到屠殺更嚴重。

她再凝視天花板幾分鐘，直到想清楚兩件事：

其一，如果她**不去**查明這項威脅，這恐怕會是個致命錯誤。伊琳娜只是叫她去**查清楚**，並沒有叫她摧毀什麼東西，或是面對國王。這倒令人安心，瑟蕾娜自忖。

其二，她必須跟亞奇談話——她需要接近他，而且開始安排他的假死。如果他確實屬於某種反動勢力、知道國王有何打算，只要透過他提供的情報，她就不用去暗中監視國王、想辦法拼湊她能查到的蛛絲馬跡。但一旦她開始接近亞奇……好吧，這一切將成為一場致命遊戲。

因此，瑟蕾娜很快洗個澡，換上最精美而保暖的衣服，然後呼喚鎧奧。

她現在得去跟亞奇．芬恩巧遇。

因為昨晚的一場雪，一些可憐人被派去裂際城最時尚的區域剷雪。這些店家全年無休，雖然人行道溼滑、鵝卵石街道覆以雪泥，但是主城在這個下午依然熱鬧非凡，與夏至無異。

儘管如此，她**真希望**現在是夏天，畢竟這身冰藍長袍的下襬被街面積雪染溼，而且天氣冷得就連這件白毛皮披風也無法保暖。兩人沿熱鬧的主街行走時，她緊跟在鎧奧身旁。他之前一直纏著她、堅持幫忙處理亞奇的事，而今天邀請他一同前來，算是最無害的決定，只要能讓他別再繼續騷擾。但她堅持要他換上正常人的服飾，而不是隊長制服。

對他來說，正常人的服飾就是烏黑外袍。

幸虧沒人注意他們倆——畢竟街上人潮洶湧、商店琳琅滿目。噢，她**超愛**這條街，天底下最精美的商品齊聚於此、任人討價還價！珠寶商、帽商、布商、糕餅店、製鞋匠……不意外的，鎧奧總是過門而不入，甚至沒瞥櫥窗一眼。

跟平常一樣，「柳樹屋」外頭擠滿人——她知道亞奇此刻正在這間茶館吃午餐，他似乎每天都跟幾名男妓在此用餐。當然，這**絕對不是因為**裂際城大多數的貴婦恩客都喜歡來這。

她揪住鎧奧的胳臂，靠近茶館。「等下進去的時候，如果你露出一副想把誰海扁一頓的態度，」她溫柔警告，挽住他的手肘，「他一定會知道有事情不對勁。而且，我再次提醒你，**千萬別**跟他說話，把閒話家常和施展魅力這些差事留給我。」

鎧奧揚眉。「所以我只是個花瓶？」

「我把你當作精美配件，你該心懷感激。」

他低聲咕噥幾句，她相當確定那是她**不想**聽的內容，但他還是放慢腳步，以優雅姿態行走。

在茶館以石磚與玻璃搭建的拱形入口前，幾輛華麗馬車在街上來往、乘客跳上跳下。兩人原本可以搭乘馬車——也**應該**搭乘馬車，畢竟天寒地凍，她的長袍已經溼透。她卻笨到選擇走路、跟侍衛隊長挽臂逛街，雖然他一直表現得彷彿每個街角巷尾都危機四伏。現在想想，如果搭乘馬車前來，兩人的登場大概也會更加體面。

想進柳樹屋，必須先弄到不易取得的會員身分。瑟蕾娜以前曾在這裡喝過幾次茶——靠艾洛賓・漢默爾的關係。她依然記得那些瓷器清脆作響、客人低聲閒聊是非、漆上薄荷綠和乳白色系的房間，還有落地窗外的雅致花園。

「我們不會進去吧。」鎧奧開口，這不算疑問。

她綻放小貓般的咧嘴笑容。「你該不會是害怕古板的老女人和咯咯笑的年輕姑娘？」他怒目相視，她拍拍他的臂膀。「我剛剛說明計畫的時候，你都沒在聽？我們只是**假裝**正在等位子。所以別緊張，你不需要應付那些朝你伸出魔爪的凶狠小女生。」

「我們下次對練的時候，」兩人從衣著華麗的女性路人之間緩緩而過，「提醒我：把妳暴打一頓。」

一名年長女士轉頭瞪他，瑟蕾娜朝對方投以道歉和惱怒的眼神，彷彿表示男人就是這副德行！指甲深深陷入鎧奧的厚重冬袍，她低聲嘶吼：「現在給我閉上嘴，假裝自己是一塊木頭，這對你來說應該不難。」

他以回掐表示「下次對練時一**定**給妳好看」。她咧嘴笑。

茶館的雙扇門入口位於一道階梯頂端，兩人在階梯底部找到位子坐下，瑟蕾娜一瞥懷錶，亞奇兩點開始用餐，通常在九十分鐘內吃完，這表示他隨時可能離開……她以精湛演技假裝在小錢包裡找東西，幸好鎧奧保持安靜、觀察周遭排隊的群眾——彷彿這些貴婦隨時可能發動攻擊。

幾分鐘後，她戴手套的雙手開始感到麻痺，人潮不斷從茶館進出，根本沒人注意到只有這兩人**沒打算**進去用餐。就在這時，雙扇門開啟，瑟蕾娜瞥見某人的棕髮和魅力十足的微笑，立刻做出反應。

鎧奧以純熟技巧配合，護送她走上階梯，直到——

「哎呀！」她驚呼，撞上某人的結實寬肩。鎧奧甚至把她拉向自己，一手扶在她背後、以免讓她滾落。她抬頭，視線穿過羽睫，然後——

眨一下，兩下。

對方目瞪口呆看著她，那張美麗臉龐綻放露齒笑容。「**蕾娜**？」

她原本也打算微笑，但聽到他以前對她的暱稱……「亞奇！」

她感覺到鎧奧微微繃緊，但沒瞥他一眼。亞奇實在令人難以轉移視線，他從以前到現在一直是她見過最美麗的男人。不是英俊——而是**美麗**。就算時值寒冬，他的肌膚依然閃耀金光，還有那雙綠眸……

天上諸神和命運之神啊，快救我。

他的嘴脣也是藝術品，那些性感線條和柔軟觸感實在令人想深入探索。

亞奇彷彿突然回過神，甩甩頭。「我們最好別擋在臺階上，」他伸出大手，指向下方的街道。「除非妳和妳的伴侶已經預約了——」

「噢，反正我們也早到了幾分鐘。」她回應，放開鎧奧的手臂，轉身走回人行道。亞奇跟在身旁，讓她能一瞥他的衣著——剪裁考究的外袍和長褲、高筒靴、厚披風……沒有任何一件**炫富**，但她看得出這身行頭價值不菲。和一些光鮮亮麗而柔弱的男妓不同，亞奇的氣質一向比較……粗獷陽剛。

堅實寬肩、魁梧骨架、體貼微笑，就連那張美麗臉龐也散發某種**男子氣概**，害她有點想不起來原本打算說什麼。

兩人面對面站在路邊，距離人群幾步之遙，亞奇也似乎不知道該說什麼好。

「好久不見。」她開口，又綻放笑容。鎧奧站在一步之外，完全默不吭聲，也不帶任何笑意。

亞奇把兩手插進口袋。「我幾乎沒認出妳。上次見面的時候，妳還是個小女孩，妳那時候……老天，妳那時候才十三歲，似乎。」

她控制不住自己——睫毛垂下，但是舉目凝視，溫柔道：「我已經不是十三歲了。」

亞奇朝她緩緩露出一個性感微笑，把她從頭到腳打量一番，然後開口：「看來確實如此。」

「你似乎也成長不少。」她也把他觀察一遍。

亞奇咧嘴笑。「拜工作所賜。」他的頭歪向一旁，美眸瞥向交叉雙臂的鎧奧。她還記得亞奇多麼善於觀察細節，這大概就是他能成為裂際城招牌男妓的原因之一，他也是瑟蕾娜於刺客要塞受訓時所遇過的強勁對手。

她瞥向鎧奧，對方仍忙著打量亞奇，沒注意到她的視線。「他都知道。」她向亞奇解釋。亞奇的肩膀有些緊繃，但是驚訝和好奇的情緒開始消退——取而代之的是猶豫的憐憫。

「妳怎麼出來的？」亞奇小心詢問——仍未提起跟她的工作或安多維爾有關的事，就算她已保證鎧奧知道一切。

「國王放我出來，我現在替他賣命。」

亞奇又瞥鎧奧一眼，她朝亞奇走近一步。「他是我朋友。」她輕聲說。亞奇眼中是懷疑？恐懼？因為她的主子是天下人所恐懼的暴君？還是因為亞奇真的成了反抗分子，因此有事情想隱瞞？她盡量顯得一派輕鬆，表現出碰到老友時該有的和善態度。

亞奇問：「艾洛賓知不知道妳回來了？」

這是她沒準備好也不想聽到的疑問。她聳肩。「他到處都有眼線——不太可能不知道。」

亞奇嚴肅的點個頭。「我很遺憾。我聽說了山姆的遭遇——還有那晚在法蘭宅邸發生的事情。」他搖搖頭，閉上眼。「我只是——遺憾。」

雖然這番話令她的心臟抽緊，她還是點個頭。「謝謝你。」

她把手放在鎧奧的胳臂上，突然需要觸碰他、確認他還在這。她也需要停止**這個話題**。她嘆口氣，假裝對階梯上方那道雙扇門感興趣。

「我們應該進去了，」她說謊，對亞奇微笑。「我知道你在要塞受訓的時候，我是個討人厭的小屁孩，可是……我們明晚共進晚餐如何？我明天休假。」

「當年的妳確實令人難以招架。」亞奇回以微笑，微微鞠躬。「我得調整一些預定事項，但我榮幸之至。」他從披風口袋掏出一張乳白色名片，上面是他的姓名和地址。「派人讓我知道時間地點，到時見。」

亞奇離去後，瑟蕾娜便一直沉默不語，鎧奧雖然很想說些什麼，但也沒試圖開口。他甚至不知道該從何說起。

剛剛那場對話時，他滿腦子只想把亞奇的精緻臉蛋抓去撞牆。

鎧奧不是傻子，他知道她的微笑羞怯並非完全出自演技。雖然他並不是她的誰——「發表所有權聲明」將是最蠢的舉動——但想到她無法抵擋亞奇的魅力，這讓他很想跟那位男妓私下談談。

她沒返回城堡，而是穿過城中央的高級區，腳步毫不匆忙。經過近半小時的沉默，鎧奧認為自己已經冷靜、恢復文明程度。「**蕾娜**？」他追問。

稍微文明，算是。

在午後陽光下，她青綠明眸中的金澤更顯耀眼。「我們剛剛說了那麼多話，居然是**這兩個字**最讓你難受？」

正是。願命運之神保佑，這個暱稱實在讓他難受得要命。

「妳之前說妳認識他的時候，我不知道妳是指**那麼熟悉**的程度。」他強忍突來的怪脾氣，提醒自己：就算她被亞奇的外表吸引，她照樣會宰了那傢伙。

「利用跟亞奇的往日交情，我能讓他提供關於反動勢力的重要情報，」她抬頭瞥向路旁豪宅；幾條街外人聲鼎沸，這個住宅區卻寧靜祥和。「他是真正**喜歡**我的少數人之一，你知道，至少當年如此。透過他來略知那個團體打算如何對付國王——或是其他成員的身分，應該不難。」

他知道自己該感到慚愧，他居然因為她會殺了亞奇而獲得某種程度的安慰。他的心胸不可能如此狹窄——而且他也絕對不是充滿占有欲的那種人。

而且，諸神在上，他根本不是她的誰。亞奇提起山姆時，他有注意到她的表情。

他曾聽聞山姆・科特蘭的死訊，但他根本不知道瑟蕾娜和山姆之間的羈絆，不知道瑟蕾娜曾經……**深愛過**某人。她被捕那晚溜出要塞並非為了收取行刺的酬勞——不，她進入那間屋子是為了報仇，她承受的是他無法想像的重大損失。

兩人沿街而行，側身幾乎擦過彼此。他強忍靠向她、把她拉近的衝動。

「鎧奧？」幾分鐘後，她開口。

「嗯？」

「你知道我**超痛恨**他叫我蕾娜，對吧？」

他的嘴唇勾起微笑，連同一絲安心。「所以我以後想把妳惹毛的時候……」

「想都別想。」

他的嘴角更為上揚。看到她回以微笑，那一絲安心化為另一種情緒，敲進他的心坎。

第八章

她原本打算把今天剩下的時間用來跟蹤亞奇，但兩人走離茶館之後，鎧奧告訴她：國王命令她協助今晚的國宴維安。雖然她能掰出一千個理由躲開這項差事，但這麼做反而讓她顯得可疑，會引來不必要的麻煩。如果她這次真打算乖乖聽伊琳娜的話，她就必須讓國王——和他的整個**帝國**——相信她是忠僕。

國宴在大廳舉行，瑟蕾娜動用所有自制力，沒衝向房間中央的長桌、奪走議員及華服貴族面前的美食。以百里香和薰衣草調味的烤羊排、柑橘烤鴨、雉雞肉佐以青蔥醬……真的，這實在不公平。

鎧奧把她安排在玻璃露臺門一旁的柱子邊。雖然身上並非皇家侍衛的雙足翼龍金紋黑袍，但她一身黑衣也足以融入這個場合。至少她離賓客遠得很，沒人聽得到她的肚子咕嚕叫。

會場也擺放其他餐桌，坐滿受邀參加的次級貴族，每一位都為這個場合精心打扮。衛兵及貴族的注意力大多集中於長桌中央——國王、王后，以及核心朝臣所坐的位置。魁梧又粗暴的帕林頓公爵也坐在那，鐸里昂和羅蘭則坐在附近，正在和矯揉造作的議員們閒聊。那幫傢伙流盡其他王國之血，換來滿堂金銀珠寶和綾羅綢緞。雖然就某些方面來說，她也沒好到哪裡去。

她盡量不去看國王，但每次偷瞄他的時候，她不禁好奇：他明明可以廢除這些無聊活動，又為何要參加這種場合？不過，她目前為止沒查出任何情報，而且她完全不認為國王會笨到在眾人面前洩漏自己的真實企圖。

鎧奧以立正的姿態站在最靠近國王的一根柱子旁，兩眼掃向各個角落，維持警戒。他今晚帶來最優秀的手下——都是他在今天下午親自挑選。他似乎沒意識到一點——在這種公眾場合襲擊國王及其臣子，此舉無異於自殺。她指出這項邏輯，鎧奧只是瞪她、叫她別惹麻煩。

惹麻煩？說得好像**她**有這種自殺傾向。

國王站起身、向來賓們道別時，餐宴就此結束。赤髮的喬治娜王后也盡責的起身、默默一同走出大廳。其他賓客留在會場，但紛紛在各桌之間穿梭閒聊；跟國王在場時相比，顯得放鬆許多。

鐸里昂已經站起身，羅蘭依然在他身旁，兩人跟三位年輕漂亮的仕女談話。羅蘭說了些什麼，女孩們笑得花枝亂顫、以蕾絲摺扇掩面，鐸里昂的嘴角上揚。

他**不可能**喜歡羅蘭，但她這項猜測只是根據本能判斷和鎧奧的故事，可是……羅蘭那雙綠寶石眼眸散發某種氣質，讓她只想趕快把鐸里昂從他身邊拉走。她意識到鐸里昂也在玩一場危險遊戲。身為王儲，他必須跟某些人物維持微妙的親密關係。或許她該跟鎧奧討論這點。

瑟蕾娜皺眉。跟鎧奧說這些，到頭來反而要解釋一大堆，根本自找麻煩。或許她應該親自警告鐸里昂，就等這場餐會結束。雖然結束了和他之間的曖昧關係，但她仍然在乎他。儘管他花名在外，但他散發真正的王子該有的氣質：才智、良善、魅力。伊琳娜何不把那些任務交給**他**去處理？

鐸里昂不可能知道他父王有何打算——不，如果他知道他父王有何恐怖陰謀，不可能還會表現得一派輕鬆。或許他永遠不該知道。

無論她對這位王子有過什麼感覺，鐸里昂終將繼承王權。或許國王總有一天會把自身的神祕力量向他揭露、逼他選擇想成為哪種領袖。但她並不急著逼鐸里昂做出那種抉擇，還不急。

等他即位，她只希望他會是優於其父的好領袖。

鐸里昂知道瑟蕾娜正在看他。在整場令人無法忍受的晚宴中，她一直在偷瞄他，但她也常瞟向鎧奧。每當她那麼做的時候，他發誓她的表情完全不同，變得更柔和、彷彿陷入沉思。

她懶洋洋的斜靠在露臺門的柱子上，正在拿匕首摳指甲。感謝命運之神，父王已經離開，因為他相當確定父王會因為她這個無禮舉動而嚴加責備。

羅蘭又對那三名仕女說了什麼——鐸里昂聽過也立刻忘掉她們的名字——她們又在咯咯笑。就魅力方面，羅蘭確實是個對手，而且他母親似乎也有出席餐宴，為了給這位年輕爵士找個新娘——擁有土地和金錢的姑娘，能幫忙提高梅亞城的地位。不用問羅蘭，鐸里昂也知道這位堂弟在洞房花燭夜之前會以年輕爵士的身分在城堡中享盡福利。

聽他對這些女孩嘻笑調情，鐸里昂不確定自己想揍羅蘭或是一走了之。但在這腐敗的宮廷生活多年，鐸里昂除了表現得不耐煩之外，什麼都做不了。

他又一瞥瑟蕾娜，只看到她正在凝視鎧奧，而鎧奧的兩眼鎖定羅蘭。察覺到鐸里昂的注意力，瑟蕾娜也回視。

目光空洞，不帶絲毫情緒。鐸里昂立刻感到怒火中燒，也發現自己正在試圖自制。她又移開視線——注意力回到隊長身上，而且不再轉移。夠了。

他懶得向羅蘭或女孩們道別，而是直接邁步離開大廳。跟「瑟蕾娜對老友有何感覺」相比，他有更重要的事要處理。他是天下第一大國的王儲，他這輩子跟王權以及終將繼承的玻璃王座無法分離。她結束了跟他之間的關係，就是**因為**他的王權和王座——因為她渴望他永遠無法給予的自由。

「鐸里昂。」他進入走廊時，某人的聲音傳來，他不用轉身也知道那是瑟蕾娜。她追上他，輕鬆跟上他在無意識中加快的腳步。他其實根本不知道自己要去**哪**，只知道需要離開大廳。她觸摸他的手肘，他因為享受這個觸感而痛恨自己。

「妳想怎樣？」他問。

兩人路過一間間熱鬧的廳堂，她拉住他的胳臂，讓他放慢腳步。「有什麼事不對勁嗎？」

「怎麼可能有事不對勁？」

*妳喜歡他已經多久了？*他真正想問的是這句。他因為在乎她、跟她相處過的每一刻而詛咒自己。

「你看起來好像可以把人摔死在牆上。」

他納悶的揚眉，原以為自己的表情沒洩漏情緒。

「你生氣的時候，」她解釋：「眼神就會像這樣……冰冷，黯淡。」

「我好得很。」

兩人繼續行走，她繼續跟他走向……他要去的某處。他決定去圖書館，因此拐進某條走廊。他要去皇家圖書館。

「如果妳有話想說，」他慢條斯理道，強壓怒氣，「別客氣。」

「我不相信你的堂弟。」

他停下腳步，這條閃亮走廊沒有旁人在場。「妳跟他根本不熟吧。」

「這算是我的直覺。」

「羅蘭不是壞人。」

「或許不是，但也可能是。或許他來這裡是因為另有目的，而你這種聰明人不該被利用，鐸里昂。他來自梅亞城。」

「重點是？」

「**重點是**梅亞城是個無足輕重的小港城。他幾乎一無所有，不但不用擔心再失去什麼，反而會因此**野心勃勃**，這會使人變得危險、冷酷無情。如果有機會，他會利用你。」

「就像來自安多維爾的刺客利用我成為御前鬥士？」

她繃起嘴脣。「你是這麼認為？」

「我不知道該怎麼認為。」他轉身。

她咬牙低吼——真的朝他咆哮。「那好，讓我告訴你**我**怎麼認為，鐸里昂。我認為你太習慣得到你想要的東西——想要的人。就因為你**這一次**無法得到你想要的人——」

他立刻轉身看她。「妳根本不知道我想要什麼，妳甚至沒給我機會跟妳說清楚。」

她翻白眼。「我現在不想跟你談這個。我是來警告你提防你堂弟，但你顯然不在乎。所以等你發現自己成了傀儡的那天，別以為**我**會在乎——如果你不是已經成了傀儡而不自知。」

他開口想反駁，脾氣即將失控，他甚至想捶一旁的牆壁，但瑟蕾娜已經大步離去。

瑟蕾娜站在嘉爾黛·朗皮耶的牢房外。

一度美麗的仕女縮在牆邊，身上裙裝滿是髒汙，黑髮垂下、黯淡無光。她的臉埋於臂窩，但是瑟蕾娜仍能看見她的肌膚因汗水而閃爍，甚至微微發灰。更別提那一身惡臭……

決鬥後，瑟蕾娜就沒再見到她——自從嘉爾黛那天在瑟蕾娜的杯中下了血禍、害她差點死在凱因手上。擊敗凱因後，瑟蕾娜早早離開，沒目睹嘉爾黛的歇斯底里姿態，也沒看到嘉爾黛不小心承認下毒、宣稱是遭到前男友帕林頓公爵的利用。公爵否認所有指控，嘉爾黛被送來這裡等候懲處。

過了兩個月，宮廷似乎還是不知道該如何處理她——或是根本不在乎。

「妳好，嘉爾黛。」瑟蕾娜輕聲道。

嘉爾黛抬起頭，認出對方，黑眸因此閃爍。「妳好，瑟蕾娜。」

第九章

瑟蕾娜向前一步。監牢裡有一只糞桶、一只水桶，上一餐飯的殘渣，還有發霉的乾草堆充當床褥。嘉爾黛只有這些東西陪伴。

活該。

「妳是來取笑我？」嘉爾黛的嗓音原本豐厚優美，現在只剩粗啞低語。地牢冷得要命——嘉爾黛居然還沒染病，這已算是奇蹟。

「我有些事情想問妳。」瑟蕾娜壓低嗓門。雖然衛兵沒質疑她是否有權進入地牢，但她不想讓他們偷聽。

「我今天很忙。」嘉爾黛微笑，頭靠於石牆。「妳明天再來吧。」她的黑髮下垂散落，模樣顯得更年輕，她的年齡不可能比瑟蕾娜大多少。

瑟蕾娜蹲下，一手扶在鐵籠上以維持平衡，金屬冷得咬手。「妳對羅蘭・赫威亞德知道多少？」

嘉爾黛仰望石砌天花板。「他來探訪？」

「他成了議員。」

嘉爾黛的如夜黑眸回視瑟蕾娜，眼中有一絲瘋狂——但也夾雜擔憂和疲憊。「為什麼來問我？」

「因為我想知道他是否值得信賴。」

嘉爾黛發出氣喘般的笑聲。「**沒有任何人**值得信賴，尤其是羅蘭。我聽說過他的一些傳言，我敢打賭就連妳聽了也會覺得作嘔。」

「例如？」

嘉爾黛賊賊一笑：「把我弄出監牢，我說不定會讓妳知道。」

瑟蕾娜回以竊笑。「我進妳房裡吧？我會有辦法讓妳開口。」

「**別這樣**，」她低語，挪動身子，讓瑟蕾娜看到兩腕瘀傷，看起來似乎是手印。

嘉爾黛把兩臂塞進裙間皺褶。「帕林頓來這裡的時候，值夜獄卒都裝做沒看見。」

瑟蕾娜咬脣。「抱歉。」這也是由衷之言。等她見到鎧奧，她會提起這件事——確保他跟這裡的值夜獄卒好好談談。

嘉爾黛把臉頰貼在膝上。「他毀了一切，我根本搞不清楚為什麼，為什麼不乾脆讓我回家？」她的聲音彷彿飄向遠方，待過安多維爾的瑟蕾娜太熟悉這種情緒。等嘉爾黛被回憶、痛苦和恐懼擒住，就不會再開口。

瑟蕾娜低聲問：「妳原本跟帕林頓很親近，有沒有聽說過他有什麼計畫？」很危險的提問，但只有嘉爾黛可能有答案。

嘉爾黛只是茫然發呆，沒有回答。

因此瑟蕾娜站起身。「祝妳好運。」

嘉爾黛只是顫抖，把雙手夾在腋下。

嘉爾黛當初下那種毒手，瑟蕾娜應該坐視這女人凍死，應該微笑走出地牢，因為**終於**有人活該被丟進大牢。

「他們鼓勵那些烏鴉飛過這兒，」嘉爾黛喃喃自語，不像是對瑟蕾娜說話。「我的頭疼一天比一天嚴重，滿腦子都是那些翅膀拍打聲。」

瑟蕾娜維持面無表情。她什麼都聽不見——沒有烏鴉啼鳴，更沒有振翅作響。就算外頭有烏鴉，聲響也不可能傳進深入地底的地牢。「妳這話什麼意思？」

但是嘉爾黛又縮成一團，盡量保持體溫。瑟蕾娜不願去想牢房晚上有多冷，她知道那般蜷縮是何滋味：渴望一絲暖意，懷疑自己是否能在早上醒來，或是在半夜凍死。

不讓自己多加考慮，瑟蕾娜已經解下黑披風，從鐵欄之間丟進時小心瞄準，以避開黏於石地、風乾多時的嘔吐物。她也耳聞嘉爾黛的鴉片癮——被關進大牢、沒大煙可抽，想必會把這女孩逼瘋——如果她原本還算精神正常。

嘉爾黛凝視落於大腿的披風。瑟蕾娜轉身，準備走向狹窄冰冷的走廊、返回上方的溫暖樓層。

「有時候，」嘉爾黛輕聲道，瑟蕾娜停步，「有時候我認為是他們刻意帶我來這裡。不是為了讓我嫁給帕林頓，而是另有目的。他們想利用我。」

「為了什麼事利用妳？」

「他們從沒說明。他們下來這裡的時候，也從不讓我知道他們到底有什麼目的，我甚至不記得，一切只是……瑣碎片段，好像鏡子的碎片，每一片都反映不同倒影。」

她瘋了。瑟蕾娜原本打算惡言相向，但想到嘉爾黛身上的瘀傷，她收起怒意。「謝謝妳的幫忙。」

嘉爾黛用瑟蕾娜的披風裹住身子。「某物即將到來，」她低語：「我將負責迎接。」

瑟蕾娜吐氣，這才意識到自己剛剛屏息，這場談話根本是原地打轉。「再見了，嘉爾黛。」

女孩只是輕聲發笑。瑟蕾娜離開冰寒地牢許久後，那個笑聲依然在身邊揮之不去。

「那些**混蛋**，」娜希米雅吐口水，緊握手中的茶杯，害瑟蕾娜以為杯子隨時會被捏碎。兩人坐在瑟蕾娜的床上，中間是一面擺放早餐的大托盤。飛毛腿看著她們咬下的每一口，隨時準備吞下飛來的食物碎屑。「那些衛兵怎麼可以裝做沒看見？居然讓她落得如此下場？嘉爾黛好歹是個貴族——**她**受到這種待遇，那我實在不敢想像其他階級的罪犯會被如何處置。」娜希米雅停頓，以略帶歉意的眼神瞥向瑟蕾娜。

瑟蕾娜聳個肩，搖搖頭。見過嘉爾黛後，她就出門去跟蹤亞奇，但一場暴風雪來襲，讓能見度幾乎化為零。在大雪紛飛的城市中試圖跟蹤他一小時後，她終於放棄，返回城堡。

整晚暴雪留下厚厚一層積雪，瑟蕾娜因此無法跟鎧奧晨跑，所以邀請娜希米雅在她床上共進早餐，而公主——原本沒看過雪，現在見雪就厭煩——興高采烈的衝進瑟蕾娜的房間，跳上溫暖的被窩。

娜希米雅放下茶杯。「妳必須讓韋斯弗隊長知道她的遭遇。」

瑟蕾娜吃完鬆餅，倒回蓬鬆的枕頭堆上。「我已經說了，他也處理了。」不需要說出來的是：鎧奧回到房間後——當時瑟蕾娜正在他房間看書——他的外袍皺成一團，拳頭破皮，栗色眼眸中的凶光讓瑟蕾娜知道地牢獄卒的紀律將出現重大改變——以及新的編制。

「妳知道，」娜希米雅思索，用腳輕輕挪開試圖竊取盤中早餐的飛毛腿，「宮廷生活並非一向如此，人們曾經看重榮耀和忠誠——侍奉君主並非出自順服和恐懼。」她搖搖頭，辮尾的金飾閃爍，淡褐肌膚在晨光照映下顯得平滑精緻。說真的，娜希米雅天生就這麼美，實在有點不公平——在黎明曙光下更顯動人。

娜希米雅繼續說道：「我認為亞達蘭幾世代前就開始拋棄這些美德，但特拉森王朝在滅亡前曾樹立模範。我父王以前常跟我訴說特拉森宮廷的故事——歐隆國王的核心集團中的文武百官，其無可比擬的力量、勇氣和忠誠，這就是為什麼亞達蘭國王先對特拉森出手，因為特拉森是最強的對手；如果特拉森來得及組織大軍應戰，亞達蘭或許會反遭消滅。我父王到現在還是常說如果特拉森能再次崛起，或許有機會——能對亞達蘭造成強大威脅。」

瑟蕾娜凝視壁爐。「我知道。」她勉強開口。

娜希米雅轉頭看她。「妳認為那種宮廷有可能東山再起嗎？不只是特拉森——也包括其他王國？我聽說溫德林宮廷依然遵循優良傳統，但他們遠在大海彼岸，無法對我們伸出援手。亞達蘭國王奴役我們土地的時候，他們裝做沒看見——到現在依然拒絕回應任何求援。」

瑟蕾娜逼自己悶哼一聲、不以為然的揮揮手。「吃早餐配這個話題也太沉重了。」她把嘴巴塞滿麵包，偷瞄公主一眼，看到對方依然陷入沉思。「有沒有關於國王的新情報？」

娜希米雅嘖一聲：「我只知道他讓那小混蛋羅蘭加入議會，而羅蘭接到的差事似乎就是應付**我**。我顯然把負責處理卡拉酷拉勞動營的摩里遜大臣逼得太緊，而羅蘭的責任就是讓我冷靜點。」

「我不知道我更為誰感到難過——妳或是羅蘭。」

娜希米雅輕戳她的腰側，她咯咯笑，拍開公主的手。利用兩人的片刻大意，飛毛腿從盤中奪走一塊培根，瑟蕾娜尖叫一聲：「這無恥小賊！」

飛毛腿已經跳下床，迅速移向壁爐邊，**直視**瑟蕾娜，同時把培根一口吞下。

娜希米雅哈哈大笑，瑟蕾娜發現自己也笑出聲，然後再丟給飛毛腿一塊培根。「我們今天一整天都別下床吧。」瑟蕾娜又倒回枕頭堆，窩在毛毯裡。

「如果真能這樣就好了。」娜希米雅長嘆一聲。「哀哉，我有事情要忙。」

瑟蕾娜意識到自己也不得閒，例如為今晚和亞奇共進晚餐做準備。

第十章

下午前往狗舍時，鐸里昂打冷顫，撢掉紅披風上的雪花，身旁的鎧奧往雙手呵氣，這兩名年輕人快步進入狗舍，地面乾草在腳下發出碎裂聲。鐸里昂痛恨冬天——令人難以忍受的寒冷，而且靴子似乎永遠溼答答。

兩人選擇從狗舍進入城堡，因為這是避開霍林的最佳辦法。鐸里昂的十歲弟弟今早已從學校返家，正在朝路過他身旁的每個倒楣鬼發號施令。霍林絕不可能去狗舍找他們，他最討厭動物。

兩人大步穿過一片吠叫和哀號聲。鐸里昂三不五時停步，然後迎接他最喜愛的一隻獵犬。他其實可以在這待上一整天——就算只是想逃避為霍林舉行的洗塵宴。「我還是不敢相信，我母后居然真的讓他離開學校。」他咕噥。

「她想念兒子。」鎧奧還在揉搓雙手，雖然狗舍跟外頭相比已算溫暖舒適。「加上外頭正在醞釀某種反動勢力，你父王希望讓霍林待在能受我們監視的地方，直到事情有些進展。」

直到瑟蕾娜殺光所有叛徒，鎧奧不用明說的是這句。

鐸里昂嘆口氣。「我根本不敢想像我母后這次打算送他什麼荒謬禮物。你記得上次那個嗎？」

鎧奧咧嘴笑。喬治娜上次送給小兒子的那個禮物實在**令人難忘**：由四隻白色小馬拉動的金色小馬車，讓霍林能自己駕車亂跑，結果王后最喜歡的那片花園大半被他用馬車壓爛。

鎧奧領頭走向狗舍最深處的入口。「你不可能一直避開他。」隊長開口的同時，鐸里昂看得出他跟平常一樣觀察四周、查看是否潛伏任何危險或威脅。過了這麼多年，鐸里昂雖然已經習慣，但還是覺得自尊有些受辱。

兩人穿過玻璃大門，進入城堡。對鐸里昂自身來說，走廊溫暖而明亮，拱門和桌面仍以萬年青織成的花環點綴。但他猜對鎧奧來說，這裡依然可能有敵人埋伏。「或許他過去幾個月中有所改變——稍微成熟一點。」鎧奧說。

「你去年夏天也這麼說過，結果我差點打掉他的牙齒。」

鎧奧搖搖頭。「感謝命運之神，還好我弟一向怕我怕得不敢頂嘴。」

鐸里昂試著別顯得太驚訝。自從把「安尼爾領主」的頭銜讓給弟弟，鎧奧已經好幾年沒見過家人，也很少提過他們。

鐸里昂實在很想宰了鎧奧的父親——他斷絕了父子關係，後來帶全家來裂際城和國王開會時也拒絕見鎧奧。雖然鎧奧未曾提起，但鐸里昂知道他被傷得很深。

鐸里昂長嘆一聲：「再提醒我一次，為什麼我得參加今晚的餐會？」

「因為如果你不出席，不正式迎接你的小弟回家，你父王會宰了你**和**我？」

「或許他會派瑟蕾娜宰了你。」

「**她**今晚要跟亞奇·芬恩共進晚餐。」

「她不是應該殺了他？」

「她說她想探聽情報。」又一聲長嘆。「我不喜歡那傢伙。」

鐸里昂身子僵直。至少在這天下午，他們倆勉強避開她的話題——在過去幾小時中，兩人之間彷彿沒出現任何變化，但變化**確實**存在。「我不認為你需要擔心亞奇把她搶走——反正他月底就會死。」這話比他原先打算說出口的更冰冷刻薄。

鎧奧瞥他一眼。「你以為我在擔心**那回事**？」

沒錯，而且大家都很清楚怎麼回事，只有你們倆在狀況外。

但他不想跟鎧奧談起這個話題，鎧奧當然也不想談，所以鐸里昂只是聳個肩。「她不會有事的。你這樣擔心她，以後只會覺得自己傻。就算那傢伙身邊戒備如她所說的那般森嚴，她這個御前鬥士也不是混假的，不是嗎？」

鎧奧點個頭，雖然鐸里昂還是能看到他眼中的擔憂。

瑟蕾娜知道這件緋紅禮服散發緋聞氣息，也知道這件衣服**絕對**不適合冬天，畢竟胸口開衩深不見底，背後大片鏤空、露出黑色蕾絲網眼，她也因此不能穿束腹。

但是亞奇·芬恩一向喜歡衣著大膽、率領潮流的女人。而這件禮服——緊身胸衣、貼身長袖、飄逸裙襬，已算是款式新穎而與眾不同。

也因此，離開房間時碰到鎧奧，看到他整個人僵直眨眼，她並不驚訝。他又眨眨眼。

瑟蕾娜朝他微笑。「嘿。」

鎧奧杵在走廊，棕眸上下打量她的胸口，然後視線又往上移。「妳穿錯了吧。」

她嗤之以鼻，從他身旁走過，故意讓他看到更挑逗的後背。「噢，沒錯，我就是要穿這件。」

鎧奧跟在她身旁，走向正在前門等候的馬車。「妳這樣會著涼。」

她把貂皮披風往身上一甩。「穿這個就不怕。」

「妳該不會根本沒帶武器吧？」

她氣沖沖踏過通往門口的主階梯。「**有**，鎧奧，我有帶武器，而且我穿這件禮服**就是因為**我希望亞奇問我同一個問題，讓他相信我身上沒暗藏任何武器。」

她的兩腿都綁上小刀；用來把金髮固定成波浪瀑布、垂於一肩的幾支髮簪細長尖銳——還好這次委託給菲莉琶處理，讓她不用再次忍受乳溝慘遭冰冷金屬戳刺的痛楚。

「哦。」鎧奧只有如此回答。兩人默默來到出口處，接近通往中庭的高聳雙扇門時，瑟蕾娜戴上羊皮手套。她正準備走下階梯時，鎧奧碰觸她的肩膀。

「小心點，」他查看馬車、車夫和男僕，一切似乎符合標準。「別陷入危險。」

「你**知道**我是這行的專家吧？」她實在不該讓他知道她當初如何被抓，不該讓他覺得她可憐又脆弱，因為他對她這種擔心和懷疑實在把她搞得煩不勝煩。她不知道自己為何這麼做，但一把甩開他的手，嘶聲道：「明天見。」

他渾身僵硬，彷彿被痛毆一拳，咬牙道：「**明天**是什麼意思？」

那種愚蠢又強烈的怒氣再次襲來，她緩緩朝他綻放微笑。「你是個聰明的孩子，」她沿階梯走向馬車。「自己去想想。」

鎧奧繼續瞪著她，彷彿不認識她，身子動也不動。她不想被他當成脆弱又愚蠢的外行人——畢竟她下了那麼多努力、做出那麼多犧牲才走到這一步。或許「讓他知道她的過往」是個錯誤，一想到他認為她需要被保護，她就氣得想打碎某人的骨頭。

「晚安。」她說。還來不及考慮剛剛那番話有何暗示，她已經進入馬車，揚長而去。

她晚點再煩惱鎧奧的事。今晚，她的注意力在亞奇身上——還有如何讓他說出真相。

亞奇正在一間私人招待所等候，這是裂際城的菁英分子經常光顧的餐廳，大多數的餐桌已被占據，賓客的精美服裝首飾在昏暗光線下微微閃爍。

前臺服務生幫她脫下披風時，她確保以某種角度對準站在一旁的亞奇——讓他清楚看見貼於背脊的精美黑色蕾絲（主要是為了遮掩安多維爾留下的疤痕）。同時感受到服務生的視線停留在她身上，但她假裝沒注意到。

亞奇吐口氣。她轉身看到他咧嘴笑、緩緩搖頭。

「我猜你想說的是『驚豔』、『絕美』、『目眩』之類的詞兒吧。」她說，挽起他的手臂，由服務生帶路，走向華麗會場的一處壁龕餐桌。

亞奇的指頭撫摸她的天鵝絨袖子。「我很高興看到妳的品味與其他部分都成熟不少，看來也連同妳的自大。」

她回以微笑。反正她本來就打算微笑，她提醒自己。

兩人就座後，服務生說明今晚的菜單。點了葡萄酒，瑟蕾娜發現自己凝視那張精緻臉龐。

「所以，」她的身子仰向椅背，「今晚我獨占你的時間，會有多少夫人想殺了我？」

他微微發笑。「如果我讓妳知道，妳聽了之後就會逃回城堡。」

「你還是那麼受歡迎？」

亞奇揮揮手，啜飲一口紅酒。「我還欠克萊絲不少錢，」他提到主城中最具影響力的富婆。「不過……沒錯。」他的眼中微微閃爍。「妳那位壞脾氣的朋友呢？我今晚是不是也該提防被誰捅一刀？」

這一切都是場舞蹈，為了揭開序幕而演奏的前奏曲。她朝他眨個眼：「他沒笨到試圖把我關在房間裡。」

「願命運之神拯救試圖那麼做的男人，我還記得妳以前有多可怕。」

「我還以為你覺得我很可愛呢。」

「就像小山貓那樣可愛吧，我猜。」

她哈哈笑，也小小啜飲一口酒，她必須盡量維持頭腦清醒。把酒杯放回桌上時，她發現亞奇露出昨天那種沉思而憂傷的表情。「能不能告訴我，妳怎麼會替他工作？」她知道他是指國王——而且他很清楚這間餐廳可不是只有他們倆。他如果願意，也能成為頂尖刺客。

或許國王的懷疑並非毫無根據。

但她已經為這項疑問做好準備——連同其他無數疑問，所以她露出不懷好意的微笑，開口道：「事實證明，我的專業能力比較適合用來協助帝國大業，而非挖坑採礦。為他或是為艾洛賓賣命，基本上差不多。」其實這不算謊話。

亞奇慢慢點個頭，陷入沉思。「妳我的職業一向相似，我也看不出哪種更糟糕：為了上床而受訓，還是為了上戰場而受訓。」

如果她沒記錯，克萊絲是在他十二歲的時候發現他這個孤兒在主城大街亂跑，因此邀請他接受特種訓練。

他十七歲那年，克萊絲舉行一場派對——拍賣他的初夜，結果出席賓客居然為他大打出手。

「我也看不出來，我猜兩者一樣糟。」她舉杯敬酒。「敬我們的尊貴主子。」

他的眼神在她身上逗留片刻，然後也舉杯低語：「敬**我們**。」他的嗓音足以讓她的肌膚發熱，但他說這話的**眼神**、天神般的嘴角……他本身就是武器，美麗的致命武器。

他的上半身越過桌面，以視線將她定身，這是挑戰——也是親密邀請。

天上諸神和命運之神啊，快救我。

這一次她實在需要從酒杯長長啜飲一口。「幾道撩人目光還不足以讓我心甘情願成為你的奴隸，亞奇。你明知道你不該試著在我身上運用你的專業技巧。」

他發出低沉的隆隆笑聲，撼動她體內。「妳應該也知道我並沒有那麼做，因為如果我**真的那麼做**，我們倆早已離開這間餐廳。」

「還真大膽的宣言。在較量專業技能方面，我不認為你會想和我一分高下。」

「噢，我想跟妳做的事可多著呢。」

她這輩子未曾因為看到服務生前來而如此感激，未曾發現一碗湯居然如此令人大感興趣。

為了激怒鎧奧，也為了增強稍早的暗示，她在抵達餐廳時便叫馬車先行返回，因此在晚餐後坐上亞奇的馬車。晚餐過程算是相當愉快——話題包括舊識、戲院、書籍和爛天氣，都是舒適而安全的話題，雖然他不斷看著她，彷彿她是他的獵物、這只是一場漫長狩獵。

兩人在馬車內並肩而坐，近得讓她能聞到他身上的高級香水——優雅而撩人，讓她想到絲質床單和燭光，所以她把注意力移向下一步。

馬車停下，瑟蕾娜瞥向小窗外，看到那棟熟悉的精美連排式住宅。亞奇看著她，溫柔的和她十指交扣，然後把她的手湊向嘴脣，這輕柔而緩慢的吻令她渾身火熱。他朝她的肌膚低語。「想不想進來？」

她用力嚥口水。「你不是想休息一晚？」這不是她原本安排的答案，而且……這**不是**她想要的，調情例外。

他抬頭，但仍牽著她的手，拇指在她的火燙肌膚不斷畫小圈。「決定權在我的時候，情況就完全不一樣，妳知道。」

或許其他人不會注意到，但她因為這輩子未曾有過選擇，因此能聽出他口氣中的苦悶。她輕輕抽手。「你討厭你的人生？」她的聲音輕得宛如呢喃。

他看著她——**真正**看著她，彷彿現在才看到她。「有時候，」他開口，視線移向她身旁的小窗外——那棟連排式住宅。「但是有一天，」他繼續說下去：「有一天，我會徹底還清欠克萊絲的債——真正**自由**——然後獨立生活。」

「你打算撇下青樓生涯？」

他朝她勉強一笑，這是他今晚最真實的表情。「到那時候，我如果不是富有得無需工作，就是老得沒人想光顧。」

她想起往日一幕，雖然很短暫，但她曾經自由的日子；世界曾經敞開，她準備和山姆並肩踏入，那是她仍在努力爭取的自由，因為就算她只淺嘗幾秒，那也是她曾體驗過最美妙的幾秒。

她吸口氣，讓自己鎮靜下來，然後凝視他的眼睛。時候到了。

「國王派我來殺你。」

第十一章

亞奇之前的刺客訓練顯然有所成果，因為她還來不及眨眼，他已經閃到對面的位置，揮動一把不知從何而來的匕首。「聽我說，」他低語，胸膛因呼吸急促而不規則起伏。「拜託，蕾娜。」她開口想解釋一切，但他氣喘吁吁、瞪大雙眼。「我能付錢給妳。」

看到他搖尾乞憐的模樣，她心中的黑暗面感到得意洋洋，但她只是舉起雙手，表示身上沒有武器——至少在他視線之內沒有。「國王認為你是某個反動勢力的成員，打算暗中破壞他的計畫。」

他發出尖銳的吠笑，和原本優雅宜人的形象完全不符。「我哪有參加什麼反動勢力！命運之神在上，我雖然是個男妓，但我不是**叛徒**！」她把雙手維持在他視線內，開口叫他閉嘴、坐下、**聽她解釋**，但他繼續說道：「我對那種事情一無所知——我根本**沒聽說過**有誰敢跟國王作對。但是——但是……」他的呼吸緩和下來。「如果妳饒我一命，我可以提供妳情報，我知道某個**確實**正在裂際城崛起的團體。」

「國王弄錯對象了？」

「我不知道，」他立即答覆，「可是這個團體……國王大概會對他們更感興趣。**那幫人**似乎知道國王打算給全世界帶來某種新的威脅——因此想加以阻止。」

如果她是個好心人，她會叫他鎮靜下來、整理思緒，但她不是那種人，而且他因為驚惶失措而管不住舌頭，所以她讓他繼續說下去。

「我只偶爾聽過我那些客戶低聲討論，但我知道某個團體已經在這座裂際城中成形——他們想讓艾琳・加勒席尼斯重回特拉森王座。」

她的心臟停止跳動。艾琳・加勒席尼斯，失落的特拉森王座繼承人。

「艾琳・加勒席尼斯死了。」她低聲道。

亞奇搖搖頭。「他們不這麼認為，他們說她還活著，而且她正在建立一支軍隊打算對付國王。她準備重建王朝，而且試圖找回歐隆國王的核心集團所剩成員。」

她只是瞪著他，逼自己放鬆指頭、肺臟吸氣。如果這是事實……不，這不是事實。如果那些傢伙真的宣稱見過王座繼承人，那位繼承人一**定**是冒牌貨。

今早娜希米雅才提過特拉森的宮廷，這只是巧合？過去，特拉森最有能力對抗國王——莫非真能捲土重來，無論有沒有合法繼承人？可是娜希米雅曾發誓絕不隱瞞，如果她知道任何真相，一定會說清楚。

瑟蕾娜閉上眼，雖然仍在注意亞奇的一舉一動。在黑暗中，她鎮定自己，把那急切又愚蠢的希望壓到心底、再次由無盡恐懼覆蓋。

她睜眼。亞奇只是目瞪口呆的看著她，臉龐如死屍般蒼白。

「我沒打算殺你，亞奇。」聽到這話，他癱坐在座椅上，鬆開匕首。「而且我給你一個選擇：你可以現在就詐死，在天亮前逃離這座城。**或者**，我可以讓你拖到月底——額外給你四星期的時間，讓你謹慎處理私人事務，畢竟我猜你在裂際城有些金錢往來。但這四星期不是白白給你，我讓你活命，你必須提供情報，關於那些特拉森反抗分子——以及他們對國王的計畫到底有多少了解。到了月底，你**必須**詐死，**必須**離城，去某個遙遠的地方，而且永遠不再用亞奇・芬恩這個名字。」

他小心翼翼凝視她。「我確實需要一些時間處理財務。」他吐口氣，用雙手揉揉臉。漫長一刻後，他開口：「或許這是因禍得福，我終於能擺脫克萊絲，在其他地方開始新生活。」雖然他給她一個顫抖的微笑，但是目光仍顯得驚慌。「國王到底為什麼會懷疑我？」

她因為同情他而痛恨自己。「我不知道。他只是遞給我一張紙條，上面有你的名字，他說你是某個反動勢力的一員、準備破壞他的計畫——天知道是什麼計畫。」

亞奇嗤之以鼻。「我只希望我能成為那種人。」

她打量他——堅毅下巴、魁梧身軀，這都象徵力量，但她方才目睹的……並不是力量。鎧奧一開始就知道亞奇是什麼樣的男人，老早看穿這種男子氣概的幻象——但她沒有。她因羞愧而臉頰泛紅，但還是逼自己開口：「你真的認為你能查出這個來自特拉森的反動勢力的情報？」就算那所謂的繼承人一定是冒充者，但這個反叛團體本身值得調查。伊琳娜要她去尋找線索，她或許不會空手而回。

亞奇點個頭。「明天在某位客戶家中有一場舞會——我曾聽見他和他的友人低聲討論反動勢力的事情。如果我讓妳混進那場宴會，妳或許就能溜進他的辦公室看看，或許還能在宴會找到**真正的**叛徒——而不只是嫌疑犯。」

也能略知國王有何企圖。噢，這項情報將會**非常**有用。

「明早派人把細節送去城堡，指名交給莉莉安．葛戴納。」她告訴他：「但如果我發現這場宴會只是一場鬧劇，我會重新考慮我的提案。別把我當傻子，亞奇。」

「妳是艾洛賓的得意門生，」他低聲道，打開車門，下車時盡量保持距離。「我沒那種膽子。」

「很好。」她說：「還有，亞奇？」他停頓，一手還貼在車門。她俯身向前，讓目光稍微展示心中的黑暗面。「如果我發現你不夠低調——如果你引起太多注意，或試圖逃跑，我會了結你，明白嗎？」

他朝她微微低頭，「我是妳永遠的忠僕，女士。」然後朝她微笑，這個笑容令她懷疑自己是否會後悔「讓他活命」的這個決定。她傾向馬車前座，敲敲天花板，車夫隨即駛向城堡。雖然感覺疲倦，但她在睡覺前必須再處理一件事。

她在門板敲一下，然後稍微打開鎧奧的房門，窺視其中。他僵在壁爐前，似乎原本正在來回踱步。

「我還以為你已經睡了，」她走進。「已經過了十二點。」

他的雙臂交叉於胸，制服凌亂，領口鈕扣解開。「那妳何必跑這一趟？我還以為反正妳今晚不打算回來。」

她抬起下巴，拉緊身上的披風，指尖陷進柔軟的獸毛。「結果亞奇並不如我印象中那麼迷人。真有意思，想不到在安多維爾待了一年，我看人的方式跟以前不一樣。」

他的嘴角上揚，但臉龐依然嚴肅。「妳得到了想要的情報？」

「沒錯，而且出乎預期。」她說明亞奇提供的情報（說他是在無意間透露）以及關於失蹤的特拉森繼承人的謠言，但沒提起艾琳．加勒席尼斯試圖重建王權和軍隊的事，也沒說亞奇其實跟那個反動勢力無關。噢，當然也沒說她想查明國王到底有何計畫。

跟鎧奧說明即將舉行的舞會後，他走向壁爐架，雙手撐在上頭，凝視牆面掛毯。雖然掛毯老舊褪色，但她立刻認出銀湖之上的那座山邊古城：安尼爾。鎧奧的老家。

「妳打算什麼時候稟報國王？」他轉頭看她。

「等我先確認這件事的真實性——或者等我在殺掉亞奇之前從他身上探聽到足夠的情報。」

他點個頭，把身子從壁爐架推離。「務必小心。」

「你老是這麼說。」

「這麼說有錯嗎？」

「當然有！我又不是不會保護自己、不懂得動頭腦的傻子！」

「我什麼時候這樣暗示過？」

「是沒有，但你老是說『小心點』、說你多擔心我，還堅持要幫我什麼忙，還有——」

「因為我**確實**擔心！」

「反正你不應該擔心！我跟你一樣懂得照顧自己！」

他向她走近一步，但她沒後退。「相信我，瑟蕾娜，」他咬牙道，目光閃爍，「我知道妳會照顧自己，但我擔心是因為我**在乎**。諸神在上，我知道我不應該擔心，但我就是擔心，所以我**永遠**會叫妳小心點，因為我**永遠**在乎妳的安危。」

她眨眨眼。「噢。」她只有如此回答。

他捏捏鼻梁，用力闔上眼，然後慢慢深呼吸。

瑟蕾娜給他一個羞怯的微笑。

第十二章

化裝舞會是在艾弗利河的某個河畔莊園舉行，會場熱鬧非凡，瑟蕾娜跟亞奇混進去時沒碰上任何麻煩。菲莉琶為她弄來一件精美白袍，以層層雪紡綢和絲綢交疊織成、宛如飛羽。臉龐則搭配造型相似的面具，髮絲以象牙色的羽毛和珍珠點綴。

幸虧這是化裝舞會而不是普通宴會，因為她已經在人群中認出幾張臉龐，大多數來賓都是她曾見過的名妓，克萊絲夫人也在場。搭馬車來此的路上，亞奇向她保證艾洛賓・漢默爾絕不會出席，萊珊卓也不會出現——瑟蕾娜和萊珊卓那位名妓之間有多年恩怨，她相當確定兩人如果再次相逢，她一定會要了對方的命。儘管如此，光是看到克萊絲在會場中穿梭、安排她手下的名妓們和賓客們認識，瑟蕾娜已經渾身緊繃。

瑟蕾娜打扮成天鵝，亞奇則是野狼造型——白鑞色的外袍、鴿灰色的貼身長褲，搭配黑得發亮的長靴。他整張臉幾乎被狼型假面遮蔽，但露出性感嘴唇，此刻綻開野狼般的微笑。她的手放在他臂上，他回捏幾下。

「雖然不是我們參加過最盛大的宴會，」他說：「但是戴維斯擁有全裂際城最頂尖的糕餅師傅。」

沒錯，會場內所有餐桌都擺放她這輩子見過最精緻而頹廢的甜點：填滿奶油的各式糕點、灑上糖粉的餅乾，而且到處都是向她呼喚的巧克力！或許她會在離開前偷拿一些。她勉強逼自己回頭看亞奇：「他當你的客戶有多久了？」

他的狼笑閃過一絲光芒。「有幾年了，這就是為什麼我注意到他的行為有些變化。」他壓低嗓門，俯身靠近她，話語令她的耳朵發癢。「他變得疑神疑鬼、缺乏食欲，而且老是想窩在辦公室裡。」

圓頂舞廳盡頭的巨型落地窗通往露臺，露臺俯視波光粼粼的艾弗利河。她能想像那些落地窗在夏天時敞開；如果能在星光和城市燈火照映下於河畔跳舞，那將多麼美妙。

「我大概還有五分鐘空閒時間，然後就得去跟他們打招呼，」亞奇的目光鎖定正在巡邏的克萊絲。「在這種晚會，她會期待有人對我出價。」感到腸胃翻攪，她發現自己將手伸向他，但他只是回以納悶的微笑。「只要再幾個星期，是吧？」她還是感覺有些苦悶，因此捏捏他的手指、表示保證。

「沒錯。」她發誓。

亞奇的下巴撇向一名肥胖的中年男子，那人正在和一群衣著光鮮的來賓侃侃而談。「他就是戴維斯，」亞奇低聲道：「我先前來這裡的時候沒發現太多跡象，但我認為他可能在這個團體中是個重要領袖。」

「你之所以這麼認為，是因為以前在這裡瞄過一些文件？」

亞奇把雙手插進口袋。「大概三個月前的一晚，我在這兒的時候，他的三名友人到訪——那三人也是我的客戶。他們說有急事商談，戴維斯離開臥室後……」

她給個心照不宣的微笑。「你不小心聽到一切？」

亞奇回笑，但瞥向戴維斯時，這個笑容淡去。戴維斯正在為齊聚身旁的人們斟酒，其中幾個是年約十四、十五的少女。瑟蕾娜的微笑也消失，她非常厭惡裂際城的這一面。

「他們大多數的時間都在責罵國王，而不是進行什麼計畫。而不管他們如何宣稱，我都不認為他們真的在乎艾琳・加勒席尼斯，我認為他們只是想找個最能滿足**他們**的利益的統治者。他們之所以希望她建立軍隊，或許只是想在日後發筆戰爭財。如果他們協助她、提供她迫切需要的物資……」

「她就會欠他們人情。他們想要的是傀儡女王，不是真正的統治者。」當然——當然，他們會想這麼做。「他們真的**來自**特拉森？」

「不。雖然戴維斯的家人多年前來自特拉森，但他這輩子都在裂際城生活。如果他宣稱效忠於特拉森，那也只是表面。」

她咬牙。「一堆自私混蛋。」

亞奇聳肩。「或許如此，但他們也確實讓不少人逃過國王的絞刑臺。他那些朋友匆忙到來的那晚，是因為他們成功救出一名內應、沒讓那人被國王審問。他們在隔天破曉前就把那人送出裂際城。」

鎧奧知道這件事嗎？考慮到他在擊殺凱因之後出現的反應，她不認為折磨、吊死國王的叛徒是他的職責之一，他跟那些事大概完全沾不上邊。就這方面來說，鐸里昂也一樣。

可是如果鎧奧並不負責審問可疑叛徒，那由誰負責？是那人向國王提供最新一批叛國罪犯的名單？唉，有太多事情要考慮、等著被抽絲剝繭。

瑟蕾娜問道：「你現在能讓我混進戴維斯的辦公室嗎？我想去看看。」

亞奇賊笑。「親愛的，不然妳以為我為何帶妳來這？」他以熟練的姿態帶她去附近一扇門——僕人所用的入口。沒人發現他們倆溜進去，而就算有人發現，看到亞奇的雙手游移於她的胸衣、雙臂、肩膀和頸項，也會以為他們倆進入那扇門是為了享有一些私人空間。

亞奇面帶魅惑微笑，把她拉進小走廊然後上樓，雙手一直沒離開她的身軀，以防有旁人經過。不過所有僕人都忙個不停，而且樓上走廊空蕩寂靜，鋪設木板的牆壁和紅地毯乾淨無瑕；這裡掛有幾幅價值不菲的繪畫，她還認出其中幾位畫家。亞奇以靈巧姿態前近——大概因為多年來常常溜進溜出臥室——帶她來到一扇鎖上的雙扇門前。

她還沒從髮際抽出菲莉琶提供的髮簪來解鎖，亞奇手中已經出現一把開鎖針。他朝她露出密謀者般的露齒笑容，幾秒後，辦公室的門敞開。內部牆面擺滿書櫃，地面鋪以華麗的藍地毯，樹蕨花盆四散各處。一張大書桌擺在中間，其前方是兩張扶手椅，一張靠椅放在無火壁爐邊。瑟蕾娜在門口停頓，壓壓胸衣、確認那把細匕首依然藏於其中，再輕擦雙腿、確認綁在大腿的兩把匕首。

「我應該下樓去，」亞奇瞥向身後走廊，一曲華爾滋從舞廳向上飄來。「盡量快一點。」

她揚起一眉，就算五官大半被面具遮蔽。「你在教**我**該如何做我的工作？」

他俯身靠來，嘴脣擦過她的脖子。「我哪敢？」他朝她的肌膚低語，然後轉身離去。

瑟蕾娜立刻關上門，然後大步走向房間內側的幾扇窗戶、拉上窗簾，從門底滲進的微光足以讓她看清楚這間書房內部。她走向以鐵木製成的書桌，點燃一支蠟燭，桌上有晚報、一疊由今晚的舞會賓客寄來的邀請卡回函，還有帳本……

正常，一切正常。她掃視辦公桌的其他部分，翻找所有抽屜，敲擊表面以尋找暗櫃，但都毫無所獲，因此她走向一面書櫃，輕敲書本、查看有沒有哪本書只是空殼。正準備轉身時，一本書的書名抓住她的目光。

書脊上的血紅墨印是一道命運之痕。

她將其抽出，衝向書桌，放下蠟燭，攤開書。

裡面全是命痕——爬滿每一頁，還有她看不懂的某種文字。娜希米雅曾說過這是不為人知的奧義——古老命痕已被遺忘數世紀之久，相關書籍和魔法書已被焚燒殆盡；她曾在宮殿圖書館發現一本——《行屍走肉》——但那只是巧合。使用命痕的這項技藝已經失傳，只有娜希米雅一家依然能純熟運用。但這裡、在她手中……她翻閱內容。

某人在封底內頁寫了一句話。瑟蕾娜把蠟燭湊近，凝視這串潦草筆跡。

這是個謎語——或是某種詭異用語。

唯有透過此眼，方能確實見物。

這話到底什麼意思？戴維斯這種不算正當的生意人為何接觸命痕書籍？如果他試圖阻撓國王的計畫……為了艾瑞利亞著想，她只希望國王未曾聽聞過命痕。

她把這句謎語記在腦子裡。等返回城堡，她會把這句話寫下來——或許問娜希米雅知不知道這句話什麼意思、是否聽說過戴維斯這個人。亞奇或許給了她重要情報，但他顯然也所知有限。

以前有許多人是透過魔法來賺錢，而在魔法消失後，那些人也宣告破產、一無所有。他們自然會試圖尋求其他類似的力量，就算國王禁止。不過——

一串腳步聲從走廊傳來。瑟蕾娜立刻把書放回原位，然後望向窗外。她的禮服太蓬鬆，窗戶太小、位置也太高，讓她無法輕易從中逃離。既然沒有其他出路……

雙扇門的鎖頭喀喀作響。

瑟蕾娜靠在桌邊，抽出手帕，肩膀鬆垮，開始抽鼻子啜泣，這時戴維斯進入書房。

一看到她，這名矮小而壯碩的男子僵住，收起臉上的笑意——還好他獨自一人。她立刻讓身子緊繃，盡量顯得尷尬。「噢！」她驚呼，用手帕輕拭面具開孔的眼淚。「噢，抱歉，我——我只是想找個地方獨處，他們說……說我可以進來。」

戴維斯的兩眼眯起，然後瞟向門鎖。「妳怎麼進來的？」他的嗓音平穩，充滿計算——還有一絲恐懼。

她發出顫抖的吸氣聲。「管家讓我進來的。」希望那個可憐女人不會因此被活活剝皮。瑟蕾娜故意讓嗓音顯得急促而結巴。「我……我被未婚夫拋……拋棄。」

說真的，她有時候也懷疑自己是不是哪方面有問題——怎麼想哭就能哭出來？

戴維斯再次打量她，嘴角下垂——她意識到這並非出自同情，而是因為他看不起這為了未婚夫而痛哭的蠢女人，彷彿安慰痛苦之人將嚴重浪費他的寶貴時間。

想到亞奇得服侍這種人——被當成玩具，直到被玩爛……她把注意力集中在呼吸上，她得想辦法離開這裡、別引起戴維斯的懷疑。只要他朝樓梯下方走廊的保鑣喊一個字，她就會身陷不必要的麻煩——而且很可能把亞奇拖下水。

她又顫抖啜泣。

「二樓有女子化妝室。」戴維斯走向她——準備送她出去。太好了。

他走上前，摘下鳥型面具，露出一張在年輕時應該十分英俊的臉龐。因為歲月和酗酒，臉頰因此鬆弛，淡金髮絲稀疏，皮膚黯淡無光。鼻尖血管凸起，染上一抹紫紅，跟溼潤灰眸形成對比。

他近得能碰到她，朝她伸手。她再輕輕點拭眼睛，然後把手帕塞回禮服口袋。「謝謝你，」她低語。牽起他的手時，她垂頭看地。「我——為擅闖向你道歉。」

她先聽到他突然吸口氣，才看到刀光一閃。

她立刻將他反制摺倒在地——但前臂已被戴維斯的匕首劃過。她把他壓在地毯上，禮服的繁厚布料礙手礙腳，一道淺淺血痕沿裸露的手臂流下。

「沒人有書房鑰匙，」雖然被壓趴在地，戴維斯依然嘶吼，這是勇敢還是愚蠢？「就連我的管家也沒有。」

瑟蕾娜準備點擊他脖子的幾個穴道、讓他昏厥。只要能遮住前臂的刀傷，她就能低調離開這裡。

「妳原本在找什麼？」戴維斯追問，滿嘴酒臭，拚命試圖掙脫。她懶得回答，他整個身子用力往上一甩，她因此把全身體重壓在他身上，抬手準備襲擊他的頸部。

他輕笑：「妳不想知道那把刀子抹了什麼？」

看到他露出的狡猾微笑，她實在很想用指甲剝下他的臉皮。她以俐落迅速的動作抓起戴維斯的匕首，湊到鼻前嗅聞。

她永遠不會忘記這種霉味：名為「葛羅瑞拉」、意為「榮美」的溫和毒藥，能讓人癱瘓數小時。她被捕那晚就是遭這種毒藥迷昏，使她無法反擊，只能乖乖被交給國王的手下，後來被丟進皇家地牢。

戴維斯的微笑表示勝利。「足以讓妳一直睡到我的保鑣前來——然後把妳帶去一個更隱密的地點。」他不需要補充說明的是：她將受盡折磨。

王八蛋。

她接觸多少劑量？刀傷雖然淺短，但她知道葛羅瑞拉已經在體內飆竄；正如她躺在山姆遺體旁那晚的幾天後，她仍能聞到他身上那股霉味和煙味的混合。她必須離開，**現在**。

她用另一手準備把他弄昏，但指頭感覺脆弱麻木，而且這傢伙雖然矮小但實在**魁梧**。一定有人訓練過他，因為他以迅雷不及掩耳的動作抓住她的雙腕，將她狠狠摔在地毯上。她的肺中空氣悉數消失，整個人天旋地轉，手不禁鬆開匕首。葛羅瑞拉的藥效真快——太快。她必須趕快逃離。

一道純然的驚惶失措在她心中浮現。雖然這身禮服使她行動受阻，但她把僅存的控制力用來抬起雙腿**狠踹**——把他踢得稍微鬆手。

「**賤貨！**」他又衝向她，但她已經奪走他的淬毒匕首。一秒後，他緊抓脖子，鮮血噴得她滿身滿手、濺上一身白袍。

他倒在一旁，緊掐咽喉，彷彿這麼做就能封住裂口，不讓維持生命的血液持續湧出。血泉發出瑟蕾娜熟悉的汩汩流水聲，但她蹣跚站起，沒給他一個痛快。不，她甚至沒瞥他一眼，而是用匕首割斷膝蓋下方的裙襬。片刻後，她來到辦公室窗邊，觀察下方的保鑣和停靠的馬車，思緒持續變得模糊。她爬上窗臺。

她不知道自己是如何做到，或花了多少時間，但她突然來到地面，衝向敞開的柵欄大門。咆哮聲傳來，不知道是衛兵或僕人。她正在奔跑——全力狂奔；隨著心臟不斷將葛羅瑞拉送往體內各處，她也持續失去對身體的控制權。

這裡是城中的高級區——靠近皇家戲院——她查看天際線，不斷尋找玻璃城堡的輪廓。那裡！那幾座閃亮高塔未曾顯得如此美麗而溫暖。她必須回去。

雖然視線模糊，但瑟蕾娜咬牙疾跑。

她的意識還算清醒，讓她做出正確舉動：從某個躺在街角睡覺的酒鬼身上奪取披風，擦掉臉上的血，雖然她試了幾次才讓雙手別再劇烈顫抖。用披風遮蔽一身碎袍後，她衝向城堡區域的主要入口——那裡的衛兵認識她，也因為光線昏暗而不會仔細觀察她。刀傷不算嚴重——她能及時逃脫，她只是需要進入安全地帶……

但她在通往城堡的彎路上差點跌倒，奔跑化為蹣跚行走。她不能以這種狼狽模樣從前門進去，這會被每個人發現——大家會知道是誰要為戴維斯之死負責。

她以搖晃步伐勉強進入一道側門，這扇鑲釘鐵門半開——通往兵營，雖然不是最理想的入口，但也堪用。或許這裡的衛兵不會聲張出去。

一步一步，快到了……

她不記得如何來到兵營門前，只記得推門時感覺到咬手的冰涼鑲釘。走廊燈光令她兩眼灼熱，但她至少終於逃進城內……

食堂的門敞開，談笑聲和杯子碰撞聲飄來。她是冷得麻痺？還是因為葛羅瑞拉的藥效？她必須向某人說明自己需要什麼解藥——任何人都行……

一手撐在牆上，另一手緊拉披風，她穿過食堂，每一道呼吸都緩慢得彷彿永恆。沒人攔住她——甚至沒人瞥她一眼。

她必須前往這條走廊深處的某扇門——某個能讓她避難的房間。她把一手撐於石牆，計算經過幾扇門。快到了。她的披風被某扇門勾住扯下。

但她終於來到那扇門前、令她安全的房間。麻痺指尖無法清楚感覺木頭的紋路，她推開門，在入口處搖晃。

明亮燈火，模糊的木板、石磚、紙張……在這片朦朧景象中，一張她熟悉的臉龐正從書桌後方目瞪口呆的盯著她。

她的咽喉發出窒息聲，她低頭看到覆蓋白禮服、雙臂和雙手的血跡。在這片血汙中，她能看到戴維斯，還有他咽喉的那道裂口……「鎧奧。」她呻吟，再次尋找那張熟悉臉龐。

但他已經從桌後衝來，吶喊她的名字。她雙膝癱軟、不支倒地，只瞥見他的金棕眼眸。她勉強吐出「葛羅瑞拉」一詞，眼前隨即一片黑。

第十三章

這是鎧奧這輩子最難熬的夜晚之一。

瑟蕾娜躺在他書房的每一秒都令他清楚感到恐懼、痛苦難耐。她的胸衣沾染太多血，身軀被禮服的層層褶邊覆蓋，他實在看不出她身上是否有任何穿刺傷。所以他徹底失控。他關上門的時候，腦中因為驚惶失措而轟隆作響。他拔出獵刀，當場割開她的禮服。

但他沒看到傷口，只看到原本收於鞘內的短劍掉落在地，還看到她前臂的一道傷口。卸下禮服後，他發現她身上幾乎沒什麼血跡。就在這時，他的腦子勉強鎮定下來，想起她輕聲說過：葛羅瑞拉。

用來暫時麻痺獵物的毒藥。

接下來的一切化為一系列步驟。一：低聲傳喚瑞斯，叫這名年輕機伶的衛兵把嘴巴閉上、去把附近的治療師找來。二：用自己的披風裹住她的身子，避免讓任何人看到她身上的血跡。三：把她抱回她房間，朝治療師咆哮命令。四：把她放在床上，治療師們把解藥強灌進她喉嚨，直到她嗆得咳嗽。五：接下來就是漫長等候。他抱著她，她在他懷中嘔吐；他幫她把頭髮撥到腦後，還朝任何擅闖者怒吼。

她終於入眠。坐在她身旁凝視她的同時，他派最信任的手下和瑞斯進城，而且警告他們沒查到答案就別回來。他們回來後，說明那位生意人死於他自己的淬毒匕首。獲得足夠線索後，鎧奧能確認一件事：

他很高興戴維斯已死。因為如果戴維斯活下來，鎧奧會去收拾他。

瑟蕾娜醒來。

感覺口乾舌燥、頭痛欲裂，但她還能動，能扭動腳趾和手指。她認出床單的味道，知道這是她的床鋪，她在自己臥室，安全無虞。

睜眼時，感覺眼皮沉重；她眨眨眼，甩開依然存在的模糊感。腸胃雖然疼痛，但是葛羅瑞拉的藥效已退。她查看左手邊，彷彿就算睡覺時也知道他在哪。

鎧奧在椅子上打瞌睡，四肢攤開，腦袋向後仰，外袍的領口鈕扣解開，露出頸部肌肉。從陽光的角度判斷，現在大概是黎明時分。

「鎧奧。」她的嗓門粗嘎。

他立刻醒來，恢復警覺，俯身靠來，彷彿他也一向知道她身在何處。看到她的時候，他伸向佩劍的那隻手放鬆。「妳醒了，」他的嗓音低沉，略帶不悅。「妳感覺如何？」

她查看自身，已經有人幫她洗掉身上的血跡、換上睡袍。腦袋稍微動一下，她已經感覺天旋地轉。「爛透了。」她坦承。

他把頭埋在雙手中，手肘撐在膝上。「妳在吐出其他任何一個字之前，先跟我解釋清楚：妳殺了戴維斯，是因為妳在他的辦公室裡東翻西找，被他發現，他拿浸毒的刀子割傷妳？」他咬牙，金棕眼眸閃過一絲怒火。

想到這點，她感覺內臟扭曲，但點個頭。

「好吧。」他站起身。

「你會去告訴國王？」

他交叉雙臂，來到床邊，低頭瞪她。「不。」他的眼中又一次透出怒火。「因為我沒打算為妳辯解、擔保妳這個間諜絕不會被抓，我的手下也會幫忙隱瞞。但如果妳再做**那種事**，我會把妳丟進地牢。」

「因為我殺了他？」

「因為妳把我嚇得半死！」他抓抓頭髮，來回踱步片刻，然後轉身指向她。「妳知不知道妳出現在我眼前的時候是什麼模樣？」

「容我斗膽一猜……很糟？」

他面無表情的瞪她。「要不是因為我已經燒了妳的禮服，我一定立刻拿給妳看。」

「你燒了我的禮服？」

他兩手一攤。「妳希望這件事留下證據？」

「你可能會因為隱瞞這件事而惹上麻煩。」

「如果真的出現問題，我會處理。」

「噢？你會處理？」

他俯身靠向她，雙手撐在床墊上，朝她的臉龐低吼。「沒錯，我會**處理**。」

她嚥口水，但嘴巴乾得根本沒口水可吞。他眼中除了憤怒之外仍殘留不少恐懼，她不禁一愣。「那麼嚴重？」

他在床邊坐下。「妳當時狀況真的很糟。我們不知道妳的傷口沾染多少葛羅瑞拉，為了保險起見，那些治療師給妳灌下大量解藥——妳因此在水桶裡吐了幾小時。」

「我什麼都不記得，我幾乎不記得怎麼回來城堡。」

他搖搖頭，凝視牆面，眼神黯淡，下巴一層鬍碴，渾身顯得虛脫，看來已經有一陣子沒闔眼。

被葛羅瑞拉撕裂的時候，她幾乎不知道自己走向哪——只知道必須前往某個**安全地帶**。不知道為什麼，她居然真的順利來到她所知的避風港。

第十四章

瑟蕾娜實在痛恨自己，因為她拚命鼓起勇氣才敢進入皇家圖書館，而這都是因為……那天晚上碰到那個**神祕怪客**。但更令她火大的是，那次遭遇把她在城堡中最喜愛的地點搞成某種未知而危險的鬼屋。

她推開高聳橡木門，進入圖書館，覺得自己這樣全身武裝的模樣實在有點蠢。但大部分的武器都以衣物遮蔽，畢竟她不想被問起為何堂堂御前鬥士進入圖書館還把自己搞得像上戰場。

經過昨晚的事，她實在不想進裂際城，因此決定把今天的時間用來分析在戴維斯辦公室取得的情報，以及查出那本命痕之書與國王的計畫之間到底有何關聯。到目前為止，她只發現一**個**線索顯示城堡之中有某件事情不對勁……好吧，她繃緊神經，試圖尋找線索、判斷那名怪客到底想在圖書館找什麼……或到底去了哪。

圖書館看來跟平常一樣：如洞穴般昏暗的古老石砌結構、堆滿書本的無盡走道，美得令人心痛，而且寂靜無聲。

她知道這裡有幾名學者和館員，但他們大多忙著各自的研究。圖書館的尺寸令人嘆為觀止，巨大得彷彿城中城。

那名怪客當時到底來這做什麼？

她的頭一歪，仰視上方以華麗欄杆包圍的兩層樓，鐵吊燈將光影投射於她所杵立的主廳。她喜歡這裡，喜歡四散各處的沉重書桌、天鵝絨紅椅，還有巨型壁爐前的一張張老舊沙發。

瑟蕾娜在研究命痕時所用的那張書桌旁停步。她和鎧奧在這裡度過許多時光。她能看到這裡有三層樓，到處都有空間讓她藏身——小室、壁龕，以及坍了一半的樓梯。圖書館**底下**到底有什麼？凝視腳下這片打磨拋光的閃亮大理石地板，她思索：這裡離她房間非常遠，應該沒有跟那些暗門地道相連，但城堡底下很可能還有**更多**被遺忘的祕密通道。

鎧奧曾提過某個謠言：圖書館底下還有**第二座**圖書館，藏於墓穴和地道中。如果她想暗中進行某些事、如果她是需要找地方躲藏的某種野獸……

雖然大概只有笨蛋才想查明這點，但她實在想知道答案。或許她能從那名怪客身上查出一些線索，讓她知道這座城堡裡到底有什麼名堂。

她走向最近的一面牆，身子被書籍投射的陰影淹沒。她花了幾分鐘才走到盡頭的牆壁，這一處擺有書櫃和龜裂書桌。她從口袋掏出粉筆，在某張桌面畫上「X」的記號。圖書館內部大多相似，這樣做記號便能讓她知道她已走過何處，就算這麼做會花上幾小時。

她經過幾面書櫃，有些樸素，有些覆以雕飾。牆面只有幾座燭臺，而且距離相當遠，她因此常走在燭光之間的黑影中。閃光大理石地板漸漸化為古老灰磚，周遭只聽見靴子刮過石頭的聲音，彷彿這是千年來的唯一聲響。

但既然有人來這條走廊點燃牆面燭臺，她就算迷路也不會永遠失蹤。

而且我不可能迷路——她向自己保證。在死寂的圖書館中，她按照以前受過的訓練，在旁邊做記號，把路線、出口和轉角記在腦中。她知道自己不會出事。

目前看來，她必須盡量深入圖書館內部——連學者們都不願進入的某處。

她想起以前的某一天：她當時正在專心閱讀《行屍走肉》，突然**感覺**腳下有異狀。雖然鎧奧表示是他拿匕首劃過地板來嚇她，但一開始那個感覺不同。

彷彿某種野獸的利爪刮過石磚。

別再想了，她告訴自己，妳完全在胡思亂想，當時只是鎧奧在逗妳。

不知道走了多久，她終於來到另一面牆。這個角落的書櫃是以古木鑿成，兩側雕成守護書籍的衛兵造型。牆面燭臺於此結束，她朝後牆一瞥，只見一片黑暗。

幸好某位學者在最後這座燭臺留下一把火炬，雖然小得不可能引發火災，但也無法燃燒太久。

她其實現在就可以結束——回房思索該如何從亞奇的那些客戶身上探聽情報。她已經將這面牆探索完畢，但沒有任何發現。後牆可以等明天再說。

可是既然已經來到這裡……

瑟蕾娜抓起火炬。

聽到時鐘敲擊，鐸里昂驚醒，發現自己渾身冒汗，儘管臥室寒冷。

他不知道自己為何會不小心睡著，但更令他納悶的是：房中門窗早已密閉，為什麼還這麼冷？

他吐出的氣息化為白煙。

他坐起身，感覺頭疼。

他作了一場惡夢，畫面以尖牙、黑影和閃亮匕首組成。只是一場惡夢。

鐸里昂搖搖頭，房中溫度已稍微爬升。或許只是一陣突來強風灌進房中，打瞌睡也只是因為昨晚熬夜。至於惡夢……八成是因為聽鎧奧描述瑟蕾娜的遭遇。

他咬緊牙根。她的工作本來就有危險，而且如果他因為她惹禍上身、差點害自己送命而責備她，也只會被她討厭。

鐸里昂甩掉最後一絲寒意，走進更衣室，換下發皺的外袍。轉身時，他相當確定他原本在沙發上所躺的位置浮現淡淡一圈冰霜。

再次仔細查看時，那裡卻沒有任何異常。

瑟蕾娜聽到某處傳來微弱的時鐘報時，但她不太相信自己的耳朵——她居然已經在這待了三小時。

不同於側牆，這面後牆傾斜彎曲，牆面的壁櫥、壁龕和小房間裡都是老鼠和灰塵。就在她準備在牆壁畫上X、打道回府時，她注意到一面掛毯，純粹因為這是她沿牆而走這麼久唯一看到的裝飾品。想起這半年來的奇遇，她**知道**這面掛毯一定不單純。

毯上不見伊琳娜、雄鹿，或任何綠意盎然的美景。

不，這張掛毯以近似墨黑的深紅線織成，上頭……沒有任何圖案。

她接觸古老縫線，為這種特殊色澤感到驚訝，彷彿指尖陷入這片黑幕。頸後寒毛豎立，瑟蕾娜一手按在匕首握柄，掀開掛毯，接著咒罵連連。

眼前是一道暗門。

她瞥視周遭書堆，確認沒有任何腳步聲或衣物窸窣作響後，她推開門。

一陣瀰漫霉味的沉重微風從門後的螺旋階梯底部湧上，飄過她身旁。她的火炬光芒只能深入內部幾呎，映出牆面描繪戰爭場景的華麗雕紋。

大理石牆面有一條細溝，深度不足三吋，這條溝渠沿牆彎曲，延伸至她的視線之外。她撫摸溝渠，平滑如玻璃，帶有薄薄一層黏漬……

一盞小銀燈置於牆面燈架。她拿起銀燈，燈內液體隨之打轉，她把火炬放在燈架上。「真聰明。」她輕聲道。

她微微一笑，確保火炬在安全距離外，接著把燈嘴伸進溝渠，開始傾倒，燈油沿溝渠流下。瑟蕾娜抓起火炬，接觸牆壁，溝渠立刻引燃，這條細長火光沿布滿蜘蛛網的漆黑階梯一路往下延伸。她一手扠腰，凝視下方，欣賞牆面雕飾。

她雖然不認為有誰會跑來這裡找她，但她還是把掛毯放回原位，然後拔出隨身的長匕首。走下階梯的同時，牆面戰繪也持續改變而且隨火光搖曳而變化。總覺得那些石刻臉孔正在轉頭看她，她決定停止觀看牆壁。

一道冷風擦過臉頰，她終於發現階梯盡頭，那裡通往一條漆黑走道，古塵和腐臭味從中傳來。一支火炬躺在最後一階的底部，被層層蜘蛛網覆蓋，顯示這裡已經很久無人到訪。

除非那東西能在黑暗中視物。

她推開這個念頭，拿起地上那支火炬，湊到牆面火溝點燃。

蜘蛛網從弧形天花板垂下、擦過鵝卵石地板，走道兩旁都是破舊書櫃，上頭擺滿古書，老舊得讓瑟蕾娜看不出書名。卷軸和羊皮紙塞滿每個角落或攤於朽木架，彷彿剛有人讀過。不知道為什麼，這裡比伊琳娜的安眠處更像墓穴。

她繼續前進，偶爾停步查看卷軸，但這些只是早已化成灰的歷代國王留下的地圖和收據。

城堡的各項紀錄。走這麼多路、把自己搞得緊張兮兮，只發現一堆根本沒用的城堡紀錄。那隻怪物大概就是想找這些東西：某位古王的雜貨帳單。

瑟蕾娜發出一串不堪入耳的咒罵，揮揮火炬，繼續前進，直到左方出現一條走廊。又一條階梯，想必通往比伊琳娜的墓穴更深的地底，但是到底有多深？牆面有個燈籠和溝渠，所以瑟蕾娜再次點燃這條旋轉火溝。這一次，灰石牆上是一片森林景色，還有——永生精靈，那些纖細尖耳和細長犬齒讓她一眼認出。牆上這些永生精靈躺臥、跳舞或是彈奏樂器，滿足於自身的永生不朽和超凡美貌。

不，國王那幫人**不可能**知道這裡，否則這些雕紋早被破壞殆盡。無需詢問歷史學家，瑟蕾娜也知道這條階梯十分古老，可能比圖書館後牆暗門那條階梯……甚至比這座城堡本身更悠久。

蓋文**為何**在這個地點建造城堡？這裡原本有什麼？

難道地底有什麼東西需要加以隱藏？

她一窺這條階梯底部，冷汗沿脊椎流下，又一陣微風從底部往上吹來。鐵。聞起來像鐵。

她沿螺旋階梯持續深入地底，牆面景象也隨之搖晃。終於來到盡頭時，她淺淺吸口氣，點燃一旁托架上的火炬。這是一條以灰石鋪成的狹長走廊，她只看見左手邊的牆壁中央有一扇門，除了身後的階梯之外沒有其他出口。

她掃視走道，這裡空無一物。連隻老鼠都沒有。再觀察片刻後，她走下最後一階，進入通道，邊走邊點燃牆面幾支火炬。

這道鐵門雖然並不起眼，其堅固性卻無庸置疑，釘飾表面彷彿一片無星天空。瑟蕾娜伸出一隻手，但在接觸金屬表面之前抽手。

這道門**為何**以純鐵打造？

鐵是唯一對魔法免疫的元素，她還記得這點。十年前，世界上有各式各樣的魔法操控者，有人認為這種力量是傳承自上古諸神——就算亞達蘭國王宣稱使用魔法就是冒犯神明。無論源自何處，魔法都以不同型態展現：治療、變形、召喚風火水元素、增進農作物和植物生長，或是窺視未來，用途不勝枚舉。千年歲月來，魔法的效果大多被刻意減弱，因為人血中的鐵質與魔法相剋，過於強大的魔法很可能引發昏迷或更嚴重的後果。

她在城堡見過幾百扇門，以木材、青銅或玻璃製成，但從沒見過純鐵。這道門是在「鐵門有其必要」的古老年代所造，所以它是為了阻止外人闖入……還是為了阻止某物離開？

瑟蕾娜觸摸伊琳娜之眼，再次打量這道門，實在看不出門後到底有什麼東西。她抓住門把用力拉，發現門被上鎖，但她沒發現任何鎖孔。她撫摸表面溝紋，或許鐵門因為生鏽而動彈不得？

沒看到鏽蝕，她不禁皺眉。

瑟蕾娜後退，打量鐵板。如果這道門根本打不開，又何必裝上門把？如果裡面沒有什麼重要物品，又何必上鎖？

她轉身想走，但是護符的暖意擦過肌膚，一道光芒從外袍滲出。

或許只是火炬閃爍，但是……瑟蕾娜觀察門板和石地板之間的縫隙，一道影子——比門後陰影更漆黑——在門縫內側逗留。

她以另一手慢慢拔出最細也最扁平的一把匕首，放下火炬，整個人趴倒在地，盡可能鼓起勇氣接近門縫。只是影子——那只是影子，或是老鼠。

無論如何，她必須知道答案。

她沒發出任何聲音，把閃亮匕首伸進門縫，刀身只有反映一片黑暗，以及火炬的光芒。

她把匕首稍微更往下移。

兩顆金綠球體的光芒從裡頭傳來。

她連忙後退，揮動匕首，咬脣不讓自己大聲咒罵。那兩顆是眼睛，在黑暗中發光的眼球，似乎是……

她從鼻孔嘆口氣，稍微放鬆，那大概是動物的眼睛，似乎是大老鼠，或許是小老鼠，也可能是某種野貓。

儘管如此，她還是再次悄悄向前，屏住呼吸，把刀身以斜角伸進門縫，觀察內部。這次卻空無一物。

她盯著刀身整整一分鐘，等那雙眼睛再次出現。

但不管那是什麼東西，顯然已經離開。

老鼠，八成是大老鼠。

儘管如此，瑟蕾娜還是無法甩掉身上寒意……或是頸上護符的暖意。就算門內不存在什麼生物，但一定存在答案。她會找出答案——但不是今天，她要先做好準備。

因為這扇門或許真能打開。這裡畢竟十分古老，她總覺得封印這扇門的力量跟命痕有關。

如果門後**真的**有什麼東西……抓起火炬時，她挪動右手五指，凝視滅絕獸留下的弧形咬痕。

八成是大老鼠。她現在也完全沒興趣證明這個判斷錯誤。

第十五章

晚餐時間，宮廷大廳人聲鼎沸。雖然瑟蕾娜平時喜歡在自己房間用餐，但一聽說芮娜・戈德史密斯將在晚宴演唱、以歡迎霍林王子歸來，便立刻想辦法擠進後方的一張餐桌旁。這桌只有次級貴族、鎧奧底下較高階的一些手下，以及想挑戰宮廷生活而獲准入場的來賓。

皇室家族坐在前頭的王座高臺上，由帕林頓、羅蘭以及一名女子陪同——似乎是羅蘭的母親。瑟蕾娜勉強能看到霍林小王子，他白皙矮胖，一頭象牙色鬈髮。把霍林放在鐸里昂身旁，這似乎有點不太公平，畢竟兩人差異太大。雖然她常聽聞霍林的惡行，卻不禁有些同情這名男孩。

令她意外的是，鎧奧選擇坐在她身旁，他的五名手下也同坐一桌。雖然會場入口和王座高臺旁已有衛兵站崗，但她絕不懷疑這桌衛兵跟他們同樣警覺。與她同桌之人都對她彬彬有禮——也十分謹慎，他們沒提起昨晚發生的事，但低聲詢問她狀況如何。在先前競賽中負責看守她的衛兵瑞斯似乎因為她狀況改善而確實感到安心，對八卦情報的掌握度也不遜於其他宮廷老僕。

「**然後啊**，」瑞斯的稚氣臉龐綻放邪笑，「他赤身露體爬上她的床，這時她**老爸**走了進來——」其他衛兵皺眉呻吟，鎧奧也不例外，「把他**拖**下床，拉過走廊，丟下樓梯，那傢伙一路上哀號得像隻豬。」

鎧奧癱靠於椅背，交叉雙臂。「如果有人把你的赤裸屍體拖過冰涼地板，你也會叫個不停。」鎧奧竊笑，瑞斯斷然否認。與夥伴們同席，鎧奧顯得非常自在，一派輕鬆、神采奕奕。手下們也很尊敬他，總是瞥向他、渴望他的贊同與支持。瑟蕾娜的輕笑聲消退時，鎧奧挑眉看她：「虧妳還笑得出來。妳比我認識的其他人都更愛抱怨地板有多冷。」

衛兵們露出猶豫的微笑，她坐直身子。「如果我沒記錯，每次我跟你對練，把你撂倒在地、當成擦地板的抹布，**你**老是抱怨地板有多冷。」

「哎唷唷！」瑞斯驚呼，鎧奧的眉毛挑得更高，瑟蕾娜咧嘴笑。

「還真大膽的宣言。」鎧奧說：「何不讓咱們去訓練場看看妳這番話有沒有事實根據？」

「噢，只要你的手下不介意看到你被打趴在地。」

「我們**絕不**介意。」瑞斯起鬨。鎧奧瞪他一眼，但態度顯得莞爾而非警告。瑞斯不忘補上禮數：「隊長。」

鎧奧開口想反擊，這時一名高䠷女子走上搭建於會場側面的小舞臺。

瑟蕾娜扭頭，看到芮娜·戈德史密斯以輕盈姿態走上木製舞臺，一架巨型豎琴和一名手持小提琴的男子正在等候。她以前只看過一次芮娜的表演，那是好幾年前在皇家戲院，就像今晚的寒冬之夜。在那兩小時中，戲院觀眾鴉雀無聲，彷彿全都停止呼吸。在那之後的幾天裡，芮娜的歌聲一直在瑟蕾娜腦中揮之不去。

從所坐位置，瑟蕾娜勉強能看到芮娜，她身穿一件綠長袍（沒有襯裙、束腹或是裝飾，除了圍繞於窄臀上的皮帶），一頭金紅髮絲散落。沉默氣氛在會場浮現，如波浪般傳至走廊。芮娜向王座高臺屈膝行禮，然後來到金綠相間的豎琴前方，觀眾正在等候。但是宮廷人士的興趣能維持多久？

芮娜朝瘦如蘆葦的小提琴手點個頭，她蒼白而修長的手指開始撥動豎琴、產生旋律。幾道音符後，節奏感建立，隨之而來的是悠揚而哀悽的小提琴聲。兩者交織融合，不斷高升，直到芮娜開口。

當她唱歌時，整個世界消失。

她的歌聲輕靈飄逸，宛如回憶中的搖籃曲，每一首曲子都令瑟蕾娜動彈不得。歌曲訴說遙遠大陸、被遺忘的傳說、永遠等待重逢的情侶。

會場無人敢動，就連僕人們也待在牆邊、門口和壁龕中。每首曲子結束後，芮娜只稍微停頓，允許觀眾鼓掌幾秒，豎琴和小提琴便響起，她再次讓大家陷入恍惚。

芮娜看向王座高臺。「這首歌，」她輕聲說：「是獻給今晚邀請我來此的尊貴皇室。」

這首歌訴說一個古老傳奇，嚴格來說是首古詩。瑟蕾娜只在小時候聽過，這是第一次聽到這首詩配上旋律。

聽在耳裡，她感覺初次聽聞：一名永生精靈女子天生具有某種恐怖的強大力量，每個王國的國王和領主都想要那種力量。他們雖然利用她贏得戰爭、征服敵國，卻也害怕她、跟她保持距離。

選唱這首歌，此舉十分大膽，更大膽的是把此曲獻給皇室。但皇族一家沒表示反對，就連國王也只是茫然凝視芮娜，彷彿她的歌詞與他十年前禁止的那種力量無關。或許暴君之心也能被她的歌聲征服，或許音樂和藝術具有一種無法被阻止的魔法。

芮娜繼續唱下去，訴說古老故事：永生精靈女子侍奉那些國王和領主，但也被寂寞一點一滴侵蝕。有一天，一名騎士奉國王之名前來向她求助，返回他的王國的一路上，他對她的恐懼化為愛意，他看到的並非她操控的力量，而是她身為女人的真實一面。雖然有眾多國王和皇帝以榮華富貴追求她，但贏得她芳心的卻是這名騎士的天賜——能看清她的本質，而不只是她擁有何種能力。

瑟蕾娜不知道自己是何時開始掉淚，她的呼吸漏了一拍，嘴脣打顫。她不該哭，尤其不該在眾目睽睽下。但一隻溫暖而粗糙的手從桌底下抓住她的手，她轉頭發現鎧奧正在看她。他微微一笑，她知道他明白。

因此，瑟蕾娜凝視這位侍衛隊長，回以微笑。

霍林在一旁扭來扭去，嘶吼抱怨他覺得多無聊、這場表演有多蠢，可是鐸里昂的注意力集中於會場後方的一張長桌。

芮娜．戈德史密斯的超凡歌聲蔓延於這個洞穴般的會場、擒住每個人的心。看在他眼裡，這種力量簡直與魔法無異，瑟蕾娜和鎧奧卻坐在那對望。

那種眼神不只是凝視彼此。鐸里昂的耳朵不再聽見樂聲。

她未曾以那種眼神看他，一次都沒有，一秒都沒有。

芮娜唱完歌，鐸里昂的視線從他們身上抽離。他認為他們倆之間應該沒什麼——尚未。頑固又忠誠的鎧奧永遠不會主動表示什麼，甚至也不會意識到他看瑟蕾娜的眼神跟她看他的眼神一樣。

霍林的抱怨聲越來越響，鐸里昂深吸一口氣。

他能跨過這一關，因為他不會像歌詞中那位古王一樣獨占她。她值得和一名忠誠勇敢的騎士相戀，那人能看見她的本質，而且對她不感懼怕。**他自己**也值得擁有將以那種眼神相視的愛人，就算那種愛不會相同，就算那人不是她。

所以鐸里昂閉上雙眼，再深吸一口氣。睜眼時，他已經將她放下。

幾小時後，亞達蘭國王站在地牢深處，他的祕密衛兵把芮娜·戈德史密斯拖上前，置於中央的斷頭臺已浸於鮮血。她的伴侶的無頭屍身躺在幾呎外，血流向地板中央的排水孔。

帕林頓和羅蘭默默站在國王身旁，注視等候。

衛兵們強壓這名歌手跪在染血石塊前，其中一人揪住她的金紅髮絲、用力一扯，逼她抬頭注視走來的國王。

「提起魔法，或鼓勵魔法，皆是死罪。使用魔法就是冒犯神明，妳膽敢在本王殿中唱那種歌，就是冒犯本王。」

芮娜·戈德史密斯只是以泛光兩眼瞪他。伴侶被砍頭時，她沒尖叫；她在表演結束後被國王手下逮捕時，甚至根本沒掙扎，彷彿早料到這一幕。

「有遺言嗎？」

她抬起下巴，皺紋臉龐釋放古怪而平靜的怒火。「我努力了十年，就為了擁有足夠知名度、能被邀來這座城堡。十年，就為了能來這裡高唱你試圖抹滅的魔法。我唱那些歌，是為了讓**你**知道我們依然存在──你或許能頒布禁令、屠殺千萬，但我們這些遵循古法之人未曾遺忘。」

國王身後的羅蘭嗤之以鼻。

「夠了。」國王彈個響指。

衛兵們把她的腦袋壓上石塊。

「我的女兒才十六歲。」她繼續說道，淚水沿鼻梁而下、滴落於石塊上，但她的嗓音依然堅強——而且響亮。「十六歲，就被你活活燒死。她名叫凱琳，眼如雷雲，我到現在還能在夢中聽見她的聲音。」

國王的下顎朝劊子手一撇，對方走上前。

「我的妹妹當時三十六歲。她名叫麗莎，有兩個她深愛的兒子。」

劊子手舉起斧頭。

「我的鄰居夫婦，瓊恩和艾斯特，當時七十歲，因為試圖阻止你那幫手下抓走我的女兒而喪命。」

斧頭落下的瞬間，芮娜・戈德史密斯還在朗誦死者名單。

第十六章

瑟蕾娜把湯匙插進碗裡，一嘗燕麥粥的味道，然後灑進一大堆砂糖。「這樣跟妳共進早餐多愉快！我一點也不想在這種冷死人的天氣出門。」飛毛腿的腦袋枕在瑟蕾娜的大腿上，大聲吐口氣。「我認為牠也有同感。」瑟蕾娜補充道，咧嘴笑。

娜希米雅輕聲發笑，然後咬一口麵包。「我跟飛毛腿似乎每天只有這時候能見到妳。」她以伊爾維語開口。

「我最近很忙。」

「忙著獵殺國王那份名單上的密謀者？」她瞪瑟蕾娜一眼，又咬一口麵包。

「妳希望我怎麼回答？」她把砂糖拌進燕麥粥，把注意力集中於這個動作，而不是好友的表情。

「我希望妳看著我的眼睛、告訴我，妳認為妳的自由值得付出這種代價。」

「**這就是**妳最近為什麼這麼尖銳？」

娜希米雅放下麵包。「我該怎麼跟我爹娘說妳的事？我該編什麼理由讓他們相信我跟**御前鬥士**的交情——」她用通用語說這四個字，彷彿嘗到毒藥而將其吐出，「是值得驕傲的友誼？我要怎麼讓他們相信妳的靈魂尚未腐敗？」

「我不知道原來我需要家長同意。」

「妳位高權重，而且容易探聽情報，妳卻只是乖乖聽話、從不質疑，妳只在乎一件事：**妳**

的自由。」

瑟蕾娜搖搖頭，移開視線。

「妳撇開頭，就是因為妳知道我說的是事實。」

「我爭取自由，這有什麼不對？我受的折磨還不夠多？我不配獲得自由？就算手段不算高尚，這又怎樣？」

「我不否認妳受過許多折磨，艾蘭堤雅，但是外頭有成千上萬的人也在受苦，他們的痛苦程度和妳相比有過之而無不及，他們卻不會為了獲得應有的自由而將自己出賣給國王。妳每殺一個人，我就少了一個跟妳維持友誼的理由。」

瑟蕾娜把湯匙丟在桌上，走向壁爐，她想撕裂掛毯和繪畫，砸爛她買來裝飾房間的一大堆小玩意兒。或許她只是不希望娜希米雅再用那種眼神看她——彷彿自己和高坐於玻璃王座的那個怪物一樣惡劣。她深呼吸兩次，豎起耳朵確認房間沒有其他人在場，然後轉身。

「我沒殺任何人。」她輕聲說。

娜希米雅僵住。「什麼？」

「我誰都沒殺。」她站在原地，需要保持距離才能說出這番話。「我幫他們詐死，協助他們逃跑。」

娜希米雅兩手撫摸臉龐，灑在眼皮上的金粉因此暈開。片刻後，她放下手，瞪大美麗的黑眸。「他叫妳去殺的人，妳一個都沒殺？」

「一個都沒殺。」

「亞奇・芬恩呢？」

「我給亞奇一個選擇：我給他到月底的時間，讓他處理私事，然後詐死逃離。做為交換，他要給我情報，讓我知道國王的敵人**到底**是誰。」她可以晚點再向娜希米雅說明那些事——國王的計畫、圖書館墓穴——現在提起只會引來太多疑問。

娜希米雅啜飲一口茶，杯中茶水因為雙手顫抖而打轉。「如果被他發現，他會殺了妳。」

瑟蕾娜看向露臺門，美麗曙光投射於遠方的寬廣世界。「我知道。」

「至於亞奇給妳的情報——妳打算怎麼做？是什麼樣的情報？」

瑟蕾娜簡短解釋有一幫人打算幫特拉森繼承人恢復王權，甚至說出戴維斯的下場，聽得娜希米雅臉色蒼白。瑟蕾娜說完後，娜希米雅又顫抖的啜飲一口茶。「妳相信亞奇？」

「我認為跟所有東西相比，他最看重自己的命。」

「他是個男妓，妳確定他值得信任？」

瑟蕾娜坐回椅子，飛毛腿縮在她腳邊。「這個嘛……**妳**信任**我**，而我是個刺客。」

「這不一樣。」

瑟蕾娜看向左方牆面的掛毯及其前方的五斗櫃。「雖然我可能因為跟妳說這些事而掉腦袋，但我還有另一件事或許該說出來。」

娜希米雅的視線也移向掛毯。片刻後，她倒抽一口氣。「那是——掛毯上是**伊琳娜**，是不是？」

瑟蕾娜露出歪斜微笑，交叉雙臂。「這還不是最糟糕的部分。」

兩人走向墓穴時，瑟蕾娜說明打從薩溫節以來跟伊琳娜之間發生的事——以及那之後的所有冒險，還展示凱因召喚滅絕獸的小房間。兩人接近墓穴時，瑟蕾娜皺眉，想起某個討人厭的新插曲。

「帶了朋友來啊？」

娜希米雅驚叫一聲。瑟蕾娜跟銅顱門環打招呼：「哈囉，莫特。」

娜希米雅朝銅顱瞇眼。「這怎麼——」她回頭看瑟蕾娜。「這怎麼可能？」

「古老魔法之類的狗屁。」瑟蕾娜說，打斷莫特的話，這傢伙正要開始說明自己是如何被布蘭農國王創造。「某人利用命運之痕的力量。」

「某人！」莫特呸一聲。「**那個**某人是——」

「閉嘴啦，」瑟蕾娜推開墓穴門，讓娜希米雅進去。「把那個故事說給想聽的人聽吧。」

莫特吐出一串聽來彷彿咒罵的臺詞。進入墓穴時，娜希米雅的兩眼發光。「不可思議。」公主低語，凝視寫滿命痕的牆面。

「那些符號寫些什麼？」

「死亡、永恆、統治者，」娜希米雅朗誦：「標準的墓穴場面話。」然後深入內部，在裡頭到處參觀。

瑟蕾娜斜靠於牆面，然後坐在地上，嘆口氣，用腳跟在地板凸起的一顆星痕磨兩下，打量這條弧線。

這些符號組成星座？

瑟蕾娜站起身，凝視地面，其中九顆星星組成一幅熟悉的輪廓——蜻蜓。她不禁揚眉，怎麼之前沒注意到？幾呎外的地面是另一個星座——雙足翼龍，就在蓋文的石棺頭邊。

亞達蘭家徽，也是天上第二個星座。

瑟蕾娜沿這些輪廓組成的線條而走，在墓穴之中穿梭，星空飄過腳下。來到最後一個星座的時候，她差點不小心撞上牆壁，還好娜希米雅及時揪住她的胳臂。

「怎麼了？」

瑟蕾娜凝視最後一個星座——雄鹿，北境之主，也是伊琳娜的老家特拉森的家徽。星座面向牆壁，雄鹿頭部似乎向上抬，彷彿在看什麼……

跟隨雄鹿的視線，瑟蕾娜的目光掃過幾十道牆面命痕，直到——

「命運之神在上！妳看。」她伸手一指。

牆面刻有一隻眼睛，大小不超過她的手掌，其中央是個精心鑿出的小孔，以眼睛輪廓巧妙隱藏。這道命痕本身形成一張臉——牆上其他眼睛圖案都是一片平滑，只有這隻眼眸中央開了個瞳孔。

唯有透過此眼，方能確實見物。她怎麼這麼幸運？這絕對只是巧合吧？她讓攀升的興奮情緒鎮定下來，然後踮腳窺視瞳孔內部。

她為什麼以前都沒注意到？她向後退一步，這道命痕便消失於牆面。她再踩在星座上，命痕再次出現。

「只有站在這個雄鹿星座上，才能看見那張臉。」娜希米雅低語。

瑟蕾娜撫摸那張臉，以觸感確認是否有任何裂縫或是暗門引來的微風，但什麼都沒有。她深呼吸，又踮起腳尖，面朝那隻眼睛，手已經拔出匕首，以防有任何東西從孔中撲來。看她這副緊張樣，娜希米雅不禁輕笑，但她只是勉強一笑，眼睛湊在石牆前，窺視孔中陰影。

從孔中只看見一面素牆，在一段距離外，映照於一束月光之下。

「那只是……一面牆。在那裡放一面牆有啥意義？」她發現自己太快下定論、試圖查出根本不存在的線索和關聯。她退後，讓娜希米雅自己去看。「莫特！」她喊道：「那面牆到底有什麼名堂？你覺得那面牆的存在合理嗎？」

「不。」莫特簡短回答。

「別騙我。」

「騙妳？騙**妳**？噢，我根本不能騙**妳**。妳問我那面牆壁的存在是否合理，我回答『不』。妳必須學會如何提出正確的疑問，否則永遠得不到正確答案。」

瑟蕾娜咬牙：「我該提出什麼樣的疑問才能得到正確答案？」

莫特嘖嘖兩聲。「老子不吃妳這一套。等妳想好適當疑問再回來吧。」

「你保證到時候會告訴我？」

「我是個門環，就本質上來說並不適合做出什麼保證。」

娜希米雅退離牆面，翻個白眼。「別聽他胡扯。我也沒看到什麼特別的東西，或許那只是惡作劇，老城堡本來就有一大堆亂七八糟的東西，純粹為了把後代搞得莫名其妙。可是這些命痕……」

瑟蕾娜淺淺吸口氣，然後提出已經考慮多時的要求。「妳能不能——教我如何看懂命痕？」

「哎唷！」莫特的咯咯笑從走廊傳來。「妳確定妳有那種智商？」

瑟蕾娜沒理他。她沒向娜希米雅說明伊琳娜最近提出的要求——查明國王的力量來源，因為她知道娜希米雅會如何回應：乖乖照那位已死王后的話去做。可是命痕似乎跟一切**有關**，包括那道眼睛謎語和這個愚蠢的牆壁把戲。如果她學會如何操控命痕，或許就能打開圖書館深處那道鐵門、從中找到一些答案。「或許……或許只學基本？」

娜希米雅微笑：「基本最難。」

撇開實用性，命痕是個被遺忘的祕密語言、讓人能使用特殊力量的系統。誰**不想學**？「那麼，咱們早上把散步改成上課？」

娜希米雅眉開眼笑，開口道：「沒問題。」這害瑟蕾娜因為之前隱瞞墓穴的事而有些內疚。兩人離開此處時，娜希米雅花幾分鐘研究莫特，大多關於他是以哪種魔法創造，他說他不記得，然後說這個問題侵犯隱私，又改口說她沒資格問。

娜希米雅近乎無限的耐心終於耗盡，兩人大罵連連、氣沖沖上樓，飛毛腿正在臥室焦急等候。這隻獵犬拒絕進入祕密通道——八成因為凱因和那隻召喚獸留下某種惡臭，就連娜希米雅也沒辦法哄牠跟來。

暗門關上、妥善藏好後，瑟蕾娜斜靠在書桌旁。墓穴那隻眼睛並沒有解開那道謎語，她希望或許娜希米雅更清楚謎語的涵義。

「我在戴維斯的書房發現一本命痕之書。我看不出這是謎語還是諺語，有人在封底內頁寫了這句話：唯有透過此眼，方能確實見物。」她告訴娜希米雅。

娜希米雅皺眉。「聽起來像是無聊貴族寫的無聊廢話。」

「可是……他是反動勢力的一員，還擁有命痕之書，妳覺得這是巧合嗎？如果這道謎語跟這一切有關？」

娜希米雅嗤之以鼻。「說不定戴維斯根本**不是**反動勢力的一員？或許亞奇根本弄錯情報。我敢打賭，那本書已經在那裡躺了不知道多少年，戴維斯根本不知道那本書的存在。又或許他只是在某間書店發現那本書，買回家只是想讓同夥以為他根本不在乎國王頒布的禁令。」

但或許不是這回事，或許亞奇確實發現一些蹊蹺。下次見到他時，她會問清楚。瑟蕾娜把玩護符的細鍊，突然渾身緊繃。眼睛……「會不會是**這隻**眼睛？」

「不，」娜希米雅說：「不可能那麼容易。」

「可是──」瑟蕾娜站直身子。

「相信我，」娜希米雅說：「這只是個巧合──就像牆上那隻眼睛。所謂的『此眼』可能指任何東西，什麼東西都有可能。而且在幾世紀前，人們在物體表面畫滿眼睛是為了形成抵禦邪靈的結界。再這樣胡思亂想，妳會把自己逼瘋，艾蘭堤雅。我可以在這個題材上做些研究，但是……可能要花些時間才會有任何發現。」

瑟蕾娜的臉龐放暖。好吧，或許她判斷錯誤，她並不想接受娜希米雅的看法，並不願意相信謎語會**那麼**難破解，可是……公主對古代知識的了解遠超過她。所以瑟蕾娜在餐桌旁坐下，雖然燕麥粥已經變涼，但照樣吃下肚。「謝謝妳，」她邊吃邊說，娜希米雅也坐下。「謝謝妳沒生我的氣。」

娜希米雅哈哈大笑。「艾蘭堤雅，說真的，我沒想到妳居然會把那些事告訴我。」

開門又關門的聲響傳來，然後是腳步聲──菲莉琶敲門，然後匆忙進入，為瑟蕾娜送來一封信。「早安，美麗的女士們，」她咯咯笑，娜希米雅回以咧嘴笑。「有封信要給咱們最尊貴的御前鬥士。」

瑟蕾娜朝菲莉琶露出喜悅神情，接過信。等僕人離開，她一瞥信上內容，笑容更顯燦爛。「是亞奇的來信，」她告訴娜希米雅：「他把可能與反動勢力有關的人列成名單，他們或許跟戴維斯有些牽連。」她有點震驚，他居然把這種情報直接寫在信上？或許她該教他如何使用密文。

娜希米雅卻收起笑容。「什麼樣的人會直接送來這種敏感情報？彷彿只是分享八卦新聞。」

「渴望自由、受夠侍奉畜生的人。」瑟蕾娜折起信，站起身。如果名單上這些男子跟戴維斯那種混蛋有任何相似之處，那或許把他們交給國王、把他們當作籌碼，倒也無可厚非。「我該換衣服了，我得進城。」走向更衣室的半路上，她轉身。「明天早餐後開始上第一堂課？」

娜希米雅點個頭，繼續吃飯。

瑟蕾娜花一整天時間跟蹤那些人——他們住哪、跟誰說話、身邊有多少保鑣，但沒獲得什麼有用情報。

日落時，她拖著又餓又累的身軀返回城堡，回房看到鎧奧送來的字條，心情更為惡劣——國王又要她擔任今晚皇家舞會的衛兵。

第十七章

不用跟瑟蕾娜說話，鎧奧也知道她心情不佳。其實打從舞會開始，他就不敢跟她說話，只是把她安排在外頭的露臺崗位、躲在一根柱子的陰影中。讓她吹幾小時冬風，應該能讓她冷靜下來。

從他的崗位——會場內靠近僕人通道的一處壁龕——他能監視前方的輝煌舞池，也能盯著在露臺門外站崗的瑟蕾娜。他並非不信任她，只是每次瑟蕾娜出現那種情緒的時候，**他**也會連帶緊張兮兮。

此刻，她交叉雙臂、斜靠於柱子，**沒有**按照他的指示躲在陰影中。他能看到她的吐息在夜風中化為旋轉白煙，她腰間一把匕首握柄反映月光。

會場以冰河般的藍白色系裝飾，從天花板垂下的如浪絲帶之間吊著華麗的玻璃飾品，營造出凜冬夢境般的意境。這幾小時的娛樂和不小的花費居然都是為了霍林那小混帳，他正坐在那張小小玻璃王座上，悶悶不樂的把甜食塞進喉嚨，他母后在一旁微笑以對。

雖然永遠不會跟鐸里昂明說，但鎧奧真的很擔心霍林長大成人的那一天。被寵壞的小鬼還好處理，但被寵壞的暴君可是完全不同的生物。他只希望在他和鐸里昂的控制下，已經在霍林心中萌芽的那種腐敗能稍微收斂——就等鐸里昂登基為王。

此刻，那位王位繼承人在舞池中履行對宮廷及皇室的義務：和每一位要求共舞的仕女跳舞——也就是在場幾乎所有女子。鐸里昂把這個角色扮演得十分稱職，始終笑容可掬，發揮優雅高明的舞技，未曾抱怨或拒絕任何女士。每支舞結束時，鐸里昂向舞伴行禮，還來不及走一步，又一名仕女在他面前屈膝行禮。換作鎧奧八成會擺出臭臉，但王子只是咧嘴笑，牽起對方的手、進入舞池。

鎧奧又瞥外頭一眼，隨即渾身緊繃——瑟蕾娜不在柱子旁。

他強忍咆哮。明天他會跟她好好說明遵守規定的重要性以及擅離職守所帶來的後果。

他意識到自己也在違反規定，因為他正在走離壁龕、穿過一扇為了通風而敞開的門。

她到底跑去哪？或許她發現哪裡出現安全問題——雖然王宮不可能受襲，也沒人會蠢得挑皇家舞會下手。

但他還是將一手擱於劍柄，走向階梯頂部的那根柱子——階梯下方就是已經結霜的花園。她剛剛還站在這，而且——

鎧奧看到她。

沒錯，她確實離開崗位，但不是為了處理什麼威脅。

鎧奧交叉雙臂。瑟蕾娜搞失蹤是為了**跳舞**。

會場的響亮樂聲飄至室外，瑟蕾娜正在階梯底部獨自跳起華爾滋，甚至拉起黑披風的一角，彷彿身穿舞裙，另一手則放在隱形舞伴的手臂上。他不知道該笑還是該罵，或是轉身離去、裝作沒看到。

她以優雅姿態旋轉，看到他時停止動作。

好吧，第三選項不再適用，只能從笑罵之間二選一，雖然這兩者似乎也不適合。

雖然月光昏暗，但他清楚看到她的臭臉。「我無聊得快哭了，而且差點凍死。」她抱怨，放下披風。

他待在階梯頂部，只是看著她。

「而且這是你的錯，」她繼續說道，把兩手插進口袋。「你逼我來這兒，有人沒關好露臺門，害我聽到那麼美妙的音樂。」華爾滋仍在演奏，飄於兩人周遭的冰涼空氣中。「所以你其實應該重新考慮責任歸屬，這就像讓餓死鬼參加筵席卻不准人家動叉子。說起來，你**其實**也這麼做過，就是逼我在國宴站崗那次。」

她碎碎念個不停，陰沉表情也讓他知道她因為被逮到而窘迫得要命。他咬唇忍笑，踩過四面階梯，來到花園的碎石小徑。「妳是天下第一刺客，卻連專心監視幾小時都辦不到？」

「要監視什麼鬼啊？」她咬牙嘶吼：「溜出舞會、躲在樹籬間彼此亂摸的情侶？還是跟所有單身小姐共舞的王子殿下？」

「妳吃醋啊？」

她爆出笑聲。「才不是！老天——根本不是那回事。但我確實不喜歡盯著他看，我不想看那些傢伙玩得那麼開心。最讓我嫉妒的是——我看得到卻吃不到的那些大餐居然根本沒人碰！」

他咯咯笑，回頭一瞥露臺和舞會入口。他早該回去崗位，卻還待在這，試探那條他無法乖乖遠離的界線。

昨晚他勉強阻止自己越界，就算因為看到她為芮娜．戈德史密斯的歌聲掉淚時而大受震驚，彷彿他突然發現自己因為她而更加完整。今早和她晨跑時，他故意要求多跑一哩，不是為了懲罰她，而是因為他無法停止思索她昨晚朝他投來的那種眼神。

她長嘆一聲，抬頭凝視明月，耀眼月光令周遭繁星黯然失色。「聽到音樂，我只是想**跳舞**幾分鐘，我只是……想忘掉一切，只跳首華爾滋，假裝自己是個普通姑娘。所以，」她怒目相視，「要罵就罵吧。我會受到什麼懲罰？明天多跑三哩？一小時魔鬼訓練？還是酷刑伺候？」

她的口氣帶有某種淒涼苦悶，這令他有些不安。而且，沒錯，他會因為她擅離職守而對她說教，但此刻……此刻……

鎧奧越界。

「跟我跳舞。」他朝她伸手。

瑟蕾娜凝視鎧奧伸來的手。「什麼？」

他的金眸反映月光，顯得格外耀眼。「妳哪個字沒聽懂？」

都懂，但也都不懂，因為他說那四個字的時候，並不像鐸里昂在冬至節舞會那天邀她共舞那種口氣，那只是個邀請，但這次……他的手依然伸向她。

「如果我沒記錯，」她抬起下巴，「冬至節那天，我邀請你共舞，被你一口回絕，你說我們倆共舞被看到會**出問題**。」

「現在情況不同。」又來了，又是她不知該如何分析的語帶玄機。

她感覺咽喉緊繃，凝視他的手，上頭布滿老繭和疤痕。

「與我共舞，瑟蕾娜。」他再次提出邀請，嗓音粗啞。

回應他的目光時，她忘了寒風，忘了明月，忘了聳立於一旁的玻璃宮殿，祕密圖書館、國王的陰謀、莫特、伊琳娜……全被拋諸腦後。接過他的手，她只聽見樂聲，只看見鎧奧。

雖然戴上手套，但他的指頭仍然傳來暖意。他用另一手攔住她的腰際，她的一手也搭上他的臂膀。他開始移步時，她抬頭看他。他的腳步緩慢，一步接一步，融入華爾滋的平穩節奏。

他也回視她，兩人都沒露出微笑——此刻似乎不再需要透過微笑來傳情達意。華爾滋邁入高潮、持續加速，鎧奧以舞步帶領她，未曾蹣跚。

她的呼吸變得急促，但無法將目光移離他的眼眸，無法停下腳步。月光、花園和舞會燈火化為模糊一片，彷彿遠在幾哩之外。「我們永遠當不成普通的男孩和女孩，是不是？」她勉強開口。

「沒錯，」他吸口氣，眼神熾烈，「永遠不會。」

樂聲突然在兩人周遭爆發，鎧奧引導她跟上節奏，旋轉她的身軀，她的披風隨之飄起。每一道舞步皆無瑕完美、招招致命，正如他們倆數月前第一次在對練場上以利刃相向。兩人熟悉彼此的一舉一動，彷彿已經共舞一生。步伐加速，未曾搖晃，她也未曾移開視線。

周遭世界化為無形。在那一刻、凝視著鎧奧，離鄉背井已十年之久的瑟蕾娜意識到：自己終於回家。

鐸里昂．赫威亞德站在會場窗邊，看著瑟蕾娜和鎧奧在花園共舞，他們倆的深色披風旋轉於周身，彷彿兩人只是隨風飛舞的幽靈。跳了幾小時的華爾滋，他終於得以逃離那些黏著他不放的女人，來到窗邊透透氣。

他原本打算出去走走，但一看到那兩人，這便足以讓他停步——卻不足以讓他轉身。他知道自己應該走離、假裝沒看到那一幕，因為就算那兩人只是在跳舞……

某人來到他身旁，他轉頭一瞥，看到娜希米雅在窗邊停步。因為伊爾維反抗軍被屠殺一事，她這幾個月很少出現在宮中，今晚難得現身。她身穿搭配金線的鈷藍長袍，髮辮盤起，頭戴小冠冕，整個人光采奪目。在吊燈照映下，她的精緻黃金耳環閃閃發光，令他不禁將視線移向她的優雅頸項。毫無疑問，娜希米雅是全場最令人驚豔的女子，他也注意到有多少男人——和女人——整晚都盯著她。

「別找他們麻煩。」她輕聲道，口音依然濃厚，但跟第一天來到裂際城相比已經大有進步。鐸里昂揚起一眉，娜希米雅在玻璃窗上畫出無形輪廓。「你和我……我們永遠與眾不同，因為我們永遠必須承擔……」她尋找適當辭彙。「責任。我們必須扛起其他人永遠無法明白的重擔。他們，」她的頭朝鎧奧和瑟蕾娜一撇，「也永遠無法明白。而他們如果能明白，他們就不會想要那些重擔。」

他們不會想要我們，妳是這個意思。

鎧奧轉動瑟蕾娜的身子，她流暢的飛旋一圈，隨即回到他懷中。

「我已經決定放下她。」鐸里昂也壓低嗓門。這是實話——今早醒來時，他感覺比過去幾星期都輕鬆許多。

娜希米雅點個頭，髮中金飾和珠寶微微閃爍。「我為此向你表示感謝。」她在窗面畫下另一道符號。「聽你的堂弟羅蘭說，你父王已經准許摩里遜議員的計畫、擴大卡拉酷拉的規模——讓那個勞動營能容納……更多……人。」

他維持面無表情，畢竟此地眾目睽睽。「羅蘭跟妳說的？」

娜希米雅的手從窗面放下。「他希望我轉告我父王、說我支持那項計畫，請我父王全力配合擴建一事，但我拒絕。他說明天有一場議會，到時他們會投票決定是否通過摩里遜的計畫，而我不被允許參加。」

鏵里昂把注意力集中於呼吸。「羅蘭根本無權那麼做。」

「你能阻止嗎？」她的黑眸凝視他的臉龐。「在議會跟你父王談談——說服其他人否決那項計畫。」

除了瑟蕾娜以外，沒有其他人敢這樣跟他說話，但是公主的勇敢與他該如何回應無關。鏵里昂答覆：「不行。」

說出這兩個字，他感覺羞愧得臉紅，但這是實話。他沒辦法處理卡拉酷拉的問題，這麼做只會給他自己和娜希米雅惹來大麻煩。之前好不容易說服父王別傷害娜希米雅，如果再要求關閉卡拉酷拉，這等於逼他選邊站、逼他做出某個選擇，很可能讓他因此一無所有。

「你沒那個能力？還是沒那個意願？」聽到這話，鏵里昂嘆氣，正想解釋的時候被她打斷：「如果瑟蕾娜被送去卡拉酷拉，你會不會救她？你會關閉那座勞動營嗎？你帶她離開安多維爾的時候，有沒有稍微考慮過留在那的那些人？」他有想過，不過……他當時確實沒考慮太久。「成千上萬的無辜百姓在卡拉酷拉和安多維爾勞動至死。去問瑟蕾娜她在那裡幫忙挖的墳坑，王子，看看她背上的疤痕，其實跟在那裡大多數人相比，她的遭遇已經算是**蒙神賜福**。」或許是因為他習慣她的口音，但他非常確定她的發音比之前更為精確。娜希米雅指向花園——瑟蕾娜和鎧奧已經停止跳舞，正在談話。「如果她被送回去，你會不會救她出來？」

「當然會，」他謹慎用字：「但事情沒那麼簡單。」

「事情一點也不複雜，純粹就是『是非善惡』。那兩座勞動營的奴隸也有親友愛人，正如你愛瑟蕾娜。」

他一瞥周遭，以摺扇掩面的仕女們熱情的盯著他，就連他母后也注意到他和公主的冗長對話。瑟蕾娜已經回到柱子旁的崗位，鎧奧則溜過一道露臺門，返回於會場另一端的壁龕崗位，面無表情，彷彿剛剛那場共舞根本沒發生。「這裡不適合談這個話題。」

娜希米雅凝視他久久一刻，然後點個頭。「你擁有力量，王子，超乎你想像的力量。」她觸摸他的胸膛，在上頭畫個符號，此舉引來幾名仕女驚呼，但她直視他的眼睛。「那股力量，」她低語，輕敲他的心口。「沉睡於此。等時機到來、等這股力量覺醒的時候，別害怕。」她抽手，給他一個哀傷的微笑。「等時機到來，我會幫助你。」

語畢，她轉身走離，在場貴族紛紛讓路。他目送公主離去，思索她最後那番話到底有何涵義。

而且為什麼……她說出那番話時，他感覺體內深處有某種沉睡古獸睜開一眼。

第十八章

瑟蕾娜坐在亞奇的起居室，朝劈啪作響的壁爐皺眉。等亞奇回家的時候，她沒碰管家為她端來、此刻置於大理石茶几上的茶，倒是享用了兩塊泡芙和一塊巧克力果仁蛋糕。她確實可以晚點再來，但外頭冷得要命，加上昨晚站崗那麼久，此刻的她實在累得不想動。加上她實在需要找些事情分散注意力，讓自己別重溫和鎧奧的那支舞。

華爾滋結束時，他只是開口表示她如果再擅離職守，他會在結冰的鱒魚池打個洞、把她丟進去。然後，彷彿剛剛沒跟她共舞、害她雙膝發軟，他轉身返回會場，留她在原地吹冷風。今早晨跑時，他根本沒提起昨晚共舞一事。或許整件事都出自她的幻想，或許冰冷夜風令她智力退化。

今早和娜希米雅上第一堂命痕課程時，她也心不在焉——也因此換來不少責備。她把原因歸咎於這套語言太過複雜、幾乎狗屁不通。她以前學過幾種語言，讓她能在亞達蘭語並不通用的區域勉強跟當地人互動——可是命痕完全不同。試圖學習這套語言的同時試圖解開名為「鎧奧・韋斯弗」的謎團，根本是不可能的任務。

瑟蕾娜聽到前門開啟，模糊交談聲，匆忙腳步聲，然後——亞奇的美顏登場。「先等一下，讓我稍作梳洗。」

她站起身。「沒那必要，我說完就走。」

亞奇的綠眸閃爍，但他進入起居室，把紅木門在身後關上。

「坐。」她說，似乎不在乎這是他的住處。亞奇聽話照做，在沙發對面的扶手椅坐下。他的臉頰因為外頭寒風而泛紅，令他的綠眸更顯迷人。

她蹺起二郎腿。「如果你的管家繼續待在鎖孔旁偷聽，我會把他的兩隻耳朵割下來，塞進他的喉管。」

模糊咳嗽聲傳來，然後是某人離去的腳步聲。確認沒有其他人偷聽後，她仰躺在沙發靠墊上。「我需要的不只是名單，而是他們『到底』有何打算——他們對國王的計畫有多少了解。」

亞奇的臉龐蒼白。「我需要更多時間，瑟蕾娜。」

「你只剩三星期左右。」

「給我五星期。」

「國王限我一個月內殺了你。我費了好一番功夫才讓他們相信你這個目標不容易處理，我不能給你更多時間。」

「可是我需要時間——處理我在裂際城的事，還有幫妳取得更多情報。因為戴維斯被殺，他們現在都格外謹慎，沒人願意開口，沒人敢私下討論任何事情。」

「他們知不知道戴維斯的事是個意外？」

「裂際城裡這種意外不斷，我們老早知道那些命案大多**根本不是**意外。」他抓抓頭髮。「拜託，多給我一點時間。」

「愛莫能助。我再說一次，我需要的不只是名單，亞奇。」

「王儲呢？還有侍衛隊長？或許他們有妳需要的情報——妳不是跟他們關係很好？」

她咬牙。「你對他們知道多少？」

亞奇投來沉穩深思的眼神。「妳以為妳在柳樹屋門口『湊巧』碰到我那天，我沒認出那位侍衛隊長？」他的注意力移向她的腰側，她的手已經握住匕首。「妳有沒有讓他們知道妳不打算殺我？」

「沒有，」她稍微鬆開匕首。「我沒說，我不想把他們牽連進來。」

「還是因為妳其實不信任他們？」

她倏然起身。「別裝得好像你很了解我，亞奇。」

她走向門邊，用力一推，不見管家的蹤影。她回頭一瞥，亞奇瞪大眼睛看著她。「這週結束前——還剩**六天**——給我弄到更多情報。如果你辦不到，咱們下次的見面可就不會這麼愉快。」

沒等他回應，她已經大步走離，從玄關衣櫥拿回披風，返回冰冷的城市大街。

鐸里昂面前的地圖和數字一定有問題，一定有人在開玩笑，因為卡拉酷拉不可能有**這麼多**奴隸。坐在議會廳的長桌旁，鐸里昂一瞥同桌男子們，沒人顯得驚訝或難過，對卡拉酷拉甚感興趣的摩里遜議員更是一臉興高采烈。

他實在應該想辦法爭取讓娜希米雅參加這場會議，但這個決定已經通過，無論她說什麼都不會帶來任何變化。

父王對羅蘭微微一笑，用拳頭撐著腦袋。巨嘴壁爐似乎想吞噬整個房間，從中透出的火光使國王手上的黑戒指微微閃爍。

坐在帕林頓身旁的羅蘭指向地圖，這兩人手上都戴相同款式的黑戒指。「如各位所見，目前的奴隸數量已經超過卡拉酷拉所能負荷，人多得根本塞不進現有礦坑——雖然我們已經叫他們挖掘新礦道，但是工作進度停滯不前。」羅蘭微笑。「**但是**，如果各位稍微把視線往北方移，就在歐克沃南端這一塊，我們的手下發現一大片鐵礦床，那裡離卡拉酷拉不遠，我們能再加蓋幾棟建築、容納額外的衛兵和監工。只要我們高興，還可以加入更多奴隸，而且命令他們立刻開挖。」

對此提議甚感讚賞的眾人竊竊私語。看到父王朝羅蘭點個頭，鐸里昂不禁咬牙。三枚同款黑戒指，這是為了象徵什麼？他們三人結盟？羅蘭怎麼這麼快就贏得父王和帕林頓的信任？因為他支持卡拉酷拉那種人間煉獄？

娜希米雅昨晚那番話在他腦中揮之不去。他曾近距離看過瑟蕾娜的背脊——那幾道慘烈疤痕令他作嘔而憤怒。有多少人像她那樣受苦、最後死在勞動營？

「奴隸睡哪？」鐸里昂突然提問：「你也打算為他們蓋住所？」

每個人，包括父王，轉頭看鐸里昂。羅蘭只是聳個肩：「他們是奴隸，睡礦坑就行，何必為他們蓋屋子？如此一來，還能節省每天把他們送去礦坑的時間。」

更多竊竊私語和點頭贊同。鐸里昂瞪羅蘭：「既然奴隸人數過多，我們何不放一些走？他們不可能全是叛徒和罪犯。」

桌尾傳來低吼——是父王。「說話小心點，王子。」

這種口氣並非父親對兒子，而是國王對繼承人。儘管如此，他體內的寒冰怒火仍在攀升，而且他不斷看到瑟蕾娜的疤痕，看到他帶她離開安多維爾那天她的瘦弱身軀，她的憔悴臉龐和眼中混雜的希望與絕望。他聽到娜希米雅那番話：跟在那裡大多數人相比，她的遭遇已經算是**蒙神賜福**。

鐸里昂凝視長桌彼端，父王的臉色陰沉惱火。「計畫如此？我們已經征服每一塊陸地，你們打算把每個人丟進卡拉酷拉和安多維爾，直到外頭只剩亞達蘭的人？」

一片沉默。

這股怒火將他拉進體內深處——娜希米雅觸摸他的心口時，他曾感到某種上古力量從那裡一閃而過。「不斷苦苦相逼，人民遲早會造反，」鐸里昂對父王說，然後瞥向羅蘭和摩里遜。「你們何不試試在卡拉酷拉住個一年，到時再回來跟我說說擴建計畫。」

父王以兩手往桌上一砸，杯子和水瓶因此震動。「給我管好你那張嘴，王子，否則你在投票之前就會被趕出這間議會廳。」

鐸里昂猛然起身。娜希米雅說得沒錯，他在安多維爾的時候沒看清楚那些人的遭遇，因為他當時不允許自己目睹那片慘況。「我聽夠了，」他朝父王、羅蘭、摩里遜、帕林頓以及在場所有大臣咆哮：「您想知道我的看法？我現在就說清楚：**我不贊成**，永遠不可能。」

父王咬牙，但是鐸里昂已經踏過鮮紅大理石地板，走過那座恐怖壁爐，穿過出口，進入玻璃城堡的明亮走廊。

他不知道自己要去哪，只知道自己感覺冷得要命，體內的一陣寒意讓熾烈又平靜的怒火持續燃燒。他走過一串串階梯，進入下層的石城堡，然後是狹長走廊和狹窄樓梯，直到他發現一間無人的古老廳堂。他用力揮拳捶牆，把氣出在牆上。

拳下石牆碎裂。

不是細痕，而是蜘蛛網狀的裂痕，持續擴散，延伸向右方窗戶，直到——

窗戶炸裂，玻璃飛濺，鐸里昂連忙抱頭蹲下。外頭空氣從裂口湧入，冷得讓他雙眼模糊，但他只是跪在原地，指尖陷入髮絲，不斷呼吸，直到怒火消退。

不可能。或許他只是剛好打中牆壁最脆弱的一點，太過老舊的石塊稍受碰撞就會損壞，雖然他沒聽說過石頭會像這樣裂開——如生物般向外延伸——還有窗戶……

心跳加速的鐸里昂查看雙手，沒有任何瘀傷或割傷，甚至沒有任何痛楚。但他明明是用盡全力捶那面牆，他的手很可能——應該——骨折，指關節卻毫無損傷，只是因為用力握拳而失去血色。

鐸里昂以顫抖的雙腿站起身，查看自己造成多少損壞。

牆面岔裂，但尚未崩塌，不過古老窗戶已經徹底粉碎。而他剛剛蹲下的位置……一個完美的圓圈，沒有任何碎片入侵，彷彿碎玻璃和木屑刻意避開。

不可能，因為魔法……

魔法……

鐸里昂雙膝跪下，感覺強烈作嘔。

縮在鎧奧身旁的沙發上，瑟蕾娜啜飲一口茶，皺起眉頭。「你就不能聘請像菲莉琶那種僕人？這樣就有人送點心來了。」

鎧奧挑眉：「妳現在都不待在自己房間？」

沒錯，盡量避免，畢竟伊琳娜、莫特和那堆怪事離她只有一門之遙。換做以前，她或許會想待在祥和的圖書館，但情況已經不同，因為圖書館隱藏太多祕密，她一想到就頭暈。有那麼一刻，她突然想到：不知道娜希米雅有沒有查明戴維斯書房中的那道謎語？明天得問她。

她伸出以襪子覆蓋的腳，一踹鎧奧的肋骨。「我想說的是：我偶爾想吃巧克力蛋糕。」

他閉眼朗誦：「還有蘋果派、一條麵包、一鍋燉肉、一大堆餅乾，加上——」他咯咯笑的同時，她把腳移向他的臉、**向前一壓**。他抓住她的腳，在她試圖抽回時故意不放手。「妳知道我說的是實話，**蕾娜**。」

「是又怎樣？難道我沒奮力贏得『想吃就吃、隨時隨地』的權利？」她的腳順利掙脫的同時，他臉上的微笑淡去。

「的確，」爐火劈啪作響，幾乎淹沒他放輕的嗓門。「妳是贏得那項權利。」片刻沉默後，他站起身，走向門口。

她用手肘撐起身子。「你去哪？」

他打開房門。「去幫妳弄巧克力蛋糕。」

他從廚房弄來蛋糕，兩人合作吃掉一半。瑟蕾娜躺回沙發，一手放在鼓漲的肚皮上，鎧奧已經躺在坐墊上沉沉睡去。舞會那晚忙到半夜才睡，今早天亮就起床跑步，這實在累人。他何不乾脆取消晨跑？

妳知道，宮廷生活並非一向如此，娜希米雅曾說過。人們曾經看重榮耀和忠誠——侍奉君主並非出自順服和恐懼。妳認為那種宮廷有可能東山再起嗎？

瑟蕾娜當時沒回答娜希米雅，因為她不想討論這個話題。但現在看著鎧奧，這位鐵錚錚的男子漢……

是的，她自忖。是的，娜希米雅。如果我們能找到更多像他這樣的男人，那種宮廷確實可能捲土重來。

但她意識到：在目前這位國王統治下，這是不可能的夢想。娜希米雅還來不及建立那種宮廷，就會被他消滅。如果這位暴君消失，娜希米雅所夢想的那種宮廷便能改變世界，能彌補十年殘暴恐怖統治帶來的破壞，重建被戰火蹂躪的各片國土，復原被亞達蘭大軍粉碎的眾多王國之心。

而且在那個世界……瑟蕾娜用力嚥口水。雖然她和鎧奧永遠當不了普通人，但在那種世界或許能擁有自己想要的生活，她**渴望**那種生活。因為就算他表現得昨晚共舞後沒發生任何改變，但確實有事發生。雖然花了不少時間，但她終於意識到……她想**跟**這個男人共享那種人生。

娜希米雅所夢想的世界、瑟蕾娜偶爾允許自己幻想的世界，那只不過是一絲希望、原本的眾多王國曾有過的榮景。但或許那批反動分子確實知道國王有何計畫，也知道如何暗中破壞——如何推翻這位暴君，無論艾琳·加勒席尼斯是否參與、無論他們宣稱她要建立的軍隊是否存在。

瑟蕾娜嘆口氣，悄悄離開沙發，輕輕挪動鎧奧的兩腿以免弄醒他。但她忍不住轉身，俯身以指尖撫摸他的短髮，擦過他的臉頰，然後安靜離開他的房間，順便把剩下的巧克力蛋糕一併帶走。

正在思索「如果把剩下的巧克力蛋糕全部吃完會不會因此肚子痛」的時候，她拐進通往她房間的走廊，看到鐸里昂坐在她房門外的地板上。看到她時，他朝她瞥來，目光移向她捧著的蛋糕。瑟蕾娜尷尬得臉紅，抬起下巴。因為羅蘭的事而鬧得不愉快後，他們倆就沒再說過話。

或許他是來道歉，他活該。

但她走近的同時，鐸里昂站起身。一瞥他的藍寶石眼眸，她就知道他不是為道歉而來。

「這麼晚了，不適合探訪吧？」她以打招呼的口吻說。

鐸里昂把雙手插進口袋，斜靠於牆，一臉蒼白，顯得心煩意亂，但勉強朝她一笑。「這麼晚了，也不適合吃巧克力蛋糕吧？妳剛剛入侵廚房？」

她沒開門，而是上下打量他。他看來正常——身上沒瘀傷或是其他傷口——卻有些不對勁。「你來這做什麼？」

他避開她的視線。「我想找娜希米雅，但她的僕人說她不在。我以為她是來這，然後以為妳跟她大概出門散步。」

「我今早之後就沒再見到她。你找她有事嗎？」

鐸里昂顫抖的吸口氣，瑟蕾娜突然意識到這條走廊**有多冷**。他在這片冰涼地板坐了多久？

「不，」他甩甩頭，彷彿在說服自己。「沒有，沒事。」

他轉身要走。她出自下意識的開口：「鐸里昂，發生什麼事？」他轉身。

有那麼一秒，他眼中綻放某種光芒，讓她想到被燒毀已久的某個世界——那種一閃而過的色彩和力量至今仍潛伏於她的夢魘中。但他眨眨眼，那道光芒隨即消失。「沒什麼，一切正常。」他邁步離開，雙手依然插在口袋。「好好享用妳的蛋糕吧。」他回頭道，然後消失於她的視線。

第十九章

站在國王的王座前、報告昨天的情況，鐵奧感覺沉悶得要命。他試著別回想昨晚那一幕：瑟蕾娜的指尖輕輕擦過他的頭髮、他的臉龐，令他產生強烈欲望，想把她壓在沙發上。他動用所有自制力來穩定呼吸、繼續裝睡。她離開後，他的心臟急促跳動，他花了一小時才讓自己鎮定入眠。

此刻看著國王，鎧奧很慶幸當時成功自制。他和瑟蕾娜之間的界線有其必要，如果跨過界線，這將影響他對國王的忠誠度——更別提他和鐸里昂之間的友誼。王子這星期很少出現，鎧奧今天想去找他。

鎧奧效忠的是鐸里昂和國王。如果缺乏忠誠，他就一無所有。如果缺乏忠誠，他當初放棄家人和頭銜就是白忙一場。

鎧奧說明他為今天即將來到城中的馬戲團安排了什麼維安措施，國王點個頭。「很好，隊長，確保你的手下也監視城堡區域，我知道馬戲團裡龍蛇雜處，我不想讓那種人到處亂闖。」

鎧奧低頭鞠躬。「遵命。」

平常的時候，國王只是悶哼一聲、揮個手叫他退下，但今天卻盯著他，一隻手肘撐在玻璃王座的扶手上。在這幾秒的沉默中，鎧奧不禁好奇：昨晚被瑟蕾娜偷摸的時候，有沒有哪個城堡密探從鎖孔偷窺兩人。接著，國王開口。

「派人監視娜希米雅公主。」

鎧奧實在沒料到國王會說這種話，但他逼自己維持面無表情，沒質疑這番大有玄機的要求。

「她的……影響力開始在宮廷之中產生作用，我也懷疑我是不是該把她趕回伊爾維。雖然我老早安排一些手下監視她，但我也聽說有一位不具名人士想要她的命。」

鎧奧心中浮現許多疑問，加上一絲不寒而慄。是誰想要她的命？娜希米雅有什麼言論或行為引來這種威脅？

鎧奧身子僵直。「我沒聽說過那種消息。」

國王微笑。「確實沒人聽說過，就連公主自己也不知道。看來她在宮廷外頭也樹立了不少敵人。」

「我會加派衛兵在她房外站崗及巡邏她那一處區域。我也會立刻通知她——」

「不需要通知她，別讓任何人知道。」國王瞪他一眼。「她或許會把這項情報當成籌碼——把自己變成某種烈士。叫你的手下乖乖把嘴巴閉上。」

雖然鎧奧不認為娜希米雅會那麼做，但還是保持沉默，而且會叫手下別聲張出去。他也不會讓公主——或瑟蕾娜知道這件事。雖然他跟娜希米雅之間關係不錯，雖然她是瑟蕾娜的好友，但這不代表什麼。雖然他確信瑟蕾娜如果知道他隱瞞這件事一定會大發雷霆，但他畢竟是侍衛隊長。為了爬到這個位置，他付出的代價也不少於瑟蕾娜。邀請她跳舞那次，他已經讓彼此的距離太過接近——他讓自己太接近她。

「隊長？」

鎧奧眨眨眼，然後深深一鞠躬。「遵命，陛下。」

鐸里昂喘氣，將劍揮過半空中，以精確招架讓衛兵手忙腳亂。這是第三場比試，他的第三位對手也即將敗北。他昨晚完全沒睡，今早也沒辦法乖乖坐著，所以他來到兵營，希望有人能消耗他的精力、讓他疲憊得癱軟。

他招架撥擋衛兵的進擊。一定弄錯了，或許這全出自他的幻想，或許只是某種元素湊巧出現。魔法已經**消失**，他根本不可能擁有那種力量，因為就連父王也沒有魔法天賦。魔法已經在赫威亞德家族中沉睡數代。

鐸里昂輕鬆繞過年輕衛兵的防禦，雖然對方舉手表示投降，王子還是不禁懷疑對方是否放水，這種想法令他差點破口大罵。他正準備叫對方再比一場，這時某人悠哉走來。「介不介意我加入？」

鐸里昂凝視羅蘭，對方的細劍看起來似乎未曾用過。衛兵瞥鐸里昂一眼，鞠個躬，隨即轉身離去。鐸里昂看著堂弟——以及那枚黑戒指。「我認為你最好別挑今天惹我，堂弟。」

「啊，」羅蘭皺眉：「關於昨天的事……我向你道歉。如果我早知道你那麼在乎勞動營的問題，我絕不會去碰那個話題，也不會跟摩里遜議員合作。你昨天離開後，我取消了投票，摩里遜氣得半死。」

鐸里昂揚眉：「噢？」

羅蘭聳個肩：「你說得沒錯，我對那些勞動營的狀況一無所知。我之所以接下那個案子，只是因為帕林頓希望我能跟摩里遜合作，摩里遜能從這項擴建案獲益不少，因為他跟冶鐵業關係匪淺。」

「我應該相信你這番話？」

羅蘭露出勝利的微笑。「畢竟咱們是一**家人**嘛。」

一家人。鐸里昂從不認為自己這一家是個真正的家庭，現在尤其不這麼認為。如果有誰發現昨天走廊那一幕、發現他可能使出的魔法，他可能會被父王處死，畢竟父王還有另一個兒子。真正的家人之間不該有這種待遇，不是嗎？

鐸里昂昨晚因絕望而想找娜希米雅商談，但到了天亮時，他很慶幸沒見到她。如果讓公主知道他有這種能力，她很可能利用這點——日後盡情勒索他。

至於羅蘭……鐸里昂移步走離。「你何不把這種心機用在在乎的人身上？」

羅蘭跟上。「啊，但有誰比我的堂兄更具資格？說服你加入我的計畫，這可是最大的挑戰啊。」鐸里昂瞥以警告一眼，發現這個年輕人正在咧嘴笑。「可惜你沒看到你昨天離開後造成的混亂，」羅蘭繼續說道：「我還活著的一天，我絕不會忘記你朝他們咆哮時你父王是什麼樣的臉色。」羅蘭哈哈笑，鐸里昂發現自己也不禁嘴角上揚。「我還以為那老混蛋會當場爆炸。」

鐸里昂搖搖頭。「注意你的用字。對他稍微無禮之人幾乎都被送上絞刑臺。」

「的確，但你大概無法想像我這種英俊瀟灑之人能逃過多少懲罰。」

鐸里昂翻個白眼，但稍微考慮這位堂弟的說詞。羅蘭或許跟帕林頓和父王十分親近，但是……或許他只是被拉進帕林頓的陰謀，需要有人把他帶回正路。如果父王和其他議員認為他們能利用羅蘭來贏得其他人支持他們的邪惡計畫，那麼鐸里昂也該開始加入這場遊戲，他可以利用父王的卒子來還治其人之身。堂兄弟連手，一定能說服不少議員反對日後的惡劣提案。

「你真的取消了投票？」

羅蘭揮揮手。「我認為你說得沒錯，我們不該再試探其他王國的底線。如果想維持控制，我們就得找到一個平衡點。把那些民眾送去當奴隸，這麼做不會有幫助，反而可能讓更多人發動叛亂。」

鐸里昂緩緩點頭，然後停步。「我得去某個地方，」他說謊，收劍入鞘，「咱們大概晚餐時在大廳見吧。」

羅蘭露出大方笑容。「我會試著找幾位漂亮姑娘來陪我們。」

等羅蘭拐過轉角，鐸里昂才走向外頭，中庭的混亂景象抓住他的目光。母后為霍林安排的馬戲團——遲來的冬至節禮物——終於抵達。

這並不是大型馬戲團，寬敞的中庭只有幾座黑帳篷、十幾輛籠車，還有五輛以帆布覆蓋的篷車。整個車隊顯得陰沉嚴肅，雖然小提琴手正在演奏。忙著趕在入夜前搭好帳篷、讓霍林驚喜的工人們正在愉悅吆喝。

鐸里昂穿過人群時，幾乎沒人瞥他一眼。不過話說回來，他一身汗溼舊衣，還以披風緊緊裹身，只有訓練有素、目光銳利的衛兵們注意到他，但他們無需王子明說也知道他不想引起注意。

一名令人驚豔的女子走出一座帳篷——金髮、苗條高䠷、身穿精緻的騎馬裝。一位魁梧如山的男子也從中現身，扛著兩根長鐵柱，鐸里昂懷疑普通男子絕對抬不動那種東西。

鐸里昂走過一輛大型篷車，看到漆在側面的白字時，不禁停步：

千鏡馬戲團！

來目睹現實與真相的激烈衝擊！

他皺眉。母后到底有沒有考慮過這份禮物的模樣？傳遞何種訊息？喜歡製造幻覺和把戲的馬戲團總是在試探「叛亂」的底線。鐸里昂悶哼一聲，或許**他自己**也該被關在這種籠子裡。

一隻手搭在他肩上，他轉身看到鎧奧微笑以對。「我就知道你八成在這。」他一點也不驚訝自己被鎧奧認出。

正打算回以微笑時，鐸里昂注意到誰在隊長身旁。瑟蕾娜站在一座裹布鐵籠前，側耳傾聽，想知道這塊天鵝絨黑布後面到底有什麼東西。「你們倆這麼早來這做什麼？揭幕式晚上才開始。」不遠處，那名彪形大漢開始拿鐵鎚把一呎長的鐵釘敲進結冰的土地。

「她想散個步，而且——」鎧奧突然大聲咒罵。鐸里昂雖然不太想這麼做，但還是跟在鎧奧身後。鎧奧悄悄走到瑟蕾娜身後，把她的手臂從黑布後方用力抽回。「小心被咬斷手。」隊長警告她，她怒目相視。

接著，她給鐸里昂一個抿嘴微笑，看起來比較像臉部抽搐。昨晚他對她說他想見娜希米雅，那並非謊話，但他也發現自己想見她……直到她捧著那堆蛋糕出現，她顯然打算私吞。

他實在無法想像：如果她知道他可能——**可能**，他不斷如此提醒自己——體內有些法力，她會有何反應。

不遠處的那名美麗金髮女子坐在凳子上，彈起魯特琴。鐸里昂知道在場男子們——和衛兵們——開始在她身邊聚集，不單是因為優美琴聲。

鎧奧挪動腳步，鐸里昂意識到彼此站在這沉默許久。瑟蕾娜交叉雙臂。「你昨晚有見到娜希米雅嗎？」

他猜她已經知道答案，但還是回答：「沒有。看到妳之後，我就回房了。」

鎧奧看著瑟蕾娜，她只是聳個肩。**那**是什麼意思？

「所以，」瑟蕾娜打量馬戲團，「非得等到你小弟登場，我們才能看看這些籠子裡到底有何名堂？這些藝人顯然已經迫不及待。」確實如此。到處都是變戲法的、吞劍的、吐火的……空中飛人們在不可思議的物體上保持平衡：椅背、柱子、釘床……

「他們應該只是在練習。」鐸里昂只希望自己說得沒錯，因為如果霍林發現有人未經他許可就開始表演……噢，如果他真發那種脾氣，鐸里昂會確保自己遠離城堡。

「嗯……」瑟蕾娜回應，走向熱鬧的馬戲團深處。

鎧奧小心翼翼看著王子。鎧奧眼中有許多疑問——鐸里昂完全不打算回答的疑問——所以他大步跟上瑟蕾娜；如果這時候離開馬戲團，感覺像是跟他們倆劃清界線。在以帳篷和籠子組成的半圓形場地中，三人來到最後一輛、也是最大的一輛馬車。

「歡迎！歡迎！」一名因歲月而駝背乾枯的白髮老婦吶喊，站在一座小舞臺的階梯底部。她頭戴一頂繁星造型的王冠，雖然晒黑的臉龐鬆垮、布滿斑點，棕眼卻炯炯有神。

「凝視千鏡，目睹未來！觀手見紋，鐵口直斷！」老婦用一根帶瘤楞杖指向瑟蕾娜。「想不想知道妳的未來啊，小姑娘？」鐸里昂眨眨眼——看到老婦的牙齒時，他眨第二次眼。那排牙齒如魚牙般尖銳，而且以金屬製成……鐵。

瑟蕾娜拉緊身上的綠披風，但依然凝視這名老太婆。

鐸里昂多次聽聞已經滅亡的女巫王國，一群嗜血女巫推翻了愛好和平的克拉坎王朝（註1），一磚一瓦的將這個王國撕碎。五百年後，人們仍經常唱起關於那些激戰的小曲：殺戮結束後，只剩鐵牙氏族存活，她們身旁全是喪命的克拉坎巫后。但最後一位克拉坎巫后施放某

註1 克拉坎（Crochan）一字源自「大釜」（cauldron），也就是傳說中女巫用來調製魔藥的大鍋。

種魔咒——確保只要鐵牙旗幟飄揚的一天，此地土壤就長不出任何活物。

「進來我的馬車吧，小可愛，」老婦朝瑟蕾娜溫柔輕呼，「讓我這個『黃腿婆婆（註2）』看看妳的未來。」一窺她的棕長袍下襬，瑟蕾娜還真看到橙黃色腳踝。

瑟蕾娜的臉龐失去血色，鎧奧來到她身旁，抓住她的手肘。雖然這種挺身而出的動作令鐸里昂有些吃醋，但他還是慶幸鎧奧及時這麼做。不過，這一切反正只是故弄玄虛——這個老太婆八成只是弄了一副鐵製假牙和黃色薄絲襪，自稱「黃腿婆婆」只是為了讓馬戲團的客人們願意花錢光顧。

「妳是巫婆。」瑟蕾娜的嗓子打顫，她顯然不認為這只是做戲。不，她的臉色依然蒼白。老天——她是發自內心的感到害怕？

黃腿婆婆發出烏鴉般的咯咯笑，然後一鞠躬。「女巫王國的僅存巫婆。」令鐸里昂驚訝的是，瑟蕾娜向後退一步，靠近鎧奧，一手移向從不離身的項鍊。「**還想**知道妳的未來嗎？」

「不。」瑟蕾娜說，緊挨在鎧奧身旁。

「那就別擋路，妨礙老娘做生意！我從沒見過這麼小氣的遊客！」黃腿婆婆咆哮，視線越過他們腦袋。「算命唷！算命唷！」

鎧奧朝她走一步，一手握住劍柄。「別對客人這麼無禮。」

老太婆面露微笑，朝他嗅幾下，牙齒在午後陽光下閃閃發光。「否則怎樣？你這渾身散發銀湖氣息的傢伙，打算拿我這個無辜老太婆怎麼辦？」

註2 黃腿婆婆（Baba Yellowlegs）源自俄羅斯童話中專吃小孩的女巫「芭芭雅嘎」（Baba Yaga）。「Baba」意為老太婆，「Yaga」在西藏語中意為「惡魔」，傳說芭芭雅嘎住在一間以鮮黃色雞腿支撐的小屋。

一陣寒意爬過鐸里昂的脊椎，現在輪到瑟蕾娜揪住鎧奧的胳臂，試著拉他走，但是鎧奧拒絕移動。「我不知道妳在這裡搞什麼把戲，老太婆，但妳最好在被割掉舌頭之前管管它。」

黃腿婆婆舔舔尖牙。「儘管來取。」她溫柔道。

鎧奧眼中流露挑戰，但是瑟蕾娜依然蒼白，因此鐸里昂抓住她的手臂，把她拉走。「咱們走。」他開口，老婦的視線移向他。如果她真能說出每個人的祕密，那他一**點也不想**待在這。「鎧奧，咱們走。」

女巫還在朝他咧嘴笑，用長長的金屬指甲摳牙縫。「儘管逃避命運吧，」黃腿婆婆朝他們身後喊道。「但命運遲早會找上門！」

「妳在發抖。」

「才沒有。」瑟蕾娜嘶吼，拍掉鎧奧放在她胳臂上的手。鐸里昂在場，這已經夠糟，居然還讓鎧奧目睹她和黃腿婆婆之間的對峙……

她熟悉那些故事。她小時候曾聽某個朋友描述，對方還說那些故事並非虛構，而是其親身經歷，害她被那些傳說嚇得惡夢連連。後來遭到那個朋友的下流背叛、差點害她喪命，她曾希望那些鐵牙女巫的恐怖故事都只是謊話。但剛剛碰到那名老婦……

瑟蕾娜用力嚥口水。看到那名老婦、感受到她身上散發的**異常**，瑟蕾娜一點也不懷疑那些女巫絕對喜歡吃小孩——吃得只剩舔乾淨的骨頭。

感覺打從心臟結冰，她跟上走離馬戲團的鐸里昂。剛剛站在那輛馬車前的時候，不知道為什麼，她就是想進去，彷彿裡面有什麼東西正在等候……而且女巫頭上那頂星冠……還有她自己的護符——這東西又開始感覺沉重而溫暖，跟那晚在圖書館前碰到那名怪客時同樣狀況。

如果再回來馬戲團，她應該帶娜希米雅一起來、幫忙弄清楚黃腿婆婆那番自我介紹是否屬實。她根本不在乎那些籠子裡有什麼，不再在乎，因為她所有注意力都在黃腿婆婆身上。她走在鐸里昂和鎧奧身旁，但完全聽不見他們倆在討論什麼，直到一行人來到皇家馬廄，鐸里昂帶他們進去。

「我原本打算等你生日那天再送你，」他對鎧奧說：「但又何必多等那兩天？」

鐸里昂在一間獸欄前停步。鎧奧驚呼：「你瘋了？」

鐸里昂咧嘴笑——她很久沒看到他這種表情，這令她想起之前縮在他身旁的那些夜晚，他的溫暖氣息擦過她的肌膚。「何必驚訝？你值得擁有。」

一匹烏黑如夜的亞斯特隆駿馬站在裡頭，以深邃黑眸凝視他們。

鎧奧後退，舉起雙手。「這種禮物應該送給王子之類的人物，不該——」

鐸里昂嘖嘖兩聲。「沒這回事。如果你拒收，我會生氣唷。」

「我不能收。」鎧奧以懇求的眼神看瑟蕾娜，但她聳個肩。

「我以前有過一匹亞斯特隆母馬，」她坦承，兩個男生眨眨眼。瑟蕾娜走進獸欄，伸手攤開，讓駿馬聞她的氣味。「名叫卡希達。」想起那個回憶，她微笑，撫摸駿馬如天鵝絨般柔軟的鼻梁。「在赤紅沙漠的方言裡是**飲風者**的意思，牠的模樣就像被風暴掀起的巨浪。」

「**妳**怎麼弄到亞斯特隆母馬？那比公馬還貴。」鐸里昂說。這是他這幾星期來第一個提出的正常疑問。

她回頭瞥他們，露出賊笑。「我從山卓城的領主那裡偷來的。」鎧奧瞪大眼睛，鐸里昂歪頭。這件事滑稽得令她哈哈大笑。「命運之神在上，我發誓這是實話，改天再跟你們說那個故事。」她後退，把鎧奧輕輕推進去。駿馬朝他的指尖噴氣，人獸彼此對望。

鐸里昂還在皺眉看她。她發現他的視線時，他轉頭看鎧奧。「現在問你生日那天有何計畫，會不會太早？」

瑟蕾娜交叉雙臂。「我們有計畫。」她搶先鎧奧一步，雖然無意讓這番話聽來如此尖銳，但是……好吧，她為那一天已經準備了幾星期。

鎧奧回頭看她。「我們有嗎？」

瑟蕾娜給他一個毒液般的甜美笑容。「噢，當然有。雖然不是亞斯特隆駿馬，不過……」

鐸里昂的眼眸一閃。「好吧，希望你們玩得愉快。」他插嘴。

瑟蕾娜和鐸里昂對望，鎧奧立刻把視線移回駿馬。鐸里昂不再露出以前那些熟悉的表情，她也確實為此稍感難過，畢竟她以前曾在許多夜晚期盼看到那張英俊臉孔。現在，她很難把目光移上他的臉龐。

她留下他們倆，簡短說聲晚安，恭喜鎧奧獲得這份大禮。她不敢朝馬戲團的方向走，那裡的人群喧囂顯示霍林已經出現，而且已經揭開鐵籠布幕。因此，她快步上樓，返回溫暖的臥室，試著別再想那名女巫的鐵牙，還有她在他們身後呼喊命運啥的，這跟莫特在月蝕那晚說的話實在相似……

或許出於直覺，或許因為她這個可憐人居然不願意相信朋友的建議，但她想再去墓穴一趟，獨自一人。

娜希米雅認為整件事跟護符無關，這個看法或許錯誤，而且她也不想再等朋友撥時間研究那道眼睛謎語。

她打算只去一次，而且絕不會讓娜希米雅知道。因為……那面牆上的眼睛輪廓之中，被挖空的瞳孔剛好放得下她頸上的護符。

第二十章

「莫特。」瑟蕾娜開口。銅顱門環睜開一眼。

「擾人清夢，實在無禮。」他的口氣昏昏欲睡。

「難道你希望我在你臉上敲兩下？」他瞪她。「我有事請教。」她遞出護符。「這條項鍊——真的具有力量？」

「當然。」

「可是這東西已有千年歷史。」

「那又怎樣？」莫特打呵欠。「這是魔法物品，不會像普通物品那樣老化。」

「可是這東西**到底有什麼作用**？」

「如伊琳娜所說，它會守護妳、不讓妳受到傷害，雖然妳顯然天天都在**拚命惹麻煩**。」

瑟蕾娜打開門。「我大概知道這東西有什麼用處。」或許只是巧合，但那道謎語描述得非常清楚。或許戴維斯也在尋找伊琳娜希望瑟蕾娜去找的答案：國王的力量到底從何而來。這可能就是查出真相的第一步。

「妳八成猜錯了，」莫特說，她已經走進墓穴。「我只是提醒妳。」

她聽不進去，而是直接走向牆面瞳孔，踮腳往內窺視，那道素牆依然毫無特殊之處。瑟蕾娜解下項鍊，把護符小心對準牆面眼睛，然後——

尺寸吻合，大致。瑟蕾娜屏息，身子貼牆，從護符的精緻金環窺視其中。

牆壁或是巨型命痕沒出現任何變化。她翻轉項鍊，結果還是一樣。她左試右試，但那面石牆依然保持原狀，映於從上方通風孔引進的一束月光下。她推動石牆，查看是否有任何暗門或是可以移動的磚塊。

「可是這東西是伊琳娜之眼！那道謎語明明寫道唯有透過此眼，方能確實見物！除了這隻眼睛，還有什麼眼睛？」

「妳可以把自己的眼珠子挖下來，看看尺寸合不合。」莫特的愉悅口氣從門口傳來。

「為什麼沒用？難道我得說出什麼魔咒？」她一瞥王后的石棺，或許所需咒語是以古語組成——就在她眼皮下。這類機關不總是如此？她再把護符塞進小洞。「哀哉！」她高聲呼喊，朗誦刻在伊琳娜腳邊的文字。「光陰如裂痕！」還是毫無反應。

莫特咯咯笑。她從牆中拔出護符。「媽的，真討厭！我討厭這間鬼墓穴，我討厭那些蠢謎語和謎團！」好吧——好吧，娜希米雅說得沒錯，這塊護符根本派不上用場。瑟蕾娜感到慚愧——自己居然心生懷疑而且毫無耐性，真是個心懷鬼胎的損友。

「我跟妳說過那沒用。」

「那到底什麼東西**有用**？那道謎語**明明**暗指墓穴裡的某個東西——就在那面牆後，不是嗎？」

「確實如此，但妳沒有提出正確疑問。」

「我問了你**幾十次**！你一次都沒給我答案！」

「等妳下次再——」他剛開口，瑟蕾娜已經轉身大步上樓。

站在一條深谷的光禿懸崖邊，瑟蕾娜的髮絲被寒冷北風吹動。她作過這種夢，總是這個場景、這種時節的夜晚。

她身後是一片布滿岩石的廢土山坡，面前是一片綿延不絕、融入星光下地平線的峽谷。深谷後方是一片生機盎然的茂密森林。

一隻雪白雄鹿佇立於草原另一端，以深邃眼眸相視。其巨型鹿角在月光下閃耀，周身被象牙色的榮光包圍，這跟她印象中完全一樣。一年多前，在寒夜中被押解前往安多維爾時，她從囚車鐵籠之間看到那隻雄鹿——牠象徵被燒毀的那個世界曾有過的壯麗雄偉。

人獸無聲對望。

她稍微再靠近懸崖邊緣，幾顆碎石因此鬆動、滾進深谷，她連忙停步。這條幽谷的深淵沒有盡頭——沒有盡頭，也沒有起頭。幽谷似乎正在呼吸，褪色回憶和被遺忘臉孔的呢喃聲暗藏其中。有時，她覺得那片深淵也在回視她——其面貌就是她自己的臉孔。

她似乎聽見深淵底下傳來半結冰的河流聲，來自鹿角山脈的溶雪充斥其中。看到一抹白影、聽到蹄踏軟土，瑟蕾娜的視線從深谷移開。雄鹿向她走來，歪著頭，彷彿邀她上前。

但是這條幽谷似乎比先前更寬廣，彷彿一頭巨獸張嘴、打算吞噬天下。

所以瑟蕾娜沒走上前。雄鹿轉身離去，蹄聲近乎寂靜，消失於古老森林的糾結枝葉之間。

景。

瑟蕾娜醒來，眼前一片黑暗。壁爐只剩煤渣，銀月也早已沉入地平線。她打量上方，從遠方傳來的城市燈火在天花板映上幾抹淡影。又是那片夢境，又是那片夜景。

似乎有誰想永遠讓她記得她失去所愛、她醒來發現自己沾滿他人鮮血的那一日。她下床，飛毛腿立刻跳下跟上。她走幾步，然後在房間中央停步，凝視仍然在呼喚她的無盡幽谷。飛毛腿在她赤裸的腿邊磨蹭，她彎腰輕抓牠的腦袋。她倆待在原地片刻，凝視那片無盡黑幕。

天沒亮之前，瑟蕾娜早已離開城堡。

瑟蕾娜沒在破曉時於兵營門口會合，鎧奧多等十分鐘才前往她的房間。就因為她不想在寒天出門，這不表示她可以因此偷懶。更何況，他實在很想聽她說明她如何從山卓城領主那裡偷走亞斯特隆母馬。想到這點，他微笑搖頭，只有瑟蕾娜有膽做那種事。

來到她房間，看到娜希米雅坐在玄關小桌旁，面前堆了幾本書，桌上擺著一杯熱茶，他的微笑消失。他走進時，公主的視線從書中抬起。鎧奧鞠躬，公主只是開口道：「她不在。」

瑟蕾娜的臥室門敞開，他能看到她的空蕩床鋪已經整理完畢。「她在哪？」

娜希米雅的眼神變得柔和，從書堆中拿起一張紙條。「她今天休假。」她看完紙條後放下。「我猜她出城之後就拚命趕路，現在離這裡不知有多遠。」

「為什麼？」

娜希米雅憂傷一笑。「因為今天是她父母逝世十週年忌日。」

第二十一章

鎧奧屏住呼吸，想起她在跟凱因決鬥時尖叫，因為凱因故意提起她父母如何慘死——她醒來時發現身上沾滿他們的血。她未曾向他說明其他細節，他也不敢問。他只知道她當時十分年幼，但沒想到她當時才八歲。**八歲**。

十年前，特拉森經歷劇變，膽敢反抗亞達蘭大軍者都被屠殺殆盡，家家戶戶被拖出住處、當場處死。他的腸胃糾結。她在那一天目睹何種慘況？

鎧奧伸手搓臉。「她在紙條上向妳說明她父母的事？」或許紙條上有更多情報——能讓他知道她有哪些痛苦回憶需要他小心應對。

「不，」娜希米雅說：「她沒告訴我，但我知道。」她以高深莫測的眼神看他，他看得出她有所防備。她為好友隱瞞什麼祕密？而且，娜希米雅自己有什麼祕密？為何國王下令監視她？他一無所知，也不知道國王到底曉得多少內情，因此格外憤怒。還有另一個問題：是誰威脅要公主的命？他已經安排更多衛兵保護她，但目前為止，沒有任何跡象顯示有誰打算加害她。

「妳怎麼知道她父母的事？」他問。

「有些事情是用耳朵去聽，但有些事情是用心去看。」在她的強烈目光下，他撇開頭。

「她什麼時候回來？」

娜希米雅的視線移回眼前的書，裡頭似乎寫滿怪異符號——他總覺得有些眼熟。「她說她入夜後才會回來。我猜她大概一點也不想在白天時待在這座城中——尤其這座城堡。」

殺害她全家的始作俑者所在之處。

鎧奧獨自晨跑，穿過迷霧繚繞的狩獵場，直到渾身每一根骨頭虛脫疲憊。

在高於裂際城的迷霧山麓中，瑟蕾娜邁步穿越小樹林，整個人宛如蜿蜒林中的一抹黑影。她在破曉前已徒步許久，身旁有飛毛腿陪伴。在今天這個日子，就連這片森林也顯得寂靜。很好。今天不適合生命之聲，而是應該聽見淒涼之風輕擾樹梢、冰霜河川汩汩流過、腳下積雪嘎吱作響。

去年這一天，她知道自己要做什麼——她以無比清晰的目光看清楚每一步，也因此，待時機來臨時，她毫無猶豫。她曾向鐸里昂和鎧奧解釋她那天在安多維爾鹽礦失去理智，但那是謊話。「失去理智」一詞只適用於擁有情感之人，跟那一天在她從幽谷雄鹿夢境醒來後控制她、讓她封閉一切情緒的那股冰冷絕望的怒火完全不同。

看到一塊巨岩卡在山丘起伏處，她在其光滑冰冷的表面坐下，飛毛腿也迅速跟來、坐在她身旁。瑟蕾娜用雙臂抱住愛犬，遙望寂靜森林，回想自己在安多維爾徹底解放的那一天。

瑟蕾娜咬牙喘氣，把鋤頭從監工的腹部扯出。那傢伙口吐鮮血，緊抓腸胃，以哀求眼神瞥向其他奴隸。看到瑟蕾娜的眼神，奴隸們知道她已經失控，因此不敢上前。

她只是朝監工一笑，把鋤頭揮向他的臉孔，他的鮮血灑上她的雙腿。

奴隸們依然保持距離，她用鋤頭敲斷把自己和他們串在一起的鐐銬鎖鍊。她沒打算釋放他們，他們也沒如此要求——他們知道這麼做只是白白送死。

在鎖鍊尾端的那名女子昏迷不醒，背脊湧出鮮血，傷口是由那名斷氣監工的鐵尾鞭造成。如果不處理傷口，她撐不到明天。就算處理傷口，她大概也會死於感染。安多維爾天天上演這種鬧劇。

瑟蕾娜轉身背對那名女子。她有事要處理，在收手前得先讓四名監工血債血還。

她大步走出礦道，鋤頭垂於手下。礦道出口的兩名衛兵在斷氣時根本不知道自己如何喪命。她的衣物和裸露雙臂沾滿血跡，她擦掉臉上的血汙，氣沖沖走向那四名監工的工作地點。

之前，一名年輕伊爾維女子被他們拖去工舍後方、縱情蹂躪後割斷咽喉。打從那天開始，瑟蕾娜就清楚記得他們的臉孔。

瑟蕾娜原本可以選用喪命衛兵的佩劍，但要讓那四隻畜生償命，就非用鋤頭不可。她要讓他們親身「體驗」安多維爾的滋味。

她來到他們那一區的礦坑入口。其中兩名監工被她以鋤頭斷頸而亡——她在他們兩人之間來回劈砍。現場的奴隸們驚叫連連，在她氣沖沖經過時連忙後退靠牆。

來到剩下兩名監工所在之處時，她讓他們目睹她的到來、讓他們試圖拔劍。她知道令他們驚惶失措的並非她手中的武器，而是她的眼神——她的眼神讓他們知道他們這幾個月來都上了她的當；割斷她的頭髮、鞭打她並不足以讓她崩潰，她讓他們忘了其中一名囚犯是聞名天下的亞達蘭刺客。

但她沒忘掉任何一秒的痛楚，沒忘掉自己目睹他們對其他囚犯下過何等毒手——那名伊爾維女子，她向上天求救，諸神卻置之不理。

這兩名男子死得太快，但瑟蕾娜在迎接死亡前還有一件事要做。她悄悄返回通往礦坑出口的那條主要礦道，衛兵們愚蠢的從礦道衝來攔阻她。

她衝上前，行進的同時劈砍揮鋤。兩名衛兵倒下，她撿起他們的兩把劍，丟下鋤頭。看到迫害者倒下，奴隸們沒有歡呼，只是默默觀看、明白她的用意。她不是為了逃跑而戰。

礦坑外的陽光令她眨眼，但她早為此做好準備。眼睛適應陽光的瞬間將是她最大的破綻，這就是她為何在午後動手。傍晚將是更佳選擇，但那也是衛兵最多的時候，其他奴隸很可能因此連帶遭殃。在正午時分將盡的最後一小時中，溫暖陽光使許多人昏昏欲睡，這也是哨兵在進行晚間巡邏前最放鬆的時候。

於礦坑出口站崗的三名哨兵根本不知道坑內有何狀況。反正安多維爾總是有人尖叫，反正人在被殺之時都發出同樣哀號。這三名哨兵稍後發出的哀號也證明這點。

接著，她拔腿狂奔，瞄準礦場盡頭的高聳石牆，迅速衝向正在呼喚她的死亡。

箭矢颼颼飛過，她左閃右躲。他們不會殺她——因為國王曾如此吩咐，他們頂多會用箭矢貫穿她的肩膀或兩腿。但她會讓屠殺規模無限擴大，殺人殺到讓他們重新考慮那項命令。

哨兵們從四處蜂擁而至，她的雙劍一一切開他們的肉身，高唱鋼鐵怒火之歌。安多維爾一片死寂。

她的一條腿被割傷，傷口雖深，但不及肌腱。他們想保存她的勞動能力，但她拒絕——絕不會再為他們工作。等死亡人數達到一定程度，他們將別無選擇，只能讓箭矢貫穿她的咽喉。

但當她接近大門時，箭雨止息。

發現自己被四十名衛兵包圍時，她哈哈大笑，聽到他們叫人送上鐐銬時，她笑得更響亮。

最後一次揮擊——最後一次試圖觸摸圍牆時，她還在放聲大笑。她所經之處又留下四具屍體。

她的笑聲未止，直到眼前一片黑，指尖接觸碎岩大地——距離圍牆不及一吋。

瑟蕾娜的房門輕輕開啟時，鎧奧從玄關小桌旁的椅子站起。門外走廊昏暗，燈火已經燃盡——城堡大多數的人都已經窩在床中入睡。他在一段時間前聽到時鐘報出午夜，但此刻看到瑟蕾娜悄悄進入臥室，他知道她肩膀下垂的模樣並非因為疲憊。她的眼圈有些泛紫，面無血色，而且嘴唇蒼白。

飛毛腿搖尾巴衝向他，舔舔他的手，然後小跑進入臥室，留他們兩人獨處。

瑟蕾娜只瞥他一眼，那雙金澤綠眸顯得疲憊而煩擾。她解下披風，從他身旁走過，進入臥室。

他默默跟上，就算只是因為她沒有提出任何警告，臉上不帶任何斥責——而是一種陰鬱，似乎表示就算亞達蘭國王在場，她也不在乎。

她解下大衣，然後脫下靴子，隨意亂丟。她脫下外袍、進入更衣室時，他移開視線。片刻後，她從中走出，身上的睡袍比平時的蕾絲款式保守許多。飛毛腿已經跳上床，趴在枕頭堆裡。

鎧奧用力嚥口水。他應該給她私人空間，而不是杵在這。如果她希望他留下，她會寫紙條通知他。

瑟蕾娜在黯淡壁爐前停步，拿撥火棒翻動煤塊，再丟進兩根木柴。她低頭凝視火焰，開口時，身子依然背對他。

「如果你在考慮該對我說什麼，別浪費時間了，沒什麼好說的，你也不用做些什麼。」

「那讓我陪妳。」就算她知道他對那些事情有多少了解，也顯然懶得問他如何得知。

「我不想讓人陪。」

「『想要』跟『需要』是兩回事。」如果娜希米雅在場，或許有些幫助，畢竟她也來自被征服的王國。但他不希望瑟蕾娜寄託於娜希米雅，而且雖然他效忠國王，但他也不能丟下她——今天尤其不行。

「所以你打算整晚待在這？」她瞟向兩人之間的沙發。

「我睡過更糟的地方。」

「我認為我經歷過的『更糟的地方』比你經歷過的恐怖太多。」他又感覺腸胃翻攪。但當她的視線穿過敞開的臥室門、來到玄關小桌，她揚起眉毛。「那是……巧克力蛋糕？」

「我猜妳大概需要。」

「**需要**，不是**想要**？」

她的嘴角泛起淺淺一笑，他差點因為安心而肩膀下垂。「對妳來說，我認為巧克力蛋糕絕對屬於**必要物資**。」

她走向他，在極近的距離停下，抬頭凝視，臉龐稍微恢復血色。

他應該後退、給彼此更多空間，但他發現自己向她伸手，一手滑上她的腰際，另一手撫過她的髮絲，將她緊緊抱住，他知道她能感覺到他的如雷心跳。一秒後，她以雙臂擁住他，指尖深陷他的背脊，讓他意識到兩人之間毫無距離。

他克制衝動，就算她的如絲秀髮擦過他的指尖、讓他想把臉埋進其中。她散發的氣息混雜迷霧和夜風，讓他不禁以鼻尖擦過她的頸項。除了口頭言語之外，他能給她其他形式的安慰，而如果她也需要讓自己轉移注意力、減輕傷痛……他再次克制自己，把這個念頭往喉嚨裡吞，差點直接噎死。

她的指尖沿他的背脊往下滑，依然以某種強烈的占有欲深陷他的肌肉。如果她再這樣觸摸他，他會完全失控。

接著，她抽身，只是退後足夠距離，讓她能再次抬頭看他，兩人近得鼻息交會。他發現自己在測量彼此嘴脣之間的距離，他的目光在她的嘴脣和眼眸之間來回跳動，他撫摸她髮絲的那隻手已經靜止不動。

欲望在他體內呼嘯，燒毀他建立的所有防禦，消除他逼自己維持的每一條界線。

然後她開口，聲音輕得近乎呢喃：「我不知道我應該為自己在父母忌日這天想擁抱你而心生慚愧，還是因為之前發生的一切讓你我相遇而心懷感激。」

這番話令他震驚得放手退後。他有需要跨過的障礙，但她也是——或許比他更多。

他沒回應她這番話，但她也沒給他時間思索該如何回應，而是走向玄關旁的巧克力蛋糕，一屁股在椅子坐下，開始享用。

第二十二章

除了翻頁聲之外，圖書館一片死寂，靜謐氣氛如厚毛毯般包圍鐸里昂。他正在仔細檢視家族的族譜、紀錄和歷史。不可能只有他有這種能力——如果他確實擁有魔力，那霍林呢？鐸里昂的力量到現在才開始展現，所以霍林的魔力或許會再潛伏九年。鐸里昂希望自己到時已經找出壓抑魔力的方法，也會叫霍林隱藏這種力量。他雖然不太喜歡霍林，但也不想看到這個弟弟喪命——尤其不希望父王因為發現他們血中隱藏魔力而將他們處死——先砍頭，後肢解，再焚燒，徹底消滅。

難怪永生精靈老早逃離這片大陸。雖然那些精靈的力量與智慧過人，但是亞達蘭王國擁有優勢軍力，而且絕望的亞達蘭百姓已被饑荒和貧窮糾纏數十年之久，只希望這種苦日子早點結束——無論何種手段。讓永生精靈決定逃離的不只是亞達蘭大軍，而是因為人類和永生精靈之間沒有真正的和平，這出於人類對精靈以及擁有魔法天賦的凡人世家的恐懼。如果人民發現當前的王位繼承人也擁有相同力量，不知會作何感想？

鐸里昂的指尖沿母后的族譜撫過，上頭有不少赫威亞德成員，許多歷代國王就是源自這兩大家族數世紀來的密切關係。

他已經在這裡待了三小時，卻沒發現這些半腐古書提及任何魔法使者；事實上，這種能力已經在赫威亞德血系裡斷絕數世紀。有幾名擁有法力之人透過聯姻進入這條血系，但無論他們的能力為何，皆未傳承於其子嗣。這是巧合？還是神旨？

鐸里昂闔上書，返回後牆的書堆，所有族譜紀錄都放在這。他抽出能找到的最古老的書，書中紀錄一路追溯至亞達蘭的建國史。

族譜頂端是蓋文・赫威亞德。這名人類王子率軍進入朗恩山脈深處、挑戰闇黑領主埃拉魍，進行一場冗長慘烈的激戰；到最後，他只剩三分之一的手下活著離開那片山區。與蓋文攜手離開戰場的，是他的新婚妻子伊琳娜公主——特拉森第一任國王布蘭農之女，擁有半永生精靈的血統。就是布蘭農將名為亞達蘭的那片領土當作嫁妝賜予蓋文——也為了感謝這對王子公主在戰爭中做出的犧牲。從那之後，再也沒有第二位擁有永生精靈血統之人進入這條族譜。鐸里昂來回掃視這張圖表，上面只有被遺忘許久的眾多家族，其領地也早已換上不同名稱。

鐸里昂嘆口氣，放下書，瀏覽書堆。如果伊琳娜**確實**將其天賦賜予這條血系，那麼答案或許可於他處尋獲……

看到那本書放在一旁，他大感訝異，畢竟那戶皇族在十年前被父王消滅；然而，沒錯，那本書確實是《加勒席尼斯血系史》，開頭就是永生精靈布蘭農國王。鐸里昂翻閱內頁，瞪大眼睛，他知道這條血系擁有魔法天賦，可是**這頁資料**……

這條血系無比強大，完全處於壓倒性優勢，也難怪其他王國非常擔心自己的領地有一天會被特拉森貴族強取豪奪。

這種夢魘卻未曾成真。

特拉森貴族雖然天賦異稟，卻從未擴張版圖——就算已遭兵臨城下。受到外侮威脅時，他們會做出神速而殘酷的回應。但無論如何，他們永遠維持既有邊境，維持和平。

正如我的父王所該做的。

然而，雖然擁有強大力量，加勒席尼斯家族終遭滅絕，相關成員無一倖免。在他手上這本書裡，甚至沒有人標明哪些貴族被父王消滅、哪些是被流放的倖存者。鐸里昂雖然想幫忙做註解，但情報不足也於心不忍。他闔上書，朝烙在視線中的那些姓名皺眉。日後等他繼承的王位到底有多血腥？

如果特拉森繼承人，艾琳・加勒席尼斯，依然健在，她會成為朋友——盟友？甚至成為他的妻子？

他以前見過她一次，那是在她的王國化為巨型萬人坑之前。那個回憶十分模糊，但他記得她是個早熟而狂野的女孩——還叫她的野蠻表哥把鐸里昂揍一頓，就因為鐸里昂不小心把茶灑在她的裙上。鐸里昂揉揉脖子，實在覺得造化弄人，因為她的表哥——艾迪奧・艾希里弗，後來成了亞達蘭國王的一名愛將，也是北方陸地最驍勇善戰的戰士。他在過去幾年中見過艾迪奧幾次，每次見到那名傲慢的年輕將軍，他總是清楚感覺到對方想宰了他。

那種殺意也有其原因。

鐸里昂打個冷顫，把書放回原處，凝視書櫃，彷彿這裡暗藏什麼答案，但他知道這裡沒有任何情報。

等時機到來，我會幫助你。

娜希米雅知道他體內潛伏何種力量？她在瑟蕾娜決鬥那天表現得十分怪異——先是在半空中畫符號，後來還暈了過去。另一件怪事是瑟蕾娜額上那道燃燒符文……

圖書館某處傳來鐘聲，他一瞥走道盡頭，該回去了，今天是鎧奧的生日，他至少該在老友被瑟蕾娜擄走前去打個招呼。當然，他沒被邀請，鎧奧也沒試著向他暗示希望他參加。說起來，她到底有何計畫？

圖書館的溫度下降，幾道強勁寒風從遠處一條走廊吹來。

雖然他根本不在乎他們倆安排了什麼節目。他向娜希米雅發誓他已經放下瑟蕾娜的時候，那是真心話。或許他應該向鎧奧說明他已經把她讓給他——雖然她未曾屬於他……她也未曾暗示過他屬於她。

他能放手。他**已經**放手。他已經放手。放手。放——

書本突然紛紛從架子飛上半空中，而且朝他撲來，他蹣跚退至書櫃末端，以手護臉。皮革和紙張的聲響停止時，鐸里昂一手撐於身後石牆，瞠目結舌。

大半書籍從架子飛落、四散各處，彷彿被某種無形外力拋摔。

他快步走上前，把書本一一放回架上，完全顧不得原本是以何種順序擺放，只想盡快完工，就怕哪個脾氣古怪的皇家圖書館員慢慢走來查看這陣騷動。他花了幾分鐘才把書本全數放回，心跳劇烈得以為自己又會感到作嘔。

他的雙手顫抖，不只出於恐懼，而是仍在體內穿梭的某種力量，它正在哀求他再次將其釋放，也釋放他自己……

鐸里昂把最後一本書塞進架中，拔腿跑離。

他不能讓任何人知道這件事。他不能相信任何人。

來到圖書館主廳時，他放慢腳步，假裝正在慵懶散步。走出圖書館時，他甚至對朝他鞠躬的年邁館員微笑，友善的朝對方揮手道別，隨即大步走出高聳的橡木大門。

他不能相信任何人。

馬戲團的那名巫婆——她沒認出他是王子。儘管如此，她絕非一般江湖術士，至少在跟鎧奧說話的時候表現出真本事。所以，雖然這麼做有風險，但或許黃腿婆婆確實擁有他需要的答案。

瑟蕾娜並不緊張，完全沒有任何事情令她擔心。只是吃晚餐嘛——她在裂際城跟蹤那些男子時盡量抽空安排的晚餐，她將和鎧奧獨處的晚餐。經過昨晚發生的事情後……

瑟蕾娜吸口氣——居然有些顫抖，在鏡中最後一次自我檢查。這一襲淡藍近白的禮服鑲滿一顆顆小水晶，看起來宛如一片閃耀海洋。或許這身禮服有點太過正式，但她已經吩咐鎧奧務必正裝出席，所以他應該會穿件像樣的衣服，讓她不用獨自一人這麼乾著急。

瑟蕾娜悶哼一聲。老天，她**真的**覺得很緊張，不是嗎？這種情緒還真可笑。只是吃晚餐嘛。飛毛腿今晚由娜希米雅照料，而且……而且如果她再不出門，鐵定遲到。

瑟蕾娜拒絕讓自己繼續冒汗，抓起菲莉琶放在更衣室中間的軟皮椅凳上的貂皮披風。

來到城堡出口處時，鎧奧正在大門旁等她。就算中間還有一大段距離，她還是知道自己走下樓梯進入走廊時一直被他盯著看。不意外的，他一身黑衣——但至少不是穿制服，今天這身外袍和長褲看來精緻講究，而且他似乎有用梳子整理那一頭短髮。

他面帶難以看透的表情，看著她穿過走廊的每一步。她在他面前停步，冷風從敞開的門吹進、咬上她的臉。她今早沒晨跑，他這次來也不是為了把她拖出戶外訓練。「生日快樂。」她開口，趁他還來不及對她的服裝做出任何批評。

他的視線往上移，來到她的臉龐，對她微微一笑，那高深莫測又孤僻的表情消失。「我會想知道妳打算帶我去哪嗎？」

她咧嘴笑，緊張情緒煙消雲散。「某個完全不適合侍衛隊長被目睹出現的地點。」她朝在城堡門外恭候多時的馬車撇個頭。很好——她曾警告過車夫和男僕：膽敢遲到，等著被活活剝皮。「咱們走吧？」

面對面坐在馬車內，駛過城中，兩人無話不談，包括馬戲團、飛毛腿、霍林的每日發飆……但就是**不談**昨晚，兩人甚至討論春天到底何時回歸。來到目的地時——是一棟老舊的藥材店——鎧奧不禁揚眉。「耐心等候。」她說，帶他進入燈火通明的溫暖店鋪。

店鋪員工朝她微笑，招呼他們倆走上狹窄的石質樓梯。鎧奧不發一語，跟她上樓，經過二樓，經過三樓，直到兩人來到樓梯頂端的一扇門。這個轉折處十分狹窄，他的身子擦過她的裙襬，她轉身面向他，一手放在門把上，對他微微一笑。「雖然不是亞斯特隆駿馬，不過……」她打開門，然後站到一旁，讓路給他。

他默默走進。

她花了好幾小時安排一切，這片景色在白天時已經十分漂亮，但到了晚上……更是完全符合她的構思。

藥材店的屋頂是一間密閉的玻璃溫室，裡頭擺滿以點點小燈綴飾的鮮花、盆栽和果樹。這裡被改造成古老傳奇中的花園，空氣溫暖甜美，在俯瞰艾弗利河的窗戶旁放有一張小桌和兩張椅子。

鎧奧原地轉身，欣賞全景。「這是那位永生精靈女子的花園——芮娜．戈德史密斯那首曲子裡的景色。」他輕聲道，金眸泛光。

她嚥口水。「我知道這不算什麼——」

「從來沒有人為我做過這種事。」他驚訝的搖搖頭，回頭看這間溫室。「從來沒有。」

「只是吃晚餐啦。」她回應，揉揉頸子，走向小桌——只是因為她太想走向他，迫切需要拿張桌子擋在彼此之間。

他跟上她，這時兩名侍者出現，為這兩位貴賓拉椅子。看到鎧奧立刻將手移向佩劍，她莞爾一笑。意識到己方**並非**遭到埋伏，他不好意思的瞥她一眼，乖乖就座。

侍者們斟了兩杯香檳，隨即離開、去藥材店廚房端來準備一整天的大餐。她甚至請來柳樹屋的女廚師負責今晚的菜色——雖然費用高得讓她想一拳捶在那女人的咽喉上，但這錢花得值得。她拿起酒杯。

「祝你年年有今日，歲歲有今朝。」她開口。雖然準備了一篇簡短賀詞，但來到這、他的眼眸如此燦爛、他正在用昨晚那種眼神看她……那些文字全飛出她的思緒之外。

鎧奧舉杯飲酒。「趁我還記得的時候，我想說：謝謝妳。這實在……」他再次打量這間光采奪目的溫室，然後望向玻璃牆外的河流。「這實在……」他又搖搖頭，放下杯子。發現他眼眶微微溼潤，她不禁心疼。他眨掉淚水，回頭看她，面帶淺淺微笑。「從來沒人為我舉行生日派對，就算在我小時候。」

她噗嗤一聲，想辦法放鬆緊繃的胸腔。「這不能算**派對**啦——」

「別再這樣輕描淡寫，我已經很久、很久沒收過這麼棒的禮物。」

她交叉雙臂，身子靠向椅背，這時兩名侍者再次出現，送上第一道菜——烤豬燉湯。「可是鐸里昂送了你亞斯特隆駿馬。」

鎧奧低頭凝視這碗濃湯，揚起眉毛。「可是鐸里昂不知道我最喜歡哪種燉湯，不是嗎？」他抬頭瞥她一眼，她咬咬脣。「妳暗中注意我多久了？」

她突然對自己那碗燉湯大感興趣。「少臭美了你，我只是逼城堡主廚說出你最喜歡哪些菜。」

他嗤之以鼻。「雖然妳是天下第一刺客，但就連**妳**也沒辦法逼瑪格拉就範。如果妳真那麼做，只會換來兩塊黑眼圈外加鼻梁斷裂。」

她微笑，咬一口燉肉。「哼，**你**或許以為你既神祕冷靜又低調，隊長大人，可是對我這種善讀人心的高手來說，兩眼就能看穿你。每次碰上烤豬燉湯，我還來不及嘗一口就被你整鍋吃光光。」

他仰頭大笑，將暖意傳遍她全身。「我還以為我成功隱瞞所有破綻。」

她朝他綻放邪笑。「等你看到其他菜色，你就知道本姑娘的厲害。」

等兩人吃掉最後一塊巧克力榛果蛋糕，喝下最後一口香檳，侍者們收走碗盤、向兩人道晚安後，瑟蕾娜發現自己站在屋頂末端的小露臺上，夏日植物覆以雪毯。她拉緊身上的披風，凝視艾弗利河出海口的位置。鎧奧站在身旁，斜靠於鐵欄杆。

「風中帶有一絲春意。」他開口，一道和風從兩人身旁吹過。

「感謝諸神。如果再下雪，我會發瘋。」

在溫室燈火的照映下，他的輪廓微微閃耀。她把晚餐安排成令人開心的驚喜——讓他知道她多珍惜他——但他的反應……他已經有多久沒感覺受到珍惜？除了曾經嚴重背叛他的那個女孩，還有對他避之唯恐不及的家人——就因為他想當個衛兵，而他們自傲得無法接受兒子以那種卑微方式侍奉皇室。他父母到底知不知道：在整座城堡、整個王國中，沒有比他更高貴而忠心之人？他們斷絕來往的兒子已經成了眾多君主夢寐以求的忠臣？在山姆死後、在那一切慘事發生後，她原本不再相信這種男人存在於這個世界。

國王曾做出威脅：只要她不乖乖聽話，鎧奧就會被處死。而現在，考慮到她最近那些舉動讓他陷入多大危險，還有她渴望爭取的未來——不只為她自己，而是為了**他們倆**……

「我必須跟你說件事。」她輕聲道，能在耳中聽見心跳聲，尤其當他面帶微笑的轉身看她。「而在我告訴你之前，你必須保證：你絕不會大發雷霆。」

他的笑容消失。「我為什麼有不祥預感？」

「答應我就對了。」她緊抓欄杆，冰涼金屬令裸露的雙手發疼。

他仔細盯著她，然後說：「我盡量。」

這個回應還算公平。她像個該死的膽小鬼轉身背對他，凝視遠方大海。

「國王命令我去暗殺的對象，我一個都沒殺。」

一片沉默。她不敢看他。

「我幫他們安排假死逃亡。我找上他們，說明計畫，他們提供一些象徵身分的私人物品，屍塊則來自醫院。目前為止，我其實只有殺掉戴維斯，而他根本不是我的暗殺目標。到亞奇在月底前把私事處理好，我也會幫他詐死，他會立刻搭船離開裂際城。」

感覺胸腔緊繃得發疼，她瞥向他。

臉色蒼白如骨的鎧奧後退，搖搖頭：「妳瘋了。」

第二十三章

他一定聽錯了，因為她不可能**那麼**魯莽、愚蠢、瘋狂、懷抱理想又勇敢。

「妳是徹底瘋了？」他咆哮，憤怒和恐懼在體內迅速激盪，令他幾乎無法思考。「他會殺了妳！如果被他發現，他會**殺**了妳。」

她朝他走近一步，引人注目的禮服如億萬星光般閃爍。「他**不會**發現。」

「他遲早會發現，」他咬牙切齒道：「他**到處**都有眼線。」

「你寧可我濫殺無辜？」

「那些人是叛國者！」

「叛國者！」她爆出笑聲：「叛國者，就因為他們拒絕在征服者前卑躬屈膝？就因為他們藏匿試圖逃回家的奴隸？就因為他們膽敢夢想一個好過現在這種被諸神遺棄的悲慘世界？」她搖搖頭，幾縷髮絲垂下。「我拒絕成為他的劊子手。」

他並不希望她成為劊子手。打從她正式成為御前鬥士、想到她為國王做的那些事，他也感到作嘔，但**這個消息**……「妳向他**發過誓**。」

「他在命令大軍壓境、入侵其他王國之前，對那些統治者發過多少誓？他登基為王的時候發過多少誓？結果全是屁！」

「他會**殺了妳**，瑟蕾娜。」他揪住她的肩膀搖晃。「他會殺了妳，而且會叫**我**處決妳，做為我跟妳來往的懲罰。」這就是他不斷與之對抗的恐懼，就是這種恐懼讓他一直不敢越界。

「亞奇給了我**實際**情報——」

「我根本不在乎亞奇的死活！那賣屁股的傲慢混蛋怎麼可能提供什麼有用情報？」

「來自特拉森的那股反動勢力確實存在，」她的鎮定令他發瘋。「我可以把蒐集到的情報當作籌碼、說服國王放我走——或是縮短我的役期，短得就算被他發現真相，我也早已遠走高飛。」

他咬牙低吼：「妳光是那種傲慢態度就可能換來一頓鞭刑。」突然注意到她最後那幾個字時，他彷彿臉上挨了一拳。*我也早已遠走高飛*。她要離開。「妳要去哪？」

「哪裡都可以，」她說：「越遠越好。」

他幾乎無法呼吸，但勉強開口：「然後妳打算做什麼？」

她聳肩，兩人這才意識到他一直揪著她的雙肩不放。他放手，但很想再抓住她，彷彿這麼做就能阻止她離去。「過日子吧，生平第一次照我想要的方式生活，學習當個普通女孩。」

「多遠？」

她的金澤綠眸閃爍。「我會一直浪跡天涯，直到我能找到一個根本沒聽說過亞達蘭的地方，如果那種地方存在。」

而且她永遠不會回來。

而且她年輕靈巧狡黠有趣又美好，無論她在何處落腳，一定會有某個年輕男子愛上她、娶她為妻，**這才是**最糟糕的事實。想到她和其他人在一起，他的心中悄悄湧現痛苦、害怕和憤怒。她的每個眼神、一字一句……他甚至不知道這種情緒是從何時開始出現。

「那麼，我們會去找到那種地方。」他輕聲道。

「什麼？」她皺眉。

「我跟妳走。」雖然他沒問，但彼此都知道這幾個字暗藏一個問題。他試著不去想她昨晚那番話——她因為想擁抱他而產生罪惡感，畢竟他是亞達蘭之子，而她是特拉森之女。

「侍衛隊長這份職位怎麼辦？」

「這份工作其實也沒那麼令人滿意。」國王向他隱瞞事情、宮中有太多祕密，而且或許他只是個傀儡、參演一場他漸漸看穿的幻覺……

「你愛你的國家。」她說：「我不能讓你放棄那一切。」他看到她眼中閃過的痛苦和希望。還沒意識到自己做出什麼舉動，他已經拉近彼此的距離，一手扶上她的腰，另一手在她肩上。

「如果放妳獨自遠去，我就是天下第一傻瓜。」

淚水滑過她的臉龐，她的嘴脣抿起顫抖。

他後退，但沒放開她。「妳哭什麼？」

「因為，」她顫抖低語，「你讓我想到這個世界應該是什麼樣子，**能**成為什麼樣子。」

兩人之間未曾有任何界線，只有他自己的莫名恐懼和驕傲。因為，打從他把她拉出安多維爾礦坑，她那雙經歷了那片人間地獄卻依然犀利的視線落在他身上時，他就開始走向這一刻、走向她。

鎧奧拭去她的淚水，抬起她的下巴，印上她的嘴脣。

這個吻將她瓦解。

感覺像是回家、出生，或是突然尋獲消失已久的另一個自己。

他的嘴脣火熱柔軟——依然謹慎。片刻後，他向後退，凝視她的眼睛。她顫抖，因為她渴望觸摸他渾身各處，正如**她自己**也需要被如此觸摸。他願意放棄一切，就為了跟她走。

她以雙臂勾住他的脖子，兩人的嘴脣再次密合，這個吻令她天旋地轉。

她不知道自己像這樣在屋頂站了多久——彼此糾纏，嘴脣和手掌在四處游移，直到她忍不住呻吟，把他拖過溫室，下樓梯，進入在外頭等待的馬車。在返回城堡的路上，他在她的頸邊和耳畔做的舉動令她忘了自己何名何姓。來到城堡大門，兩人勉強整理儀容，走向她房間時還保持適當距離，雖然她渾身每一吋都亢奮燃燒。她能成功走回房間而沒把他拉進走廊某個小室親熱，這已算是奇蹟。

兩人終於進入她的房間，然後來到她的臥室門口，她牽起他的手、要帶他進去時，他停頓。「妳確定？」

她撫摸他的臉龐，探索上面每一道曲線和雀斑——現在對她無比珍貴。她之前選擇等待——和山姆一起等待，後來卻成了天人永隔。此刻，她沒有任何懷疑，沒有一絲恐懼或不確定，彷彿她和鎧奧共處的每一秒都是通往這關鍵一刻的舞步。

「我這輩子未曾如此確定。」她告訴他。他眼中流露的飢渴跟她的相同，她又吻他一次，把他拉進臥室。他任憑她拉扯，把門從身後踢上的同時沒中斷彼此的吻。

孤男寡女，肌膚相親，來到彼此之間毫無距離的那一刻，瑟蕾娜深情吻他，把自己的一切給了他。

黎明晨光瀉入臥室，瑟蕾娜醒來。鎧奧依然抱著她，整晚沒放手，彷彿怕她半夜溜走。她不禁微笑，鼻尖陷進他的頸窩、嗅入他的氣息。他稍微挪動身子，讓她知道他已經醒來。

他的雙手開始挪移，在她髮中糾纏。「打死我也不想下床晨跑。」他朝她的頭髮咕噥，她咯咯輕笑。他的雙手往下移，滑過她的背脊，撫過疤痕時未曾停頓；昨晚，他吻了她背脊和身軀每一吋傷痕。她朝他的頸窩微笑。「妳現在感覺如何？」

她感覺自己無所不在又無影無形；感覺自己似乎半盲一輩子，現在終於能清楚視物；感覺自己願意永遠停留在這一刻，而且為此滿足。「很累，」她坦承，這話令他繃緊身子。「但是幸福。」

他放開她，用單肘撐起身子，低頭凝視她的臉龐許久，她被盯得想抱怨。「但是妳沒事，是嗎？」

她翻個白眼。「我相當確定『很累，但是幸福』是初夜之後的正常反應。」她也相當確定等下床後必須盡快跟菲莉琶申請事後避孕藥水。諸神在上，如果懷孕……她悶哼一聲。

「怎麼了？」

她只是搖頭微笑。「沒什麼。」她的指尖從他髮中撫過，這時她突然想到某個問題，笑容因此淡去。「你會為此惹上多少麻煩？」

她看著他的結實胸膛因為深深吸氣而擴張，他把額頭枕在她肩上。「不知道。或許國王不會在乎，或許會撤我的職，甚至更糟，很難說，他就是那麼陰晴不定。」

她咬脣，以雙手撫摸他的強健背肌。她很久前就渴望像這樣觸摸他——比她意識到的更久。「那我們保密。反正我們本來就常膩在一起，應該不會有人注意到任何變化。」

他又撐起身子，凝視她的眼睛。「我不希望妳以為我同意保密是因為我對此感到任何羞恥。」

「誰提到羞恥來著？」她指向自己的裸身，雖然被毛毯覆蓋。「說真的，我很驚訝你沒打算到處炫耀吹噓。如果**我**搞上**我這種美女**，**我**一定會到處宣傳。」

「妳的自戀毫無盡頭？」

「完全沒有。」他俯身輕咬她的耳朵，害她舒服得彎起腳趾。「我們不能讓鐸里昂知道，」她輕聲道：「我敢打賭他遲早會察覺，但是……最好別跟他直說。」

他停止進攻她的耳朵。「我知道。」但他後退，又在打量她，她在心中暗自皺眉。「妳是不是還——」

「不，那是很久以前的事了。」看到他安心的眼神，她不禁吻他。「只是如果被他知道，很可能會造成麻煩。」而且沒人知道他會如何反應，考慮到她跟他的關係一度火熱。他在鐸奧的生命中極為重要，她不想破壞這兩人之間的關係。

「所以，」他輕彈她的鼻尖，「妳是從什麼時候開始對我……」

「我看不出這關你屁事，韋斯弗隊長，而且除非你先說你對我覬覦了多久，否則我拒絕配合說明。」

他又輕彈她的鼻尖，她拍開他的指頭。他抓住她的手，往上抬，凝視她的紫水晶戒指——她就算洗澡也從不摘下。「冬至節舞會，或許更早，或許早在薩溫節，我給妳這枚戒指的時候。但在冬至節那天，我第一次意識到我不喜歡看到妳——跟別人在一起。」他吻她的指尖。

「輪到妳。」

「我才不告訴你。」她說，因為她毫無頭緒——她還在試著弄懂到底哪件事成了契機。她感覺彷彿自己愛的一直是鎧奧，甚至從一開始就是，甚至在兩人相遇之前。他正要抗議，但她把他的身子拉回她身上。「說話時間結束。我或許累了，但除了晨跑之外，咱們還有很多事情可以做。」

鎧奧露出既飢渴又邪惡的咧嘴笑，把她拉進毛毯底下，害她失聲尖叫。

第二十四章

鐸里昂走過馬戲團的黑帳篷，不斷想著這或許是此生最嚴重的錯誤。昨天他想來又不敢來，但因為昨晚又徹夜難眠，他還是決定來見那名老巫婆，後果以後再說。如果因此被送上斷頭臺，他確實會怪自己太衝動，但因為實在想不透自己為何擁有魔力，所以還是得走這麼一趟。

他看到黃腿婆婆坐在巨型馬車的車尾階梯上，大腿放了一面缺角破盤，盤上堆滿一塊塊烤雞，腳邊是一堆吃乾舔淨的雞骨頭。

她以黃眸瞟向他，咬一口雞腿，鐵牙在正午陽光下閃閃發光。「現在是午餐時間，馬戲團暫不開放。」

他吞下惱火的情緒。欲獲答案，關鍵有二：別惹她發火，別讓她知道他是誰。

「我原本希望妳能撥空回答幾個問題。」

雞腿骨斷裂。聽到她吸骨髓的聲響，他試著別皺眉。「午餐時間發問，費用加倍。」

他從口袋掏出為此準備的四枚金幣。「希望這能買到所有我希望得到的答案──以及妳的保密。」

她把吃乾淨的骨頭丟到地上的骨頭堆，抓起下一塊，舔吸啃咬。「還真有錢啊你。我猜你一定拿黃金擦屁股。」

「那麼做恐怕不甚舒適。」

黃腿婆婆嘶聲發笑：「好吧，小貴族，說出你的疑問。」

他俯身向前，把金幣放在她所坐的階梯頂部，但也保持距離，畢竟她的氣味實在駭人，彷彿混雜霉味和腐血，但他後退時維持「純粹找樂子」的平靜表情。她的粗糙手掌一伸，金幣悉數消失。

鏗里昂瞥向周遭：工人們四散於馬戲團各個角落，隨處而坐、享用午餐，不過沒人靠近這輛塗上黑漆的馬車，甚至沒人往這裡瞥一眼。

「妳真的是巫婆？」

她抓起一隻雞翅膀。啪喀斷裂。「女巫王國的最後一代。」

「這表示妳至少有五百歲。」

她微笑以對：「本姑娘還能如此青春永駐，很厲害吧？」

「所以傳言不假：女巫從永生精靈那裡繼承了長生不老的恩賜。」

她又把一根骨頭丟在木階邊。「不是永生精靈就是法魯格。我們一直不確定是哪一邊。」

法魯格，他知道這個名稱。「法魯格……那幫惡魔擄走永生精靈，與之交配，產下的就是女巫，是吧？」而且如果他沒記錯，美麗的克拉坎女巫繼承了永生精靈的容貌，鐵牙女巫那三支氏族則遺傳了於歷史之初入侵艾瑞利亞的法魯格惡魔的模樣。

「像你這種英俊小貴族怎麼會把時間浪費在那些恐怖故事上？」她一口吞下一塊雞胸肉的皮，乾枯嘴唇吧唧作響。

「我們這種人沒在忙著用黃金擦屁股的時候，**總得**找些事情自娛，何不學點歷史？」

「有理，」巫婆說：「所以，你打算一整天繞圈子、讓我這個老太婆在這裡晒大太陽？還是你準備好提出你想問的問題？」

「魔法真的消失了？」

她的視線沒從餐盤抬起。「**你們那種**魔法確實消失，但其他類型的古老力量依然存在。」

「什麼樣的力量？」

「小貴族不需要知道的力量。下一個問題。」

他故意露出誇張的受傷表情，她翻個白眼。雖然她令他很想逃跑，但他必須忍耐、必須把戲演好。

「有沒有哪個人可能突然擁有魔力？」

「孩子，我走遍天下，踏過這片大陸的每個角落，翻過每座高山，去過常人不敢涉足的每一片黑暗之地，我知道魔法已不復存在，就連倖存的永生精靈也無法動用其魔法天賦，有些永生精靈仍受困於動物型態——可憐的傢伙，他們嘗起來也像動物。」她鴉啼般的笑聲令他頸後寒毛豎起。「所以，不——**不可能**有哪個人例外。」

他臉上依然是日子過得太沉悶的表情。「如果哪個人突然發現自己擁有魔力……？」

「那種人不是腦子有問題，就是嫌自己活太久。」

他已經知道這點，但他要問的不是這個。「假設有人發現自己擁有魔力——這種可能性是否存在？」

她暫停咀嚼，歪起頭，白髮如初雪般閃耀，與晒黑臉龐形成鮮明對比。「我們不知道魔法如何消失、為何消失。我聽過一些謠言，聽說那種力量依然存在於其他大陸——唯獨這裡例外，所以這才是真正的問題：魔法為何獨離此地，卻尚存於艾瑞利亞其他角落？我們犯下何罪，諸神為何如此詛咒我們、奪回曾賜予我們的力量？」她把雞胸骨丟到地上。「**假設**，如果某人擁有魔法，而你想知道那人為何擁有魔法，我會先試圖查明魔法當初為何消失，或許那就能解釋為何有人例外。」她舔掉指尖鐵爪上的雞油。「住在玻璃城堡的小貴族怎麼會問這些怪問題？怪透了。」

他朝她微微一笑。「更怪的是，女巫王國的最後一代居然願意放低身段、安於一輩子待在這個馬戲團表演雜耍。」

「諸神在十年前詛咒了這片大陸，但在幾百年前就詛咒了女巫。」

或許是因為浮雲遮蔽了烈日，但他非常確定自己看到她眼中閃爍的黑影——這道黑影讓他因此懷疑她的年齡比她透露的更大，或許「女巫王國的最後一代」一說是個謊言，是為了隱瞞其族人的血腥歷史，他無法想像她在久遠的女巫之戰中犯下何種殘忍罪行。

他的注意力不禁移向沉睡於體內的古老力量，懷疑它此刻是否如擋住碎窗那般抵禦黃腿婆婆的力量。這種想法令他頭暈目眩。

「還有沒有其他問題？」她舔舔鐵爪。

「沒了，感謝妳撥冗解惑。」

「呸。」她吐口水，揮手要他滾。

他轉身走離，來到最近一座帳篷時，看到某人的金髮反射陽光——羅蘭原本正在一張桌邊和之前彈奏魯特琴的那名金髮女子談話，此刻正朝他走來。羅蘭跟蹤他？鐸里昂皺眉，還是朝來到身旁的堂弟點個頭。

「去算命？」

鐸里昂聳個肩。「我無聊沒事做。」

羅蘭回頭瞥向黃腿婆婆的馬車。「那女人令我的血液結冰。」

鐸里昂嗤笑一聲。「我認為那是她的本領之一。」

羅蘭斜眼瞥他。「她跟你說了什麼有趣的事嗎？」

「還不就是那些老套：我很快就會遇見真愛、榮耀使命正在等待、我會有錢得要命。她八成根本不知道我是誰。」他打量身旁這位梅亞城領主。「你跑來這做什麼？」

「我看到你出門，猜你或許缺個伴。但我後來看到你要去哪，因此決定保持距離。」

羅蘭不是暗中監視，就是在說實話，鐸里昂實在看不出何者為真，但他這幾天來對堂弟非常和善，而羅蘭在每一場議會上都毫不猶豫支持鐸里昂的每一項決定。看到帕林頓和父王的惱火表情，鐸里昂意外的感到痛快。

所以鐸里昂沒質疑羅蘭是否跟蹤，但回頭瞥向黃腿婆婆時，他相當確定那個老太婆正在朝他咧嘴笑。

瑟蕾娜已經有幾天沒追蹤那些目標。此刻，在黑夜的掩護下，她站在碼頭的陰暗處，不太相信自己的眼睛。那份名單上的所有男子、她正在追蹤的那些人、可能知道國王到底有何計畫的那些人……正在**離去**。她目睹其中一人悄悄進入一輛素色馬車——因此一路追來，發現他登上一艘將於午夜時分乘潮出港的船。她接著看到不妙的一幕：另外三名男子出現，攜家帶眷，迅速被帶進船艙。

那些男子，連同她努力試圖蒐集的情報，就這麼——

「抱歉。」一個熟悉的嗓音從身後傳來，她連忙轉身，看到亞奇走來。他怎麼會如此來無影、去無蹤？她根本沒聽到他的腳步聲。「我非警告他們不可。」他凝視準備出港的船。「我不能害他們。他們有小孩——如果妳把他們交給國王，那些孩子有何下場？」

她嘶吼：「這是你安排的？」

「不，」在水手們解索備槳時發出的吶喊下，他的嗓門被淹沒。「是組織裡的某一名成員。聽到我暗示他們或許有生命危險後，那人便立刻做出安排、讓那些人盡快搭船離開裂際城。」

她的手移向匕首。「你我之間的約定，是建立在『你提供有用情報』這個前提上。」

「我知道，抱歉。」

「還是你希望我現在就幫你詐死、讓你立刻上船？」或許她能想其他辦法讓國王縮短她的役期。

「不，我保證，不會再讓這種事發生。」

她很懷疑這點，但她身子靠在提供掩護的建築物牆面，交叉雙臂，看著正在凝視那艘船的亞奇。片刻後，他轉身看她：「別不說話。」

「沒什麼好說的，我正在考慮要不要當場宰了你、拖你的屍體去見國王。」這話並非虛張聲勢。昨晚和鎧奧共度一夜後，她開始懷疑「盡量讓事情簡化」是否為最佳做法。任何方法都好，總之別讓鎧奧捲入這場麻煩。

「抱歉。」亞奇又開口，但她揮手叫他閉嘴，遙望即將出港的船。

他們的逃亡安排得如此迅速，這確實令人佩服，或許那幫人不全是像戴維斯那種蠢蛋。

「安排這一切的那名成員，」片刻後，她開口：「是那個團體中的領袖人物？」

「應該是，」亞奇輕聲回答：「至少權力不小，否則不會在聽到我的暗示後迅速安排他們逃亡。」

她咬咬臉頰內側。或許戴維斯那件事算是歪打正著，而且亞奇或許是對的，或許那些人只是想要一位更適合他們的君主。無論他們的財務和政治動機為何，一旦有無辜人士受到牽連，他們便立刻行動、將那些人送往安全地點。在這個帝國中，沒幾個人敢這麼做，更沒幾個人能逃得過後果。

「明晚，給我提供幾個新名字和更多情報，」她告訴亞奇，同時轉身離開碼頭，準備返回城堡。「否則我會把你的腦袋丟到國王腳邊，讓他決定該丟進下水道還是拿槍矛插在城門上。」她沒等亞奇回應，已經消失於黑影和夜霧中。

返回城堡的路上，她放慢腳步，思索剛剛目睹的一幕。世上從沒有所謂的「絕對的善」或「絕對的惡」（雖然國王絕對是例外，而且屬於後者）。就算那些男子在某方面稍嫌腐敗，卻也努力救人性命。

他們宣稱曾和艾琳・加勒席尼斯有所聯繫，這點雖然過於荒謬，但她不禁懷疑確實有人因為那位繼承人的名聲而呼群結黨。如果在過去十年間，特拉森王朝的倖存者成功躲藏於某處……被亞達蘭擊敗後，特拉森不再擁有常備軍，只有四散其境內的零星勢力……但亞奇認識的那些男子**確實**擁有一些資源。娜希米雅曾說過，如果特拉森能東山再起，將對亞達蘭造成嚴重威脅。

所以，或許瑟蕾娜什麼都**不用做**，或許她不用讓自己或鎧奧惹上殺身之禍。或許，只是或許，無論那些人的動機為何，他們或許能找到辦法阻止國王——而且解放艾瑞利亞全地。

一道不甘願的微笑緩緩在她臉上綻放，隨著她走近晶瑩剔透的玻璃城堡以及在城堡內等她回家的侍衛隊長，這道笑容更顯燦爛。

慶生晚餐結束後的這四天來，鎧奧每晚都和瑟蕾娜共度——以及每個下午、每個早上，或是稍微放下職責的每一刻。很不幸的，他現在必須跟這些小隊長開會，但在聆聽報告的同時，他的思緒不斷飄到她身上。

第一次那晚，他幾乎全程屏息，動作也盡量溫柔，不願讓她感到任何疼痛。但她還是痛得皺眉、雙眼泛淚，但他詢問是否暫停的時候，她只是吻他，不斷吻他。那一晚，徹夜擁抱她的時候，他想像自己未來的每一晚是否都像這樣度過。

從那之後的每一晚，他撫摸她背上的疤痕，默默發誓有一天他會回去安多維爾、拆碎那裡的一磚一瓦。

「隊長？」

坐在椅子上的鎧奧眨眨眼，意識到有人提問，因此挪動身子。「再說一次。」他命令，盡量讓自己別臉紅。

「我們是否需要在馬戲團安排額外衛兵？」

老天，他根本不知道他們為何這麼問，馬戲團出了什麼問題嗎？如果他這麼問，就會被他們知道他剛剛根本沒在聽。

就在這尷尬的一刻，還好有人敲敲兵營這間小會議室的門，一顆金髮腦袋隨即探入。

光是看到她，他就忘了周遭的世界。在場每個人轉頭，以欣賞的眼光看她。看到她微笑，他強忍衝動，沒用拳頭把這些衛兵打得面門凹陷。這些是他的手下，他提醒自己，而且她很美──而且她把他們嚇得半死。他們當然會看她，而且欣賞她的美。

「隊長，」她開口，待在門邊，紅暈臉頰使綠眸更顯閃耀，讓他想起她跟他纏綿時的模樣。她的頭朝走廊一撇。「國王召見你。」

要不是因為看到她眼中的淘氣光芒，他會緊張得要命、開始做最壞打算。

他站起身，朝手下們點個頭。「你們自己決定該如何安排馬戲團的維安吧，晚點再向我報告。」他說完便離開。

他和她保持適當距離，直到兩人拐過一個轉角，他靠近她，需要觸摸她。

「菲莉琶和其他僕人晚餐時間才回來。」她輕聲道。

她的嗓音在他身上造成的影響令他不禁咬牙，彷彿脊椎被無形指尖撫過。「我今天一整天都得開會。」他勉強開口，這是事實。「下一場會議在二十分鐘後。」如果跟她走，他就一定會遲到，考慮到她房間有多遠。

她停步，朝他皺眉。但他瞟向幾呎外的一面小木門──掃帚櫥。她順著他的目光看去，臉上緩緩露出微笑，隨即朝那裡走去，但他抓住她的手，臉湊向她。「妳必須**非常**安靜。」

她轉動把手，開門把他拉進去。「我總覺得幾分鐘後會是**我**叫你小聲點。」她輕柔低語，以眼神提出挑戰。

感覺血液暴衝全身，鎧奧跟她溜進小門，不忘拿支掃帚從內部抵住把手。

「掃帚櫥？」娜希米雅如小惡魔般露齒而笑。「**沒開玩笑？**」

巴。

瑟蕾娜癱躺在娜希米雅的床上，把一顆葡萄乾巧克力扔進嘴裡。「我以生命發誓。」娜希米雅跳上床墊，飛毛腿跳到她身旁，幾乎一屁股直接坐在瑟蕾娜臉上，朝公主搖尾巴。

瑟蕾娜輕輕把牠推到一旁，臉部肌肉因為開心微笑而痠疼。「我現在才知道原來**這回事**這麼有趣。」而且諸神在上，鎧奧實在很……總之，想到自己在適應後多麼享受他帶來的歡愉，她不禁臉頰泛紅。他光是以指尖撫摸她的肌膚，就能讓她化為野獸。

「妳現在才知道，」娜希米雅伸手越過瑟蕾娜，從床頭櫃的盤子抓起一塊巧克力。「不過我認為真正有趣的是：誰能想到那麼正經八百的侍衛隊長其實熱情如火？」她躺在瑟蕾娜身旁，也一臉微笑。「我替妳感到開心，吾友。」

瑟蕾娜回以微笑。「我認為……我也替自己感到開心。」

這是實話，這是她好幾年來第一次打從心底感到**幸福**。這種感覺纏繞每一道思緒，這縷希望隨著每一次呼吸而擴張。她不敢凝視這縷希望太久，彷彿承認它存在就會使它消失。或許這個世界永遠不會完美，或許有些正義永遠不會伸張，但她或許能找到屬於自己的祥和與自由。

娜希米雅沒開口。瑟蕾娜感覺到公主有些變化，彷彿空氣稍微降溫，轉頭看到娜希米雅凝視天花板。「怎麼了？」

娜希米雅摸摸臉，長嘆一聲。「國王要我去跟那些反抗勢力談談、說服他們放棄，否則他會把他們全殺光。」

「他威脅這麼做？」

「他沒明說，但清楚暗示。等到月底，他會派帕林頓前往莫拉斯，也就是那位公爵的要塞，我確信他打算讓帕林頓鎮守南方邊境、監視當地。帕林頓是國王的心腹，如果帕林頓認定那些反抗分子需要被處理，就有權動用所需軍力、將那些人徹底消滅。」

瑟蕾娜坐起身，盤腿而坐。「所以妳要回伊爾維？」

娜希米雅搖搖頭。「我還不確定。我需要待在這，這裡……這裡有些事情需要我處理，就在這座城堡和裂際城中，但我不能眼睜睜看著我的人民再次遭到屠殺。」

「妳父母或弟弟們能不能處理反抗分子的事？」

「我的弟弟都太年輕，而且經驗不足，而我父母光是處理班加利的事情已經忙不過來。」

公主坐起身，飛毛腿把頭枕在她膝頭上，在她的兩腿間伸展身子，還用後腿踢瑟蕾娜幾下。「我從小就知道我的責任有多沉重。國王當年入侵伊爾維的時候，我就知道我有一天必須做出令我心煩意亂的抉擇。」她用手掌撐住額頭。「我沒想到會這麼困難，我實在感到分身乏術。」

瑟蕾娜感覺胸腔緊繃，把一隻手放在娜希米雅的背上。難怪娜希米雅在眼睛謎語那件事上再三拖延，瑟蕾娜慚愧得臉頰泛紅。

「艾蘭堤雅，如果他又屠殺五百人，我該怎麼辦？如果他決定殺光卡拉酷拉的囚犯來殺雞儆猴，我該怎麼辦？我怎麼可能置之不理？」

瑟蕾娜沒有答案。她這星期都沉醉於和鎧奧的戀情，娜希米雅這星期則煩惱著如何拯救族人。瑟蕾娜手上有許多線索，或許能協助娜希米雅對抗國王，還有伊琳娜的命令——雖然已被棄置多時。

娜希米雅牽起她的手。「答應我，」她的黑眸閃爍。「答應我，妳會幫我從他手中解放伊爾維。」

瑟蕾娜的血管結凍。「**解放**伊爾維？」

「答應我，妳會想辦法幫我父王恢復王權。妳會想辦法從安多維爾和卡拉酷拉解救我的人民。」

「我只是個刺客。」瑟蕾娜從娜希米雅手中抽手。「妳說的那種事，娜希米雅……」她下床，試圖控制急促的心跳。「太瘋狂。」

「沒有其他選擇，伊爾維**必須**解放。只要有妳相助，我們就能開始召集——」

「**不**。」聽到瑟蕾娜斷然拒絕，娜希米雅眨眨眼，但是瑟蕾娜搖搖頭。「不，」她重複：「我絕不可能幫妳組織軍隊對抗他。沒錯，伊爾維被國王大肆破壞，但妳根本不曉得他在其他地方的手段有多殘忍。妳如果結黨對付他，他一定會殺了妳，我絕不參與。」

「那妳到底要參與什麼，**瑟蕾娜**？」娜希米雅站起身，飛毛腿因此被推開。「妳到底在乎什麼？還是妳只在乎妳自己？」

瑟蕾娜感覺咽喉一緊，但還是勉強開口：「妳根本不知道他有多殘忍，娜希米雅。妳不知道他能對妳和妳的人民下什麼毒手。」

「他屠殺了五百名反抗分子！」

「他毀了我的**家園**！妳夢想讓強大而榮耀的特拉森皇室東山再起，卻忘了國王當初有本事剷除他們。特拉森當年**確實**是這片大陸最強大的王朝——應該說是**全世界**，卻被國王徹底殲滅。」

「那是因為他當初發動偷襲。」娜希米雅反駁。

「而他那支軍隊現在已經擴張為**百萬雄獅**，根本沒有敵手。」

「妳到底什麼時候才會**忍無可忍**，瑟蕾娜？要怎麼做才會讓妳不再逃避事實？如果安多維爾和我人民的苦難無法打動妳的心，什麼才能打動妳的心？」

「我只是**普通人**。」

「但妳是伊琳娜王后選定的人——在決鬥那天，妳的額頭燃燒著聖痕！妳經歷過許多苦難，卻能奇蹟般的活下來。我倆相遇絕非偶然，如果妳不受諸神恩寵，那還有誰被揀選？」

「這太荒謬、太愚昧。」

「愚昧？為正義、為弱者而戰很愚昧？妳以為最恐怖的是他的大軍？有某種更黑暗的勢力在這個世界集結，我的夢境滿是暗影和翅膀——在山中小徑之間振翅作響。我們派去白牙山脈和菲力安峽谷的每一名斥候和探子**沒一個回來**。妳知道那些山谷中的民眾怎麼說？他們也能聽見振翅聲，那種聲音隨風傳遍峽谷。」

「我根本聽不懂妳在說什麼。」但是瑟蕾娜想起在圖書館門口那名怪客。

娜希米雅走向她，揪住她的雙腕。「妳懂。妳看著國王的時候，妳能感覺到他周身有一種扭曲的強大力量。他為何這麼快就征服大半天下？光靠軍隊？特拉森王朝家臣皆出身武士家族，為什麼被他打得潰不成軍？全天下最強大的王朝為什麼在幾天內就被消滅？」

「妳累了，而且心情不好，」瑟蕾娜盡量讓口氣顯得平靜，試著別去想娜希米雅和伊琳娜的說詞為何如此相似。她甩開公主的手。「或許我們應該晚點再談這件事——」

「我不想拖到晚點再談！」

飛毛腿嗚咽，擠在兩人之間。

「如果我們再不出手，」娜希米雅繼續說道，「那麼他的計畫，無論內容為何，只會越演越烈，到時候我們就不剩任何希望。」

「我們本來就沒希望，」瑟蕾娜說：「我們不可能對付他，現在不可能，以後也不可能。」

這是她越來越清楚意識到的事實。如果娜希米雅和伊琳娜對那個神祕力量之源的判斷正確，那他怎麼可能被推翻？「我也不會參與妳的計畫，我不會幫妳害死妳自己、害更多無辜百姓受到牽連。」

「妳不願出手相助，是因為妳只在乎**妳自己**。」

「就算是又怎樣？」瑟蕾娜攤開雙臂。「就算我只想平靜過日子又怎樣？」

「只要他統治的一天，就不可能有所謂的平靜。那天聽妳說妳沒殺害他那些目標，我以為妳終於決定挺身而出。我以為等時機到來，我能仰賴妳的支持，沒想到妳那麼做只是為了減輕自己的罪惡感！」

瑟蕾娜氣沖沖走向門口。

娜希米雅嘖嘖兩聲。「沒想到妳只是個懦夫。」

瑟蕾娜回頭一瞥：「有種再說一次。」

娜希米雅毫無畏懼。「妳只是個懦夫。」

瑟蕾娜雙手握拳。「妳的人民血流成河時，」她嘶吼：「別來找我哭訴。」

沒給公主回應的機會，她已經大步離去，飛毛腿緊跟在後。

第二十五章

「他們倆其中一人必須願意配合，」王后對公主說：「否則事情無法進行。」

「我知道，」公主輕聲道：「可是王子尚未做好準備，所以她是唯一選擇。」

「那麼，妳是否明白我對妳的指示？」

公主仰望瀉入墓穴的一束月光，又將明亮雙眸移向上古王后。「明白。」

「那就去做妳該做的。」

公主點頭，轉身打算走出墓穴，但來到門口時停步，轉身看王后，儘管門外黑影向她呼喚。「她不會明白的。一旦她失控，就沒有任何力量能把她拉回來。」

「她會自己想辦法回來，她一向如此。」

公主眨掉眼眶的淚水。「為了我們每個人著想，我只希望妳的判斷正確。」

第二十六章

鎧奧實在討厭狩獵日。大多數的貴族連弓都拉不動，更不懂得在追蹤獵物時盡量保持無聲無息，這幫外行人的表現實在令鎧奧替他們感到尷尬。辛苦的獵犬們忙著在樹叢間穿梭，試著讓鳥禽因受驚而四處飛竄——雖然那些貴族根本射不中。換做平常的狩獵日，為了早點脫離這種折磨，他會偷偷溜進林中宰殺幾隻小動物，然後宣布某某貴族射中獵物。但今天，國王、帕林頓、羅蘭和鐸里昂都來到狩獵場，他不能離開他們身邊。

靠近其他貴族、聽到他們談笑或是低聲討論無害的小陰謀時，他偶爾會想到如果自己不是選擇這條路，是不是也會變得跟他們一樣？他已經好幾年沒見到弟弟泰瑞，不知道父親是否縱容泰瑞成為那種蠢蛋？還是父親送泰瑞去受訓成為戰士？自從銀湖之城遭到狂野山地人的入侵，安尼爾貴族世代皆接受軍事訓練。

跟在國王身後，胯下這匹亞斯特隆駿馬引來旁人欣賞和嫉妒的目光，鎧奧允許自己稍微思索：不知道父親對瑟蕾娜會有何看法？鎧奧的母親個性溫柔寡言，也因為母子倆太久沒見，她的模樣已化為一道模糊身影，但鎧奧依然記得她輕快的嗓音和溫柔笑聲、他小時候生病時由她唱歌哄他入睡。雖然父母是奉命成婚，卻也算是天作之合，因為父親本來就喜歡母親那種女人——聽話的女人。這也意味著瑟蕾娜那種人……想到父親和瑟蕾娜共處一室的畫面，他不禁皺眉……卻也微笑，因為**那一幕**將是名留青史的氣勢對決。

「你今天有點心不在焉啊，隊長。」穿過樹林時，國王開口。不知為何，國王的魁梧身形一向令鎧奧感到意外。

國王由鎧奧的兩名手下包圍——瑞斯是其中之一，因為獲選保護國王而顯得緊張多過得意，雖然他盡量表現得冷靜。也因為如此，鎧奧選擇戴納擔任瑞斯的搭檔，因為年長的戴納不但身經百戰而且耐心近乎無限。鎧奧向君主一鞠躬，然後朝瑞斯微微點頭、表示鼓勵。坐在馬上的年輕衛兵挺直身子，也維持警覺——注意四周，包括附近的貴族們、狗叫聲和弓箭聲。

騎乘黑馬的國王來到鎧奧身旁，繼續緩緩前進；瑞斯和戴納在後方保持適當距離，但依然近得能攔截任何威脅。「要不是有你幫那些貴族打獵，還真不知道他們該怎麼辦。」

鎧奧試圖隱藏微笑，看來代理狩獵這回事還是曝了光。「抱歉，陛下。」

跨坐於戰馬之上，國王的姿態完全是個征服者，雙眸中的某種光芒令鎧奧背脊發寒，也令他明白為何眾多王國的領袖寧可投降也不願一戰。

「明晚，我會讓伊爾維公主在議會廳接受質詢，」國王壓低嗓門，只讓鎧奧聽見；一群獵犬衝進溶雪樹林之中，國王讓坐騎跟在其後。「我要你在門外安排六名衛兵，杜絕任何麻煩或干擾。」國王的眼神清楚表示：所謂的麻煩就是指瑟蕾娜。

鎧奧知道最好別提問，但還是開口：「我的手下是否該為哪種特定情況做準備？」

「沒有，」國王搭箭拉弓，朝一隻衝出樹叢的雉雞放箭，穿眼斃命。「就這樣。」

國王朝獵犬吹口哨，朝獵物的位置騎去，瑞斯和戴納緊跟在後。

鎧奧勒馬停下，看著壯碩的國王穿過樹叢。「剛剛怎麼回事？」鐸里昂突然出現在他身旁。

鎧奧搖搖頭：「沒什麼。」

鐸里昂從肩後箭袋抽出一箭。「我好幾天沒見到你。」

「我很忙。」忙於工作，忙於瑟蕾娜。「我最近也沒見到你。」他逼自己回應鐸里昂的視線。

鐸里昂面無表情，噘嘴輕聲道：「我最近也很忙。」王儲將坐騎掉頭，準備前往另一個方向時停頓。「鎧奧。」他回頭一瞥，兩眼茫然，下顎緊繃。「好好照顧她。」

「鐸里昂。」鎧奧開口，但王子已加入羅蘭的行列。鎧奧目送老友離去，熱鬧林中突然剩他獨自一人。

鎧奧沒讓瑟蕾娜知道國王的指示，也因此有些難受。國王不會傷害娜希米雅，畢竟她是受愛戴的公眾人物，而且國王說過某位不具名人士威脅要娜希米雅的命。但鎧奧總覺得，明晚在議會廳的話題應該並不輕鬆。

瑟蕾娜知不知道這件事，並不會有任何分別。躺在自己的房間床上、抱著她時，他如此告訴自己。就算瑟蕾娜知道、就算她通知娜希米雅，那場質詢也一樣會進行，那個不具名威脅也一樣存在。如果讓她們倆知道，事情只會更複雜，對大家都沒好處。

鎧奧嘆口氣，從瑟蕾娜纏住他的腿抽身坐起，從地板抓起長褲。她微微一晃，但沒醒來。看到她安心的在他身旁熟睡，他意識到這就是奇蹟。

他輕吻她的額頭，然後將其他衣服撿起穿上。時鐘不久前敲了三下。

悄悄溜出房門時，他思索：或許國王在試探他，想知道他到底效忠誰——是否依然值得信賴。如果國王發現瑟蕾娜知道娜希米雅明晚將接受質詢，通風報信者必定是他……

他只是想透透氣，感受艾弗利河傳來的海水氣息。他跟瑟蕾娜說過，他願意以後跟她一起離開裂際城，那是他的真心話，而且他寧死也不可能抖出「她幫暗殺目標詐死」的祕密。

鎧奧來到寂靜昏暗的花園，在樹籬之間大步穿梭。誰敢傷害瑟蕾娜，他一定宰了對方；如果哪天國王下令要他殺了她，他寧可拿劍插穿自己的心臟，也絕不可能遵命。他與她之間的靈魂連接堅不可摧。想到父親如果知道自己兒子娶亞達蘭刺客為妻不知會有何反應，他不禁嗤笑一聲。

但這個想法也令他突然停步。她才十八歲。有時候他忘了自己比她年長。如果他現在就向她求婚……「老天。」他咕噥，搖搖頭。那是很久以後的事。

但他忍不住想像那美好的未來——兩人攜手開創人生，他稱她為妻，她喚他為夫，生下一堆小孩，那些小鬼大概會因為遺傳來自母親的狡猾腦袋而成天惹事生非（而且讓鎧奧發瘋）。

正在想像美好未來時，某人從後面抓住他，把某種冰涼惡臭的東西貼上他的口鼻，他眼前瞬間發黑。

第二十七章

醒來沒看到鎧奧在身旁，瑟蕾娜為此感謝諸神的小小慈悲，因為她實在累得一點也不想去跑步。他那一側的床位沒殘存多少體溫，她知道他至少離開數小時，大概是去執行侍衛隊長的職責。

她躺回床上，作起白日夢，想像彼此以後不再被那些俗事煩擾的日子。腸胃開始咆哮時，她決定下床。她之前已經在他房間留下一些衣服，因此她沐浴更衣後才返回自己房間。

吃早餐時，亞奇派人送來一份名單──按照她的吩咐，以密文寫成──提供更多目標。她只希望他不會再通風報信好讓那些人逃走。命痕課程時間，娜希米雅沒出現，雖然瑟蕾娜並不為此感到意外。

她並不太想跟這個朋友說話。如果公主蠢到試圖發動起義……她就會保持距離，直到對方清醒。但無法學習命痕，她就無法通過圖書館那道暗門，不過這也不急，至少等她們倆都消氣再說。

在裂際城花了一整天追蹤亞奇那份名單人士之後，瑟蕾娜返回城堡，迫不及待想讓鎧奧知道她的最新發現。但他晚餐時間也沒出現。他事情繁忙，這倒也沒有什麼不尋常，所以她獨自在自己的房間吃晚餐，飯後縮在沙發上看書。

她自己也需要**休息**，畢竟枕邊人這星期幾乎每晚都不讓她睡，雖然她不介意。

時鐘敲十下，他還沒出現。因此她走向他的房間，或許他正在房裡等她，或許他只是不小心睡著。

快步穿過走廊和階梯時，她還是緊張得手掌冒汗。鎧奧是侍衛隊長，和她對打時從沒輸過——第一次對打時甚至**擊敗**她。然而，山姆雖然在許多方面不下於她，後來還是落入羅爾克·法蘭手裡、遭凌虐致死，死狀奇慘。如果鎧奧……

她拔腿狂奔。

跟山姆一樣，鎧奧人緣頗佳，沒什麼仇家。那幫人當初抓住山姆，並不是因為向他報復——而是為了對付她。

來到他的房間前，她仍在暗自祈禱自己只是疑神疑鬼、他正在床上睡覺、她能整晚跟他同床纏綿。

打開他的臥室門，她看到門邊小桌有一張折起的蠟封紙條，指名給她——就放在他的佩劍上，而這把劍今早並沒有放在此處。紙條隨意放置，僕人大概以為這是鎧奧自己留下的紙條，因此沒有起疑。她扯開蠟印，攤開紙條。

隊長在我們手上。如果妳厭倦了跟蹤我們，來這個地點。

上頭有個地址，是城中貧民窟的某間倉庫。

務必獨自前來，否則隊長在妳進門前就會喪命。如果妳明早天亮前不出現，我們就會把他的屍塊丟在艾弗利河畔。

她凝視這封信。

她在安多維爾那次失控後加諸於自身的所有限制悉數瓦解。

一道無盡的冰冷怒火貫穿心中，抹去一切，她只清楚看見接下來的計畫。*殺戮前的寧靜*，艾洛賓·漢默爾曾如此形容，但就連他也不知道她在失控前有多冷靜。

如果他們想挑戰亞達蘭刺客，她會讓他們如願以償。

等她現身時，願命運之神助他們。

鎧奧不知道自己為何被他們以鐵鍊綑綁於牆，只感覺口渴而頭痛欲裂。鐵鍊文風不動，每次他試圖掙脫，他們就威脅要把他痛打一頓。他已經被多次毆打，讓他知道這番威脅並非空談。

他們。他根本不知道他們是誰。這幫人都是一身長袍，以兜帽遮頭，臉戴面具，其中一些人全副武裝。他們輕聲交談，隨著時間經過而愈顯緊張。

他判斷自己的嘴脣應該裂開，臉龐和肋骨或許有些瘀傷。那幫人在提問之前，先派兩名手下對付他——雖然他醒來發現自己被困於此處後就沒表現出配合的態度。如果瑟蕾娜聽到他在挨揍之前、之中以及之後的咒罵臺詞多麼具有創意，一定會另眼相看。

在之後的時間，他只有移動一次，是為了去角落小解，因為他要求去上廁所的時候，他們只是瞪著他。他在小解時，他們手握佩劍、全程監視，他試著別嗤笑。

隨著白晝逐漸轉為黑夜，他突然清楚意識到：他們正在等某件事發生。他們還沒殺他，這表示他們想獲得某種贖金。

或許他們是反抗分子，打算勒索國王。他聽說過貴族因為這種原因被抓——也聽過國王叫那些反抗分子儘管下手，因為他絕不跟叛徒談判。

鎧奧不允許自己考慮那種可能性，雖然他開始保存體力、為了在死前奮力一搏。

幾名綁匪低聲爭論，但被其他人要求住嘴、耐心等候。他正在假裝睡覺的時候，那幫人又開始來回嘶吼，討論是否該釋放他，然後——

「我們給她的期限是天亮之前。她會出現。」

她。

這個字眼是他聽過最糟的消息。

因為只有一個「她」會願意為他而來。他們只可能利用他來對付一個「她」。

「如果你們膽敢傷害她，」他因為脫水而嗓音沙啞。「我就空手把你們撕碎。」

他們有三十人，其中一半全副武裝，每個人轉身看他。

他亮出牙齒，雖然臉龐疼痛。「**敢碰她一下**，我就挖出你們的內臟。」

一名背負雙劍、身形高大的男子走向他。男子臉戴面具，但鎧奧從那兩把劍認出對方是揍過他的其中一人。他在鎧奧的踢擊範圍外停步。

「祝你好運，」男子開口。從嗓音判斷，這人的年齡介於二十到四十之間。「你最好向你最喜愛的某位天神祈禱、希望你那位小小刺客會乖乖配合。」

鎧奧咬牙低吼，拉扯鐵鍊。「你想對她怎樣？」

這名戰士——鎧奧從其姿態看得出這人是戰士——歪起頭。「不關你事，**隊長**。而且在她出現之前，你最好給我閉嘴，否則我會割掉你的皇家臭舌頭。」

又一條線索。這名戰士痛恨皇室成員，這表示這些人……

亞奇知不知道這群反抗分子有多危險？等逃離此地，鎧奧一定會宰了亞奇，因為亞奇害瑟蕾娜跟這些人有所牽連。之後，他會確認這幫混蛋全被交到國王那批祕密衛兵手中。

鎧奧拉扯鐵鍊，戰士搖搖頭。「再扯一次，我就再把你打昏。你身為皇家侍衛隊長，居然這麼容易被抓。」

鎧奧的兩眼透出怒火。「只有懦夫才會用你那種方法抓人。」

「懦夫？還是務實主義者？」

這傢伙看來不是個腦袋空空的戰士。既然能說出「務實主義者」這種名詞，看來受過一些教育。

「還是無腦蠢蛋？」鎧奧回擊：「你似乎不知道自己應付的是誰。」

男子嘖嘖兩聲。「如果你有那麼厲害，職位不會只是個侍衛隊長。」

鎧奧發出低沉而喘息的笑聲。「我不是在說我。」

「她只是個小姑娘。」

想到她來到此處、被這些人包圍，雖然他因此感覺內臟翻攪，雖然他正在拚命想辦法讓自己和瑟蕾娜脫身，卻不禁朝對方咧嘴笑。「那你一定會大吃一驚。」

第二十八章

在怒火的帶領下，她只知道三件事。一：鎧奧被抓。二：她本來就是專門奪人性命的人間凶器。三：如果鎧奧受到傷害，那幫人別想走出那間倉庫。

她以掠食者的無聲步伐穿過城市的鵝卵石街道，迅速來到貧民區。他們叫她獨自赴約，她也乖乖照做。

但他們沒說她不准帶武器。

所以她能帶多少就帶多少，包括鎧奧的佩劍，連同她自己的長劍綁在背上，劍柄就在肩後，伸手可取。加上其他配備，她彷彿是個活動軍械庫。

靠近貧民窟時，她以黑披風和厚兜帽遮蔽身影，爬上一棟破屋牆面，來到屋頂。

他們也沒規定她一定要從倉庫大門進去。

她踏過一面面屋簷，軟靴在破爛綠瓦上的抓力十足，她傾聽、觀察、**感受**周遭的黑夜。靠近巨大的雙層樓倉庫時，貧民窟的聲響迎接她：孤兒們撒野尖叫、醉鬼在牆邊小便、妓女呼喊拉客……

這間木造倉庫卻一片寂靜，倉庫大門想必安排許多人馬，讓貧民窟居民退避三舍。附近的屋頂平坦空曠，屋簷之間也沒多少距離，可以輕鬆跳過。

她不在乎這群人打算怎麼對付她。她不在乎他們打算從她身上挖出什麼情報。他們抓走鎧奧的時候，就已經犯下這輩子最嚴重的錯誤，也是最後一個錯誤。

她來到倉庫旁邊的建築物屋頂，匐匍前進，來到屋簷邊緣，往下窺視。

在正下方的窄巷中，三名披風男子正在巡邏，不遠處則是倉庫大門，燈火從門縫露出，顯示裡面至少有四人。根本沒人往屋頂看一眼。這幫廢物。

這棟木造倉庫內部挑高三層樓，而且二樓窗戶在她眼前敞開，她能看到一樓的動靜。二樓採樓中樓設計，一條樓梯通往三樓及上方屋頂——如果大門不通，可以從這裡逃走。倉庫裡的十人攜帶武器，木造樓中樓有六名弓箭手，箭頭全都朝下對準一樓。

鎧奧在那，以鐵鍊綁於牆面，垂下頭，臉龐瘀傷流血，衣服撕裂骯髒。

她體內的寒意滲透所有血管。

她可以攀牆爬到屋頂，然後進入三樓。可是那麼做比較花時間，而且根本沒人注意她前方的敞開窗戶。

她仰頭，朝月亮綻放邪笑。亞達蘭刺客這個稱號絕非浪得虛名，戲劇性登場可說是她的招牌。

瑟蕾娜慢慢退後，起身再向後走幾步，判斷需要多少助跑距離。窗戶十分寬敞，她不需要擔心撞碎玻璃或是長劍撞上窗框，而且就算飛得太遠，樓中樓的欄杆也會攔住她。

她以前曾經這樣跳過，就在她的人生徹底被打碎的那晚。但在那一晚，山姆早已斷氣數日，她跳進羅爾克．法蘭的住宅並非救援，而是純粹為了復仇。

這一次，她不會失敗。

她飛進窗戶的前一秒，根本沒人注意二樓。她跳到樓中樓，打個滾，蹲在地上時，已經丟出兩把飛刀。

她跳進二樓窗戶的瞬間，鎧奧立刻注意到鋼鐵反映月光、飛向最近的弓箭手。他們倒下，她站起——又有兩把飛刀擊中兩名弓箭手。他不知道自己是否應該看下去，或是看著她翻越欄杆，落在下方地面，這時幾支箭頭擊中她的雙手在前一秒抓住欄杆的位置。

男子們咆哮，有些躲到柱子後方或是出口，有些則拔劍衝向她。他只能驚悚而敬畏的看著她拔出雙劍——其中一把是**他的**——向他們發動攻勢。

他們毫無勝算。

在一團混戰中，剩下的兩名弓箭手因為擔心誤擊同夥而不敢放箭——他知道這是她的用意。鎧奧不斷拉扯鐵鍊，手腕因此疼痛。只要他能來到她身旁，兩人就能——

她化為一團鐵血旋風。看著她如收割麥穗般切開他們的肉身，他立刻明白她當初為何能逼近安多維爾的圍牆，他終於看到她隱藏多時的致命一面。她的眼中毫無人性、不帶絲毫慈悲，令他的心臟結冰。

今天不斷對他冷嘲熱諷的那名戰士待在一旁，拔出雙劍，等她到來。

一名逃離她的攻擊範圍的兜帽男子吶喊：「住手！**快住手！**」

瑟蕾娜充耳不聞，鎧奧拚命試圖掙脫。她殺出一條血路，幾人因此倒地呻吟。她大步走向手持雙劍的施虐者，對方倒也勇敢得毫不退縮。

「**別放箭！**」那名兜帽男子向弓箭手下令，嗓音聽來十分蒼老。「**別放箭！**」

瑟蕾娜在手持雙劍的戰士面前停步，以染血劍尖指向他。「滾開，否則我把你大卸八塊。」

戰士愚蠢的將雙劍舉得更高。「放馬過來。」

瑟蕾娜微笑。兜帽男子連忙跑來，舉起雙臂表示自己沒有武裝。「住手！放下武器。」他朝雙劍戰士喊道，對方有些猶豫，但是瑟蕾娜沒放下自己的雙劍。老人朝瑟蕾娜走近一步。「住手！我們的敵人難道還不夠多？外頭有更恐怖的威脅！」

瑟蕾娜緩緩轉身看他，兩眼熾亮。「沒那回事，」她開口：「因為我就是最恐怖的威脅。」

她的臉龐、頸項、身軀和雙手沾染受害者的血，她盯著樓中樓的弓箭手們以及擋在她和鎧奧之間的敵人。**她的**鎧奧。

「拜託，」老人摘下兜帽，露出跟嗓門一樣蒼老的臉龐，白髮平頭，嘴角布滿皺紋，清澈灰眸因哀求而瞪大。「或許我們用錯方法，可是——」

她將一劍指向他，擋在她和鎧奧之間的戰士繃緊身子。「你是誰、有何目的，我一概不在乎，我要帶他走。」

「拜託聽我說。」老人的口氣溫和。

她能感覺到面前這位戰士散發出的怒火和殺氣，能看到他緊握劍柄、蠢蠢欲動。她也沒打算收手，完全沒打算配合。

所以她轉向戰士，朝他慵懶的咧嘴笑，她清楚知道自己這麼做會有什麼後果。

他衝鋒而來。她招架他的劍擊時，外頭那些嘍囉持劍衝進倉庫。她身邊只剩劍刃互擊和哀號聲，她在他們之間穿梭，聆聽在自己心中高唱的狂野之歌。

但她聽到某人喊她的名字，聽來熟悉，卻非鎧奧。她轉身，看到一支鋼鐵箭鏃激射而來，然後看到一顆金髮腦袋，然後——

亞奇倒地，瞄準她的那支箭射在他的肩上。她立刻放下一劍，從靴中拔出匕首、擲向那名弓箭手，再把視線移向亞奇，他正站起身，把自己擋在她和眾人之間，一手在她面前攤開。他要保護的是那些人。

「這是一場誤會。」他氣喘吁吁，肩傷的血沿一身黑色長袍流下。**長袍**，跟那些人同樣款式。

亞奇是這個團體的一員，是他設局陷害她。

一年前被抓那晚令她失控的那股怒火擒住她，讓她看到鎧奧和山姆臉龐交疊，她的手伸向腰間另一把匕首。

「**拜託**，」亞奇向她走一步，肩上箭頭因此挪移，他痛得臉龐扭曲。「聽我解釋。」她看著血沿他的長袍涓涓流下，看到他眼中的痛苦、恐懼和絕望，怒火稍微減弱。

「解開他的鐵鍊，」她的口氣平靜得恐怖。「現在。」

亞奇拒絕避開她的視線。「先聽我說。」

「**先放開他**。」

亞奇的下巴朝那名膽敢跟她動手的戰士一撇。戰士的腳步有些跛，但沒受到多少重創，而且依然手持雙劍，慢慢解開侍衛隊長的鐵鍊。

鎧奧立刻站穩身子，但她注意到他身子有些搖晃，他試圖隱藏痛楚。儘管如此，他還是以凶狠目光凝視面前這位戰士，對方只是稍微後退，又拿起雙劍。

「我只讓你用一句話來說服我饒你一命，」鎧奧來到她身邊的同時，她告訴亞奇。「一句話。」

亞奇搖搖頭，來回看她和鎧奧，眼中不帶恐懼、憤怒或哀求，而是憂傷。

「過去六個月來，我跟娜希米雅共同領導這些人。」

鎧奧身子僵直，但是瑟蕾娜眨眨眼。看到瑟蕾娜這個反應，亞奇知道自己已經通過試驗，他朝周遭的人們點個頭。「你們退下吧。」他的口氣散發她之前沒聽過的威嚴。他們乖乖照做，扶持受傷的同伴離開。她暫時不去想自己今晚殺了多少人。

老人的表情顯得敬畏和難以置信。她不禁好奇：自己現在不知道看起來是什麼樣的怪物。老人注意到她的視線時，朝她鞠躬，然後跟其他人離去，把那名衝動的戰士帶走。

她再次將劍指向亞奇，上前一步，讓鎧奧待在她身後。當然，鎧奧立刻站到她身旁。

亞奇開口：「我和娜希米雅共同領導這個反動勢力。她來這裡是為了組織我們——組成一個團體，準備前往特拉森、集結人馬對抗國王，而且揭開國王對艾瑞利亞的真正企圖。」

鎧奧繃緊身子，瑟蕾娜強吞驚訝。「不可能。」

亞奇嗤之以鼻。「是嗎？妳以為公主為什麼總是忙個不停？妳以為她晚上都去哪？」

她體內那股怒火再次燃起，周遭世界黯淡。

然後她想起：娜希米雅要她別再理會在戴維斯的辦公室發現的謎語；娜希米雅嘴上說要調查謎語，卻一再拖延；鐸里昂想找娜希米雅卻到處找不到人。然後，在爭吵那天，娜希米雅說過她在裂際城有重要事情處理，跟伊爾維一樣重要的事情……

「而且，」亞奇說：「她把妳向她提供的所有情報轉告給我們。」

「如果她是你們的一員，」瑟蕾娜咬牙道：「那她人在哪？」

亞奇拔劍指向鎧奧。「問他。」

她的內臟因某種劇痛而扭曲。「他在說什麼？」她問鎧奧。

但是鎧奧瞪著亞奇。「我不知道。」

「這個騙子，」亞奇咆哮，咬牙的野蠻模樣令他魅力盡失。「我的內應告訴我，國王一星期前就讓你知道有人想要娜希米雅的命。你打算等到什麼時候才說出來？」他轉身看瑟蕾娜。「我們帶他來這裡，是因為國王要他質問娜希米雅。我們想知道他打算問哪些問題，也因為我們想讓妳看看這傢伙的真面目。」

「一派胡言，」鎧奧吐口水，「滿口謊話，你根本沒質問我任何事情，你這人渣。」他以懇求的眼神看瑟蕾娜，她還在消化這些越聽越可怕的消息。「沒錯，我知道有人威脅要娜希米雅的命，但要質問她的是國王，不是我。」

「我們也發現了這點。」亞奇說：「瑟蕾娜，就在妳來到這裡的不久前，我們發現隊長並不負責質問娜希米雅。但他們今晚要進行的根本不是質問，是吧，隊長？」鎧奧沒回答，她也不在乎他為何不吭聲。

她的靈魂正在一吋一吋脫離肉體，彷彿海浪退潮。

「我剛剛派了手下去城堡，」亞奇繼續說下去：「或許他們能及時阻止。」

「娜希米雅在哪？」她聽到自己終於開口，嘴脣似乎脫離身體。

「那就是我的手下今晚發現的情報：娜希米雅堅持要留在城堡，她想知道國王他們打算提出什麼質問，想知道他們懷疑什麼、知道什麼——」

「**娜希米雅在哪**？」

亞奇只是搖搖頭，明亮的雙眸泛淚。「他們根本沒打算質問她，瑟蕾娜。等我的手下到達那裡，恐怕也已經太遲。」

太遲。

瑟蕾娜轉身看鎧奧。他的表情震驚，一臉蒼白。

亞奇又搖搖頭。「抱歉。」

第二十九章

瑟蕾娜快步奔過城市街道。為了增加速度，她邊跑邊丟下披風以及較為沉重的武器，只希望能及時趕回城堡，別讓娜希米雅……

城中某處傳來鐘聲，每一道巨響之間的停頓漫長得彷彿永恆。

現在時候已晚，街上只有幾個路人，他們看到她氣喘飛奔而過時連忙讓路。她無視胸口痛楚，逼渾身力氣灌入雙腿，向依然在乎她的某位天神祈求速度與力量。國王會命令誰下手？如果不是鎧奧，會是誰？

就算是國王親自動手，她也不在乎，她會毀了他們，她也會一併處理想對娜希米雅不利的無名威脅。

她不斷接近玻璃城堡，水晶高塔綻放淡綠光澤。

絕對不能讓悲劇重演，絕對不行。隨著每個步伐、每個心跳，她不斷告訴自己。絕對不行。

她不能從正門進去，那裡的衛兵一定會攔住她、引起糾紛，那名「不明刺客」很可能因此提早下手。因此她選擇某一面高聳石牆，其後方是座花園——距離比較近，而且比較少人看守。

她幾乎能聽到馬匹鐵蹄聲緊隨在後，但她專心於奔往娜希米雅身邊。來到花園石牆旁，心跳聲在耳內隆隆作響，她助跑幾步、跳上牆面。

她盡可能放輕腳步聲，手腳立刻抓住施力點，指甲因為用力過度而裂開。她迅速翻過牆面，衛兵們根本沒朝她的方向瞥一眼。

她降落在花園的碎石小徑，以雙手撐地。雖然手掌感到疼痛，但她已經再次狂奔，衝向城堡的玻璃大門。在月光照映下，積雪透出微微藍光。她決定先前往娜希米雅的房間，把公主鎖在房裡，再慢慢料理想對公主不利的混蛋。

亞奇那些手下根本不堪一擊，幾秒內就被她撂倒。不管誰被派來傷害娜希米雅……絕對**不是**她的對手。她會把對方千刀萬剮，再將其碎肉丟在國王腳邊。

她推開玻璃大門。這裡有幾名衛兵，但她選擇這個入口就是因為這些衛兵認識她、熟悉她的臉龐。不過，她沒料到會看到鐸里昂在這跟他們閒聊。她從旁奔過，他的藍寶石眼眸化為一抹模糊色彩。

她聽到身後有人呼喊，但她拒絕停步，也不能停步。絕對不能讓悲劇重演，絕對不能。

她跑上階梯，以顫抖的雙腿一次至少跨兩階。快到了，只要再上一樓，再跑過兩條走廊，就能抵達娜希米雅的房間。她是亞達蘭刺客，瑟蕾娜・薩達錫恩，絕不會失敗。這是諸神欠她的，也是命運之神欠她的，她絕不會讓娜希米雅失望，尤其兩人上一次說了那麼多氣話。

瑟蕾娜來到階梯頂端，身後的吶喊聲越來越響，他們正在呼喊她的名字，但她不會為任何人停步。

她拐進熟悉的走廊，看到那扇木門，差點安心得哭出來。木門緊閉，沒有任何強行入侵的跡象。

她拔出剩下的兩把匕首，思索該如何向娜希米雅解釋、讓她盡速找地方躲藏。等襲擊者到來，娜希米雅的**唯一任務**就是乖乖躲好。剩下的由瑟蕾娜處理，她也會樂在其中。

她來到門前，撞門而入。

時間放慢，彷彿靜止。

瑟蕾娜凝視房內。

血濺四處。

娜希米雅的兩名保鏢倒在床鋪前方，咽喉被徹底割開，內臟灑落一地。

然後床上……

床上……

她能聽見吶喊聲持續逼近、滲入房內，但他們的話語似乎模糊，彷彿她在水底聽見岸上聲響。

瑟蕾娜站在冰冷的臥室中央，凝視床鋪，以及公主躺在床上的破碎屍體。

娜希米雅已死。

II

王后之箭

CROWN

of

MIDNIGHT

第三十章

瑟蕾娜凝視屍體。

屍體被挖空、以熟練手法嚴重破壞，整張床因為浸滿血而近乎烏黑。追來的人們衝進房間，她能聞到某人因為嘔吐而發出的刺鼻味。但她只是呆站原地，任憑其他人在她身邊散開，他們連忙查看這三名持續降溫的屍體。她耳中的緩慢心跳掩蓋周遭聲響。

娜希米雅死了。這生氣蓬勃的高貴靈魂、被稱為「伊爾維之光」的公主、帶來希望的女子……就這樣死了，彷彿只是一道風中燭光。

在最關鍵的一刻，瑟蕾娜根本不在她身邊。

娜希米雅死了。

某人呼喚她，但沒碰她。

一雙藍寶石眼眸擋在她面前，讓她看不見床上碎屍。是鐸里昂，眼淚沿他的臉龐滑下。她伸手觸摸他的淚水，在她冰涼而麻痺的指尖下，淚珠顯得莫名溫暖。她的指甲裂開、沾染血汙塵垢，此刻貼上王子的淨白臉頰，顯得格外血腥。

身後不斷呼喚她的那個聲音再次傳來。

「瑟蕾娜。」

他們真的下了手。

她的染血指尖滑過鐸里昂的臉龐，來到頸部。他只是凝視她，突然渾身緊繃。

「瑟蕾娜。」那熟悉的嗓音開口，提出警告。

他們下了手，他們背叛了她，也背叛了娜希米雅、將她奪走。她的指甲擦過鐸里昂的裸露咽喉。

「**瑟蕾娜**。」那人再次呼喚。

瑟蕾娜緩緩轉身。

鎧奧凝視她，一手持劍，就是她帶去倉庫的劍——她留在那裡的劍。亞奇跟她說過，鎧奧早就知道那些人會下手。

他早就知道。

她徹底失控，整個人衝向他。

她伸手掃向他的臉，他只來得及放下劍。

她把他的身子撞上牆面，用指甲在他臉上劃出四條刺痛血痕，血沿臉頰滑至頸項。

她的手伸向腰間匕首，但手腕被他揪住。

他的衛兵們咆哮衝來，但他用一腳勾住她的腳，扭腰推手，將她摔倒在地。

「**別過來**。」他命令手下，也因為這一秒的分神而付出代價。雖然被他壓制，但她朝他的下顎揮出重拳，令他的牙齒搖晃、咯咯作響。

接著，她如野獸般咆哮，手揮向他的脖子。他身子向後仰，再次將她摔在大理石地板上。

「**住手**。」

但他所知的瑟蕾娜已不復存在。他想像成為妻子的女孩，這幾星期來同床共枕的女孩，已經徹底消失。她的衣服和雙手在倉庫一戰所沾染的血已經凝固。她的膝蓋向上一揮，重擊他的胯下，痛得他鬆手放開她，換她壓在他身上，拔出匕首，朝他的胸膛筆直刺下——

他又抓住她的手腕，拚命緊握，刀尖在他的心口游移。她因為肌肉出力而渾身顫抖，試著把刀尖再往下壓幾吋，隨即用另一手拔出第二把匕首，但這隻手腕也被他抓住。

「**住手**，」他倒抽一口氣，還沒從她的膝擊恢復，令人盲目的劇痛幾乎令他無法思考。「瑟蕾娜，**住手**。」

「隊長。」他的一名手下試圖靠近。

「**別過來**。」他咬牙道。

瑟蕾娜把全身體重壓於匕首，向下再進一吋。他的雙臂拚命出力。她想殺了他，**真心**想殺了他。

他逼自己看著她的眼睛，她的臉龐因憤怒而扭曲，完全不是他認識的那個人。

「瑟蕾娜，」他緊握她的手腕，希望造成的痛楚能傳達給她——無論她在哪，但她還是沒鬆開刀柄。「瑟蕾娜，我是妳的朋友。」

她瞪著他，咬牙喘氣，呼吸越來越急促，直到她發出咆哮，傳至房中四處、他的體內、他的世界：「**你永遠不是我的朋友，你永遠是我的仇敵**。」

她以深至靈魂的仇恨喊出「仇敵」二字，他感覺彷彿被痛毆一拳。她繼續進擊，他再也抓不住她的手腕，匕首終於向下直刺……

然後停止。房中一陣寒意，瑟蕾娜突然**停手**，彷彿瞬間凍結。她的視線移開他的臉龐，但是鎧奧看不見她在朝誰嘶吼。有那麼一秒，她似乎試圖反抗某種無形力量，但瑞斯隨即出現在她身後，她因為忙於掙扎而沒注意到瑞斯用劍首砸向她的後腦。

瑟蕾娜癱倒在鎧奧身上，他似乎也跟她同時崩潰。

第三十一章

看著鎧奧將瑟蕾娜抱起，離開這個血染房間，進入僕人梯道，不斷往下走，來到城堡地牢時，鐸里昂知道鎧奧別無選擇。鎧奧把瑟蕾娜帶進嘉爾黛隔壁的牢房、放在乾草堆上，鐸里昂試著別看嘉爾黛好奇又有些瘋狂的表情。鎧奧鎖上牢房。

「我把我的披風給她。」鐸里昂伸手準備解下。

「不。」鎧奧輕聲道，她用指甲在他臉上劃出的四條爪痕還在滲血。她的**指甲**。老天。

「為了安全起見，不能讓她接觸乾草堆以外的東西。」鎧奧已經搜走她身上其餘武器，包括髮辮中看來致命的六支髮簪，也檢查了靴子和外袍。

嘉爾黛朝瑟蕾娜露出淡淡微笑。「別碰她，別跟她說話，也別看她。」鎧奧告訴嘉爾黛，彷彿兩名女子之間並沒有以鐵柵隔離。嘉爾黛只是悶哼一聲，縮回角落。鎧奧朝衛兵們發號施令，說明關於糧食、飲水和換班時間的指示，然後轉身離開地牢。

鐸里昂默默跟上，不知道該如何開口。意識到娜希米雅已死，悲痛如浪襲來，命案的恐怖畫面也令他作嘔。發現自己似乎在危急一刻動用魔法、制住瑟蕾娜的手，但除了她之外沒人發現那股力量，鐸里昂因此覺得既驚恐又安心。

她朝他嘶吼的時候……他在她眼中看到某種極為野蠻的一面，令他不寒而慄。

在旋轉石階走到一半時，鎧奧突然無力坐下，把頭埋在雙手中。「我居然做出那種事。」

他喃喃自語。

無論兩人之間有何變化，鐸里昂還是沒辦法丟下鎧奧，今晚不行，而且他自己也需要有人陪伴。「告訴我，到底發生了什麼事？」鐸里昂輕聲道，在老友身旁坐下，凝視階梯的朦朧盡頭。

鎧奧全盤托出：他被抓，一群反抗分子試圖利用他來跟瑟蕾娜拉攏關係，瑟蕾娜闖進倉庫把那些人殺得潰不成軍。國王一星期前讓他知道有人想暗算娜希米雅，命令他派人監視娜希米雅。國王打算質詢公主，要他今晚別讓瑟蕾娜接近議會廳。亞奇——瑟蕾娜幾星期前就該解決的目標——說明有人要暗殺娜希米雅。瑟蕾娜從貧民窟一路跑回這裡，發現已經來不及救摯友的命。

鎧奧另外隱瞞了一些事，但鐸里昂也心知肚明。

看到老友正在發抖，鐸里昂感到驚悚。「我從沒見過有誰像她那般敏捷，」鎧奧低語：「跑得那麼快。鐸里昂，那實在……」鎧奧搖搖頭。「她離開之後的**幾秒內**，我就弄到一匹馬，她**居然**還是跑得比我快。有誰做得到？」

鐸里昂或許可以把原因歸咎於恐懼和悲痛造成時間感錯亂，但他自己不久前渾身灌滿**魔力**，無法如此自我欺騙。

「我不知道這種事怎麼會發生，」鎧奧的額頭貼在膝上。「如果你父王……」

「不是我父王做的，」鐸里昂說：「我今晚是跟我父王和母后共進晚餐。」瑟蕾娜先前兩眼噴火、衝過他身旁時，他才剛結束晚餐離席。看到她那種眼神，他立刻追在她身後，衛兵們也跟上，直到差點在走廊撞上鎧奧。「父王說他在晚餐後要跟娜希米雅談談。就我所見的來判斷，命案在晚餐幾小時前就已經發生。」

「如果你父王沒打算殺她，又是誰下的手？我明明加派衛兵巡邏，而且都是由我親手挑選，凶手居然能繞過層層戒備，彷彿將他們視為無物。不管是誰下的手……」

鐸里昂試著不去回想命案現場。鎧奧的一名手下只看了三具屍體一眼就吐了滿地。而瑟蕾娜只是站在那裡凝視娜希米雅，彷彿靈魂出竅。

「無論是誰下的手，顯然從中獲得病態快感。」鎧奧說。命案景象在鐸里昂的腦海中再次閃過──三具屍體是以某種特定方式小心擺放，彷彿是幅藝術作品。

「凶手那麼做，到底有什麼特殊涵義？」繼續說話要比實際考慮發生的細節更簡單。瑟蕾娜當時看他的眼神彷彿根本沒注意到他，她用一指擦掉他的眼淚，然後用指甲擦過他的脖子，彷彿知道底下的大動脈藏於何處。然後她衝向鎧奧……

「你打算把她關多久？」鐸里昂凝視階梯下方。

她在眾多衛兵面前襲擊侍衛隊長。不，那種程度比襲擊還嚴重。

「需要關多久，就關多久。」鎧奧輕聲說。

「原因？」

「等她決定饒我們大家一命。」

瑟蕾娜醒來前已經知道自己身在何方，但她不在乎，這只不過是老戲重演。

她一年多前被抓那晚，也是徹底失控，而且差一**點點**就宰了她最想殺的人，直到她被打昏，醒來發現自己在惡臭的地牢。她不禁苦笑，睜開眼。總是相同的故事，相同的損失。

一面擺有麵包、軟乳酪的托盤，連同一只裝水的鐵杯，放在牢房的另一端。瑟蕾娜坐起身，感覺頭痛欲裂，摸到腦袋上腫起的一顆大包。

「我早就知道妳遲早會被關在這，」鄰房的嘉爾黛說：「那些皇室成員也厭倦妳了？」

瑟蕾娜把托盤拉近，然後背靠石牆，坐在乾草堆上。「是我厭倦了他們。」

「妳有沒有殺掉哪個該死的傢伙？」

瑟蕾娜嗤笑一聲，因為頭疼而閉眼。「差一點。」

她能感覺到雙手和指甲縫的血垢，是鎧奧的血。她希望那四條爪痕會留下疤痕，也希望自己不會再見到他。如果再見到他，她一定會殺了他。他知道國王想質詢娜希米雅，他知道國王——天底下最殘忍又嗜血的怪物——想**質詢**她的摯友。他沒讓她知道、沒警告她。

但下手的不是國王。不——不是他。在房間的短暫片刻，她已經看到足夠線索，知道那並非國王所為。但無論如何，鎧奧老早知道有人想**傷害**娜希米雅，卻沒通知她。

他對國王一片愚忠、唯命是從，從沒想過她或許有辦法阻止這場悲劇。

她已經不剩絲毫力氣。她失去山姆、被送去安多維爾後，在陰鬱礦坑中將自己慢慢拼湊復原。來到這裡之後，她愚蠢到相信鎧奧已經讓她變得完整，愚蠢到以為自己能淺嘗幸福。

然而，死亡就是她的詛咒與天賦。這些漫長日子來，死亡就是她的好友。

「他們殺了娜希米雅。」她朝黑影低語，需要讓某人、任何人知道那熾熱靈魂被強行熄滅，知道良善又勇敢的娜希米雅曾存在於這個世界。

嘉爾黛沉默許久，然後輕聲開口，彷彿交換悲慘消息。「帕林頓公爵五天後要前往莫拉斯，我會跟他一起去。國王跟我說，我如果不嫁給帕林頓，就在這蹲一輩子。」

瑟蕾娜轉頭睜眼，看到嘉爾黛抱膝坐在牆邊。跟幾星期前相比，她顯得更骯髒憔悴，依然緊抓瑟蕾娜當時提供的披風。瑟蕾娜開口：「妳背叛了公爵，他怎麼還想娶妳為妻？」

嘉爾黛輕聲發笑。「誰知道那些人在玩什麼遊戲、他們究竟有何目的？」她用骯髒的雙手揉臉。「我的頭疼越來越嚴重，」她喃喃自語：「還有那些振翅聲──從沒停止。」

我的夢境滿是暗影和翅膀，娜希米雅曾說過，這點跟嘉爾黛相同。

「這兩件事有什麼關聯？」瑟蕾娜追問，口氣尖銳而虛弱。

嘉爾黛眨眼挑眉，彷彿不知道自己說了什麼。「妳會被關多久？」她問。

因為試圖殺害侍衛隊長？大概關一輩子吧。她不在乎。要殺要剮，悉聽尊便。

如果他們想殺她，那就儘管下手。

娜希米雅原是伊爾維以及其他王國的希望，但她夢想建立的王朝永遠不會成真，伊爾維將永遠不會自由。瑟蕾娜永遠沒有機會為那晚說的氣話向她道歉。兩人之間的回憶只剩下娜希米雅丟下的那句話、對她的最終評論。

妳只是個懦夫。

「如果他們放妳出去，」嘉爾黛說，兩人凝視各自牢房的黑影，「確保他們有一天會受到懲罰，一個都不能放過。」

瑟蕾娜聆聽自己的呼吸，感覺指甲縫裡的血垢、倉庫一戰其他受害者留下的血跡，還有娜希米雅房中的寒意──那張床滿是血漿。

「一定。」瑟蕾娜朝黑影發誓。

除了這個約定外，她給不了什麼。

早知如此，她應該留在安多維爾，死在那裡還比較好。

她把托盤拉得更近，金屬刮過古老而潮溼的石地板時，她感覺身體不屬於自己。她根本不餓。

「水裡下了鎮靜劑，」瑟蕾娜伸向鐵杯時，嘉爾黛開口。「他們也這樣對付我。」

「很好。」瑟蕾娜說，一口氣喝乾淨。

她在牢裡待了三天。他們送來的每一杯水都含有鎮靜劑。

無論或睡或醒，瑟蕾娜都在凝視夢中那條幽谷，幽谷對側的森林已經消失，也不見雄鹿的蹤影，周遭只有一片貧瘠碎石地，強風不斷向她低語：

妳只是個懦夫。

所以瑟蕾娜每次都喝下毒水，讓自己沉浸其中。

「她大概一小時前喝下藥水。」第四天清晨，瑞斯告訴鎧奧。

鎧奧點個頭。她昏睡在地上，臉龐憔悴。「她有進食嗎？」

「一、兩口吧。她沒試圖逃跑，也沒對我們說一個字。」

鎧奧解開牢房的鎖，瑞斯和其他衛兵繃緊身子。

但他實在想見她。他走進瑟蕾娜的牢房，睡在鄰房的嘉爾黛毫無動靜。

他在瑟蕾娜身旁跪下。她散發血汗味，衣服因血跡凝固而僵硬。他的咽喉一緊。

這幾天來，城堡可說是一片混亂。他派手下搜遍城堡和城市，試圖找出殺害娜希米雅的刺客。他在國王面前多次解釋事情的經過：他被綁架、雖然加派衛兵也無法阻止某人侵入娜希米雅房間。國王沒將他革職——或是更嚴重的懲罰，這令他震驚。

更恐怖的是，國王居然顯得**沾沾自喜**。國王如果想解決某個麻煩，根本無需弄髒自己的手。最令國王煩悶的就是遲早會在伊爾維發生的叛亂，他根本沒為娜希米雅之死哀悼或露出絲毫難過。鎧奧動用所有自制力才沒試圖掐死這位君主。

但鎧奧必須順服、必須表現良好，因為這影響的不只是他自己的命運。聽到鎧奧描述瑟蕾娜的情況，國王似乎毫不訝異，只是說聲「讓她乖一點」。

讓她乖一點。

鎧奧輕輕抱起瑟蕾娜，試著別因為出力時的呻吟將她弄醒，然後把她抱離牢房。雖然當時別無選擇，但他永遠不會原諒自己把她丟進這腐臭的地牢。他甚至不讓自己睡在床上，因為床鋪仍帶有她的氣味。事情發生的第一晚，他躺在床上，意識到她躺在乾草堆，因此改睡沙發。他起碼該做的，就是帶她回她的房間。

但他不知道要如何「讓她乖一點」。他不知道如何彌補已經破裂之物，包括她的心，以及彼此的關係。

抱她回去的一路上，他身旁由手下包圍。

娜希米雅之死跟隨他的每個腳步、揮之不去。他這幾天都不敢照鏡子。就算不是國王下令暗殺娜希米雅，但他如果當初讓瑟蕾娜知道有人想對娜希米雅不利，至少她會有所準備。如果當初警告了娜希米雅，她認識的那些人也會提高警覺。想到自己的決定造成的後果、瑟蕾娜的現況……他幾乎窒息。

瑞斯開門，他把瑟蕾娜抱進房間，菲莉琶正在等候，叫他把她抱進浴室。他甚至沒考慮到這點——瑟蕾娜需要先清洗乾淨再放上床。

他把她抱進浴室時，不敢看菲莉琶的目光，因為他知道他會在這位僕人眼中看到什麼真相。

瑟蕾娜在娜希米雅的房間向他出手時，他已經意識到的真相。

他已經失去了她。

她也永遠、永遠不會再讓他進入她的世界。

第三十二章

瑟蕾娜在自己的床上醒來，知道以後不會再喝到摻有鎮靜劑的水，也不會再和娜希米雅共進早餐、學習命痕，這輩子不會再有那種朋友。

她不用看也知道有人幫她清洗乾淨。在昏暗地牢待了三天，此刻因為房中的刺眼陽光而眨眼，她發現飛毛腿窩在身旁，牠抬頭舔她的手臂幾下，隨即再次入睡，鼻尖貼在她的手肘邊。不知道飛毛腿是否也察覺到娜希米雅的死訊？她常常覺得飛毛腿似乎喜歡公主多過喜歡她這位正主。

妳只是個懦夫。

她不能怪飛毛腿。在這個腐敗的朝廷與王國之外，娜希米雅深受世界各個角落的人民愛戴，她就是擁有那種魅力。打從第一眼見到娜希米雅，瑟蕾娜就非常喜歡她，彷彿兩人是失散多年的雙胞胎。靈魂伴侶。她死了。

瑟蕾娜的手貼上胸口。娜希米雅的心臟停止跳動，她自己的卻跳個不停，這實在荒謬至極。

胸前的伊琳娜之眼釋放暖意，彷彿試圖提供些許安慰。她的手垂回床墊。

菲莉琶勸誘她進食，而且在無意間讓她知道她已經錯過娜希米雅的葬禮。聽到這個消息，瑟蕾娜再也不打算下床。故友被埋進凍土、遠離伊爾維的暖陽大地，她當時卻忙著吞下鎮靜劑、躲在地牢逃避悲痛。

妳只是個懦夫。

所以瑟蕾娜今天一整天都沒下床。第二天也沒下床。

第三天也沒下床。

第四天也沒下床。

第三十三章

卡拉酷拉的礦坑令人窒息，一名在此奴役的女孩只能想像一待夏日豔陽來臨，這裡將多麼酷熱。

她在這片礦坑待了六個月，但她似乎已經是此地最長命的奴隸。她的弟弟、母親和外婆沒撐過一個月，父親根本沒被送來礦坑，而是老早被亞達蘭的劊子手處決——連同村裡其他反抗軍成員。其他人則是被圍捕送來這裡。

她已經孤單過了五個半月——孤單，雖然被成千上萬的奴隸包圍。她不記得上一次是什麼時候看到天空，看到隨風搖曳的伊爾維草原。

但她會再見到那片藍天綠地，她知道那一天會到來，因為她以前常常半夜醒來，從地板縫偷聽父親和其他反抗軍成員討論如何對付亞達蘭，也討論娜希米雅公主的事，公主當時正在亞達蘭主城試圖為他們爭取自由。

雖然身陷此地，但只要能想辦法撐下去，或許能挨到娜希米雅達成目標的那天。她會熬過去，然後她會好好安葬家人；等哀悼期結束，她會加入當地的反抗軍。每殺一個亞達蘭人的同時，她會說出家人的名字，讓逝者知道自己沒被遺忘。

她將鋤頭揮向堅硬石壁，口乾舌燥、呼吸困難。監工斜靠在不遠處，拿著金屬水壺喝水，等著看有誰倒下，讓他能再次盡情揮鞭。

她繼續低頭，繼續工作，繼續呼吸。

她會熬過去。

她不知道經過了多少時間，但能感覺到一波寂靜如地震般掃過礦坑，緊接著是一片哭號。看到其他奴隸轉頭、竊竊私語，她能感覺到那片波浪不斷逼近。

然後她聽到那個消息——改變一切的消息。

娜希米雅公主已死，遭亞達蘭暗殺。

她還來不及消化這幾個字，這個消息已經繼續傳下去。

監工鞭打石壁幾下，以示警告。奴隸如果停頓超過幾秒，就等著挨鞭子。

娜希米雅已死。

她凝視手中鋤頭。

她緩緩轉身，凝視監工，凝視這名亞達蘭人。他扭動手腕，舉鞭待發。

感覺到水珠滑過臉龐、滑過累積半年的汙垢，她才意識到自己落淚。

夠了。這兩個字在她體內咆哮，令她顫抖。

她默默朗誦逝者名單。監工舉鞭的同時，她把自己的名字加入名單，隨即將鋤頭揮向他的腹部。

第三十四章

「她的行為有沒有任何變化？」

「她下了床。」

「然後？」

站在映入陽光的玻璃城堡走廊中，瑞斯平時樂觀的臉龐顯得嚴肅。「她坐在壁爐前的椅子上。跟昨天一樣：她下了床，一整天都坐在椅子上，日落時躺回床上。」

「她還是不說話？」

瑞斯搖搖頭，因為一名朝臣路過而壓低嗓門。「菲莉琵說她只是坐在那、凝視爐火，完全不說話，食物只咬兩口。」看著鎧奧頰上正在復原的指甲痕，瑞斯的眼神顯得緊張。其中兩條已經結痂、遲早會淡去，但有一條又長又深，依然紅嫩。鎧奧懷疑這條傷口可能會留疤。如果是這樣，也是他罪有應得。

「我這麼說，可能有些越界——」

「那就別說。」鎧奧低吼。他知道瑞斯想說什麼，就跟菲莉琵以及其他表示同情的人一樣：你應該試著跟她談談。

他不知道為什麼大家都知道她那晚想殺了他，但他們似乎**都**知道他跟瑟蕾娜之間的裂痕有多深。他原以為自己和瑟蕾娜當時把彼此的關係隱藏得很好，他也知道菲莉琵不會到處亂說。他們會知道，或許是因為他對她的情感全寫在臉上。而她**現在**對他的恨意……他不讓自己觸摸臉上的傷痕。

「在她門前和窗外站崗的衛兵不能撤走。」他命令瑞斯，接著準備前往下一個開會地點、比誰的嗓門大，就為了討論如果伊爾維因為公主遇害而發生暴動時該如何處理。「如果她要出門，別阻止，但試著稍微拖住她。」

讓他來得及知道她終於走出房間。如果有誰可以拉住瑟蕾娜，如果有誰可以跟她討論娜希米雅的事，只有他。在那之前，他會給她需要的空間，就算他實在想跟她說話。她已經成了他的人生不可分離的一部分——晨跑、共進午餐、她趁四下無人的時候偷親他——而現在，少了她，他感覺空虛，但他還是不知道該如何看著她的眼睛。

你永遠是我的仇敵。

那是她的真心話。

瑞斯點頭。「遵命。」

年輕衛兵敬禮，鎧奧轉身走向議會廳。今天有一堆會要開，畢竟大家仍在忙著討論亞達蘭對娜希米雅之死該如何反應。雖然他不願承認，但他除了瑟蕾娜之外還有其他事情要擔心。

國王已經要求眾多南方領主和家臣前來裂際城。

包括鎧奧的父親。

鐸里昂通常不介意被鎧奧的手下包圍，但他**確實**介意被他們日夜追隨。娜希米雅遇害，證明這座城堡並非固若金湯。母后和霍林被隔離於母后的房間，許多貴族不是出城就是盡量保持低調。

除了羅蘭。雖然羅蘭的母親在公主遇刺的隔天早上便連忙返回梅亞城，但羅蘭留下，堅稱鐸里昂此時格外需要他的支援。他說得沒錯；在每一場會議中——與會人數持續增加，因為南方領主們陸續抵達——羅蘭贊成鐸里昂提出的每一項論點，兩人都反對以軍隊鎮壓可能在伊爾維發生的暴動，羅蘭也贊同鐸里昂的看法：他們應該為娜希米雅遇害而公開向她父母道歉。

聽到鐸里昂如此提議，父王大為震怒，但鐸里昂已經寫信給她父母、表達最深的哀悼。他根本不在乎父王有何反應。

坐在私人高塔的房間裡，翻閱必須在明天跟南方領主們開會前看完的文件，他意識到這確實是個問題。他之前有很長一段時間試著盡量別忤逆父王，但如果繼續盲從下去，他算是什麼樣的男人？

聰明的男人，他不禁這麼想，體內那股冰冷的古老力量微微發作。

至少他的四名衛兵一直待在門外。這座塔樓極高，不可能有人從露臺入侵，加上只有一條聯外樓梯，讓這個房間容易防禦……但也能讓這裡成為牢籠。

鐸里昂凝視桌上的玻璃筆。娜希米雅遇害那晚，他不是有意制住瑟蕾娜的手腕，他只知道自己愛過的女人即將殺害老友——因為一場誤會。他當時距離太遠，無法抓住她的手，但某種力量突然從他體內伸出，彷彿是隻隱形手臂，瞬間纏住她的手腕。他能**感覺到**她肌膚上的乾血，彷彿是用自己的手抓住她。

但他當時不知道自己在做什麼，只是出自本能和危急而做出反應。

他必須學會如何控制這種力量——無論其本體為何。只要能加以控制，就能確保這種力量不會在錯誤時機出現。在那些該死的會議上火冒三丈時，他就感覺魔力隨之翻攪。

鐸里昂深呼吸，把注意力集中於玻璃筆。他攔截了瑟蕾娜的刺擊，還把整面牆的書本拋向半空中——讓筆移動，何難之有。

筆絲毫不動。

拚命盯著筆，直到眼睛幾乎成了鬥雞眼，鐸里昂呻吟一聲，躺回椅背，用雙手蓋住兩眼。

或許他發了瘋。或許這一切都出自他的幻想。

娜希米雅曾保證會對他提供協助——當他體內力量覺醒。她早已知道。

那名刺客暗殺娜希米雅的同時，是否也扼殺了他獲得答案的所有希望？

瑟蕾娜之所以開始坐在椅子上，是因為菲莉琶昨天進來的時候抱怨床單有多髒。她原本想叫菲莉琶去死，但想到上一次是誰跟她共躺此床，她樂見菲莉琶換掉床單。她不想看到他的任何蹤跡。

日落之後，她坐在爐火前，凝視隨著世界入夜而愈顯明亮的火焰餘燼。

時間不斷從她身旁流逝。有些日子感覺短暫，有些漫長得彷彿永恆。她洗過一次澡，順道洗了頭髮，菲莉琶全程監視，確保她沒讓自己溺死在浴缸裡。

瑟蕾娜的拇指撫過椅子的扶手。她沒打算自我了結，起碼等她做完該做的事。

房中越來越暗，她凝視的餘燼似乎也在呼吸，陪她呼吸，隨著她的每一次心跳而明暗交替。

在這些寂靜而嗜睡的日子裡，她意識到一件事：那名刺客來自宮外。

或許就是由那名宣稱將對娜希米雅不利的匿名人士派來——也可能不是。總之，凶手不是國王。

瑟蕾娜抓緊扶手，指甲陷進光滑的木材。凶手也不是艾洛賓的手下。她熟悉師父的手法，他沒那麼殘酷。她再次檢視深烙於腦海的命案現場。

她知道某位殺手就是如此凶殘。

古雷夫。

在御前鬥士競賽中，她對他的了解還不少。她聽說過他如何處理受害者的屍體。

她恍然大悟。

古雷夫熟悉宮廷內部，畢竟他當時也在這受訓，而且他也知道被他殺害肢解的對象是誰——對她有多麼重要。

一團熟悉的黑暗火焰在她心中燃燒擴散，把她拉進無盡深淵。

瑟蕾娜．薩達錫恩從椅子站起。

第三十五章

這次的午夜行動不能使用燭光，這場狩獵不能以象牙號角拉開序幕。她穿上最漆黑的外袍，在披風口袋塞進一塊平滑的黑面具。她所有的武器，包括那些髮簪匕首，都被他們拿走。她不用看也知道所有出入口和窗外露臺下都有人看守。很好，她本來就沒打算從大門出去。

瑟蕾娜鎖上臥室門，瞥飛毛腿一眼，牠縮在床底，看著她打開暗門。看到瑟蕾娜走進暗道，飛毛腿低聲嗚咽。

她無需燭火照明也知道如何前往墓穴。經過多次探索，她已經把整條路線、所有轉角記在腦子裡。

不斷深入地底的同時，她的披風擦過階梯，沙沙作響。

她要把戰火帶到他們面前，讓他們在她這頭甦醒的怪獸前顫抖。

月光灑在階梯轉折處，照映敞開的墓穴門以及莫特的青銅小臉。

「我為妳的好友感到遺憾。」她走向他的同時，他開口，流露發自內心的憂傷。

她沒回應，也不在乎他是怎麼知道這個消息，只是繼續前進，穿過門口和石棺之間，來到墓穴深處的寶山。

匕首、獵刀……她把腰帶和靴中塞滿武器，再將一把金幣珠寶塞進口袋。

「妳做什麼？」莫特的質問從走廊傳來。

瑟蕾娜走向立於劍架的達瑪利斯——亞達蘭第一任國王蓋文的神兵利刃，中空的黃金劍首在月光下閃爍。她也從劍架拿起劍鞘，綁在背上。

「那是**聖劍**。」莫特嘶吼，彷彿能看見室內。

瑟蕾娜冷冷一笑，走回門口，拉起兜帽。

「不管妳要去哪，」莫特繼續說道：「不管妳打算做什麼，將劍移離此地就是對其褻瀆。妳難道不怕激怒諸神？」

瑟蕾娜只是輕聲發笑，走上階梯，享受逼近獵物的每一步。

她轉動古老把手、將下水道的格柵徹底拉起，享受雙臂的痠疼。汙泥從格柵滴下，汙水順暢的流向外頭的小河。她把一塊小石頭丟向拱門外的小河，聆聽是否有任何衛兵在場。

沒有任何聲響，聽不見盔甲挪移或是低聲咒罵。

殺害娜希米雅的刺客殘忍又病態，而且享受惡名昭彰的名聲。想找古雷夫並不難，只需在適當地點問幾個問題。

她把鐵鍊綁上拉桿，測試是否牢固，接著再次確定達瑪利斯牢牢綁在背上。然後，她緊抓城堡的石牆，利用鐵鍊在牆面橫向甩蕩。她沒瞥上頭的城堡一眼，而是輕輕蕩過河岸，跳到冰封地面。

然後她消失於黑夜。

在夜幕掩護下，瑟蕾娜穿過裂際城的大街暗巷。

只有一個地方能提供她想要的答案。

貧民窟的每一面窗下都是髒水和排泄物，鵝卵石街道因為多年嚴冬而碎裂扭曲。一棟棟小屋彼此緊鄰，有些破舊得就連最窮的窮光蛋也不願入住。在大多數的街上，一間間酒館擠滿醉鬼、妓女和任何想暫時忘掉悲慘人生的可憐人。

她不在乎自己被多少人看見，沒有任何事能阻擋今晚的她。

她穿過街道，披風在身後飄動，黑曜石面具下的臉龐依然不帶任何表情。「藏寶窟」酒館就在幾條街外。

瑟蕾娜戴手套的雙手握拳。等查出古雷夫在何處藏身，她會把他活活剝皮，雖然這還不是最殘酷的待遇。

在一條寂靜小巷中的不起眼鐵門前，她停下腳步。花錢僱來的打手在門口看守，她亮出銀幣，他們立刻為她開門。這間地下酒館龍蛇雜處，惡徒都來這裡交換情報或是做交易，在這裡最可能查到關於殺害娜希米雅的刺客的任何消息。

古雷夫想必從這次工作拿到不少酬勞，也一定會大肆揮霍——這就一定會引來注意。他不可能已經離開裂際城——嗯，絕不可能。他**想**讓大家知道是他殺了公主，他想讓自己成為新一代的亞達蘭刺客。他也想讓瑟蕾娜知道。

踏著階梯進入藏寶窟的同時，酒臭和體臭迎面而來，強烈得彷彿石頭砸向她的面門。她已經很久沒探訪這種腐敗巢穴。

主廳的重點位置擺放燈火，一座吊燈垂於中央，但牆上沒多少照明，因為有些人並不願被看見。她從一張張桌子之間大步走過，現場談笑聲立刻中止，一雙雙因酒醉而泛紅的眼眸緊隨她的每一道步伐。

她不知道這間酒館現在是哪個黑幫老大的地盤，她也不在乎。她來此不是為了找這裡的老闆，起碼今晚不是。她不讓自己瞥向遠處的一座座鬥毆坑——群眾依然聚集於那些坑邊，為坑內以拳頭和血肉互毆的參賽者們歡呼。

她在被抓之前的那段日子常來藏寶窟。伊恩·傑恩和羅爾克·法蘭死後，這個地方似乎由新老闆經營，原先那種墮落氣氛絲毫不減。

瑟蕾娜直接走到酒保面前。他不認識她，但她也不期望對方認識自己——畢竟她這些年來一向小心隱藏身分。

酒保顯得蒼白，稀疏髮絲在過了一年半後更顯稀疏。他試著窺視她兜帽底下的面目，但她的五官被面具和兜帽遮蔽。

「喝酒嗎？」他問，擦掉額頭的汗水。酒館裡每個人還在看她，無論是暗中窺視或是光明正大觀察。

「不。」她的嗓音因為面具而扭曲低沉。

酒保抓住吧檯邊緣。「妳——妳回來了，」他輕聲道，更多人往這裡瞟來。「妳逃出來了。」

看來他還是認出她。她有些好奇，不知道新老闆會不會因為她殺害伊恩·傑恩而對她懷恨在心？如果他們決定在此時此地對她動手，她會留下多少屍體？她今晚打算做的事已經打破了太多規則、越過太多界線。

她斜靠於吧檯，交叉雙腿。酒保又擦擦額頭，為她斟了一杯白蘭地。「我請客。」他把酒杯滑向她，她伸手接住但沒喝下。他緊張的舔舔嘴脣，隨即問道：「怎麼——妳怎麼逃出來的？」

客人們將身子靠回椅背，等著聽她的答案。讓他們散布謠言吧，讓他們好好考慮對她動手是否明智。她希望艾洛賓也聽到這番對話，希望他聽到後會離她老遠。

「你很快就會知道，」她說：「但我有事要你幫忙。」

他揚眉。「我？」

「我來這裡，是為了尋找一名男子。」她的嗓音粗糙而中空。「他最近應該獲得一大筆金幣，因為刺殺伊爾維公主。他自稱古雷夫，我需要知道他在哪。」

「我什麼都不知道。」酒保的臉色更為蒼白。

她從口袋掏出一把閃亮的古老珠寶和金幣。眾人目光鎖定他們倆。

「容我再問一次，酒保。」

自稱古雷夫的刺客拔腿狂奔。

他不知道自己被她追捕多久。他殺死公主已經是一星期前的事——七天了，根本沒人懷疑他。他以為自己成功避開風頭——甚至開始幻想當初是否應該以更具創意的方式擺放那三具屍體，或是留下某種象徵身分的標誌。這一切都在今晚改變。

在他最喜歡的這間酒館喝酒時，擁擠的場地突然安靜下來。他轉身看到她，聽到她說出他的名諱。她不像人，倒更像幽靈。她說出的「古雷夫」三個字還在半空中迴響時，他已經衝出酒館，從後門逃進巷子。他聽不見腳步聲，但知道她就在身後，她就在黑影和夜霧之間穿梭。

他跑過一條條小巷，翻過一面面牆壁，拚命穿越貧民窟。任何方法都好，只要能甩掉她，或至少消耗她的體力。他將在死寂的大街上奮戰到底，到時候他將拔出暗藏於身上的刀刃，讓她因為在決鬥中侮辱他而付出代價。她當時那樣對他冷笑，打斷他的鼻梁，還把手帕丟在他胸膛上。

傲慢愚蠢的賤貨。

他喘著氣，蹣跚拐過一個轉角。雖然身上只有暗藏三把匕首，但他會好好利用。當她出現在酒館時，他立刻注意到她背上那柄闊劍，以及腰帶上各式閃亮的恐怖刀刃。但他會讓她付出代價，就算身上只有三把刀。

來到一條鵝卵石小巷中央時，古雷夫意識到這是條死巷，盡頭的牆壁高得無法攀爬。就在這吧，就選這裡，他會先聽她苦苦饒命，再將她慢慢肢解。他拔出一把匕首，面露微笑，轉身面向巷口的空蕩大街。

藍霧飄過，一隻老鼠匆忙跑過窄巷。現場一片寂靜，只有遠處傳來的些許喧囂。或許他成功甩掉了她。那些皇家笨蛋讓她正式成為御前鬥士的時候，就犯下了這輩子最大的錯誤。他那位客戶聘用他時也是這麼說。

古雷夫等候片刻，仍在凝視巷口，然後允許自己呼吸，驚訝的發現自己居然有些失望。什麼狗屁御前鬥士？甩掉她一點也不難。他可以安心回家，然後在幾天後接下另一件委託，生意源源不絕。那位客戶保證會給他更多工作。艾洛賓．漢默爾當初因為古雷夫對受害者的手段太過殘忍而拒絕讓他加入刺客公會，現在鐵定懊悔不已。

古雷夫咯咯發笑，翻轉手中的匕首。

這時她現身。

她穿過夜霧，彷彿整個人只是一抹黑影。她沒奔跑，而是大搖大擺行走，囂張模樣令人火大。古雷夫打量周遭的建築物，石牆太過溼滑，而且沒有窗戶。

她一步步走來。他真的、**真的**會享受讓她像公主那般受苦。

古雷夫微笑著退向巷尾，背脊靠牆時才停步。在這種狹窄空間，他能靠力量壓制她。在這無人小巷，他會好好享受接下來的每一刻。

她持續走來，拔出身後長劍，鋼鐵嘶吼、反映月光。他猜這把劍大概是她那位王子情人贈送的禮物。

古雷夫從靴中拔出另一把匕首。不同於那幫貴族舉行的荒謬競賽，這次對決沒有任何規則。

她走來的同時不發一語。

古雷夫也沒對她說什麼，而是直接衝向她，以雙刀揮向她的腦袋。

她站向一旁，輕而易舉閃過。古雷夫再次衝上前，但她的速度遠超過他的預料，她身子一低，用劍劃過他的兩條小腿。

他倒在溼滑地面，接著才感覺到強烈痛楚，眼前世界混雜黑灰紅三色。手中還有一把匕首，他挪向後方牆壁，但兩腿無法做出反應，他用雙臂將身子從潮溼骯髒的地面撐起時痠痛難耐。

「賤貨，」他嘶吼：「**賤貨**。」他癱靠於牆面，腿部湧血，劍傷及骨。他沒辦法走路，但還是能找出辦法讓她付出代價。

她在幾呎外停步，收劍入鞘，然後拔出一把鑲著珠寶的長匕首。

他以能想到的最難聽字眼朝她咒罵。

她咯咯發笑，出擊速度快過毒蛇撲咬，刀光一閃，已將他的一隻手臂固定於牆。

他的右腕感到劇痛——左腕也接著被用力撞在牆上。古雷夫尖叫——發自內心的狂號——發現自己的兩臂被兩把匕首釘在牆上。

在月光照射下，他的血幾乎呈黑色。他扭動身子，不斷咒罵她。他將失血而死，除非將雙臂抽回。

她以超凡的寂靜姿態蹲在他面前，用第三把匕首抬起他的下巴。古雷夫氣喘吁吁，她的臉湊上前，兜帽下一片虛空——至少不屬於凡界。她沒有臉。

「是誰僱用你？」她的聲音粗啞。

「僱我做什麼？」他幾乎啜泣。或許他能故作無辜，能靠這張嘴逃出生天，讓這傲慢賤貨相信他跟那件事完全無關……

她轉動匕首，刀鋒壓上他的脖子。「暗殺娜希米雅公主。」

「沒……沒……沒這回事，我根本不知道妳在說什麼。」

她甚至沒先吸口氣，已將暗藏的另一把匕首刺進他的大腿，他能感覺到鋼鐵穿過血肉，撞上鵝卵石地面時產生的震動。他破口尖叫，身子扭曲，兩隻手腕在刀刃上滑動。

「是誰僱用你？」她重複。平靜得難以言喻。

「錢，」古雷夫呻吟：「我可以給妳錢。」

她又拔出一把匕首，刺進他另一條大腿，一樣穿肉觸地。古雷夫尖嘯——朝沒有伸出援手的諸神哀號。「是誰僱用你？」

「我不知道妳在說什麼！」

一秒後，她拔出他大腿上的兩把匕首，這痛楚和安心的感覺差點令他失禁。

「謝謝妳。」他痛哭，雖然同時在想該如何報復她。她坐在地上，凝視他。「謝謝妳。」

但她又拔出一把匕首，移向他的手，鋸齒刀刃閃閃發光。

「選隻指頭。」她說。他顫抖，搖搖頭。「**選隻指頭**。」

「拜……拜託……」他終究沒能忍住，一道暖流湧過褲內。

「大拇指吧。」

「不……不。我……我說出一切！」儘管如此，她還是把匕首向前移，直到刀鋒貼在大拇指根部。「**住手！**我願意說出一切！」

第三十六章

在父王的議會廳爭辯數小時後，鐸里昂開始感覺怒火攀升，這時廳門被推開，瑟蕾娜無聲走進，黑披風飄於身後。桌邊的二十名男子，連同父王，立刻安靜下來，父王的視線旋即移向懸垂於瑟蕾娜手中的物品。在門邊站崗的鎧奧連忙追來，看到她手持何物，也不禁停步。

一顆頭顱。

是名男子的頭顱，尖叫神情永久凝結，血染五官和淡棕髮絲有些眼熟，但因為頭顱在她手中搖晃，鎧奧無法看個仔細。

鎧奧的手移向佩劍，臉色蒼白。其他衛兵們抽出武器，但沒移動——不敢移動，只等候鎧奧或國王下令。

「那是什麼？」父王質問。議員和領主個個目瞪口呆。

但她面露微笑，視線鎖定桌邊的一名大臣，直接向對方走去。

連同國王在內，大夥不發一語，看著她把頭顱放在那名大臣面前的一疊文件上。

「這東西屬於你。」她放開斷頭的髮絲，腦袋滾向一旁，發出咚一聲。她輕拍——**輕拍**——大臣的肩膀，然後繞過桌邊，在一張空椅子坐下，模樣一派輕鬆。

「妳最好解釋這是怎麼回事。」國王朝她低吼。

她交叉雙臂，朝大臣微笑，對方瞪著那顆腦袋，一臉鐵青。

「我昨晚跟古雷夫稍微討論了娜希米雅公主的事。」她開口。古雷夫——曾參加競賽的刺客——摩里遜大臣贊助的鬥士。「他要我代為轉達他最真摯的問候，閣下，他也請我送上——」她把某個東西丟在長桌上，是個黃金小手鐲，刻有蓮花圖紋，像是娜希米雅會戴的飾品。「既然咱倆都是專業人士，我給您一個忠告：別留下蹤跡，也別僱用跟您有私交的刺客。而且，盡量**不要**在跟您打算暗殺的目標公開爭吵後就急忙下手。」

摩里遜以懇求的眼神凝視國王。「這不是我做的。」他向後退，遠離頭顱。「我根本聽不懂她在說什麼，我絕不可能做這種事。」

「古雷夫可不是這麼說的唷。」瑟蕾娜輕柔說道。鐸里昂只能凝視她。這跟她在娜希米雅遇害那晚所化身的那種野獸不同，她現在這副模樣、她試探的界線……願命運之神救他們一命。

就在這時，鎧奧來到她的椅子旁，揪住她的手肘。「妳到底知不知道自己在做什麼？」

瑟蕾娜抬頭看他，甜甜一笑。「我顯然做了你該做的工作。」她身子一扭，甩開他的手，站起身，沿桌邊而行，從外袍掏出一張紙，丟在國王面前。這種傲慢無禮的動作就可能讓她走上絞刑臺，但國王沉默不語。

鎧奧跟在她身後，手不離劍，面無表情的看著她。鐸里昂開始祈禱他們不會動手——別再動手，尤其別在這動手。如果他不小心施展魔法，被父王看到……在這裡、被這麼多潛在敵人包圍，鐸里昂根本不可能**考慮**使用那種力量，身旁的父王會下令將他當場擊殺。

父王拿起紙，鐸里昂能看到上面是一串名單，至少有十五人。

「因為公主不幸遇害，」她說：「所以我擅作主張，解決了一些叛徒。透過當初那名目標，」她解釋，父王顯然知道她是指亞奇，「我得知這些人的身分。」

鐸里昂再也無法繼續看著她。這不可能是真相。她去赴約不是為了殺害那些所謂的叛徒，而是為了救鎧奧，所以現在為什麼要說謊？為什麼說她在追殺那些目標？她在玩什麼遊戲？

鐸里昂的視線掃過桌面，摩里遜大臣仍因為面前那顆腦袋而渾身打顫。如果看到摩里遜當場嘔吐，鐸里昂也不會感到驚訝。當初那個匿名威脅真的來自摩里遜？

片刻後，父王的視線從名單移起，打量她。「做得好，鬥士，非常好。」

瑟蕾娜和亞達蘭國王相視而笑，這是鐸里昂這輩子見過最恐怖的一幕。

「跟我的司庫說一聲，妳可以領取比上個月薪水多一倍的酬勞。」國王說。鐸里昂感覺更為作嘔——不只是因為那顆頭顱，或是她身上因為血漿凝固而僵硬的衣服，而是因為他在她臉上完全看不到自己曾愛過的那名女孩。從鎧奧的表情來判斷，他知道老友也有同感。

瑟蕾娜誇張的朝國王彎腰鞠躬，手優雅的在身前一揮，綻放毫無暖意的微笑，瞪鎧奧一眼，走出房間，黑披風在身後如波浪般鼓動。

一片寂靜。

鐸里昂把注意力移向摩里遜身上，摩里遜只是輕聲哀求：「拜託。」但國王還是命令鎧奧把摩里遜拖去地牢。

瑟蕾娜還沒打算收手——早得很。或許血戰已經結束，但她必須再見一個人，然後才能回到房間、洗掉古雷夫的臭血。

來到亞奇的住宅時，他正在休息。她大步踏過鋪有地毯的正門階梯，穿過優雅的木板走廊，然後推開雙扇門，知道裡面一定是他的房間。他的管家根本不敢加以阻止。

床上的亞奇驚醒，一手伸向纏上繃帶的肩膀，臉龐因痛楚而扭曲。然後他看到她，她的腰帶依然插著幾支匕首。他完全靜止。

「我很遺憾。」他說。

她站在床邊瞪他，看著他的蒼白臉龐和肩傷。「你很遺憾，鎧奧很遺憾，他媽的全世界都很遺憾。告訴我，你那幫反動分子到底想要什麼？你對國王的計畫到底有何了解？」

「我原本並不想欺騙妳，」亞奇口氣溫和。「但我必須先確認妳值得信任，才讓妳知道真相。娜希米雅，」聽到這個名字，她試著別皺眉。「她說妳值得信任，但我必須先確認這點。我也需要妳信任我。」

「所以你以為綁走鎧奧就會讓**我**信任你？」

「我們抓走他，是因為我們以為他和國王共謀傷害她。我需要妳前往那間倉庫、聽韋斯弗親口說他知道有人威脅要她的命，妳才會知道他向妳隱瞞，知道他才是敵人。如果早知道妳會徹底失控，我絕不會那麼做。」

她搖搖頭。「你昨天給我的那份名單——倉庫一戰的那些人——他們真的死了？」

「被妳殺了，沒錯。」

罪惡感如重拳捶向她。「就這方面，我很遺憾。」這是實話。她記下他們的名字，試圖回想他們的臉龐。她會把這份責任永遠扛在肩上，甚至包括古雷夫的死，她在那條小巷對他做的事……她也永遠不會遺忘。「我把他們的名字給了國王，這應該足以讓他把注意力稍微從你身上轉移一陣子——頂多五天。」

亞奇點個頭，躺回枕頭上。

「娜希米雅真的跟你合作已久？」

「這就是她為何前來裂際城——她想在北方集結一股勢力，而且從城堡中幫我們蒐集情報。」正如瑟蕾娜之前的懷疑。「她死了……」他閉上眼。「無人能取代她。」

瑟蕾娜嚥口水。

「但妳可以，」亞奇睜眼看她。「我知道妳來自特拉森，所以妳一定也明白特拉森**必須被解放**。」

妳只是個懦夫。

她面無表情。

「妳能成為我們在城堡裡的眼線，」亞奇低語：「幫助我們，我們能找出辦法拯救眾生——拯救**妳**。我們不知道國王有何計畫，只知道他似乎找到某種**非魔法**力量，用那種力量為非作歹，但最終目的為何，我們並不清楚。娜希米雅就是試圖查明這點，如果能查出真相，或許能改變一切。」

她稍後再消化這些消息——完全不急。此刻，她瞪著亞奇，然後低頭看自己的血衣。「我找到殺害娜希米雅的凶手。」

亞奇的眼睛瞪大閃爍。「然後？」

她轉身，走出房間。「我讓那傢伙付出代價。摩里遜僱那名殺手來剷除眼中釘——因為她在議會上多次跟他作對。摩里遜現在被關在地牢，等候受審。」

她會出席那場審判，以及審判之後的處決，一秒都不錯過。

她的手移向門把，亞奇嘆口氣。

她瞥向身後，看到他臉上的恐懼和憂傷。「你為我挨了一箭。」她輕聲道，凝視那片繃帶。

「這是我起碼該做的，畢竟是我引發那場混亂。」

她咬咬唇，打開門。「距離國王給你設下的死期，還有五天。你和你那些夥伴趕快做好準備。」

「可是——」

「沒有可是，」她打斷他的話。「我沒因為你搞出那場戲而割開你的咽喉，你已經該感恩。不管你有沒有為我挨一箭，不管我跟鎧奧之間是何關係，你確實騙了我，確實綁走鎧奧。要不是因為那場戰鬥——要不是因為**你**——我那晚就會留在城堡。」她瞪他。「我受夠了你，我不想要你的情報，我也**不會給**你任何情報，而且等你逃出城後，我也不在乎你有什麼下場，反正別再讓我看到你。」

她踏進走廊。

「瑟蕾娜？」

她回頭一瞥。

「我真的很抱歉。我知道妳對她有多重要——而且她對妳有多重要。」

她殺害古雷夫之後一直試圖逃避的重擔突然砸下，她的肩膀因此下垂。她好累。古雷夫已死，摩里遜被關進地牢，沒有其他人等著被她凌虐懲罰……她**好累**。

「五天——我五天後回來。如果你到時還沒準備好離開裂際城，我也懶得幫你詐死。到時候你連自己怎麼死的都不知道。」

鎧奧面無表情，抬頭挺胸，接受父親的審視。父親這間套房的小小用餐間採光充足而且安靜，甚至令人愉快，但鎧奧停在門口，這是他十年來第一次見到父親。

這位安尼爾領主的模樣沒多少改變，雖然頭髮稍微更為灰白，但臉龐依然粗獷英俊。做父親的雖然不願承認，但他確實跟鎧奧十分相似。

「早餐要涼了。」父親說，寬大的手揮向餐桌和對面的椅子。這是他開口的第一句話。

鎧奧的下顎因為用力咬牙而痠疼，他走進明亮的房間，在椅子坐下。父親給自己倒了一杯果汁，然後開口，眼睛沒看他，「至少你的身材還撐得起你那件制服。多虧你母親的血統，你的胞弟骨瘦如柴、駝背畸形。」

聽到父親以不屑的口吻說出**你母親的血統**，鎧奧火冒三丈，但還是給自己倒了一杯茶，再往一塊麵包塗上奶油。

「你想徹底保持緘默？還是打算說些什麼？」

「我對你有什麼話好說？」

父親對他淺淺一笑。「孝子應該會想知道家人的近況。」

「我已經有十年不是你的兒子，我看不出為什麼現在要表現得像個兒子。」

父親瞥向鎧奧的腰間佩劍，觀察判斷。鎧奧克制一走了之的衝動。接受父親的邀約，這實在是個錯誤。

昨晚收到那張紙條時，他應該直接燒掉。但在摩里遜大臣被關後，國王把他教訓一番、說瑟蕾娜讓他那票衛兵顏面盡失，他似乎因此有些失去理智。

至於瑟蕾娜……他實在想不透她是怎麼溜出房間。負責看守她的衛兵們並沒有怠忽職守，但他們確實沒聽見任何不尋常動靜。窗戶沒打開，正門也緊閉。他詢問菲莉琶的時候，她只說臥室門整晚鎖上。

瑟蕾娜又有事隱瞞。她沒讓國王知道她為了救他而在倉庫殺掉那些人，她身邊還有其他祕密。如果他打算在她的怒火下存活，最好趕快查清楚那些祕密。還有他手下報告關於在那條小巷發現的遺骸……

「告訴我，你最近都在忙些什麼？」

「你想知道什麼？」鎧奧口氣平淡，沒碰桌上的飲食。

父親的身子靠向椅背──這個動作以前老是讓鎧奧冷汗直流，這通常表示父親把所有注意力集中在他身上、將因為兒子的任何破綻和錯誤而做出相應懲罰。但鎧奧已經是個成年人，也只需要向國王負責。

「你喜歡犧牲繼承權而獲得的這個職位嗎？」

「沒錯。」

「我之所以會被拉來裂際城，看來要感謝你。如果伊爾維發生暴動，我猜我們也要感謝你。」

鎧奧拚命控制自己，只是咬一口麵包，凝視父親。

父親的眼中似乎閃過贊許的光芒，也咬一口麵包，然後說：「你好歹有個女人吧？」

他動用更多自制力才維持面無表情。「沒有。」

父親緩緩一笑。「你一向不善於說謊。」

鎧奧望向窗外，無雲藍天透露春天即將歸來。

「為了你著想，我希望她至少出身貴族。」

「為了我著想？」

「雖然你拋棄家族，但你好歹是個韋斯弗——我們可不跟女僕結婚。」

鎧奧嗤之以鼻，搖搖頭。「我想娶誰就娶誰，不管對方是女僕、公主還是奴隸，而且那根本不關你屁事。」

父親將雙臂交叉於胸，沉默許久後輕聲開口：「你母親很想你，她希望你回家。」

他感到窒息，但依然面無表情，以沉穩的口氣說：「那你想我嗎，父親？」

父親瞪他——看穿他。「如果伊爾維群起反抗、如果我們有一場仗要打，安尼爾就需要強大的繼承人。」

「如果你這幾年一直忙著把泰瑞培養成你的繼承人，我相信他不會讓你失望。」

「泰瑞天生是個學者，不是戰士。如果伊爾維叛亂，白牙山脈那些野人也很可能仿效，安尼爾將是他們劫掠的第一個目標，他們渴望報仇已久。」

他很想知道「試圖說服兒子回家」對父親的尊嚴有多少影響，他也有些希望父親因此大受折磨。

但他自己也受夠折磨，受夠仇恨。瑟蕾娜已經清楚表示她寧可生吞火煤也不想看到他，這簡直令他鬥志盡失，他認識的瑟蕾娜已經走出他的生命。所以他只是說：「我的職責在這，生活也在這。」

「你的人民需要你，在**不久的將來**需要你。難道你就這麼自私？背棄他們也無所謂？」

「正如父親背棄我？」

父親又露出微笑，冷血殘酷的微笑。「你放棄頭銜的那天，就是讓家族蒙羞、讓我蒙羞。但你這幾年也沒浪費時間，你成了王儲的心腹。等鐸里昂繼位，他會好好賞賜你，是吧？他可以讓你成為公爵，讓安尼爾成為公爵領地，讓你擁有足以和帕林頓的莫拉斯媲美的大片土地。」

「你到底有何企圖，父親？保護你的人民？還是透過我和鐸里昂的交情來滿足你的個人利益？」

「如果我說兩者皆是，會不會被你扔進地牢？我聽說最近誰得罪你就會被你如此對待。」他眼中又是那種光芒，讓鎧奧知道他所知甚多。「不過呢，如果你那麼做，或許我可以和你的女人好好討論那裡的住宿環境。」

「如果你希望我回去安尼爾，你的說服功力可真糟。」

「我**需要**說服你嗎？你沒能保護公主，後果就是恐怕即將發生的戰爭，而幫你暖床的那名刺客現在只想讓你的內臟散落一地。對你來說，這裡除了更多羞恥之外還剩什麼？」

鎧奧以雙手砸桌，餐盤因此跳起。「**夠了**。」

他不想讓父親對瑟蕾娜或對他的心碎有任何了解。他不讓僕人更換他的床單，因為上面仍殘留她的氣味，讓他在入睡時夢想她就躺在身邊。

「我努力了十年才爬上這個位子，你以為隨便挑釁幾句就能激我回去安尼爾？如果你認為泰瑞過於軟弱，那就把他送來我這裡受訓，或許他在這裡能學會如何成為真正的男子漢。」

鎧奧把椅子推離桌邊，氣沖沖走向門。

五分鐘，他撐不到五分鐘。

他在門口停頓，回頭看父親，對方朝他微微一笑，仍在打量他，評估他有多少用處。「你如果敢跟她說話——敢看她一眼，」鎧奧警告，「不管你是不是我父親，我會讓你後悔踏進這座城堡。」

沒等父親回應，鎧奧已經離開，卻感覺沉重，總覺得自己走進父親的陷阱。

第三十七章

既然伊爾維的眾多士兵和大使即將抵達、前來取回死於宮廷陰謀的娜希米雅，瑟蕾娜也只好硬著頭皮進行接下來這件差事。她打開門，進入瀰漫腐血和痛楚氣息的房間，發現命案現場已經被清理乾淨，不留一絲痕跡，床墊也被挪走。瑟蕾娜停在門口，打量留在原地的床架。娜希米雅的遺物最好還是讓那些伊爾維使者帶回去。

但那些人是她的朋友嗎？想到讓陌生人觸摸娜希米雅的私人物品、他們把那些東西當作普通物品打包，她不禁又傷心又憤怒，差點像今天早上在房間裡那般發作——當時的她走進更衣室，扯下衣架的每一件長袍，取出所有鞋子、外袍、緞帶和披風，將這些東西丟進走廊。

她把最容易讓她想到娜希米雅的衣物燒掉，包括上課時、用餐時以及在城堡周圍散步時穿的衣服。菲莉琵進來房間，因為她引發的濃煙而大加責備，她才冷靜下來，讓菲莉琵把逃過烈焰的幾件衣服捐出去。但瑟蕾娜在幫鎧奧慶生那晚穿的禮服沒逃過一劫，那件長袍最先被燒毀。

把更衣室清空後，她把一袋金幣塞進菲莉琵手裡、派她去買些新衣服。菲莉琵只是難過的看她一眼便轉身離去，那種眼神令瑟蕾娜作嘔。

瑟蕾娜花了一小時輕柔而謹慎的打包娜希米雅的衣物首飾，也盡量試著別在每一樣物品帶來的回憶或是殘留的蓮花芬芳沉浸太久。

將所有行李封裝完畢，她走向書桌，上頭仍堆滿文件書籍，彷彿公主只是稍作離開。她將手伸向一張紙的時候，視線落在右手上的弧形疤痕——滅絕獸的咬痕。

這些紙上滿是手寫的伊爾維文字，還有……命痕。

無數命痕，有些是長線，有些像是娜希米雅幾個月前畫在瑟蕾娜床下的那些符號。國王的眼線為何沒取走這些東西？國王根本懶得派人搜查這個房間？她把這些紙堆成一疊。或許她還是能對命痕有更多了解，就算娜希米雅——

死了，她逼自己面對事實。**娜希米雅死了**。

瑟蕾娜再一瞥手上的疤痕，正要轉身時，注意到一本眼熟的書，蓋於幾張紙下。

在戴維斯的辦公室發現的那本書。

不，這本更為陳舊，而且破損得更嚴重，但內容相同。封面內頁是一行以命痕寫成的句子——非常淺顯，就連剛學不久的瑟蕾娜也看得懂。

切勿相信——

最後一個符號卻是個謎，看起來像是雙足翼龍——皇家印記。亞達蘭國王當然不值得信任。

她翻閱書本，發現裡面沒有任何有用情報。

然後她翻到封底內頁。娜希米雅在這裡寫上——

唯有透過此眼，方能確實見物。

這句話分別以通用語、伊爾維語，還有瑟蕾娜看不懂的幾種語言寫下。難道娜希米雅懷疑這道謎語必須翻譯成其他語言才能解開？同一本書、同一道謎語、在封底內頁寫下同一句話。

無聊貴族寫的無聊廢話，娜希米雅曾如此評論。

可是娜希米雅……娜希米雅和亞奇曾共同率領戴維斯所屬的團體。娜希米雅**認識**戴維斯，卻向瑟蕾娜**謊稱**不認識、沒聽過這道謎語，而且——

娜希米雅明明保證過和瑟蕾娜之間不再有祕密。

娜希米雅做出承諾，卻說了謊、騙了她。

瑟蕾娜強忍尖叫的衝動，但動手撕掉桌上其他紙張。

娜希米雅還說了什麼謊？

唯有透過此眼……

瑟蕾娜觸摸項鍊。娜希米雅老早知道那間墓穴的存在。如果她向那個反動團體提供情報已久，而且……她當時鼓勵瑟蕾娜窺視牆中小孔……這表示娜希米雅也曾窺視其中。但在競賽決鬥結束後，娜希米雅將伊琳娜之眼歸還給瑟蕾娜——如果娜希米雅需要這東西，又何必歸還？而且亞奇沒提起自己聽說過這東西。

除非……謎語指的並不是這隻眼睛。

因為……

「老天。」瑟蕾娜吸口氣，衝出房間。

她接近墓穴入口時，莫特嘶吼：「今晚打算來褻瀆什麼聖物？」

背著裝有從房間帶來的紙張和書本的小背包，瑟蕾娜走過莫特身旁時拍拍他的腦袋。他試圖咬她，銅牙鏗鏘作響。

月光充斥墓穴，提供所需照明。牆面瞳孔的正對面是另一隻眼睛，金黃閃爍——達瑪利斯的劍首。達瑪利斯，見實之劍。手持此劍的蓋文就是因此能看見真相——

唯有透過此眼，方能確實見物。

「我居然現在才明白，難道我之前都瞎了眼？」瑟蕾娜把皮革背包丟到地上，紙張和書本從中散落石地。

「很顯然吧！」莫特取笑。

眼睛造型的劍首大小剛剛好……

瑟蕾娜從劍架拿起達瑪利斯，拔劍出鞘。劍身命痕似乎如波浪般起伏。她跑向牆面。

「如果妳到現在還沒弄懂，」莫特呼喊，「老子好心提醒妳一下：把劍首之眼**貼在**牆上那個小洞，從中窺視。」

「**我知道**。」瑟蕾娜發火。

瑟蕾娜把劍首湊向牆面小孔，屏住呼吸，慢慢調整，直到兩個洞口完全對齊。她踮起腳尖，朝內窺視……然後呻吟。

是首詩。

冗長繞口。

瑟蕾娜從口袋掏出羊皮紙和炭筆，視線在手上的羊皮紙和牆上詩句來回移動。她仔細觀看每一句，記在腦中，再三確認後才抄下。寫完最後一句後，她才開始朗讀。

法魯格以其力創造三者，

取命運之門之石材製成：

此黑曜石乃諸神所禁，

令天神膽顫心驚之石。

出於哀慟，他將其一藏於王冠
由他深愛之女子所戴，
此冠伴她長眠
星光密窖之中。

其二藏於
火焰之山，
無人能進
僅可遠觀。

其三之處
永久隱瞞
不以言傳
不以金換。

瑟蕾娜搖搖頭。又是連篇狗屁，該押韻的沒押韻，真是失敗之作。

「既然你**顯然**知道那把劍就是解謎的關鍵，」她對莫特說，「你何不幫我省點麻煩、直接解釋這首詩到底在說什麼？」

莫特悶哼一聲：「聽在**老子**耳裡，這似乎是道謎語，描述三個強大物品的所在地點。」

她把這首詩再讀一次。「但是三個**什麼**？聽起來，第二個東西是藏在——火山？至於第一個和第三個東西……」她咬牙。「命運之門之石材……這篇謎語到底在說什麼？而且為什麼要寫在這？」

「**這**確實是千年之謎！」莫特的口氣洋洋自得，瑟蕾娜走向背包所在位置。「妳最好把妳帶來的那攤垃圾收拾乾淨，否則我會請諸神派些怪獸來咬妳。」

「了無新意，凱因比你早了幾個月下手。」她把達瑪利斯放回架上。「真可惜，滅絕獸那天破門而入的時候沒把你順口咬掉。」她突然靈機一動，凝視面前的牆壁，她當時跟滅絕獸一起撞倒在此。「是誰移走滅絕獸的遺骸？」

「當然是娜希米雅公主。」

瑟蕾娜轉身看向門口。「娜希米雅？」

莫特發出窒息聲，詛咒自己的大嘴巴。

「娜希米雅——娜希米雅來過**這裡**？但我帶她來這間墓穴的時候是在……」在她置於門邊的燭光照映下，莫特的銅臉微微閃爍。「你是說娜希米雅在滅絕獸死後不久就來過這裡？她早就知道這個地方？你**現在**才告訴我？」

莫特閉上眼。「跟我無關。」

又是隱瞞，又是祕密。

「既然凱因有辦法進入這個區域，表示還有其他入口。」她說。

「別問我那些入口在哪，」莫特知道她在想什麼。「我從沒離開過這扇門。」她總覺得這又是謊話，他似乎一向清楚墓穴內部、知道她碰了什麼不該碰的東西。

「既然如此，留你這東西又有何用？布蘭農把你做出來只是為了惹毛每個人？」

「他**確實**有那種幽默感。」

莫特居然認識永生精靈古王，這令她一驚。「我還以為你有什麼**特殊能力**。你就不能提供些暗示、讓我知道謎語到底有何涵義？」

「當然不行。而且享受過程不是比抵達終點更重要嗎？」

「放屁。」她吐口水，連同幾串咒罵。她把羊皮紙塞進口袋，這篇怪詩需要好好研究。

如果詩中三物是娜希米雅試圖尋找、寧願說謊也必須隱瞞的東西……雖然瑟蕾娜或許相信亞奇那幫人不算壞人，但她絕不放心讓他們獲得如詩中所描述的強力物品。如果他們也在忙著尋找，她最好搶先他們一步。娜希米雅沒發現那道眼睛謎語是指達瑪利斯，但她是否已經知道那三樣物品到底是什麼東西？或許她調查眼睛謎語就是因為她想比國王早一步尋獲。

國王的計畫——就是找到那三樣東西？

她拿起蠟燭，走出墓穴。

「妳終於想踏上大冒險的旅程？」

「還沒。」她邊走邊說。等她弄清楚詩中三物到底是什麼東西，她或許會試著弄到手，就算她唯一聽說過的火山群在沙漠半島，而且國王也不可能讓她放長假。

「可惜我被卡在門上，」莫特嘆道：「想像一下：妳在試圖解謎時會惹上多少麻煩！」

他說得沒錯。踏過螺旋階梯的同時，瑟蕾娜確實希望他能到處走動，至少讓她有個能商量事情的對象。如果她真的必須出門尋找那三樣東西，無論在何方，她恐怕都得獨自出門。沒人能向她說明真相。

真相。

她嗤笑一聲。現在還剩什麼真相？「她沒有說話的對象」？「娜希米雅再三騙她」？「國王大概在尋找某種驚天動地的力量」？「國王恐怕**已經**找到那種力量」？亞奇提過某種**非魔法**力量——難道就是詩中三物？娜希米雅一定知道答案……

瑟蕾娜放慢腳步，一陣溼潤微風吹過樓梯間，燭火熄滅，她一屁股在階梯坐下，雙手抱膝。

「妳另外隱瞞了什麼祕密，娜希米雅？」她朝黑影低語。

從眼角瞥見一道銀光輪廓，瑟蕾娜不用轉身也知道誰坐在身後。

「我以為妳虛弱得不能來這裡。」她對第一任亞達蘭王后說。

「我只能短暫停留。」伊琳娜開口，起身走到瑟蕾娜上方幾階的位置坐下，身上衣服沙沙作響，這個舉動實在不像王后會做的事。

人鬼共同凝視昏暗的樓梯間，只聽見瑟蕾娜的呼吸聲。她猜伊琳娜不需要呼吸——本身就不會發出任何聲音，除非想開口說話。

瑟蕾娜抱緊雙膝。「那種感覺如何？」她輕聲問。

「沒有痛楚，」伊琳娜也輕聲回答：「沒有痛楚，而且也不困難。」

「妳那時候害怕嗎？」

「我當時是個老太婆了，身旁是我的子女，他們的子女，還有他們的子女的子女。那一刻來臨時，我沒什麼好怕。」

「妳去了哪？」

幾聲輕笑。「妳明明知道我不能告訴妳。」

瑟蕾娜的嘴脣顫抖。「她死的時候，並不是躺在床上的老太婆。」

「嗯，的確。但當她的靈魂離開軀殼時，她不再有痛楚——不再有恐懼。她現在很安全。」

瑟蕾娜點個頭。伊琳娜的裙裝又窸窣作響，她來到瑟蕾娜身旁，攬住她的雙肩。發現自己靠在伊琳娜的溫暖懷抱，她才意識到自己的身子有多冰涼。

瑟蕾娜以雙手掩面，終於痛哭失聲，王后不發一語。

她還有最後一件事要做。這或許是在娜希米雅遇害以來，對她來說最困難也最難受的事。

明月高掛於空，天地浸於銀光。在皇陵站崗的守夜人因為她此刻的裝扮而沒認出她，但也沒阻止她穿過城堡花園後方的鐵柵門。然而，娜希米雅並不是被安置於這棟白色大理石建築——皇陵內部僅限皇室成員。

瑟蕾娜沿這棟圓頂建築的外圍而行，邊走邊撫摸刻於牆面、正在凝視她的眾多雙足翼龍。她走來這裡的路上，仍在周遭走動的人們連忙避開視線。她不怪他們，畢竟自己一身黑袍，臉戴黑面紗，這足以表達她的悲痛，也讓旁人避個老遠，彷彿她的哀傷無異於瘟疫。

但她根本不在乎旁人怎麼想，這身喪服本來就不是為他們而穿。她來到皇陵後側，望向其後方的碎石花園之中的一排排墳墓，月光映出蒼白而古老的石碑。各式雕像，包括哀戚諸神和起舞仕女，標示出高級貴族的長眠地，有些栩栩如生得彷彿真人凝結於石中。

娜希米雅死後，天空未再降雪。看到翻起的土壤，瑟蕾娜一眼便認出她的墳墓。

沒有獻花，甚至沒有墓石，只有土丘和一把插進地面的利刃——是娜希米雅其中一名保鑣的彎刀。很顯然的，既然她會被帶回伊爾維，沒人願意給她更多禮遇。

瑟蕾娜凝視黑土，一陣寒風吹動面紗。

雖然胸腔疼痛，但這是她必須做的最後一件事，她必須藉此向朋友表達敬意。

瑟蕾娜仰頭向天，閉上雙眼，開口歌唱。

鎧奧告訴自己，他跟蹤瑟蕾娜只是為了確保她不會傷己傷人，但她走向皇陵時，他是出於其他原因繼續跟下去。

夜幕雖能提供掩護，但明月令他必須保持充足距離，以免被她聽見腳步聲。接著，看到她在何處停步，他意識到自己沒有資格觀看這一幕。他打算轉身離去時，她抬頭面向明月，開口唱歌。

他沒聽過這種語言，不是通用語，不是伊爾維語，不是芬海洛或梅勒桑德的方言，不屬於任何大陸的哪個角落。

這個語言很古老，每一個字都充滿力量、憤怒和痛苦。

她的歌聲並不優美，許多文字聽來彷彿啜泣，母音因哭腔而拖長，子音因怒火而剛硬。她時而捶胸，姿態野蠻又優雅，與一身黑袍和面紗格格不入。他頸後寒毛豎起，聽著她以歌聲流露哀悼，聽來不屬這個世界，這首鎮魂曲聽來甚為古老，彷彿比石城堡更歷史悠久。

然後歌曲結束，強行終止，正如娜希米雅的生命。

她站在原地片刻，沉默靜止。

他正要離開時，她稍微轉身面向他。

她頭戴的細銀環在月光下閃爍，遮蔽五官的面紗更顯黑暗，只有他能認出她。

一陣微風從兩人周遭吹過，樹枝隨之吱嘎呻吟，搔動她的面紗和裙襬。

「瑟蕾娜。」他懇求。她依然動也不動，這讓他知道她聽見他說什麼，也讓他知道她完全沒興趣跟他說話。

而且他能說些什麼來彌補彼此之間的裂痕？他向她隱瞞了事情，就算這沒有直接造成娜希米雅的死亡，但如果她們倆其中一人接獲警告，或許就能做好防範。她感受到的失落、她向他表達的那種冷漠——這全是他的錯。

如果犯下那個錯誤的後果就是失去她，他也必須承受。

所以鎧奧走離，她的鎮魂曲依然迴響於周遭黑夜，乘風而去，宛如遠方鐘聲。

第三十八章

在冰涼灰暗的黎明時分，瑟蕾娜站在熟悉的狩獵場上，一根木棍拎在以手套覆蓋的指間。飛毛腿坐在她面前，尾巴掃過仍帶些積雪的乾枯長草，但沒有以嗚咽或吠叫叫主人丟出棍子。不，飛毛腿只是坐在那，看著主人身後遠處的宮殿，等候永遠不會前來的某人。

瑟蕾娜的視線掃過貧瘠雪地，聆聽枯草嘆息。昨晚，以及今早，都沒人阻止她走出房門。雖然房間不再由衛兵看守，但每當她踏出門口，瑞斯總是會**不小心**遇到她。

她不在乎他是否將她的一舉一動通知鎧奧。她甚至不在乎自己昨晚在娜希米雅墓前被鎧奧窺視。讓他去慢慢猜那首歌到底有何涵義。

她用力吸口氣，使盡渾身力氣丟出木棍，棍子飛得老遠，融入多雲晨空。她沒聽到棍子落地的聲音。

飛毛腿轉身，抬頭看瑟蕾娜，以金眸提出疑問。瑟蕾娜彎腰撫摸牠的溫暖腦袋、長耳和修長口鼻，但牠的疑問尚未獲得解答。

瑟蕾娜開口：「她永遠不會出現了。」

獵犬依然等候。

鐸里昂晚上大半的時間都待在圖書館，在每一個縫隙角落尋找關於魔法的書籍，但是毫無收獲。雖然這在意料之內，但考慮到圖書館裡有這麼多書，能藏東西的祕密角落更不在話下，他有點失望，居然**完全**找不到有價值的線索。

其實就算找到那種書，他也不知道該如何處理。他不能把那種書帶回房間，以免被僕人發現，大概也只能把書留在此地，找機會再回來翻閱。

正在打量一面嵌於石質壁龕的書架時，他聽見腳步聲。他早為這種情況做好準備，立刻從外套掏出帶來的書，身子斜靠牆面，隨意翻到一頁。

「這裡這麼暗，不太適合看書吧。」是個女性嗓音，口氣如此正常而毫無異狀，鐸里昂驚訝得差點丟下書本。

瑟蕾娜站在幾呎外，交叉雙臂。鐸里昂聽到一串柔軟的腳步聲，接著立刻把身子穩於牆面、做好準備，因為飛毛腿朝他撲來，搖著尾巴拚命舔他。「老天，居然長這麼大了。」他朝獵犬開口。牠再舔一下他的臉頰，然後快步跑離。鐸里昂目送牠離去，揚起眉毛。「牠不管打算做什麼，我相信會讓館員相當不高興。」

「牠很懂事，不會破壞詩學和數學以外的書籍。」

瑟蕾娜的臉龐陰暗而蒼白，但眼神略帶笑意，身上是他之前沒見過的深藍外袍，繡於袍面的金紋在燭光下微微閃爍。其實，她這身衣服全是新裝。

兩人之間的沉默氣氛令他挪挪身子。他該對她說什麼？兩人上一次這麼靠近彼此時，她用指甲刮過他的頸子。他常在惡夢中重溫那一幕。

「我能幫妳找什麼書嗎？」他問她。放輕鬆，別惹事。

「王儲**擔任**皇家圖書館員？」

「**非官方**皇家圖書館員。」他回答：「這是我多年來躲在這裡才辛苦贏得的頭銜，為了逃避令人窒息的會議、母后，還有……好吧，幾乎為了逃避一切。」

「我還以為你只會躲在你那座小小高塔。」

鐸里昂輕聲發笑，但這個聲音似乎令她眼中的笑意消失，彷彿歡笑聲用力摩擦娜希米雅之死造成的傷口。別惹事，他提醒自己。「所以？我能幫妳找到什麼書嗎？如果妳手裡那張紙是份書單，我可以用目錄去找。」

「不，」她摺起紙張。「我沒在找書，只是想走走。」

嗯，他來圖書館的昏暗一角也單純只是為了看看書。

但他沒多問，就怕她因此對**他**提出一連串疑問——希望她不記得她襲擊鎧奧時被他用神祕力量制伏。

圖書館某處傳來模糊尖叫，緊接著是一串大聲咒罵，然後是熟悉的肉球腳掌踏過石地的啪啪作響。飛毛腿迅速奔來，嘴裡咬著一捆卷軸。

「這隻賤狗！」一名男子的咆哮聲從後方傳來。「給我回來！」

飛毛腿只是繼續飛奔，化為一抹金影。

沒多久，一名矮小而年老的男子搖搖晃晃出現，問兩人有沒有看到一隻狗，瑟蕾娜只是搖搖頭，說她**只有**聽見某種聲音——從反方向傳來。然後，她**居然**叫這名男子小聲點，說這裡畢竟是**圖書館**。

男子怒目相視，悶哼一聲之後快步離開，但咒罵聲也稍微放輕。

那人消失後，鐸里昂轉身看她，揚起雙眉：「那份卷軸很可能是貴重物品。」

她聳個肩。「反正那傢伙看來缺乏運動，走走也好。」

然後她微笑，一開始有些猶豫，然後她搖搖頭，微笑綻放，成了露齒笑容。

她的視線移回他身上的時候，他才意識到自己在盯著她看、試著將她此刻的笑容以及她將古雷夫的腦袋丟到議會桌時朝國王露出的笑容做比較。

彷彿看穿他的思緒，她開口：「我為我最近的行為舉止道歉。我有些……失常。」

或許她只是恢復壓抑已久的真實自我，他暗忖，但只是回答：「我明白。」

看到她的眼神變得柔和，他知道這三字足矣。

鎧奧沒在逃避父親，沒在逃避瑟蕾娜，也沒在逃避開始懷疑他到底跑去哪的眾多手下。

因為圖書館**確實**提供不少隱私空間。

或許還能提供答案。

圖書館的館長此刻並不在位於牆邊角落的小小辦公室，所以鎧奧請一名學徒幫忙。這名呆頭呆腦的年輕人伸手指向某處，含糊的說明路線，然後祝他好運。

按照對方的描述，鎧奧走上一條陡峭的黑色大理石階梯，然後沿樓中樓欄杆而行。正準備拐進兩排書架之間的走道時，他聽到他們倆說話。

嚴格來說，他先聽到飛毛腿的腳掌觸地聲，因此從大理石圍欄向下瞥，剛好看到瑟蕾娜和鐸里昂走向高聳的大門。雖然他們倆保持適當距離，但是……她在說話。她的肩膀放鬆，步伐平穩，完全不同於他昨晚見到的陰暗女子。

他們倆在這裡做什麼——為什麼走在一起？

這不關他的事。老實說，他樂見她跟**任何人**說話，只要不是忙著燒衣服或是虐殺其他刺客。儘管如此，看到她身旁是鐸里昂，他的心還是微微一揪。

但她確實開口說話。

因此鎧奧立刻轉身背對圍欄，走進圖書館深處，試著把剛剛目睹的畫面推出腦海。他看到哈蘭·森索館長上氣不接下氣的走過館中一條主要通道，揮舞的拳頭緊握一把碎紙。森索忙著咒罵，幾乎沒注意到攔路的鎧奧。矮小的館長得仰頭才能看清楚鎧奧，隨即皺眉。

「很好，你來了。」森索開口，繼續往前走。「看來希金斯通知了你。」

鎧奧完全聽不懂森索在說什麼。「有什麼問題需要幫忙嗎？」

「問題！」森索揮動手中碎紙。「居然有**野獸**在我的圖書館裡亂跑！是誰讓那——那隻**畜生**進來？我要求對方賠償！」

鎧奧猜這八成跟瑟蕾娜有關，暗自希望她和飛毛腿已經離開圖書館、避開森索的視線。

「是什麼樣的卷軸受損？我會確保有人提供新品替換。」

「替換？」森索吐口水。「這東西根本**無可取代**！」

「這到底是什麼東西？」

「一封信！來自我的一位**摯友**！」

鎧奧強忍惱怒的情緒。「如果是書信，那隻動物的主人恐怕無法以金錢賠償。或許他們願意捐贈幾本書以代——」

「把他們丟進地牢！我的圖書館幾乎成了馬戲團！你知道嗎，還有個以披風遮身的怪傢伙整晚在這裡鬼鬼祟祟。大概就是**他們**放那頭恐怖野獸進入圖書館！所以你得去找出他們——」

「地牢已經客滿，」鎧奧說謊：「但我會盡量想辦法。」森索抱怨完自己花了多少力氣才拿回這封信後，鎧奧考慮是否應該打道回府。

但他仍有疑惑尚待解答。和館長來到樓中樓，確認瑟蕾娜、飛毛腿和鐸里昂早已離開後，他開口：「館長大人，我有事想請教。」

聽到對方如此尊稱，森索一臉洋洋自得，鎧奧盡量讓表情顯得自己只是單純有些好奇。

「如果我想尋找其他王國的鎮魂曲或輓歌的歌詞，應該從哪裡找起？」

森索困惑的瞥他一眼，開口道：「還真是令人難受的話題。」

鎧奧聳個肩，決定信口胡說：「我的一名手下來自特拉森，他的母親近日過世，我想學學當地人的輓歌，以示慰問。」

「國王付你薪水就是叫你做這種事？對你的手下含情脈脈的高唱輓歌？」

聽到館長這番話，他差點笑出聲，但只是再聳個肩。「有沒有什麼書籍記載那種歌曲？」

雖然已經過了一天，他還是無法從腦中甩掉那首鎮魂曲。每次想起那段神祕歌詞，一股寒意便沿脊椎往上爬。他還想起她說過的另一番話、改變一切的話：你永遠是我的仇敵。

她在隱瞞一些事情。她把某種祕密深藏於心，只有那晚的恐怖畫面和痛失摯友才會讓她那樣吐露真言。所以，如果他對她有更多了解，等那個祕密終於揭曉時，他就更能做好準備。

「唔……」矮小館長思索，繼續沿主階梯而行。「這個嘛，大多數的輓歌根本沒以文字記錄，而且也沒此必要。」

「特拉森那些學者一定有記錄其中幾首，畢竟歐林斯城曾擁有全艾瑞利亞最大的圖書館。」鎧奧反駁。

「這倒是，」森索的口氣有些難過。「但我不認為有誰會浪費時間寫下那種東西，至少不會被收藏於這間圖書館。」

「以其他語言寫下的歌曲呢？我那名來自特拉森的手下說過，他曾聽過一首以外語演唱的輓歌——雖然他一直不知道曲名。」

館長撫摸白鬚。「外語？特拉森人人都說通用語，那裡已經有一千年沒用過其他語言。」

兩人不斷靠近圖書館的辦公室，他知道一旦抵達辦公室，館長大概會因為忙著把飛毛腿繩之以法而叫他滾一邊去，因此他再稍微施壓。「所以特拉森沒有以其他語言演唱的輓歌？」

「沒有，」館長邊思索邊開口：「但我曾聽說過，特拉森宮中貴族過世時，輓歌是以永生精靈的語言唱出。」

鎧奧渾身結凍，差點跌倒，但他逼自己繼續行走，開口道：「貴族以外的人是否有可能知道那些歌曲？」

「噢，當然不可能，」森索回答，因為在腦中思索歷史資料而有些心不在焉。「那些歌曲對宮廷來說是聖詩，只有貴族血統的成員才有資格學習。那些歌曲從不公開教授或演唱，而且死者都在月光下埋葬，就為了避免讓外人聽見，至少傳言如此。我承認，出於好奇，我在十年前曾希望能聽聽那些歌曲，但當時的大屠殺落幕後，那些貴族死得一個不剩，又有誰能唱給我聽？」

死得一個不剩，除了……

你永遠是我的仇敵。

「多謝館長解惑。」鎧奧開口，隨即轉身走向大門。森索朝他呼喊、叫他發誓一定要找出那隻賤狗加以嚴懲，但鎧奧懶得理會。

她是哪位貴族的後裔？她的父母不只是單純的慘遭謀殺——他們是由亞達蘭國王下令處決的特拉森貴族之一。

屠殺。

她醒來時發現身旁父母斷氣多時，想必她立刻拚命逃亡，直到藏身於能讓她這位特拉森貴族之女活命之處：刺客要塞。在那裡，她學習唯一一套能讓她保命的技能。為了逃離死神，她成了死神的使者。

無論她父母原本是哪塊土地的領主，如果她繼承衣缽，如果特拉森東山再起……

她將成為領袖——或許能對抗亞達蘭。如此一來，她將不只是他的敵人。

而是他這輩子最大的威脅。

第三十九章

隱藏於優雅住宅的煙囪陰影下，瑟蕾娜凝視隔壁那棟房屋。過去半小時中，人們進進出出，皆以兜帽披風遮身，看起來似乎只是凍得發抖的客戶想躲避寒冷夜風。

她曾在夢中回想那一幕：她跟亞奇說她不想跟他那幫反抗分子扯上任何關係。而且說真的，她其實有稍微考慮或許該把他們全殺光、把那堆腦袋丟到國王腳邊。但娜希米雅曾是那個團體的一員，而且就算她曾謊稱自己不認識那些人……他們仍是她的手下。瑟蕾娜說過會再給亞奇幾天時間，那並非謊話——她讓摩里遜的勾當曝光後，國王爽快答應了她的要求、將亞奇的死期延後。

一團雪花吹起，稍微遮蔽亞奇的住宅。看在外人眼中，這場聚會看起來只是他為客戶舉行的餐宴。匆忙走上階梯的那些人之中，她只認得其中幾張臉孔——和身軀，他們是倉庫一戰的倖存者。

至於其他賓客，她並不知道他們的姓名，但她認出那晚擋在她和鎧奧之間的那名熱血戰士，並不是因為他的臉龐——畢竟他那晚以面具遮臉——而是他走動的姿態，還有背於身後的雙劍。他依然頭戴兜帽，但她能看到他的及肩黑髮，以及顯得年輕的古銅肌膚。

他在階梯底部停步，稍微轉身，低聲向身旁兩名兜帽男子做出指示。那兩人點個頭，立刻離去，消失於黑夜。

她考慮是否該跟蹤其中一人，但她只是來查看亞奇有何安排。她打算持續追蹤，直到他乘船出港的那一刻。等他幾天後離去、等她讓國王看到冒名頂替的屍體……她不知道自己在那之後要做什麼。

一名男子朝她所在的屋頂瞥來，她立刻退至磚砌煙囪後方，男子確認沒有任何異狀便走離，她猜那人正在觀察街尾。

她在陰影處逗留幾小時，為了能看清楚前門動靜而移至對街屋頂——直到賓客開始一一離去，看起來就像一堆喝醉的尋歡作樂之人。她計算他們的人數，記錄他們各自前往什麼方向、由誰陪同，但不見那名身背雙劍的年輕男子。

要不是因為那名男子的兩名手下回到現場、進入屋子，她或許會告訴自己那人是亞奇的客戶，甚至是愛人。

前門開啟時，她瞥見一名高大寬肩的年輕男子站在玄關和亞奇爭吵。那人背向門口，但沒戴兜帽——他確實是一頭漆黑如夜的及肩長髮，而且渾身武裝；除此之外，她無法看清其他動靜。那人的兩名手下立刻將他包圍，擋住她的視線，前門也隨即關上。

他們不夠小心——不夠低調。

不久後，那名年輕男子氣沖沖出門，再次戴上兜帽，兩名手下隨侍在側。亞奇交叉雙臂，站在敞開的門前，臉色蒼白。年輕男子在階梯底部停步，轉身對亞奇做出不雅手勢。

雖然在一段距離外，瑟蕾娜仍能看到亞奇對那人回以微笑，雖然不帶絲毫暖意。

她只希望自己能再靠近一點、聽見他們倆說了什麼、知道那到底怎麼回事。

換做以前，她會跟蹤那名年輕人、查出答案。

但那是以前。現在……她並不怎麼在乎。

開始返回城堡時，她發現自己很難對那種事情感到在乎。不再有任何人讓她在乎，她又怎麼會對任何事情感到在乎？

瑟蕾娜不知道自己為何來到這道入口。雖然在塔底站崗的衛兵們對她徹底搜身、確認沒有任何武器之後就放她進去，但她確信這個消息會立刻傳到鎧奧耳中。

她頗感好奇，不知道他敢不敢攔住她？不知道他敢不敢再對她說一個字？昨晚在月映墓地中，雖然隔了一段距離，她仍能看見他臉上尚未完全復原的傷口。她不知道自己因此感到滿足或是內疚。

不知道為什麼，任何形式的人際互動都令她感到疲憊。今晚之後，她將多麼虛脫？

瑟蕾娜嘆口氣，敲敲木門。她遲到五分鐘，因為她天人交戰了五分鐘，決定是否該接受鐸里昂的邀請、在他房中共進晚餐。她原本很想在裂際城解決晚飯。

沒人應門，所以她轉身，試著避開在階梯轉折處站崗衛兵的視線。反正來這裡也是愚蠢的決定。

她在螺旋階梯踏下一步時，木門開啟。

「妳知道嗎？這似乎是妳第一次來探訪我這座小小塔樓。」鐸里昂說。

一腳依然懸空，瑟蕾娜整理心情，然後回頭瞥向王儲。

「我原以為這裡的氣氛應該相當陰鬱嚴肅，」她往回走。「想不到還挺舒適。」

他在門邊等候，朝衛兵點個頭。「別擔心。」他告訴他們，這時瑟蕾娜走進他的房間。

她原以為會看到豪華而優雅的裝潢，結果鐸里昂的塔樓十分……好吧，確實適合用「舒適」一詞形容，還有些簡陋。牆面掛毯褪色，壁爐沾滿煤灰，四柱床大小一般，窗邊書桌堆滿文件——還有書籍，堆積如山，占據牆邊每一吋空間。

「我認為你需要一間私人圖書館。」她咕噥，鐸里昂哈哈大笑。

她這才意識到自己多麼想念這種聲音。不只是他的笑聲，也包括她自己的笑聲——**任何**歡笑。就算最近這些日子不適合歡笑，她還是想念這種聲音。

「如果照我那些僕人說的做，這些書就會全進了圖書館，這樣他們就很難幫這些書清灰塵。」他彎腰從地板抓起幾件衣服。

「從這種凌亂程度判斷，我還以為你**沒有**僕人。」

這話又惹得他哈哈大笑，他把衣服堆搬向一扇門，門稍微打開，裡面是更衣室，跟她那間差不多大，但裡面空無一物，除了他剛丟進的那堆衣服。房中另一側的門則通往浴室。「出於習慣，我很少讓他們進來。」他關上更衣室。

「為什麼？」她走到壁爐旁的紅色舊沙發，推開上面的書堆。

「因為**我**知道房中每一樣物品的所在位置，每一本書、每一張紙……但是他們一整理，那些東西就會被亂放亂藏、永遠失蹤。」他忙著把皺摺的紅色床單鋪平，看來他在她敲門之前躺在上面。

「你沒有僕人幫你準備衣服嗎？我還以為你至少有羅蘭這個忠僕。」

鐸里昂嗤笑一聲，拍拍枕頭。「羅蘭確實試過，還好他最近深受頭疼所苦，所以沒來煩我。」這是個好消息——算是。她上一次稍微觀察的時候，梅亞城領主確實跟鐸里昂關係密切——甚至成了朋友。「而且，」鐸里昂繼續說道：「除了我拒絕找結婚對象之外，最令我母后不高興的，就是我拒絕讓想討好我的貴族們幫我置裝。」

這倒出乎她的意料。鐸里昂的穿著打扮一向得體，她還以為有專人負責。

他走到門口，叫衛兵把兩人份的晚餐送來。「葡萄酒？」他走到窗邊問道，一瓶酒和幾支酒杯放在此處。

她搖搖頭，心想這裡哪有吃飯的地方？書桌顯然無法列入考慮，壁爐旁的餐桌也早已成為小型圖書館。彷彿做為回答，鐸里昂開始清理餐桌。「抱歉，」他口氣尷尬：「我原本打算在妳來之前清出一塊用餐的地方，結果我看書看得忘了時間。」

她點個頭，兩人之間一片沉默，只聽見他搬書時的嘶聲吆喝和咚咚碰撞。

「那麼，」鐸里昂輕聲道：「我能不能問妳為什麼決定跟我共進晚餐？妳之前清楚表示妳絲毫不想跟我共處——而且我以為妳今晚有事要忙。」

事實上，她之前對他的態度可說糟糕透頂。但他仍背對她，彷彿只是隨口問問。

她不知道怎麼會說出這種話，但還是吐實：「因為我沒別的地方可去。」

默默坐在房裡只會讓痛苦加深，前去墓穴只會換來沮喪，而且一想到鎧奧，她就難過得無法呼吸。每個清晨，她都獨自帶飛毛腿去散步，然後獨自在狩獵場慢跑，就連曾在花園小徑排隊等候鎧奧的那些姑娘也不再出現。

鐸里昂點個頭，以令她無法忍受的和藹看著她。「這裡隨時歡迎妳。」

雖然兩人吃晚餐時的氣氛不算熱絡，但也不算催淚。不過，鐸里昂仍能看出她的變化——她的一字一句充滿猶豫和深思，她的雙眼偶爾流露無盡哀傷。但她沒停止跟他說話，也回答他所有提問。

因為我沒別的地方可去。

她說這話並沒有傷人的意思。此刻，她在他的沙發上打盹，時鐘剛敲兩下，他不禁好奇她為何不乾脆回房。她顯然不願獨處——或許她需要某個不會讓她想到娜希米雅的地方。

他曾親眼目睹瑟蕾娜身上的大小傷疤，但最近這些新傷恐怕更加深刻：失去娜希米雅所帶來的痛苦，以及失去鎧奧所帶來的痛苦——雖然性質不同但大概一樣強烈。他內心的黑暗面因為她和鎧奧決裂而竊喜，他也因此痛恨自己。

「這裡一定還有其他祕密。」隔天下午，徹底搜查過墓穴後，瑟蕾娜對莫特開口。昨晚她不斷研究那篇詩謎，直到兩眼痠疼。儘管如此，她實在查不出詩中三物到底是何物、藏於何處，或是這首長詩為何如此巧妙藏於墓穴。「某種線索，能讓反動勢力、娜希米雅、伊琳娜和一切產生關聯。」她在兩座石棺之間停步。陽光透過層層反射深入墓穴，飛塵因此微微閃爍。「線索一定近在眼前，我很確定。」

「很抱歉，我恐怕幫不上忙。」莫特悶哼一聲。「如果妳想立刻知道答案，我建議妳去找個先知或是神諭者。」

來回踱步的瑟蕾娜放慢步伐。「如果我把這篇長詩念給擁有『神觀能力』的人聽，他們或許能夠……發現我沒看出的涵義？」

「或許吧。但就我所知，當魔法消失時，擁有那種能力的人也失去那種天賦。」

「是沒錯，但**你**還在這。」

「所以？」

瑟蕾娜仰望石質天花板，彷彿視線能貫穿其中、一路抵達上方地面。「所以，或許還有其他古物依然擁有特殊能力。」

「不管妳在打什麼主意，我保證會惹來麻煩。」

瑟蕾娜朝他冷冷一笑。「我相當確定你說得沒錯。」

第四十章

瑟蕾娜站在馬車前，看著馬戲團工人們拆卸帳篷。還來得及。

她撫平垂下的頭髮，拉直一身棕色外袍；如果穿華麗服飾前來，只會引起太多注意。就算只在這裡待了一小時，她還是很享受無人矚目的感覺、享受融入工人們之間，這些人滿身都是行經眾多王國所沾染的塵土。如果能享受那種自由，逐步探索世界各個角落……她感覺胸腔一緊。

她走向那輛黑色馬車，周遭人群幾乎都沒注意到她的存在。她知道這麼做恐怕非常愚昧，但問問又何妨？如果黃腿婆婆確實是個巫婆，或許就擁有神觀能力，或許能看懂墓穴那篇詩謎。

瑟蕾娜來到馬車旁，還好這裡沒有任何遊客。黃腿婆婆坐在車尾階梯，抽著一根骨製的長菸斗，菸嘴造型彷彿正在放聲尖叫，頗顯陰森。

「來窺視千鏡倒影？」她開口，煙霧從乾枯嘴脣洩出。「終於不再逃避命運？」

「我有些疑問。」

巫婆朝她嗅聞幾下，她逼自己別後退。「妳確實散發疑問的氣息——還有鹿角山脈的氣息。妳來自特拉森吧？姓啥名啥？」

瑟蕾娜把雙手伸進口袋深處。「莉莉安·葛戴納。」

巫婆朝地上吐口水。「妳的**真名**叫啥，莉莉安？」瑟蕾娜渾身僵直，黃腿婆婆哈哈大笑。

「來吧，」她的嗓門吱嘎粗啞。「想知道妳的未來？讓我揭曉妳以後會嫁給誰、有幾個小孩、妳什麼時候死……」

「如果妳真如自賣自誇的那麼厲害，妳應該知道我對那些事情不感興趣，我只是想跟妳聊聊。」瑟蕾娜亮出掌中三枚金幣。

「小氣鬼，」黃腿婆婆深吸一口煙。「老娘的能力就值那麼一點錢？」

或許這確實是浪費時間、浪費金錢、浪費尊嚴。瑟蕾娜皺眉轉身，把雙手插進黑披風的口袋。

「且慢。」黃腿婆婆叫住她。

瑟蕾娜沒停步。

「王子給了我四枚金幣。」

她停步，回頭瞥向老太婆，心臟彷彿被一隻冰冷手爪擒住。

黃腿婆婆朝她微笑。「他那些疑問也很有趣。他以為我沒認出他，但我老早就聞到赫威亞德血脈的氣味。給我七枚金幣，我就回答妳所有疑問——也會讓妳知道他當初問了什麼事情。」

這老太婆居然願意把鐸里昂的疑問賣給她——賣給任何人？她又感覺到那股熟悉的平靜感。「我怎麼知道妳不是隨口瞎掰？」

黃腿婆婆的鐵牙反映火炬光芒。「如果我被當成騙子，這對生意沒好處。如果我拿妳那些諸神起誓，會不會讓妳放心一些？還是拿我信奉的神起誓？」

瑟蕾娜迅速綁起頭髮，打量這輛黑色馬車：只有一道車門，沒有其他出入口，也似乎沒有暗門；就算有第三人闖入，她也有足夠的預警時間。她檢查隨身武器：兩把長匕首、靴中一把小刀，還有三支髮簪匕首，武力充足。

「六枚金幣，」瑟蕾娜輕聲道：「我就不會讓衛兵知道妳試圖販賣王子的祕密。」

「妳又知道衛兵不會對王子的祕密感興趣？妳無法想像有多少人想知道王子對啥事情感興趣。」

瑟蕾娜把六枚金幣砸在矮小老太婆身旁的梯面。「三枚用來回答我的疑問，」她盡量把臉湊向黃腿婆婆，對方嘴裡散發的氣味彷彿腐屍和煙臭。「另外三枚，是讓妳別把王子的祕密說出去。」

黃腿婆婆兩眼發光，伸手抓起金幣，鐵爪噹啷作響。「進車裡。」她身後的車門無聲開啟，車內昏暗，只滲入幾道微光。黃腿婆婆熄滅菸斗。

這正符合瑟蕾娜的期望——進入馬車，以免讓任何人看到她和黃腿婆婆談話……

黃腿婆婆呻吟站起身，一手撐在膝上。「**現在**願意說出妳的名字了嗎？」

一陣寒風從車內吹來，拂過瑟蕾娜的頸項。馬戲團的伎倆。「花錢問問題的人是我。」瑟蕾娜踩上階梯，進入馬車。

車內只有幾道微弱燭光，火光反映於層層排列的無數鏡面，樣式尺寸皆不同，有些斜靠於牆，有些彼此支撐，有些只是殘留於框架之中的碎片。

其他角落則堆滿紙張和卷軸、裝有藥草或液體的瓶罐，還有掃帚……全是垃圾。

車內空間遠超過從外觀看來該有的大小。一排排鏡子之間有一條蜿蜒小徑，深入車廂盡頭的黑影。黃腿婆婆正在沿小徑而行，彷彿這個詭異空間之中沒其他地方可去。

這不可能是真的，一定只是鏡子造成的錯覺。

瑟蕾娜回頭瞥向車門，剛好看到門關上，這聲喀噠作響仍在車內迴響時，她已經拔出一把匕首。前方的黃腿婆婆咯咯發笑，舉起手中綻放燭光的燈籠，這東西的造型彷彿插在一根長骨上的骷髏頭。

這只是馬戲團的下三濫伎倆，瑟蕾娜不斷提醒自己，吐出的氣息在冷空氣中凝結成霧。雖然這一切都是錯覺，但黃腿婆婆能提供的解答並非錯覺。

「來吧，姑娘，我們去適合聊天的地方坐下。」

瑟蕾娜小心跨過地上的一面鏡子，也暗中觀察搖晃的頭顱燈籠——還有車門、任何可能的出口（目前還沒發現，但或許地板藏有暗門），以及黃腿婆婆的動作。

她意識到對方的速度其實相當敏捷，因此快步跟上，鏡中倒影隨之挪移。一面鏡子使她顯得又矮又胖，一面讓她瘦得彷彿竹竿，一面讓她上下顛倒，一面讓她彷彿橫向行走。這種光怪陸離的景象足以讓她頭疼。

「目瞪口呆夠了吧？」黃腿婆婆說。瑟蕾娜沒理會，但收起匕首，跟著對方來到一小塊休息區，就在一口覆以格柵的圓形大灶前方。她沒理由拿出武器，畢竟這時仍需要黃腿婆婆的配合。

這塊大致呈圓形的休息區其實只是一塊沒被垃圾和鏡子占據的空地，所謂的家具也只有一塊地毯和幾張椅子。黃腿婆婆蹣跚走向凸起的爐石，從石邊柴堆拿起幾根木柴。瑟蕾娜待在破舊的紅地毯邊緣，看著黃腿婆婆掀開格柵，丟進木柴，再蓋上格柵。幾秒後，火光綻放，因為周圍鏡面反射而更顯明亮。

「這口爐灶的石頭，」黃腿婆婆拍拍排成圓形的深色磚塊，彷彿這是隻陪伴多年的寵物，「來自克拉坎主城的廢墟，這輛馬車的木材取自當地的神聖學院木牆。這就是為什麼我的馬車內部……很不尋常。」

瑟蕾娜不發一語。如果把這當作馬戲團伎倆，她還比較能接受，但她正在親眼目睹這個奇幻空間。

「所以，」黃腿婆婆依然站立，儘管周遭擺有古老木頭家具。「妳想問什麼？」

雖然車內空氣冰涼，爐火卻讓周遭立刻加溫，熱得讓她因為層層衣物而不太舒服。在赤紅沙漠的某個炎熱夏夜，她曾聽說過一個故事，故事內容是一名鐵牙女巫對一名小女孩做了什麼事。

小女孩只剩一身白骨，被吃得乾乾淨淨。

瑟蕾娜又瞥爐灶一眼，身子往車門的方向挪一步。休息區對面是更多鏡子，但被陰影包圍，彷彿火光無法傳至。

黃腿婆婆靠向格柵，在爐火前揉搓乾枯十指，火光舞動於鐵爪上。「問吧，姑娘。」

鐸里昂當初提出什麼問題？他有沒有進來這個令人窒息的詭異空間？至少他沒死——就算只是因為黃腿婆婆想好好利用從他身上弄到的情報。愚蠢的鐸里昂。

但瑟蕾娜自己有何不同？

這可能是讓她獲得重要情報的唯一機會，不管有多少風險、後果多麼麻煩。

「我發現一篇謎語，我的朋友們已經為其解答爭論數星期，我們甚至為此下賭注。」她盡量模糊帶過。「如果妳無所不知，那就幫我解惑吧。如果妳說出正確答案，我就多賞妳一枚金幣。」

「放肆的小姑娘，拿這種無聊事浪費我的時間。」黃腿婆婆凝視鏡面，彷彿看見瑟蕾娜看不見的景象。

或許黃腿婆婆只是感到不耐煩。

緊繃的胸腔稍微放鬆，瑟蕾娜從口袋掏出抄有謎語的紙條，大聲朗誦。

念完後，黃腿婆婆緩緩轉頭看瑟蕾娜，嗓門低沉粗啞。「妳在哪兒找到的？」

瑟蕾娜聳個肩。「給我答案，我或許就會讓妳知道。這篇謎語到底在描述什麼東西？」

「命運之鑰，」黃腿婆婆吸口氣，兩眼發光。「詩中三物是指開啟命運之門的三把命運之鑰。」

瑟蕾感覺脊椎打顫，但鼓起勇氣問道：「說明一下，命運之鑰和命運之門是什麼？我根本不知道妳是否在瞎掰，我可不想被騙。」

「這種情報可不是凡人隨便可以討論的話題。」黃腿婆婆斥責。

瑟蕾娜亮出手中金幣。「開個價吧。」

黃腿婆婆把她從頭到腳打量一遍，吸口氣。「保持低調才能換來無價平安，」黃腿婆婆說：「但金幣也行。」

瑟蕾娜把另外五枚金幣放在爐石上，火焰熱氣撩過臉龐。火勢不算猛烈，她卻已經滿身是汗。

「妳一旦知道這些事情，就沒有回頭路。」巫婆警告。從對方眼中的光芒判斷，瑟蕾娜知道自己的謊話未曾讓這個巫婆上鉤。

瑟蕾娜向前一步。「告訴我。」

黃腿婆婆瞥向另一面鏡子。「這個世界是由命運之神所形成及掌管，不只是艾瑞利亞，而是**所有**生命。在妳所能理解的範圍外，存在著眾多世界，它們層層堆疊，卻對彼此一無所知——就在這一刻，妳可能站在某個世界的海底。因為命運之神的關係，眾多世界才能彼此分離。」

黃腿婆婆開始繞著休息區搖晃而走，沉浸於自己的話語。

「命運之神的領域中存在著一些通道——透過這些黑域，生命能穿梭於不同世界，有些命運之門通往艾瑞利亞。萬古以來，各式各樣的東西穿越其中，有些無害……但有些是亡靈和邪魔，趁諸神不注意時潛入。」

黃腿婆婆走到一面鏡子後方，蹣跚步伐隨之迴響。「但在許久之前，在人類橫行於這個悲慘世界之前，另一種惡魔穿越那些通道——法魯格，來自另一個世界的惡魔，挾無盡大軍決心征服艾瑞利亞。牠們在溫德林和永生精靈發生激戰，那幫不老不死的惡魔雖然盡了力，仍無法擊敗那些精靈。」

「之後，永生精靈發現法魯格做出難以置信之事——牠們利用黑魔法取出一道命門的碎片，將其分為三小塊，也就是三把**鑰匙**，分別由三位法魯格國王保管。只要同時使用三把鑰匙，法魯格三王就能任意開啟命運之門，利用命門之力來強化軍力，讓源源不絕的大軍持續湧入這個世界。永生精靈知道這事必須加以阻止。」

瑟蕾娜凝視火焰、鏡子和周遭的昏暗空間，車內熱氣令人窒息。

「因此，一支永生精靈小隊試圖從法魯格三王身上偷取鑰匙，」黃腿婆婆的聲音似乎更接近。「那可謂不可能的任務，那幫傻子也幾乎全軍覆沒。」

「但他們確實取得那三把命鑰，永生精靈的玫芙女王也將那些法魯格逐回原來的世界。然而，儘管智力過人，玫芙卻怎麼也想不出該如何將那三把鑰匙放回命門——也沒有任何熔爐、刀劍或是錘頭能破壞那三把鑰匙。玫芙認為這種強大神器不該被任何人擁有，因此將三鑰交給大海另一頭的布蘭農·加勒席尼斯，特拉森的第一任國王，讓他將鑰匙藏於這片大陸。也因此，命運之門依然受到保護，力量沒遭利用。」

一片沉默，就連黃腿婆婆也放慢蹣跚步伐。

「所以那篇謎語……是指引鑰匙所在之處的地圖？」瑟蕾娜這才意識到娜希米雅率領的那些人在追尋何種力量，不禁嗓子打顫。更糟的是，**國王**恐怕也在追尋那種力量。

「正是。」

瑟蕾娜舔舔嘴脣。「如果有人能拿到命鑰，會如何利用？」

「如果有誰取得三鑰，就能控制那道殘缺的命運之門——以及整個艾瑞利亞。命鑰之主能隨意開啟或關閉那道門，能征服眾多世界，或為了滿足私欲而引入各式生物。但就算只擁有一把鑰匙，也能讓人變得極為危險；雖然力量不足以開啟命門，但足以構成威脅。妳要知道，那三把鑰匙本身就是純然的力量——能按照操控者的意願做出回應。很誘人吧？」

這番話在她體內迴響，和伊琳娜的指示融合交錯——找出魔物，予以消滅。**魔物**。十年前，整片大陸突然任憑一名似乎天下無敵的男子蹂躪，邪惡勢力也隨之崛起。

和魔法並存的某種邪惡力量。「不可能……」

黃腿婆婆只發出一串咯咯笑，證實瑟蕾娜的猜測。

瑟蕾娜不斷搖頭，心跳急促，幾乎無法呼吸。「國王擁有命鑰？所以他能輕易征服全地？」可是，既然他已經擁有天下……接下來還有何企圖？

「或許吧。」黃腿婆婆說：「如果要我把辛苦賺來的金幣拿去下注，我打賭他至少擁有其中一把。」

瑟蕾娜掃視昏暗車廂和千層明鏡，只見鏡中倒影回視，只聽到爐火劈啪作響和自己的急促呼吸。

黃腿婆婆停下腳步。

「還有沒有其他情報？」瑟蕾娜追問。

老太婆沒答話。

「所以妳打算拿錢一走了之？」沿著蜿蜒走道，瑟蕾娜慢慢移向車門，出口顯得極為遙遠。「如果我還有疑問呢？」她的鏡中倒影令她神經緊繃，但她維持警覺、集中精神——提醒自己該做什麼。她抽出兩把匕首。

「妳以為刀劍傷得了我？」巫婆的嗓音從層層鏡面反彈，根本聽不出從何處傳來。

「我還以為咱們倆相談甚歡呢。」瑟蕾娜開口，再後退一步。

「呸。賓欲殺主，甚歡個屁。」

瑟蕾娜微笑。

「這不就是妳移向車門的原因？」黃腿婆婆繼續說道：「不是為了逃走，而是為了確保**我**逃不過妳那雙卑鄙匕首？」

「只要讓我知道妳把王子的提問說給誰聽，我就放妳走。」她先前原本打算離開——正要離開的時候——聽到黃腿婆婆提到鐸里昂，她立即停步。現在，她別無選擇，只能動手。為了保護鐸里昂，她會**不擇手段**。這就是她昨晚想通的一點：她確實還剩下一個人——鐸里昂這個朋友。她會盡全力保護他。

「如果我說我沒讓任何人知道？」

「我不會相信妳的話。」瑟蕾娜終於瞥見車門，沒有巫婆的蹤跡。她停步，自己大約在車廂中間，這裡比較方便抓到對方——方便下手。

「真可惜。」黃腿婆婆說，瑟蕾娜將身子轉向這道虛空嗓音的源頭。這裡一**定**有暗門，但到底在哪？如果黃腿婆婆逃走、把鐸里昂的提問（天知道他到底問了什麼）還有她今天的提問說出去……

瑟蕾娜周遭的鏡中倒影挪移閃爍。她唯一要做的，就是下刀俐落，然後迅速逃走。

「如果，」黃腿婆婆低聲嘶吼：「獵人成為獵物，不知道多麼有趣？」

瑟蕾娜從眼角瞥見那駝背身影，一條鐵鍊垂於乾枯雙手。她迅速轉向老太婆，匕首朝她飛出——為了癱瘓對方，以便——

黃腿婆婆所站位置，只見鏡面粉碎，其後方傳來金屬敲擊聲，還有得意洋洋的刺耳笑聲。

雖然身為專業刺客，瑟蕾娜仍來不及彎腰，沉重鐵鍊已經掃向太陽穴，將她打趴在地。

第四十一章

鎧奧和鐸里昂站在露臺，看著馬戲團慢慢拆解。馬戲團明早就離開，到時鎧奧終於能將手下調回去做些正經事，例如確保城堡不再被刺客入侵。

但是鎧奧最緊要關頭的問題是瑟蕾娜。昨晚深夜，等身兼皇家圖書館員的鐸里昂終於回房休息，鎧奧返回圖書館，發現有人將一張張族譜紀錄隨意亂放，所以他花了不少時間按順序重新整理，結果發現自己盯著特拉森貴族的名單。

名單上沒有薩達錫恩這個姓氏，這倒不令他意外，他老早覺得那應該不是瑟蕾娜的真姓。所以他另外製作一份名單，列出她可能出自哪個世家，哪個貴族在特拉森被征服時可能有孩童，而這份名單正在他的口袋。至少有六個家族熬過那一劫……但如果她來自一個被滿門抄斬的家族？整理出名單後，他並沒有更清楚她到底是誰。

「所以，你把我拉來這裡，有沒有打算提出你想問的事情？還是你想讓我整晚享受屁股凍僵的感受？」鐸里昂說。

鎧奧挑起一眉，鐸里昂回以微微一笑。

「她還好嗎？」鎧奧問。他聽說他們倆共進晚餐——她半夜才離開他的房間。她是故意那麼做？為了氣他、讓他多痛一些？

「適應中，」鐸里昂開口。「她正在盡力適應。也因為我知道你拉不下臉發問，所以我直接告訴你答案：不，她沒提起你，我也不認為她會那麼做。」

鎧奧深吸一口氣。他該如何說服鐸里昂離她遠一點？這並非出自嫉妒，而是因為瑟蕾娜的危險程度恐怕超乎鐸里昂的想像。雖然只能說真話，但是……

「你父親對你的事情甚感好奇，」鐸里昂說：「每一次會議結束後，他總是向我問起你。我認為他希望你回去安尼爾。」

「我知道。」

「你會跟他走嗎？」

「你希望我走嗎？」

「這不是由我決定。」

鎧奧咬牙。他哪裡都不去，尤其因為瑟蕾娜在這，也不只是因為她的真實身分。「我對安尼爾領主的身分沒興趣。」

「人人垂涎安尼爾領地的權力。」

「我從不想要。」

「沒錯，」鐸里昂的雙手撐在露臺欄杆上。「你什麼都不想要，除了你現在這個職位，還有瑟蕾娜。」

鎧奧張嘴，早已想好一串藉口。

「你以為我瞎了眼？」鐸里昂問道，視線冰藍。「你以為我為什麼在冬至節舞會接近她？不是因為我想邀她跳舞，而是因為我多次注意到你們倆用何種眼神對望。不只如此，我還知道你對她有何感受。」

「你既然知道，但還是邀她跳舞。」他的雙手握拳。

「她有能力做決定，她也那麼做了。」鐸里昂一臉苦笑：「對我們倆做出決定。」

鎧奧平穩的吸口氣，撫平攀升的怒氣。「如果你有那種感受，又為何讓她繼續替你父王賣命？何不找個方法結束她的契約？還是因為你擔心如果放她走，她永遠不會回來你身邊？」

「如果我是你，我會注意自己的用字遣詞。」鐸里昂輕聲道。

但這是事實。雖然無法想像沒有瑟蕾娜的人生，但鎧奧知道自己必須讓她順利離開這座城堡。然而，他不知道這麼做是為了亞達蘭，還是為了她。

「如果我提起這種話題，我那喜怒無常的父王很可能因此懲罰我——連同她。但我確實同意你的看法，她不該被關在這。但就算如此，你還是要注意你的言論，」亞達蘭王儲瞪他，「而且想清楚你對誰效忠。」

換做以前，鎧奧或許會反駁。換做以前，他或許會說對君主效忠就是他最大的財富。但最近這些悲劇，就是因為那種愚忠盲從。

一切因此而毀。

瑟蕾娜知道自己只昏厥幾秒——但這足以讓黃腿婆婆用鐵鍊將她的雙臂反綁，綑於腰身。她感覺頭痛欲裂，血沿頸項流下，滲進外袍。狀況不算糟，她以前挨過更強烈的重擊，但她已被繳械，所有武器被丟在車內某處，包括藏於髮中、衣內和靴子的暗器。狡猾的老太婆。

所以她沒讓對方知道自己已經清醒，隨即突然挺起雙肩，頭拚命往後一甩。

骨裂聲傳來，黃腿婆婆嗥叫，但是瑟蕾娜已經轉身站起。黃腿婆婆連忙試圖抓起鐵鍊的另一端，動作迅如蝮蛇。瑟蕾娜一腳踩住兩人之間的一段鐵鍊，用另一腳踢向對方的臉。

黃腿婆婆被向後踹飛，身子輕盈得彷彿以風沙組成，摔進鏡子之間的陰暗處。

瑟蕾娜低聲咒罵，手腕因為冰涼的鐵鍊而疼痛，但她學過如何在更糟的情況逃生。艾洛賓曾把她從頭到腳綁起，就為了讓她學習如何掙脫，就算她因此整整兩天俯臥在自己的排泄物中，還讓肩膀脫臼才成功逃離。因此，不意外的，她在幾秒內就掙脫鐵鍊。

她從口袋扯出一條手帕，用這塊布料抓起一塊狹長碎鏡，利用鏡面反射照明，窺視黃腿婆婆倒下的位置——沒人在，只有一抹黑血。

「這五百年來，妳知不知道我把多少年輕姑娘困在這輛馬車裡？」黃腿婆婆的聲音傳遍四處，卻又彷彿沒有源頭。「妳知不知道我殺了多少克拉坎女巫？她們也是戰士——優秀而美麗的戰士，味道嘗起來彷彿夏草和涼水。」

確認黃腿婆婆是個藍血鐵牙女巫，這沒改變情況，她告訴自己——除了必須立刻找出更強大的武器。

瑟蕾娜掃視馬車，尋找黃腿婆婆、遺失匕首，任何能拿來對付那老太婆的東西。她的視線移向一旁牆上的架子，上頭擺放書籍、水晶球、紙張、瓶中死物……

如果稍微眨眼，瑟蕾娜就可能錯過那個物體。那東西覆以塵土，但仍在遠處爐火的照映下微微閃爍：一把單刃長斧，架在柴堆上方的牆面。

她淺淺一笑，將斧頭從牆面扯下。黃腿婆婆的身影在四周鏡面舞動，不知道到底在哪個位置觀察等候。

瑟蕾娜朝最近的一面鏡子揮動斧頭，然後另一面……再一面……

她曾聽一個朋友說過，殺死女巫的唯一方法，就是砍下對方的腦袋。

瑟蕾娜在鏡子之間穿梭，將其各個擊碎，老太婆的倒影逐一消失，直到本體立於瑟蕾娜和爐灶之間的步道，雙手拿著鐵鍊。

瑟蕾娜高舉斧頭。「最後一次機會，」她吸口氣：「答應我，永遠不把我和鐸里昂提出的疑問說出去，我就離開這裡。」

「我能嘗到妳的謊言。」黃腿婆婆回道，以這種年齡不該有的高速衝向瑟蕾娜，動作宛如蜘蛛，鐵鍊在指間甩動。

瑟蕾娜閃過第一道揮擊，但只來得及聽見第二擊。鐵鍊沒打中她，但打中一面鏡子，玻璃爆裂四濺。瑟蕾娜別無選擇，只能遮住眼睛，視線因此移開一秒。

一秒足矣。

鐵鍊捲住她的腳踝，造成刺痛和瘀傷，然後**用力一扯**。

眼前天旋地轉，瑟蕾娜失去平衡，摔倒在地。黃腿婆婆衝來，但是瑟蕾娜立刻轉身滾過碎玻璃，雖被鐵鍊纏腳，仍一手緊抓斧頭，直到臉擦過老舊地毯的粗糙纖維。

黃腿婆婆用力拉扯鐵鍊，又一道鞭擊聲傳來，金屬擊中瑟蕾娜的前臂，痛得她鬆開斧頭，她翻轉身子，以背觸地，被摔回地毯，仍被該死的鐵鍊糾纏，上方就是黃腿婆婆的鐵牙。

鐵爪掐住她的肩膀，陷進肌膚，傷口立刻滲血。「別動，妳這蠢姑娘。」黃腿婆婆嘶吼，伸手抓起一旁的鐵鍊。

瑟蕾娜拚命伸手想抓那把斧頭，距離指尖只有幾吋，地毯擦過指頭，手臂和腳踝痛得要命。只要能拿到斧頭……黃腿婆婆的牙齒朝瑟蕾娜的脖子撲來。

瑟蕾娜連忙閃向一旁，勉強躲過鐵牙，而且終於抓住斧頭。她因為舉斧的速度太快，斧頭的鈍邊撞上老太婆的臉。

黃腿婆婆被撞開，倒在一旁的一團棕袍上。瑟蕾娜連忙退後，高舉武器。

黃腿婆婆以雙手雙膝撐起身子，將黑血——其實是藍血——吐在老舊地毯上，眼神熾烈。「我會讓妳後悔被妳娘生下來，我也不會放過妳那位王子。」黃腿婆婆衝上前，看在瑟蕾娜眼中彷彿在飛行。

但她只來到瑟蕾娜的腳邊。

瑟蕾娜揮下斧頭，將渾身力氣灌注於雙臂。藍血四濺。

黃腿婆婆的頭顱落地，咚一聲滾轉停止，面帶微笑。

一片死寂，就連讓她冒汗的烈火似乎也悄然無聲。瑟蕾娜嚥口水，一次，兩次。

這件事不能讓鐸里昂知道。就算她想把他痛罵一頓——因為他問黃腿婆婆的事情居然重要得讓這巫婆想拿去賣給別人——還是不能讓他知道這裡發生什麼事。不能讓任何人知道。

當她終於恢復力氣、解下纏腳鐵鍊，這才發現自己的長褲和靴子沾染藍黑血漿。這身衣服又必須燒毀。她打量巫婆的屍體和染血地毯。雖然動作不算俐落，但現場也不算太凌亂。有人失蹤的消息總好過無頭屍體被發現。

瑟蕾娜的視線移向爐灶格柵。

第四十二章

她蹣跚走進墓穴時，莫特咯咯發笑：「我是不是該叫妳『屠巫者』？妳又多了一項可愛稱號。」

「你怎麼消息這麼靈通？」她放下蠟燭。她已經把一身血衣丟進房裡的壁爐，衣物燃燒時發出腐肉般的惡臭，正如黃腿婆婆的氣味。飛毛腿對著壁爐低吼，還用身子貼上瑟蕾娜的兩腿、催主人快快離開。

「噢，我能從妳身上聞到她的味道，」莫特說：「她的怒火和邪穢。」

瑟蕾娜拉開外袍領口，露出黃腿婆婆用指甲在鎖骨上方戳出的一道道小傷，雖然已經清理消毒，但她總覺得這些傷口會留疤。「你對這些傷痕有何看法？」

莫特臉龐扭曲。「我的看法是：幸好我是以青銅製成。」

「這些傷口會不會留下什麼後遺症？」

「妳殺了一個女巫——對方也在妳身上留下印記，這可不是普通皮肉傷。」莫特瞇起兩眼。「妳得知道，妳恐怕已經惹上一團大麻煩。」

瑟蕾娜沮喪得呻吟。

「黃腿婆婆是她氏族的領袖，」莫特解釋：「黃腿氏族消滅克拉坎家族後，便與黑喙氏族和藍血氏族結盟，形成鐵牙聯盟。直至今日，她們仍信守當年的誓言。」

「我以為那些女巫早已消失？」

「消失？克拉坎一族及其追隨者確實躲藏了數世代，但是鐵牙聯盟那些氏族成員仍如黃腿婆婆那般四處遊歷，雖然更多女巫選擇居住於世界上的各個廢墟死角、滿足於自己的下流勾當。我猜，等黃腿氏族得知族母被殺，她們應該會召集黑喙氏族和藍血氏族來向國王討個公道。妳最好祈禱她們別騎掃帚來把妳抓走。」

她皺眉：「但願你的判斷錯誤。」

莫特的眉毛微微下垂。「但願如此。」

瑟蕾娜在墓穴待了一小時，多次觀察牆面謎語，思索黃腿婆婆的話語。命運之鑰。命運之門……這些驚悚概念都太怪異而無法理解。而如果國王擁有命運之鑰──就算只有一**把**……

瑟蕾娜打冷顫。

確認無法從牆面謎語挖出更多答案後，瑟蕾娜拖著沉重步伐走回房間，迫切需要小睡。

至少她終於查出國王的力量源頭或許來自何方。但她仍需要更多情報，而且最關鍵的問題是：國王如果獲得三把鑰匙，接下來有何企圖？

她總覺得自己不會想知道答案。

但是圖書館的地下墓穴或許藏有答案。某一本書或許能讓她獲得解答，或許擁有她所需要的力量──能解開以魔法上鎖的物體。她也知道，只要開始尋找，那本《行屍走肉》將立刻出現在她眼前。

走向房間的半路上，她打消睡覺的念頭，返回墓穴取出達瑪利斯，以及其他能攜帶的上古兵器。

他不該來這裡。他這麼做是自找麻煩，可能引發一場激烈打鬥。而且如果瑟蕾娜再對他出手、真想要他的命，鎧奧還是願意將自己的命交給她。

他根本不知道該對她說什麼，但他必須說些什麼，就算只是為了終結讓自己不斷失眠、工作分心的那種寂靜和緊繃情緒。

她不在房裡，但他仍開門進去，漫步來到她的書桌旁，桌面跟鐸里昂的一樣凌亂，堆滿紙張和書籍。要不是因為注意到每一樣東西都寫上某種怪異符號，他原本想轉身離開。這些符號讓他想起競賽決鬥那天，她的額頭綻放某種火痕。隨著日子經過，他差點忘了那件事。那道火痕……是否跟她的過去有關？

他回頭一瞥，確認菲莉琶或瑟蕾娜不在場，接著開始翻閱桌上文件。只是塗鴉——這些符號以及畫底線的幾個文字，或許這只是塗鴉，他試著如此解釋。

正準備轉身時，他看到從一疊書籍突出的一張文件，上頭有許多人的簽名，而且筆跡工整。

鎧奧慢慢抽出這張厚紙，閱讀內容，立刻感到天旋地轉。

這是瑟蕾娜的遺囑，在娜希米雅死前兩天簽訂。

而且她將一切財產，沒放過任何一枚銅板，全部留給他。

感覺咽喉緊繃，他凝視財產的明細和總值，包括位於貧民窟一棟倉庫中的一戶公寓，以及寓中所有物品。

她將所有東西留給他，只註明一項請求：希望他能考慮留一些給菲莉琶。

「我不會改變遺囑內容。」

他連忙轉身，看到她斜靠於門框，交叉雙臂。雖然這種姿勢十分眼熟，但她表情冷漠。他鬆開指間文件。

他口袋裡的貴族名單突然沉重如鉛。他是不是太早下定論？或許她那晚唱的並不是來自特拉森的輓歌，或許只是他沒聽過的某種語言。

她以貓般眼神凝視他。「更改內容實在太麻煩。」她說道。她腰間是一把看來古老的美麗長劍，連同幾把他從沒見過的匕首。她從哪裡弄到這些東西？

千言萬語湧上舌間，他卻說不出話。那些錢——她將一切留給他，因為她對他的感情……就連鐸里昂也打從一開始就看出來。

「至少現在，」她從門框撐起身子，「等你因為辦事不力而被國王開除的時候，你也不用擔心日子怎麼過。」

他無法呼吸。她這麼做，並非出自慷慨，而是因為她知道如果他丟了工作，他就得考慮是否回去安尼爾、靠父親接濟，而他會因此失去自我。

但如果要讓他得到那筆錢，就必須等到她死後，必須確認她死亡，而且也不能以叛徒身分死去——如果她死時是叛徒，所有財產將被充公。

只有一種情況會讓她以這種身分死去，也就是他之前所擔心的：她跟那個祕密組織結盟，尋找艾琳．加勒席尼斯，而且返回特拉森。然而，這份遺囑暗示著她不打算那麼做，她不想重拾貴族身分，不想對亞達蘭或是鐸里昂帶來任何威脅。他又一次判斷錯誤。

「滾出我的房間。」她從玄關說道，隨即走入娛樂室，把門在身後甩上。

娜希米雅死時、他把瑟蕾娜丟進地牢時，甚至當她以陌生人的姿態把古雷夫的頭顱帶回時，他都沒落淚。

但他留下該死的遺囑、走出房門後，他根本走不回自己的房間，而是勉強來到一間掃帚櫥，躲在裡面啜泣不已。

第四十三章

瑟蕾娜站在娛樂室，凝視鋼琴，聽著鎧奧快步離去。

她已經幾星期沒彈琴。

一開始是因為她沒時間，因為亞奇、墓穴和鎧奧占據她的日常生活。之後，娜希米雅遇害——瑟蕾娜就再也沒踏進這個房間，不願看到這架樂器，不想再聽見或彈奏音樂。

瑟蕾娜把和鎧奧的這次見面推出腦海，慢慢掀起琴鍵蓋，撫摸象牙材質。

但她無法壓下琴鍵，無法讓自己彈出任何聲音。娜希米雅原本應該在這——幫忙處理黃腿婆婆和謎語的事情、建議她該如何面對鎧奧、面帶微笑的聽她彈奏有趣的小曲。

娜希米雅走了。而這個世界——沒了她，依然轉動。

山姆死時，她將他深藏於心，連同其他愛過的逝者。她極力隱藏他們的名字，甚至因此連自己也偶爾忘了他們如何稱呼。但是娜希米雅……不能被如此隱藏，彷彿她心中已經有太多逝者，太多英年早逝之人。

她不能以那種方式將娜希米雅封存，尤其因為那張染血床鋪和那句批評依然跟隨她的每個步伐、每個呼吸。

因此，瑟蕾娜只是不斷以指尖撫過琴鍵，讓寂靜吞噬自己。

一小時後，瑟蕾娜站在圖書館那道暗門前，樓上某處傳來鐘聲。她踏進祕密入口，沿螺旋階梯而下，永生精靈和花朵圖紋在反映火光的弧形石牆舞動，順著牆面消失於她的視線，深入下方的未知深淵。她幾乎立刻發現那本《行屍走肉》──棄置於幾疊書之間的一張桌上，彷彿正在等她。她只花幾分鐘就在書中找到一個宣稱能解開任何門鎖的咒語，她立刻牢記在心，在一道上鎖的掃帚櫥練習幾次。

第一次……和第二次聽到鎖頭成功解開時，她拚命克制尖叫的衝動。

難怪娜希米雅家族隱瞞這種力量，也難怪亞達蘭國王想據為己有。

往下凝視螺旋階梯的深處，瑟蕾娜觸摸達瑪利斯，然後一瞥腰間的兩把珠寶匕首。她不會有事的，也沒理由緊張，畢竟圖書館哪會有什麼魔物？

想必國王有更適合用來隱藏祕密的地點。最好的情況，她會發現更多線索，知道國王是否擁有命運之鑰、藏在何處。最糟的情況……她會碰上那晚在圖書館門口遇見的那名兜帽怪客。她相信當時在門縫發現的那雙發光眼眸一定是老鼠之類的生物──如此而已。而如果她弄錯了……好吧，不管那是什麼東西，既然她能解決滅絕獸，應該都不難處理吧？

應該吧。瑟蕾娜向前走，在轉折處停步。

空無一物，沒有恐懼感，沒有不尋常的跡象，什麼都沒有。

她不斷前進，沿螺旋階梯而行，直到回頭已經看不見上方。她總覺得牆面刻痕隨著她的步伐而移動，一張張美麗而狂野的永生精靈臉龐轉頭看她。

這裡只聽得見她的腳步和火炬燃燒。看到一條無人走廊，瑟蕾娜停步，一陣寒意爬過脊椎。

不久後，她再次來到那道上鎖的鐵門前。她沒讓自己考慮這個計畫是否可行，而是掏出粉筆，在門上畫出兩道命運之痕，邊畫邊默念所需咒語。咒語在她舌尖燃燒，等她說完後，她聽見微弱而沉重的金屬敲擊聲，門中某種機件滑動開啟。

她低聲咒罵。咒語確實有效。她不願去考慮這意味著什麼——這種力量居然能控制唯一對魔法免疫的鐵元素。而且《行屍走肉》裡有太多恐怖咒語，像是用來召喚惡魔、操控死屍，或是把人折磨得求死……

她用力拉動門把，門底刮過灰石地板，發出刺耳噪音，令她臉龐扭曲。一團混濁涼風擦過她的臉龐，搔動頭髮。她拔出達瑪利斯。

再三確認自己不會被反鎖在裡頭後，她向內走進。

手中火炬揭露出一條大約只有十階的小樓梯，通往另一條狹長通道。到處都是蜘蛛網和塵土，但令她停步的原因，並非因為這裡無人照料。

而是因為通道兩旁的十幾道鐵門，都跟她身後那道鐵門一樣不起眼，看不出門後有何名堂。在通道盡頭的門也是以鐵製成，在火炬照射下微微閃爍。

這到底是什麼地方？

她走下這條小樓梯。這裡無比寂靜，彷彿連空氣也屏住呼吸。

她高舉火炬，另一手緊握達瑪利斯，走向左手邊的一道鐵門，門上沒有把手，門板只畫了一條線，正對面的鐵門畫了兩條線，看來是一號門和二號門，左手邊是奇數，右手邊是偶數。

她繼續前進，點燃牆上一支支火炬，掃開層層蜘蛛網，兩旁數字也持續增加。

這是某種地牢？

可是地上沒有血跡、骨骸或武器，這裡甚至沒什麼臭味，只是布滿灰塵，而且乾燥。她嘗試開啟其中一道門，但門牢牢鎖上，每一道都打不開。某種本能警告她：讓這些門維持這樣。

她開始感到腦袋隱隱作痛。

走道似乎沒有盡頭，直到她來到盡頭的門，兩旁的門號分別是九十八和九十九。

這道門沒有任何記號。她把火炬放在門旁的托架上，然後抓住門環，試圖拉開。這道門比第一道輕盈許多，也被上鎖，但不同於走道兩旁的那些門，這道似乎**希望**她敲門——彷彿等著被開啟。所以瑟蕾娜再次念出解鎖咒語，用白骨般的粉筆在古老鐵板畫出符號，門無聲開啟。

*或許這是蓋文的地牢，建於布蘭農的年代。*這就能解釋為什麼上頭那條階梯牆面刻有永生精靈的圖紋。或許他建造這一道——這幾道鐵門——是為了囚禁埃拉魍的惡魔士兵，或是蓋文的兵團所捕獲的魔物……

她穿過這道門，邊走邊點燃牆面火炬，緊張得口乾舌燥，火光又揭露出一條小樓梯，向下通往某條走道。但這條樓梯轉往右方，而且更短，陰暗走道之中空無一物，兩旁只有更多上鎖的鐵門。這裡實在好安靜……

她繼續前進，來到盡頭的門。這條走道有六十六間房間，全都牢牢上鎖。她用命痕解開盡頭這道門。

她進入第三條走道，也是向右轉，而且更短，共有三十三個房間。

第四條走道也是向右轉，共有二十二個房間。隱隱作痛的頭疼現在成了劇痛，但這裡離她的房間太遠，而且**既來之**……

瑟蕾娜在第四條走廊盡頭門前停步。

這是條螺旋迷宮，就是想把妳引至地底深處……

她一咬脣，還是解了鎖。十一個房間。她加快腳步，迅速打開第五條走道的門。九個房間。

她在第六道門前停步，感覺到一種不同的寒意。

這裡是螺旋中心？

以粉筆接觸鐵門，準備畫出命痕時，本能反應警告她趕快逃走。她雖然想逃，但還是開了門。

她點燃的一排火炬揭露出一條遺棄多年的短走道，部分牆面已經凹陷，木梁也岔裂。蜘蛛網延展於斷木之間，被石磚或斷柱刺穿的碎布隨微風搖曳。

這裡死過人，而且就在不久前。如果這個地方建於蓋文和布蘭農的年代，碎布應早已化成塵埃。

她觀察走道兩旁的三個房間，走道盡頭也是一道門，因為只剩一塊鉸鍊而歪斜，門內只有一片黑暗。

但引起她注意的是第三個房間，其鐵門因遭受撞擊而凹陷摺起，卻不是從外頭被撞。

瑟蕾娜把達瑪利斯舉在身前，面向敞開的房間。

不管裡面原本關了什麼東西，也早已逃離。

她用火炬迅速往門口一掃，沒發現什麼東西，只看到骨頭，一堆骨頭，大多已經碎不成形。

她立刻把注意力移回走廊，沒發現異狀。

她小心翼翼踏進房間。

鐵鍊垂於牆面，鐐銬部位斷裂。深色石牆覆以白痕——幾十組又長又深的四條平行痕跡。指甲造成的抓痕。

她轉身面向破碎房門，門上也是無數痕跡。

怎麼有人能在石牆鐵板劃出這種痕跡？

她打冷顫，立刻走出房間。

她瞥向回頭路，通道因為牆面火炬而發光，她再瞥向前方的黑暗深淵。

妳即將抵達螺旋中心。去看看也好……說不定能發現什麼線索。反正伊琳娜也要妳去尋找線索……

她揮動達瑪利斯幾下——當然，只是為了活動筋骨。她轉轉脖子，繼續往前探索。

這裡沒有火炬托架。打開第七道門，只看到一條短走道和一道敞開的門——是第八道門，其兩旁牆面受損而且布有爪痕。她的腦袋悸痛，但在她靠近門時平息下來。

門後是一道向上的螺旋階梯，又長又陡，盡頭籠罩於一團黑影。

但到底通往哪裡？

這條樓梯間散發惡臭，她緊抓達瑪利斯，開始沿階梯而上，小心避開散落一地的碎石。

她不斷往上爬，慶幸自己身手不錯。雖然頭疼持續加劇，但來到頂端時，她忘了疲憊和痛楚。

她舉起火炬，周遭是閃閃發亮的黑曜石牆，不斷向上延伸，高聳得她根本看不到天花板。

她在某種建築物之中，在某種塔樓底部。

她凝視組成牆壁的怪異石材，綠藤蔓在火炬照射下閃爍。她見過這種石材，就在——

國王的戒指上、帕林頓的戒指上，還有凱因的……

她觸摸石牆，渾身顫抖，頭疼得不禁作嘔。伊琳娜之眼發出一陣藍光，但立刻熄滅，彷彿被石牆吸收吞噬。

她蹣跚退向階梯。

諸神在上，這到底是什麼地方？

彷彿做為回應，一道震耳巨響貫穿塔內，把她嚇一跳。這個聲音不斷迴響，帶有金屬質感。

她將視線移向上方黑淵。

「我知道這是哪裡。」巨響平息時，她喃喃自語。

鐘樓。

第四十四章

鐸里昂凝視這條古怪的螺旋階梯。看來，瑟蕾娜發現了圖書館底部的地下墓穴，她當然做得到，全艾瑞利亞只有她能發現那種傳奇古蹟。

他原本打算去吃午餐時，看到瑟蕾娜背著一把劍、昂首闊步進入圖書館。要不是因為注意到她綁起頭髮，他原本不打算騷擾她。瑟蕾娜**從不**綁頭髮，除非面對戰鬥或是髒活。

這不是為了偷窺，鐸里昂只是感到好奇。他跟蹤她，穿過一條條古老通道，保持充分距離，維持腳步無聲，正如鎧奧和布羅幾年前教過他的技巧。瑟蕾娜進入那道階梯時，回頭以警覺的目光確認後方無人。

沒錯，瑟蕾娜心懷某種計畫，因此鐸里昂在外頭等候。一分鐘……五分鐘……十分鐘過後，他決定跟進去，打算假裝跟她巧遇。

結果他發現什麼？只有一堆垃圾，四散各處的老舊羊皮紙和書籍。這個角落的盡頭又是一條螺旋階梯，跟先前那條以同樣方式照明。

他打冷顫，心中有不祥預感。瑟蕾娜在這做什麼？

彷彿做為回應，他的魔力提出警告、要他速速離開此地——去找人來幫忙。但是圖書館主廳距此已有相當距離，他在往返的時間內，這裡很可能出事——或許已經出事……

鐸里昂迅速沿階梯而下，發現一條照明微弱的走廊，盡頭的門開著，門上有兩道以粉筆畫出的符號。看到門後走道兩旁都是小房間，他僵住。不知道為什麼，鐵門散發惡臭——而且令他的腸胃翻攪。

「瑟蕾娜？」他朝走道盡頭呼喊，但無人回應。「瑟蕾娜？」毫無反應。

他必須叫她趕快離開這裡。無論這是哪裡，顯然不是他們應該來的地方。就算他血中魔力尚未出現激烈反應，他也應該知道這點，他必須帶她離開此處。

鐸里昂走下階梯。

瑟蕾娜半跑半跳的衝下階梯，盡快離開鐘樓內部。雖然在和凱因的決鬥中看見那些亡靈已經是幾個月前的事，但被那傢伙撞在塔樓黑牆上的記憶依然猶新。她還能看見那些亡靈對她咧嘴笑，也想起伊琳娜在薩溫節提過鐘樓上的八名守護者、叫她迅速逃離。

她頭痛欲裂，幾乎無法將精神集中於腳下階梯。

這裡到底關過什麼樣的生物？顯然與蓋文或布蘭農無關。或許地牢是建於那個時代，但這座鐘樓……幕後黑手果然還是現任國王，畢竟是他下令建造鐘樓，材質是——

此黑曜石乃諸神所禁，
令諸神膽顫心驚之石。

可是——鑰匙怎麼可能這麼巨大？怎麼會是鐘樓這種龐然大物？不可能……

瑟蕾娜來到階梯底部，凝視受損牢房的那條走道，不禁渾身僵硬。

所有火炬都被熄滅。她回頭瞥向鐘樓，其內部黑影似乎正在擴張、朝她而來。她並非獨自一人。

她緊抓手中火炬，保持呼吸平順，沿荒廢走道慢慢前進。沒有任何動靜聲響，看不出此處有第二人，可是……

走到一半，她再次停步，放下火炬。她已在所有轉角處做了記號，來這裡的路上也在心中計算走了幾步。她知道如何在黑暗中前進，就算矇著眼睛也回得去。如果確實有第二人在場，她的火炬反而成了信號燈，她實在沒心情成為被襲擊的目標。

她用鞋跟踩熄火炬。

周遭一片黑暗。

她舉高達瑪利斯，適應黑暗，但這裡並非完全漆黑，她的護符綻放微光，讓她勉強能看見昏暗輪廓，彷彿就連伊琳娜之眼也無法征服周遭黑暗。她頸後寒毛豎起，護符唯一一次如此發光是在……她不敢轉身，而是用另一手摸索，慢慢退向圖書館。

她聽見指甲刮過石牆，還有呼吸聲。

不屬於她的呼吸聲。

牠從漆黑牢房向外探視，以手爪拉緊身上的披風。食物，這幾個月來牠第一次發現食物。她真溫暖、充滿生命力。她繼續摸黑撤退的同時，牠悄悄溜出她已經路過的牢房。

他們玩膩了牠，把牠關在這裡等死，漫長歲月中，牠遺忘了不少事情，像是自己的名字、往日的身分，但也學會許多有用而美好的事情，像是如何狩獵、如何覓食、如何用那些符號操控門板。在牢中多年，牠用心觀察他們使用那些符號。

他們離去後，牠依然耐心等候，直到確認他們不會再回來，直到確認**那名男子**已經把其他東西帶走、前往別處尋找，牠才開始一一打開那些門。牠仍保有一絲人性，知道哪些門不能開，知道回來這裡時必須畫符號鎖門、不讓那東西出來。

但她來到這裡，她知道如何使用那些符號，這表示她一定知道那東西的遭遇，她一定是施虐者之一。既然她來到這……

牠躲進一處陰影，等她走進牠的埋伏。

瑟蕾娜停步屏息，周遭一片寂靜。

她周身藍光愈加明亮。

她一手貼於胸口。

護符綻放強光。

過去幾星期，牠暗中觀察住在上頭的那些男子，思索他們嘗起來不知道是何味道，但那些人總是被那團該死的光明包圍，令牠敏感雙眼刺痛的光明。總是有某種原因讓牠逃回牠所熟悉的石牆內。

長久以來，牠唯一的食物來源只有老鼠和爬蟲，這種東西根本沒多少血肉，而且味如嚼蠟。但這名女子……牠以前見過她兩次；第一次時，牠也看到她咽喉部位發出那種微弱藍光。至於第二次，那不算**看到**她，而是從鐵門內側**聞到**她。

在地面樓層，那道似乎充滿強大力量的藍光足以使牠保持距離，但在地底，在這些會呼吸的黑石之影中，那道光芒格外黯淡。既然牠已熄滅她點燃的所有火炬，就再也沒有誰能阻止她，沒有誰能聽見她的呼救。

就算記憶有些錯亂，牠仍沒遺忘自己當年躺在那面石桌上所受到的對待。

牠微笑，嘴角流涎。

伊琳娜之眼如火焰般耀眼，瑟蕾娜能聽見自己的心跳聲。

她轉身，尚未看清楚身後這個披風形體，手中利劍已經按本能出擊。她只瞥見一個皮膚乾枯、短牙如鋸的生物，達瑪利斯已經劃開牠的胸膛。

牠尖叫——她從沒聽過這種叫聲，對方的襤褸衣衫裂開，露出削瘦畸形、布滿疤痕的胸膛。牠倒下的同時以一隻手爪揮向她，雙眸反映護符的光芒——動物的眼睛，能在黑暗中視物。

這就是她在圖書館門口遇到的怪客——怪物，原本躲藏於某道鐵門之後。還來不及看清楚手中長劍傷及對方何處，她已經倒地，鼻血直流、灌進嘴裡。她蹣跚站起，迅速衝向圖書館。

她躍過倒在地上的梁柱和石塊，讓伊琳娜之眼的光芒照亮道路，踩過地面碎骨時差點跌倒。怪物朝她衝來，將路面障礙物如薄紗般擊碎。牠如人類般站立，但不是人類——那張醜惡臉龐彷彿出自夢魘。而且牠的力量，把那些梁柱如麥穗般掃向一旁……

層層鐵門是為了關住牠。

她卻將封印全數解開。

她跑上短階梯，衝過第一道門，轉向左方時，外袍後襬被牠拉住，布料撕裂，她撞上對側牆壁，對方衝來時連忙蹲下。

達瑪利斯一閃，怪物咆哮後退，腹部傷口噴出黑血，但這道揮擊不夠深。

她連忙站起，爪子造成的傷口滲血，沿背脊而下，她用另一手拔出匕首。

怪物的兜帽脫落，臉龐似乎是一名男子——原本曾是。他的頭髮稀疏糾結，垂於光亮頭皮，而那張嘴唇……嘴邊太多傷口，彷彿被不斷扯裂又縫合……

怪物以一隻枯手摀住腹部，咬緊一口破爛棕牙喘氣，盯著她——**看著**她，目光中的強烈仇恨令她動彈不得，那種表情真像人類……

「你**到底**是什麼？」她倒抽一口氣，揮動達瑪利斯，再後退一步。

怪物突然將手爪揮向自身，扯裂深色長袍，拔出頭髮，擠壓腦袋，彷彿想從裡面掏出什麼東西。牠發出的尖嘯充滿怒火和絕望——

怪物曾出現在**城堡走廊**。

這表示……

這東西……人類——也會使用命運之痕。牠力大無窮，沒有任何物理屏障能關住牠。

怪物抬起頭，又以如獸雙眸盯著她，這名掠食者正在幻想眼前獵物是何滋味。

瑟蕾娜轉身拚命逃跑。

鐸里昂才剛穿過第三道門，就聽到某種非人類的尖嘯。一串撞擊聲在通道迴響，咆哮聲因為那種撞擊聲而中斷。

「瑟蕾娜？」鐸里昂朝聲源吶喊。

又一道撞擊聲。

「瑟蕾娜！」

然後──「**鐸里昂，快逃！**」

瑟蕾娜下達這道命令後，一道高頻率尖嘯傳來，撼動石壁，牆面火炬劈啪作響。

鐸里昂抽出細劍，臉龐滴血的瑟蕾娜快步衝上階梯，用力把鐵門在身後砸上。她衝向他，一手握劍，一手持匕，頸上護符散發熾烈藍光。

瑟蕾娜在一秒內來到他面前，兩人身後的鐵門猛然開啟，然後──

從中衝出的怪物並非來自這個世界──不可能。牠的模樣似乎原本是人類，但扭曲乾枯而破碎，渾身每一根凸骨都顯示飢餓與瘋狂。**諸神在上，諸神慈悲**。她到底弄醒了什麼樣的怪物？

兩人快步跑過走廊，鐸里昂咒罵，觀察通往上方另一道門的階梯，爬上去所需要的時間……

但是瑟蕾娜身手敏捷，過去幾個月的訓練使她更為強壯。兩人踩上第一梯的時候，她揪住他的衣領，以半拖的方式把他拉上階梯，再把他丟進門後走廊，這令他永生羞愧。

追擊的怪物發出尖嘯。鐸里昂轉身，看到牠跳上階梯，亮出一口爛牙。瑟蕾娜以電光石火之速將鐵門甩在怪物臉上。

只剩一道門——他能看到階梯那面轉折處，那裡通往第一條走道，之後就是那條螺旋階梯，然後第二條階梯，然後——

回到圖書館之後呢？他們要如何對付這怪物？

看到瑟蕾娜臉上全然的恐懼，鐸里昂知道她也有相同疑問。

瑟蕾娜先把鐸里昂丟進走廊，自己才後退，用背脊撞上最後一道將怪物和圖書館隔離的鐵門。她用全身體重頂住，怪物從另一側拚命撞門，把她撞得眼冒金星。老天，牠力氣真大，狂野而且毫不退讓……

有那麼一刻，她被撞得蹣跚，牠試圖推門而入，但她連忙再次用背脊抵住。

怪物因為手被門縫夾住而咆哮，利爪伸向她的肩膀，不斷用力掙扎。她不斷推擠，未停的鼻血和肩傷的血混合。

鐸里昂衝向門，也用背脊頂住，氣喘吁吁而目瞪口呆的盯著她。

他們必須守住這道門。就算這怪物擁有足夠智力使用命運之痕，他們也必須盡量爭取時間——她必須讓鐸里昂及時逃走。兩人的力氣即將耗盡，這怪物即將破門而入，殺害他們倆和任何經過的人。

這道門一定有某種鎖頭，能以某種方式封鎖，只要能稍微拖住牠……

「**用力推**。」她朝鐸里昂低語。怪物又得逞一吋，但瑟蕾娜用兩腿的力氣拚命頂住。牠又發出咆哮，刺耳得讓她以為自己的耳膜破裂。鐸里昂咒罵連連。

她瞥他一眼，甚至感覺不到利爪陷進皮肉造成的痛楚。汗水沿鐸里昂的額頭流下，這時……

金屬門板的邊緣開始加熱，燙得發紅、嘶嘶作響——

魔法正在發揮作用、試圖封閉這道門，這股力量並非出自她。

鐸里昂因集中精神而緊閉雙眼，臉龐蒼白。

她的判斷正確，鐸里昂**確實**擁有魔力，這就是黃腿婆婆想賣給最高出價者的情報，就算賣給國王也無所謂。這項情報恐怕會改變一**切**，改變世界。

鐸里昂能操控魔法。

他如果再不停手，就會因此耗盡體力。

這道鐵門令鐸里昂窒息，彷彿被困在一口密封棺材內，體內魔力無法呼吸，肺臟也無法呼吸。

瑟蕾娜咒罵的同時，怪物持續入侵。鐸里昂甚至不知道自己在做什麼，只知道自己**必須**封住這道門，魔力自己會選擇該以什麼方式呈現。他以雙腿、背脊和魔力不斷頂住門，試圖將門焊起。暈眩、高溫、窒息……

魔力不斷從他體內釋出。

怪物用力推擠，鐸里昂腳步蹣跚，連忙恢復平衡的同時，瑟蕾娜更用力抵住門。

瑟蕾娜的長劍躺在幾呎外，但取回兵器又有何用？

他們不可能逃過此劫。

瑟蕾娜的視線對上他的眼睛，染血臉龐清楚表達一個訊息：

我到底做出何種蠢事？

肩膀仍被怪物的手爪擒住，瑟蕾娜絲毫無法動彈，這時鐸里昂突然向達瑪利斯撲去。怪物再次試圖破門而入，王子揮劍，正中牠的手腕。牠的尖嘯聲刺入她的骨頭，但鐵門也立刻牢牢關上。瑟蕾娜身子搖晃，那隻斷手仍掛在她肩上，但怪物又朝門撞來，她立刻再次抵住門。

「牠到底是什麼東西？」鐸里昂咆哮，用全身體重抵住鐵門。

「不知道，」瑟蕾娜吸口氣。這裡可沒有治療師在一旁待命，她只能從肩膀取下骯髒斷手，強忍尖叫。「牠來自暗道深處。」她喘氣，門對側又傳來一道撞擊。「這道門無法以魔法封鎖，我們需要——用其他方法封上。」而且也必須找到某種方法讓這怪物所知的解鎖咒語無法加以開啟——讓牠無法逃離。滲進口腔的鼻血令她窒息，她把血吐在地上。「有一本書——《行屍走肉》，裡面會有答案。」

兩人互望。某種情緒緊繃於兩人之間——傳達信任，傳達一定會找到解決方法。

「那本書在哪？」鐸里昂問。

「圖書館裡，它會找到你。我能靠自己的力量再撐一陣子。」

無需徹底聽懂這番話，鐸里昂衝上階梯，跑過一排排書架，指尖掃過一本本書名，持續加速，因為他知道她的力量正在一秒秒減弱。沮喪得想怒吼時，他跑過一張桌子旁，看到一本黑色大書。

《行屍走肉》。

她說得沒錯。雖然常令人覺得莫名其妙，但她為何總是判斷正確？他抓起書，衝回暗門。她已經閉上眼，咬緊染血牙根。

「拿去。」鐸里昂遞出書本。沒等她要求，他已經用身子撐住門。她癱坐在地，以顫抖的雙手翻閱書本，鼻血滴在紙上。

「『如欲束縛或控制』……」她朗讀內容。鐸里昂低頭瞥向書上的幾十道符號。

「這真的有用？」他問。

「希望如此。」她喘道，站起身，一手緊抓攤開的書。「等這個咒語施展完畢，只要牠通過這道門，就會被永久定身。」她將指尖伸向胸前傷口，沾染血水，他只能驚訝的看著她把自身當成墨水瓶，在鐵門畫下一道道符號。

「但要讓牠通過這道門，」鐸里昂氣喘吁吁，「我們就必須——」

「開門。」她幫他說完，點個頭。

他挪開，讓她在他頭上的位置畫符，兩人的吐息交錯混雜。

瑟蕾娜長長吐口氣，畫出最後一道符號，所有符號突然綻放微弱藍光。他的身子仍撐在門上，就算他感覺鐵板開始變得僵硬。

「你可以放開了，」她低聲道，將劍對準門板。「放開，然後趕快躲到我身後。」

至少她沒以「叫他先逃」的方式侮辱他。

他再吐一口氣，然後跳向一旁。

怪物立刻將門撞開。

然後，正如她所說，牠僵在原地，瞪大雙眸，頭探進走道。鐸里昂似乎看到瑟蕾娜和怪物對望一秒——那種狂野氣氛接著平息下來，片刻後，瑟蕾娜做出行動。

劍脊反映火炬，隨即是斷肉碎骨聲。怪物的脖子厚得無法一次斬斷，鐸里昂還來不及呼吸，她再次揮劍。

頭顱咚一聲落地，黑血從斷頸噴出，軀體仍立於門道。

「媽的，」鐸里昂低聲咒罵：「媽的。」

瑟蕾娜再次移動，將劍往下一刺，插穿頭顱，彷彿她以為這東西還會咬人。

鐸里昂仍在咒罵連連時，瑟蕾娜用指尖擦向門面其中一道血符。

定身咒語被打破，無頭身軀倒下。

牠倒下的同時，瑟蕾娜已經揮出四劍：前面三劍將瘦骨如柴的身軀劈成兩截，第四劍刺進常人心臟所在位置。他感覺膽汁再次翻到喉頭，看著她揮出第五劍、挖開怪物的胸腔。

無論她看到什麼，她的臉色變得更蒼白。鐸里昂撇開視線。

她以超高效率將人類般的頭顱踹向門口、撞上怪物的乾枯屍身，然後用力關上鐵門，在門板再畫幾道符號，符號發光，接著消退。

瑟蕾娜面向他，但他看著關上的鐵門。

「那個……**咒語**能撐多久？」他差點被這個字眼嗆到。

「不知道，」她搖頭。「大概直到我擦掉那些符號。」

「我覺得，最好別讓其他人知道這裡發生什麼事。」他小心翼翼說道。

她哈哈大笑，笑聲有些狂野。讓其他人知道，就算是鎧奧，也意味著必須回答很難回答的疑問，很可能把他們倆送上斷頭臺。

「所以，」瑟蕾娜把嘴裡鮮血吐在石地上，「你先解釋你為何在這？還是我先？」

瑟蕾娜先開始，因為鐸里昂迫切需要換下一身汙穢外袍，而且他在房裡更衣室赤身裸體時，這種尷尬氣氛似乎適合以談話沖淡。她在他的床鋪坐下，自己的模樣沒比他好多少，這就是為什麼他們倆剛剛是從昏暗的僕人通道返回他的塔樓。

「看來圖書館底下有一座古代圖書館。」瑟蕾娜開口，試著盡量讓嗓門柔和。她從更衣室半開的門瞥見他的光亮肌膚，連忙轉開視線。「我認為……我認為有人把那隻怪物關在那，牠後來逃出牢房，一直在圖書館底下生活。」

她不用明說，他也知道她猜那是國王**製造**出來的怪物。鐘樓就是國王所建——所以國王一定知道那隻怪物的存在。她知道怪物是被製造出來，因為牠胸腔裡是人類的心臟。瑟蕾娜也敢打賭，國王用了至少一把命運之鑰來製造那座鐘樓和怪物。

「我不明白的是，」鐸里昂的聲音從更衣室傳來，「為什麼那怪物剛剛能逃出牠以前逃不出的層層鐵門？」

「因為我這個白痴在穿過那些鐵門時破壞了門的封印。」

這算是個謊話。但她不願解釋，也**無法**解釋，為什麼怪物之前溜出地道卻沒傷害任何人？

今天卻破例？牠那晚為何在圖書館外的走廊出現又消失？牠為什麼沒對館員們出手？

但或許那怪物並沒有完全喪失原先有過的人性。現在有太多疑問——太多事情沒獲得回答。

「還有妳剛剛在門上施展的咒語，那會永久存在？」鐸里昂出現，換上新外袍和長褲，但依然赤腳。看到他的腳，她產生某種詭異的親密感。

她聳個肩，克制擦抹染血髒臉的衝動。他提議讓她使用他的私人浴室，但她拒絕，**這**也感覺太親密。

「書上說那是永久有效的束縛咒語，所以我不認為除了我們倆以外有誰能穿過那道門。」

除非國王想進去，而且使用其中一把命運之鑰。

鐸里昂抓抓頭髮，在她身旁的床位坐下。「那怪物到底從哪來的？」

「不知道。」她說謊。她想起國王的戒指，但那不可能是命運之鑰——黃腿婆婆說過那些鑰匙是碎裂黑石，也無法被重鑄。但他可能就是用命鑰的力量來改變鑰匙本身的造型。此刻，她明白亞奇那幫人為何極力試圖找出而且摧毀命鑰，因為如果國王能用鑰匙**製造**怪物……

而且數量**源源不絕**……

圖書館地底有那麼多牢房，至少超過兩百間，全都被上鎖。而且，嘉爾黛和娜希米雅都提過所謂的振翅聲——在夢中聽過那些飛越菲力安峽谷的生物。國王在那裡到底有何祕密活動？

「告訴我。」鐸里昂追問。

「我不知道。」她又說謊，也因此痛恨自己。她要如何讓他明白一個可能讓他所愛的一切粉碎的真相？

「那本書，」鐸里昂問：「妳怎麼知道書中或許有解決辦法？」

「我以前在圖書館發現那本書，應該說，那本書似乎……跟蹤我，居然莫名其妙出現在我房中，然後又回到圖書館……裡面都是那種咒語。」

「但那不是魔法。」鐸里昂臉色蒼白。

「不是你擁有的那種魔法，那種力量不一樣，我原本甚至根本不確定那道咒語有沒有效。說到這點，」她凝視他的眼睛。「你擁有……魔法。」

他打量她的臉，她逼自己別扭來扭去。

「妳希望我說什麼？」

「說你怎麼會有魔法，」她吸氣：「為什麼全天下只有**你**有魔法。你是如何發現的，而且那是什麼樣的魔法。把一切都告訴我。」他開始搖頭，但她俯身向前。「你剛剛目睹我違反你父王訂下的一堆規矩。我知道你不會把那些事抖出去，你認為我會讓他知道你這個祕密？」

鐸里昂嘆氣。過一會兒，他開口：「幾星期前，我……脾氣失控。我氣沖沖走出議會，在某條無人走廊捶牆，石牆居然裂開，一旁的窗戶也因此粉碎。從那時候起，我就試著弄清楚這股力量到底從何而來，而且到底是**什麼樣**的力量，還有如何加以控制。但那種力量就那麼……發生了，就像——」

「就像你用那種力量阻止我殺鎧奧。」

他用力嚥口水，頸部肌肉因此跳動。

她開口，無法看著他的眼睛。「謝謝你當時那麼做，要不是因為你介入，我……」無論她和鎧奧之間有何過節，無論她現在對他有何感受，如果她那晚殺了他，那將永遠無法挽回。某方面來說，她會因為奪走鎧奧的命而變成圖書館那種怪物。想到這點，她作嘔難耐。「不管你的魔法到底是什麼樣的力量，你在那晚救的不只有鎧奧。」

鐸里昂挪挪身子。「我還是需要學習如何控制──否則可能在不適合的場所爆發……在任何人面前爆發。我到目前為止都很幸運，但我不認為這種運氣能持續多久。」

「還有其他人知道嗎？鎧奧？羅蘭？」

「不，鎧奧並不知道這件事，而羅蘭不久前才跟帕林頓公爵出城，他們會在莫拉斯待幾個月，為了……監視伊爾維的情況。」

一切必定彼此相連：國王、魔法、鐸里昂的力量、命運之痕，甚至包括圖書館那隻怪物……鐸里昂走向床鋪，抬起床墊，抽出一本藏起的書。這不是最適合藏東西的地點，但他的精神可嘉。「我查閱了亞達蘭皇室族譜，過去幾代中根本沒幾個人會使用魔法。」

她有許多事情可以告訴他，但如果說出來，只會引來對方太多疑問，所以她只是打量他拿出來的文件，一張張翻閱。

「且慢。」她將手伸向書，肩傷傳來刺痛。她掃視他翻到的文件，看到一條線索顯示國王有何計畫，心臟因此急促跳動。她讓他繼續翻下去。

「所以，」鐸里昂闔上書，「我不確定我的力量到底從何而來。」

他仍在小心翼翼的看著她。她回視他，低聲道：「十年前，我……我愛的許多人因為擁有魔力而被處決。」他的眼中夾雜痛苦和罪惡感，但她繼續說下去：「所以你能明白，我完全不想再看到有誰因此被殺，就算是當年那名幕後凶手的兒子。」

「抱歉，」他輕聲說：「所以我們接下來該怎麼辦？」

「吃頓大餐，找個治療師，然後洗個澡。按此順序。」

他嗤笑一聲，開玩笑的用膝蓋輕輕頂她。

她俯身向前，把雙手夾在膝間。「我們只能等候──而且注意那道門、確認沒人試圖進入，然後……過一天算一天。」

他牽起她的雙手，凝視窗外。「過一天算一天。」

第四十五章

瑟蕾娜並沒去用餐、洗澡或是找治療師處理肩膀，而是迅速前往地牢，甚至沒瞥路過的衛兵們一眼。雖然感到虛脫，但恐懼令她前進、快步衝下樓梯。

*他們想利用我，他們騙了我，*嘉爾黛曾如此說過。鐸里昂發現的那本亞達蘭皇室族譜指出朗皮耶家族擁有最深厚的魔法淵源，但這種力量已在兩代前消失。

嘉爾黛當時說過：*有時候，我認為是他們刻意帶我來這裡。不是為了讓我嫁給帕林頓，而是另有目的。他們想利用我。*

他們把嘉爾黛帶來這裡，正如當初把凱因帶來這裡。凱因來自白牙山脈，當地部落長年由強大的薩滿統治。

她走過熟悉的地牢通道，來到嘉爾黛的牢房前，凝視鐵條之間，緊張得口乾舌燥。房中無人，只見瑟蕾娜提供的那件披風被丟在凌亂的乾草堆中，嘉爾黛似乎在被帶走前做出一番掙扎。

瑟蕾娜立刻來到衛兵崗位，指向嘉爾黛的牢房。「嘉爾黛呢？」她開口的同時，突然想起一道回憶，那道回憶因為她曾在地牢喝下鎮靜劑而模糊。

衛兵們面面相覷，看著她一身汙穢血衣，其中一人開口：「公爵把她帶走了——帶去莫拉斯，準備跟她成親。」

她大步離開地牢，返回自己的房間。

某物即將到來，嘉爾黛曾如此喃喃自語，我將負責迎接。

他們鼓勵那些烏鴉飛過這兒。

我的頭疼一天比一天嚴重，滿腦子都是那些翅膀拍打聲。

瑟蕾娜差點在樓梯上絆倒。鐸里昂幾天前對她說過：羅蘭最近深受頭疼所苦。擁有赫威亞德血統的羅蘭也去了莫拉斯。

前去？還是被帶去？

瑟蕾娜摸摸肩膀，感覺到衣服底下的滲血傷口。那隻怪物曾擠壓腦袋，彷彿被痛楚所擾。當牠破門而入、被定身的幾秒中，她在牠那雙扭曲眼眸中看到某種人性──表達安心，也因為她即將終結他的生命而表達感激。

「你到底是誰？」她喃喃自語，想起那隻怪物的人類心臟和身軀。「他對你做了什麼？」

但瑟蕾娜總覺得自己大概已經知道答案。

因為命運之鑰的能力之一，就是透過命運之痕操控「生命」。

娜希米雅曾說過：菲力安峽谷的民眾也能聽見振翅聲。我們派去的斥候沒一個回來。

國王操控的不只是凡人，而是更糟糕的對象。但他打算拿他們怎麼辦──那些怪物，還有像羅蘭和嘉爾黛那些人？

她需要查明他到底弄到幾把命運之鑰。

剩下的鑰匙在哪。

隔天晚上，瑟蕾娜查看通往圖書館地下墓穴的暗門，豎耳傾聽門後是否有任何動靜。完全靜止。

血繪命痕早已凝固，但其下層是符號的黑色輪廓，彷彿焊於鐵板。鐘樓的模糊巨響從遙遠上方傳來，現在是凌晨兩點。為什麼沒其他人知道鐘樓底下就是國王用來進行祕密勾當的古地牢？

瑟蕾娜怒瞪這道門。因為誰**料得到**這種可能性？

她知道自己應該回房睡覺，但她已經失眠幾星期，也不打算勉強自己。這就是她為何下來這裡：找些事情做，同時整理混亂思緒。

她翻轉右手的匕首，往門縫內輕輕扳動。

門絲毫不動。她暫停，確認沒聽見任何生物在場，然後加強勁道。

門依然不動。

瑟蕾娜再試幾次，甚至還把腳撐在牆上，但門依然緊閉。確認**沒有任何東西**能通過這道門——無論從內或從外——她長長吐一口氣。

就算她把這裡的事情說出去，也不會有人相信，正如不會有人相信命運之鑰的故事。想找到命運之鑰，她就必須先解開謎語，然後說服國王讓她離開幾個月，甚至幾年，那將需要不少巧思，尤其因為他似乎已經擁有其中一把。但到底是哪一把？

他們聽見振翅聲……

黃腿婆婆說過，只有集合三把鑰匙才能開啟命運之門，不過鑰匙本身就擁有強大力量。國王能利用鑰匙造成什麼樣的恐怖災難？如果他得到三把鑰匙，會讓什麼怪物來到艾瑞利亞？這片大陸已經開始出現不少反對聲浪，她感覺國王不會再多加容忍，遲早會將圖書館那種怪物釋放全地，徹底殲滅所有反抗勢力。

瑟蕾娜凝視封起的門，感到腸胃翻攪。門底一灘半乾血跡，色澤黑如油汙。她蹲下身子，用指尖抹過血泊，嗅聞幾下，差點因為惡臭而嘔吐。她把血汙往拇指上搓，觸感和氣味一樣充滿油膩感。

她站起身，手伸進口袋，想找東西擦手，結果掏出一把紙張，其實應該算是廢紙——她隨身攜帶，有空就稍微研究寫在上頭的筆記。她皺眉，翻閱紙張，查看哪張可以拿來當衛生紙。

其中一張只是買了一雙鞋的收據，她大概是在買鞋的那天早上直接把這張紙塞進口袋。另一張……瑟蕾娜拿近查看，上頭寫著哀哉！光陰如裂痕！她試圖解開眼睛謎語時把這句話抄在紙上。在當時，墓穴的一切都像重大祕密混雜重大線索。

當時那麼做根本只是浪費時間。她低聲咒罵，拿紙擦掉手上血汙。那個墓穴到現在還是一團謎，天花板樹紋與地板星圖和謎語之間到底有何關係？那些星光引向牆面小孔，但就算畫在天花板上也能達到相同效果，又何必上下顛倒？

布蘭農有沒有可能笨到把所有答案藏在同一個地方？

她攤開這張沾染怪物油血的廢紙。哀哉！光陰如裂痕！

這句話只刻在伊琳娜的棺材上，詞意根本莫名其妙。

……但如果本來就是故意莫名其妙呢？如果是故意誤導？

墓穴中的一切顛倒，和大自然的順序剛好相反，這是為了暗示……一切都是混亂，為了公然展示企圖藏起的某物。也因此，句意刻意被扭曲。

只有某人——某物——或許能說明她的判斷是否正確。

第四十六章

「這是顛倒變位法。」來到墓穴時，她氣喘吁吁。

莫特睜開一眼。「很巧妙，不是嗎？驀然回首，答案就在燈火闌珊處。」

瑟蕾娜輕輕推門，只打開足以讓她側身進入的一條縫。看到強烈月光投射何處，她不禁屏息顫抖，她在石棺尾端停步，撫摸石刻文字。「告訴我，這句話到底什麼意思。」

他沉默片刻，她正想破口大罵時，他開口：「『吾乃最初』。」

這給了她需要的答案：三把命運之鑰的第一把。她沿石軀而走，凝視伊琳娜的睡臉。看著這副精美五官，她低語：

出於哀慟，他將其一藏於王冠
由他深愛之女子所戴，
此冠伴她長眠
星光窨窖之中。

她將顫抖指尖移向王冠中的藍寶石。如果這真的就是命運之鑰……她要如何處理？必須加以摧毀？若要藏起，什麼地方才不會被任何人發現？這些疑問不斷打轉，困難得讓她想逃回房間，但她逼自己鼓起勇氣，那些問題晚一點再考慮。我絕不畏懼，她告訴自己。

王冠寶石在月光下閃爍，她小心翼翼推動一側，但寶石絲毫不動。她再次推動，指甲挖進寶石和周遭石質鑲環之間的些微縫隙，寶石挪動，接著翻轉，露出底下一小塊空間，寬度不及一枚錢幣，深度不及一吋。

瑟蕾娜窺視小洞，在月光照射下，只看見灰石材質。她伸入一指，刮過每一吋表面。裡面空無一物，沒有任何小碎片。

一陣寒意爬過她的脊椎。「果然在他手上，」她低語：「他比我早一步發現鑰匙，也利用鑰匙的力量來滿足私欲。」

「他發現鑰匙的時候，還不滿二十歲，」莫特輕聲說：「他當時實在是個古怪又好鬥的年輕人！總是在他不該出現的無人角落探索，閱讀他那個年紀——或任何年紀——都不該碰的書！不過呢，」莫特補充道：「這聽起來還**真像**我另外認識的某人。」

「而你之前居然**忘了**把這些事告訴我？」

「我那時候不知道他發現什麼，還以為他只是隨手拿了某個東西。妳念出那道謎語時，我才開始起疑。」

這傢伙真該慶幸自己是以青銅製成，否則一定會被她揍得面門凹陷。「你有沒有懷疑過他可能拿鑰匙做什麼事？」把寶石歸位的同時，她壓抑心中恐懼。

「我怎麼知道？**他**從沒對我說過話。雖然我承認，我也未曾屈尊對他說話。他繼位之後，回來過這裡一次——但只搜索幾分鐘就離開，我猜他是在找另外兩把鑰匙。」

「他怎麼知道鑰匙在這裡？」她問，走離大理石雕像。

「跟妳一樣，但比妳迅速許多，我猜這表示他比妳聰明。」

「你認為他有另外兩把鑰匙嗎？」她瞥向遠側牆邊的寶藏堆，達瑪利斯豎立其中。他為何不取走達瑪利斯這麼重要的傳家寶？

「如果另外兩把也在他手上，妳不認為咱們應該老早目睹末日？」

「所以你認為他還沒取得所有鑰匙？」雖然周遭冰涼，她卻開始冒汗。

「關於這點，布蘭農曾跟我說過，如果擁有三把鑰匙，就能控制命運之門。我猜這表示現任國王如果擁有三把鑰匙，一定會試圖征服其他世界，或奴役異界怪物來徹底征服我們這個世界。」

「如果那種情況發生，但願命運之神慈悲。」

「命運之神？」莫特哈哈大笑。「妳求救求錯門了吧？如果國王能控制命運，妳恐怕得找其他方法自救。而且他當初開始四處征戰的時候，魔法隨即消失，妳不覺得那實在太巧？」

魔法消失……「他用命運之鑰來壓抑魔法，全天下每個人的魔法，」她補充道：「唯他自己例外。」

因為血脈承傳，鐸里昂保有魔力。

她咒罵，然後問：「所以你認為，他或許擁有第二把命運之鑰？」

「我不認為一個人能單憑一把鑰匙**消滅**魔法——但我可能猜錯。總之，沒人清楚知道那些鑰匙到底有什麼力量。」

瑟蕾娜用兩掌揉壓眼睛。「唉，老天，看來這就是伊琳娜希望我查出的事情。接下來我該怎麼辦？去找出第三把鑰匙？還是偷走他身上那兩把？」

娜希米雅……想必妳老早知道這些事，也一定想出了辦法。但妳原本到底打算怎麼做？她心中那條熟悉的幽谷愈加深遠，痛苦永不結束。如果諸神真的願意稍微傾聽，她願意以自己的生命換回娜希米雅，這個選擇根本無需多想，因為這個世界並不需要一個懦弱的刺客，而是需要娜希米雅這種人。

但現在已經沒有哪位天神願意接受這種請求，讓她以靈魂換得跟娜希米雅再見一面的機會，讓她能再聽聽好友的聲音。

然而……或許她並不需要透過諸神才能跟娜希米雅說話。

凱因沒有命運之鑰，卻能召喚滅絕獸。娜希米雅也說過有些咒語能暫時開啟傳送門。如果凱因能那麼做，如果瑟蕾娜能利用命運之痕將地下墓穴那隻怪物定身、將門永久封印，說不定也能開啟一道傳送門、通往**另一個**世界？

她的胸腔緊繃。如果真有其他世界……忍受折磨或享受平靜的亡靈所在之處，說不定她能和娜希米雅說話？她做得到。無論付出何種代價，只要能和娜希米雅稍微說上話、詢問國王把鑰匙藏在何處、如何尋找第三把，或是其他情報。

她做得到。

她也有話想對娜希米雅說。她需要說的話、需要吐出的事實、來不及對摯友說出的道別。

瑟蕾娜將達瑪利斯從劍架拿起。「莫特，你認為一道傳送門能開啟多久？」

「不管妳在打什麼主意，不管妳打算做什麼，**住手**。」

但是瑟蕾娜已經走出墓穴。他並不明白，也無法明白。她這輩子不斷失去所愛，也總是來不及道別。這次不行，因為她能改變那一切，就算只是幾分鐘。

她需要的工具包括《行屍走肉》、匕首、蠟燭，還有比這間墓穴更寬敞的空間，凱因當時畫出的符號占地不小。上層的祕密通道有一條長走道，她一直不敢打開裡面那些門。那條走道寬敞，天花板挑高，足以施展咒語。

足以讓她開啟通往異界的傳送門。

鐸里昂知道自己正在作夢。他站在一間初次目睹的古老石室中，面對一名頭戴王冠的高大戰士。不知道為什麼，王冠有些眼熟，但令他震驚得無法動彈的原因，是那名男子的雙眸——跟他一樣是璀璨藍寶石。但相似度到此為止：那名男子深棕長髮及肩，臉龐稜角分明得有些嚴酷，體格比鐸里昂至少高了一個手掌，而且他的姿態……君臨天下。

「王子。」金冠閃耀的國王開口，眼神略帶野性，彷彿他更習慣跋山涉水，而非踏過宮中的大理石廳堂。「你必須醒來。」

「為什麼？」鐸里昂的口氣有些緊張。灰石牆上的詭異綠符發光，和瑟蕾娜在圖書館看到的那些符號十分相似。這到底是哪裡？

「因為一條永遠不該被越過的界線即將被入侵，整座城堡將因此陷入危險——連同你那位朋友的性命。」國王的語氣並不嚴厲，但是……從他眼中的野性、傲慢和膽量來判斷，鐸里昂總覺得這人如果受到挑釁，口氣隨時會變得更為凶狠。

鐸里昂問：「你在說些什麼？你是誰？」

「別浪費時間問廢話。」沒錯，這位國王一點也不喜歡兜圈子。「你必須去她的房間，臥室的掛毯後方藏有一道暗門，進去之後，在三岔路前選擇最右邊那條通道。**即刻**前往，王子，否則你將永遠失去她。」

不知道為什麼，鐸里昂醒來時沒想著亞達蘭的第一任國王蓋文居然對他說話，而是連忙換上衣服，抓起劍帶，跑離塔樓。

手臂的割傷傳來刺痛，但是瑟蕾娜穩住手，以指尖沾血，在牆面畫下命運之痕，完全比照書中符號。符號形成一道拱門，她的血在燭光下閃爍。

每一道符號都必須完美無瑕，否則無法發揮作用。為了避免凝血，她不斷擠壓傷口。不是任何人都能控制這種符號，《行屍走肉》明述施法者的血中必須含有所需力量。凱因顯然符合資格，這想必就是國王為何也控制嘉爾黛和羅蘭。他雖然用命運之鑰來壓抑魔法，但一定也找到某種方法來控制一些特定人選的天賦——命運之痕顯然有這種效果。

她畫下另一道符號，這道拱門即將完成。

這種力量能扭曲空間，也扭曲了凱因，但也讓他召喚了滅絕獸，而且獲得更多力量。

感謝命運之神，凱因已死。

還剩一道符號要畫，她即將見到渴望見到的某人，就算只有片刻。這道符號十分複雜，由圓圈和銳角組成。她拿出粉筆，先在地板練習至完全準確，再用血畫在牆上，以命運之痕的形式寫出娜希米雅之名。

她查看畫出的傳送門，然後站起身，另一手拿著書。

她清清喉嚨，開始朗讀書中文字。

她不懂這個語言。咽喉灼燒緊縮，彷彿試圖對抗這些音節，但她勉強念下去，文字使牙齒酸疼，彷彿灌過冷風之後試圖喝下熱飲。

然後，她說出最後幾個字，已經痛得眼睛泛淚。

難怪這種力量沒什麼人愛用。

血符開始一一綻放綠光，直到整道拱門化為一條光柱。邊緣的石面色澤不斷加深，直至消失。

綠拱門之中的黑影似乎向她伸手。

成功了。神聖諸神在上，真的成功了。

她在日後臨死一刻，是否也將面對**那一團黑影**？娜希米雅就是進入**裡面**？

「娜希米雅？」她輕聲道，咽喉仍因咒語而疼痛。

黑影之中一片虛空。

瑟蕾娜看看書，然後瞥向牆壁，查看她畫下的符號，確認沒寫錯。「娜希米雅？」她朝無盡黑淵低語。

沒有回應。

或許只是需要時間。書中沒寫明需要多久，或許娜希米雅必須跋涉一段距離。

瑟蕾娜靜心等候。

越是凝視這片無盡虛空，她越覺得自己正被回視。正如那個熟悉的夢境，她站在那條深谷邊緣。

妳只是個懦夫。

「拜託。」瑟蕾娜朝黑影低語。

遙遠的上方傳來一聲吠叫，瑟蕾娜連忙轉身，面對走道盡頭的階梯。不久後，飛毛腿衝下階梯，朝她奔來。

看到牠搖尾巴、發出開心的叫聲，瑟蕾娜意識到牠不是為自己而來，因為——

飛毛腿連忙停步時，瑟蕾娜瞥向傳送門。

時間彷彿暫停，她看到一道閃爍身影站在傳送門另一側。

飛毛腿趴在地上，仍在搖尾巴，輕聲嗚咽。娜希米雅的輪廓波動模糊，因為從其體內發出的光芒而曲折，但她的臉龐清晰——那是……她的臉。瑟蕾娜雙膝跪地。

感覺到溫熱淚水，她才意識到自己正在哭泣。「對不起，」她只能說出這句話。「真的對不起。」

娜希米雅依然站在傳送門的另一側，飛毛腿再次嗚咽。「我不能越過這條界線，」娜希米雅對獵犬溫柔說道，接著改變語氣：「妳也不能。」瑟蕾娜知道對方正在盯著自己。「我還以為妳應該更懂事。」

瑟蕾娜抬頭。公主散發的光芒沒穿過傳送門，彷彿彼此之間確實有某種界線。

「對不起，」瑟蕾娜低語：「我只是想——」

「時間所剩無幾，沒辦法讓妳對我說出妳想說的話。我來這裡，是因為我需要警告妳，**別再**開啟這道傳送門。如果妳再這麼做，應門者不會是我，而且會把妳害死。無論心中有多少悲痛，**任何人**都無權開啟通往這個世界的傳送門。」

她不知道這點，也不是故意……

飛毛腿用腳爪扒地。「再見了，我的好友。」娜希米雅對獵犬說，開始走回黑淵。

瑟蕾娜只是站在原地，無法移動或思考。沒說出口的話語使她的咽喉灼痛，令她窒息。

「艾蘭堤雅。」娜希米雅停步，回頭看她。門中黑影似乎正在旋轉，將娜希米雅慢慢吞噬。「妳目前仍不會明白，但是……我老早知道我的宿命為何，我也接受，迫不及待，因為只有透過這個方法，一切才能開始改變。但無論我做了什麼，艾蘭堤雅，我想讓妳知道，在過去的黑暗十年中，妳對我來說是其中一道明光。別讓妳的光芒熄滅。」

瑟蕾娜還來不及回應，公主已經消失。

黑影中空無一物，彷彿娜希米雅未曾出現，彷彿一切出於瑟蕾娜的幻想。

「回來，」她低語：「拜託——回來。」但黑影不變，娜希米雅已經離去。

一道腳步聲傳來，但並非來自傳送門，而是她的左方。

亞奇目瞪口呆的站在那裡。「我不敢相信。」他低語。

第四十八章

一秒內，瑟蕾娜已經拔出達瑪利斯、對準亞奇。飛毛腿朝他低吼，但待在瑟蕾娜身後一步的位置。

「你來這**做什麼**？」她無法想像居然在這看到他。他怎麼進來的？

「我已經追蹤了妳幾星期，」亞奇瞥獵犬一眼。「娜希米雅跟我說過這些祕密通道的事，還帶我來過這裡。自從她死後，我幾乎每晚都會過來。」

瑟蕾娜瞥向傳送門。既然娜希米雅警告她別再開啟傳送門，想必一定也不希望讓亞奇看到這種東西。瑟蕾娜走向牆邊，與門中黑影保持距離，伸手打算擦掉發光綠符。

「妳做什麼？」亞奇追問。

瑟蕾娜用達瑪利斯指著他，拚命擦抹，但符號絲毫不受影響。這道咒語比封鎖圖書館暗門的那道咒語複雜許多，光是擦抹符號並不能解除其效果。她原想取書查看，但亞奇站在她和那本書之間，她只能更用力擦抹。怎麼這麼不順利？

「住手！」亞奇衝上前，居然輕鬆繞過她的防禦，揪住她的手腕。飛毛腿吠叫警告，瑟蕾娜吹聲尖銳口哨，命令牠退後。

她迅速面向亞奇，準備讓他這條手臂脫臼，但是傳送門的綠光映上他的手腕。

手腕上是一道黑蛇刺青。

她以前在哪裡見過……

她將視線移向他的臉。

別相信……

她原以為娜希米雅畫的那個圖是皇家印記——稍微扭曲的雙足翼龍，但其實是這個刺青，**亞奇**的刺青。

別相信亞奇，這就是娜希米雅試圖對她提出的警告。

瑟蕾娜掙脫他的手，拔出匕首，連同達瑪利斯一併指向他。娜希米雅對亞奇那幫人隱瞞了多少事情？如果她不信任那些人，又為何向他們提供那麼多情報？

「拜託妳告訴我，妳從哪裡發現這種東西？」亞奇輕聲道，瞥向通往無盡黑淵的傳送門。「妳找到了命運之鑰？所以能開啟這條通道？」

「你對命運之鑰知道多少？」她勉強開口。

「鑰匙在哪？妳怎麼找到的？」

「我沒有鑰匙。」

「但妳發現那道謎語，」亞奇喘氣：「我藏在戴維斯的辦公室裡，就是為了讓妳發現。我們花了五年時間才找到那道謎語，而妳**想必**已經解開。我知道只有妳才能解開，娜希米雅也這麼認為。」

瑟蕾娜搖頭。他並不知道其實還有第二道謎語——描述鑰匙所藏之處。「國王擁有至少一把，但我不知道另外兩把在哪。」

亞奇的眼神黯淡。「我們也這麼認為。娜希米雅之所以會來這裡，也是為了查明國王是否偷走鑰匙，而且到底擁有幾把。」

她意識到這就是娜希米雅為何決定留下、沒返回伊爾維——不只是為了拯救自己的家鄉，而是為了這個世界，甚至其他世界。

「如此一來，我明天不需要搭船逃亡，我們可以讓大家知道，」亞奇吸口氣：「說明鑰匙在國王手上，還有——」

「**不行**。如果我們揭發真相，國王會用鑰匙製造你無法想像的重大災難。在找到其他鑰匙前，我們必須徹底保持低調。」

他向她走近一步。飛毛腿再次低吼警告，但保持距離。「那麼，我們就查清楚他把鑰匙藏在哪，以及其他鑰匙的下落，之後就能用鑰匙的力量來推翻他，創造出屬於我們的世界。」

他的口氣愈加狂熱。

她搖搖頭。「如果找到那些鑰匙，我會立刻予以銷毀，不會動用它們的力量。」

亞奇咯咯發笑：「她也這麼說過，她說鑰匙應該被摧毀——如果能找出方法，應該把鑰匙放回命運之門。但如果我們不利用鑰匙的力量來對付國王、讓那傢伙受苦，又何必去找鑰匙？」

她的腸胃翻攪。他顯然還有更多事情隱瞞。因此，她嘆口氣，搖搖頭，開始來回踱步。亞奇默默看著她，直到她停步，彷彿突然想通什麼。她提高嗓門：「他**確實應該**受苦，還有艾洛賓、克萊絲……那些人毀了我們的人生、讓我們變成現在這樣。」她咬唇。「娜希米雅永遠無法明白這點，也從未試著明白。你——你說得沒錯，我們應該善用那些鑰匙。」

他小心翼翼打量她，因此她走向他，歪起頭，考慮他的話語，觀察他的表情。

亞奇相信她這番話。「這就是為什麼她在遇害前一週退出了我們的組織。我們知道她遲早會向國王揭發我們，她遲早會利用那些情報向國王爭取對伊爾維的寬厚待遇，同時藉此剷除我們。她說過她寧可面對一名極權暴君，也不想看到十幾名暴君崛起。」

瑟蕾娜的口氣平靜得駭人。「她很可能壞了你的事，她也差點壞了我的事，她叫我別追查命運之鑰，還試圖說服我別再解開那道謎語。」

「因為她想獨占那些力量——滿足她的個人利益。」

瑟蕾娜露出微笑，雖然感到天旋地轉。她無法解釋自己為何突然懷疑亞奇，但如果這就是真相，她必須讓他親口承認，因此她說道：「你我為了我們所擁有的一**切**拚上老命……卻也被奪走一切，外人根本無法想像我們被迫做過什麼事情。我認為……我認為這就是為什麼我小時候對你那麼著迷。早在那時候，我就知道你會明白，你一定知道被艾洛賓和克萊絲那種人養大之後**賣掉**是什麼樣的感覺。你那時候就能體會我的感受。」她逼自己雙眼發光、嘴脣繃緊，彷彿強忍淚水。她用力眨眼，喃喃自語：「但我認為，我現在也終於懂你。」

她伸手，彷彿想牽他的手，但又將手放低，讓表情顯得既溫柔又苦樂參半。「你為何不早點告訴我？我們老早可以合作，試著一起解開那道謎語。如果我早知道娜希米雅有何打算、她再三對我說謊……在各方面都背叛了我。她當著我的面說謊，讓我以為……」她的肩膀下垂。漫長片刻後，她向他走近一步。「到頭來，娜希米雅跟艾洛賓和克萊絲毫無分別。亞奇，你早該告訴我，讓我知道一切。我早該想到幕後主使不是摩里遜——那傢伙沒這麼聰明。如果你早點告訴我，我會親自下手。」這番話是勇氣十足的賭注。「為你……為**我們倆**，我會親手處理。」

但是亞奇給她一個猶豫的微笑。「她花那麼多時間抱怨摩里遜議員的事，我早就知道他很容易被當成凶手。幸虧之前宮中舉行了那場競賽，他早就認識古雷夫。」

「你去找古雷夫的時候，他沒發現你不是摩里遜？」她盡量讓口氣平靜。

「人嘛，總是只看見自己想看見的東西。看到我身上的披風、面具和華服，他根本沒多想。」

老天。

「所以倉庫那晚，」她挑起一眉，表現出共謀者的好奇心。「你綁架鎧奧的真正原因是……？」

「為了把妳從娜希米雅身邊支開。我為妳挨那一箭時，我就知道妳會信任我，就算只在那晚信任我。如果我的方法有些……殘酷，我為此道歉，那是我這一行的常用伎倆。」

信任亞奇，結果失去娜希米雅，也失去鎧奧。亞奇讓她遠離她那些好友，她懷疑羅蘭對鐸里昂也是同樣目的。

「在娜希米雅死前，國王得知的匿名威脅，」瑟蕾娜的嘴角上揚。「那是你安排的吧？為了讓我知道我真正的朋友是誰——我到底能相信誰。」

「那是場賭博，正如我現在也在賭一場。我當時不知道那位隊長會不會警告妳，但後來證明我的判斷正確。」

「為什麼選上我？當然，我為此感到受寵若驚，可是……你這麼聰明，應該靠自己就能解開那道謎語？」

亞奇垂下頭。「因為我知道妳是誰，瑟蕾娜。妳去了安多維爾後，艾洛賓有一晚告訴我。她強忍背叛帶來的切身之痛，讓自己集中注意力。「為了達到我們的目標，我們需要妳，我需要妳。組織中有些成員已經開始反抗我、懷疑我的領導力，他們認為我的手法太過粗糙。」難怪那名年輕戰士和他爭吵。他向她走近一步。「可是妳……老天，我在柳樹屋外頭看到妳的時候，我就知道我們倆將是多麼強大的組合，我們能達成多少……」

「我知道，」她凝視他那雙綠眸，在傳送門的綠光照映下更顯明亮。「亞奇，我明白。」

直到她將匕首刺進他的身軀，他才看到這把利刃。

但他敏捷得及時閃避，被匕首刺穿的是肩膀而非心臟。

他以驚人速度蹣跚後退，迅速扭轉她的匕首，她因此掉了武器，還得用手撐在傳送門邊，以免跌倒。她的染血手心用力拍在石頭上，綠光從指間綻放，一道命運之痕發出幾秒強光。

她沒浪費時間查看血符，而是怒吼著衝向他，為了再抓起兩把匕首而丟下達瑪利斯。他立刻舉起自己的武器，她將匕首揮向他時，他以輕盈步伐閃避。

「我會把你慢慢撕開。」她嘶吼，在他周圍繞圈。

這時地板震顫，某種聲音從門中黑影傳來——從咽喉深處發出的低吼。

飛毛腿發出低沉哀鳴、表示警告，衝向瑟蕾娜，推擠她的小腿，催她退到階梯旁。

門中黑影挪動，一團迷霧在內部旋轉，接著揭開，門內是一片碎石灰地，一個形體從霧中現身。

「娜希米雅？」她輕聲問道。娜希米雅回來了——回來幫忙，回來解釋一切。

踏出傳送門的並非娜希米雅。

無法入眠的鎧奧凝視床篷，滿腦子都是在瑟蕾娜桌上看到的遺囑，無法停止思索。他當時乖乖離去，沒讓她知道那份遺囑對他有何意義。或許他活該被她痛恨，但是……她**必須**知道：他不想要她的錢。

他必須見她，幾分鐘也好，只要能讓他解釋。

他撫摸臉頰上的硬痂。

匆忙腳步聲從走廊傳來。某人敲門時，鎧奧已經下床、衣服換到一半。門外那人只敲一下，鎧奧已經開門，一把匕首藏於背後。

看到對方是滿臉汗水的鐸里昂，他立刻放下武器，但沒收進刀鞘，因為他看到鐸里昂眼中的驚慌失措，以及緊握於手中的劍帶和劍鞘。

鎧奧相信本能。他認為人類能生存至今日，就是因為發展出某種預警能力，這不是魔法，只是……直覺。

透過這種直覺，鎧奧在鐸里昂開口前就知道當事人是誰。

「在哪？」鎧奧只有如此詢問。

「她的臥室。」鐸里昂說。

「說明一切。」鎧奧命令，快步轉身回房。

「我不確定——我……我認為她有了麻煩。」

鎧奧已經穿上襯衫和外袍，接著迅速穿上靴子，然後抓起長劍。「什麼樣的麻煩？」

「會讓我跑來找你而非其他衛兵的那種麻煩。」

這可能包括任何情況，但鎧奧明白：鐸里昂知道一項消息多麼容易傳遍城堡中四處。他發現鐸里昂先是繃緊身子、隨即轉身想跑，因此立刻拉住鐸里昂的外袍。「奔跑，」鎧奧低聲警告：「會引來注意。」

「我來這裡找你，已經浪費了太多時間。」鐸里昂反駁，但也和鎧奧一樣讓腳步維持快速但平穩。前往她的房間需要五分鐘——如果維持這種速度，如果沒發生其他事情。

「有人受傷嗎？」他輕聲問，試著維持呼吸平順、集中注意力。

「我不知道。」鐸里昂回答。

「你必須給我更清楚的答案。」鎧奧發火。隨著每個步伐，他的脾氣漸漸失控。

「我作了夢，」鐸里昂的聲音極輕。「某人警告我，她身陷危險——而且即將傷害自己。」

鎧奧差點停步，但是鐸里昂的口氣十分認真。

「你以為我想來找你？」鐸里昂說，沒看鎧奧的眼睛。

鎧奧沒回應，但加快腳步，同時避免引來僕人和衛兵的注意力。來到她的房門前，他能感覺到自己心跳急促。他沒敲門，而是用力推門而入，門的鉸鍊差點因此脫落，把鐸里昂嚇一跳。

鎧奧迅速來到她的臥室門前，照樣跳過敲門這個步驟，但是門把文風不動。他發現門上鎖，再試著推動幾下。

「瑟蕾娜？」他低吼她的名，無人回應。他強忍驚慌，拔出匕首，豎耳傾聽周遭。「**瑟蕾娜**。」

毫無反應。

鎧奧再等一秒，然後用肩膀撞門。一次。兩次。門鎖斷裂，門板敞開，裡面空無一人。

「天啊。」鐸里昂喃喃自語。

牆面掛毯被掀起，露出一道打開的門——祕密石門，內部是一條昏暗通道。

她就是從這裡溜出城堡、殺了古雷夫。

鐸里昂拔劍。「在那個夢中，某人說我會發現這道門。」

鐸里昂上前，但被鎧奧一手攔住。鎧奧晚點再考慮鐸里昂的那些神觀夢境。「你不能進去。」

鐸里昂的眼睛噴出怒火。「放屁。」

彷彿做為回應，一道令人顫抖的低吼聲從通道深處傳來，然後是尖叫聲——是人類，接著是尖銳的狗吠。

鎧奧還來不及思考，身子已經衝進暗門。

裡面一片漆黑，鎧奧下樓時差點跌倒，但鐸里昂抓了蠟燭緊追而來。

「**別下來！**」鎧奧命令，依然往前衝。如果來得及，他寧可把鐸里昂鎖在衣櫥裡也不能讓這位王儲冒險，但是……剛剛那聲低吼到底出自何物？他知道那聲狗吠是飛毛腿，如果飛毛腿在下面……

鐸里昂沒停步。「夢中那人派我來這裡。」他解釋。鎧奧一次跨至少兩階，幾乎聽不見王子說什麼。是她發出尖叫？聽起來似乎是男性的聲音。但底下還有誰在？

一道藍光從階梯底部傳來。*到底怎麼回事？*

一陣咆哮震動古石。**那種吼聲**絕非出自人類，也不是飛毛腿，到底……

殺害那些鬥士的野獸一直沒被找到，那些命案也沒繼續發生。但那些屍體受到的破壞……

不，瑟蕾娜一定還活著。

拜託，他向任何願意垂聽的天神祈求。

鎧奧跳到階梯底部，看到三個通道入口，藍光從右邊那道傳來。他們倆衝進。

這麼龐大的地穴系統怎麼會被遺忘？而且她多久前就知道這裡？

他迅速衝下一道螺旋階梯，看到一道恆亮綠光，他拐進一面轉折處，發現……

他不知道該從何看起：狹長走廊，牆上的拱形綠符正在發光。拱門之中居然有一個**世界**，景色是一片迷霧和岩石陸地……

亞奇縮在對側牆邊，手捧一本書，以怪異語言朗誦。

瑟蕾娜俯臥在地。

一隻肌肉發達的高大怪物，顯然不是人類，兩手長爪，白皮如皺紙，膨脹下顎露出魚般尖牙，那雙眼睛……混濁而散發藍澤。

飛毛腿亮出尖牙，頸背毛髮豎立，拒絕讓惡魔再接近瑟蕾娜一吋，就算這隻獵犬尚未成年，就算右後腿的傷口不斷滲血。

鎧奧在兩秒內打量這隻怪物、觀察所有細節，查看周遭。「**快離開**。」他朝鐸里昂咆哮，然後衝向怪物。

第四十九章

她只記得自己揮劍兩下，只記得突然看到飛毛腿衝向怪物，那一幕令她分神，惡魔因此侵入她的防禦，用白爪揪住她的頭髮，把她的腦袋撞在牆上。

她的眼前立刻一片黑。

因頭疼而睜眼時，她不知道自己是否已死、在地獄醒來。她隨即發現鎧奧在蒼白惡魔身旁盤旋，兩者皆已負傷流血。一雙冰涼的手貼在她的頭部和頸子，鐸里昂蹲在她面前：「瑟蕾娜。」

她勉強站起，頭痛加劇。她必須幫助鎧奧，必須——

她聽到衣服撕裂聲和因疼痛而發出的呻吟，看到鎧奧摀住肩膀——被髒汙鋸爪割傷。怪物咆哮，狹長下顎流涎，又衝向鎧奧。

瑟蕾娜試圖移動，但不夠快。

鐸里昂快一步。

某種無形之力把怪物撞飛到牆上。老天。鐸里昂不只能操控魔法，而且是擁有**原始**法力，罕見而致命，未被弱化的純然力量，能按照操控者的意願化為任何型態。

怪物立刻爬起，衝向她和鐸里昂。鐸里昂只是站在原地，伸出一手。

怪物的混濁藍眼顯得貪婪。

透過傳送門，瑟蕾娜聽見岩地在更多蒼白赤腳下震動。亞奇的朗誦聲更加響亮。

鎧奧再次向怪物出手，長劍尚未擊中目標，怪物已經揮動長爪反撲，逼他連忙後退。

她抓住鐸里昂。「我們必須關閉傳送門。這條通道應該遲早會自動封鎖，但是——只要還沒關上，就可能引來更多危險。」

「怎麼做？」

「我——我不知道，我……」她拚命搖頭，雙膝搖晃。她面向亞奇，亞奇站在另一側牆邊，兩人被來回踱步的怪物隔離。「把那本書給我。」

鎧奧以快狠一擊劃傷惡魔的腹部，但牠的速度絲毫沒有放慢。就算相隔幾呎，黑血的刺鼻味還是傳進她的鼻腔。

瑟蕾娜看著驚慌失措的亞奇瞪大眼睛，抓著書逃向走道，關閉傳送門的希望也隨之消失。

鐸里昂來不及阻止亞奇離開，也因為惡魔在場而不敢轉移注意力。額頭流血的瑟蕾娜衝向亞奇，但對方身手太過敏捷。她的視線立刻瞥向鎧奧，但鎧奧正忙著拖住怪物。無需被告知，鐸里昂知道她不願跟鎧奧分開。

「我去——」鐸里昂開口。

「不行。亞奇是個危險人物，這些隧道也是個迷宮，」她喘氣。鎧奧和怪物彼此對峙，怪物慢慢退向傳送門。「沒有那本書，我就無法關閉入口。」她呻吟。「樓上有更多書，可是我——」

「那麼，我們必須逃跑，」鐸里昂低聲道，揪住她的手肘。「我們逃離此地，試著去找那些書。」

他拖她離開的同時，不敢把視線從鎧奧或怪物身上移開。她的身子搖搖欲墜，因為頭部撞傷而暈眩。她的咽喉周遭發光——護符，她曾說這只是廉價複製品，此時如一顆小藍星般耀眼。

「快走，」鎧奧告訴他們，凝視前方的怪物。「**快**。」

她腳步蹣跚，想拉鎧奧，但被鐸里昂往後拉。

「**不**。」她開口，但因暈眩而癱倒在鐸里昂身旁。彷彿意識到自己將拖累鎧奧，她停止反抗鐸里昂，讓他把自己拉上樓。

鎧奧知道自己無法獲勝。他最好的選擇是跟他們一起逃走，護送他們到上方那道石門，把這個怪物鎖在下面。但他不確定自己是否能退至階梯，怪物輕易閃開他的攻擊，看來智力不低。

至少瑟蕾娜和鐸里昂成功抵達階梯。如果他們能因此逃走，他願意接受這種死法。等黑暗來臨的那一刻，他願意接受。

怪物停頓幾秒，讓鎧奧能再拉開幾呎距離，成功退至階梯入口。

但她咆哮，重複某個名字，儘管鐸里昂試圖把她拖上樓。

飛毛腿。

鎧奧轉移視線，看到飛毛腿被困於牆邊陰暗處，因為後腿受傷而無法奔跑。

怪物也往那裡看去。

他無計可施，只能看著怪物揪住飛毛腿的後腿，把牠拖進傳送門。

他意識到自己無能為力，除了逃跑。

瑟蕾娜的尖叫仍在通道迴響時，鎧奧跑下階梯，穿過傳送門的迷霧，去追飛毛腿。

看到鎧奧奮不顧身去追飛毛腿時，她過去嘗過的恐懼和痛楚完全不值一提。

鐸里昂還來不及察覺，她已經迅速轉身、用力把他的腦袋撞在石牆上，他倒在階梯，鬆開她的手。

但她不在乎鐸里昂，只在乎飛毛腿和鎧奧。她衝下這幾階，奔過走道。她必須救他們出來——在傳送門永久封閉之前。

她衝進異界。

看到鎧奧以赤手空拳保護飛毛腿，劍已被一旁的怪物折成兩截、丟在一旁，她拋下所有自制力，瞬間釋放體內的怪物。

鎧奧從眼角瞥見她一臉狂野怒火、持古劍而來。

闖進傳送門的瞬間，她整個人出現變化，彷彿一道霧氣從臉上消失，五官更為銳利，步伐拉長而優雅。還有她的雙耳——變得纖細而尖銳。

怪物發現自己即將失去鎧奧這個獵物，因此撲向前。

但被一道藍火之牆擊退。

火焰消失後，鎧奧發現怪物倒地、不斷打滾，但旋即起身，衝向瑟蕾娜。

她舉劍擋在怪物和鎧奧之間，張嘴咆哮，露出尖長犬齒。他從沒聽過這種叫聲，完全不像人類。

蹲在飛毛腿旁、目瞪口呆的看著她，鎧奧意識到：因為她不是人類。

瑟蕾娜是永生精靈。

第五十章

她知道自己發生變化——渾身劇痛，臉上五官不再受到束縛，體內突然湧出一股力量——野蠻而殘酷的魔力爆發，化為一波火海，將衝來的惡魔向後擊飛。幾年前，她的力量經常以火焰的形式出現。

她能嗅查所有氣息，看清一切細節。敏銳的感官將她的注意力移向四處，讓她收到某個強烈警告：這個世界**有問題**，她必須**立刻離開**。

但她不能離開，除非鎧奧和飛毛腿獲救。

怪物在地上打滾幾圈後隨即站起，朝擋在鎧奧面前的瑟蕾娜嗅聞幾下，然後坐在地上。

她舉起達瑪利斯，咆哮挑釁。

做為回應，迷霧遠方傳來幾聲咆哮，她面前的怪物也開口吼叫。

她看向依然蹲在飛毛腿身旁的鎧奧，朝他咬牙，犬齒在灰光下微微閃爍。

鎧奧抬頭凝視她。她能嗅到他的恐懼和敬畏，還有他的血——如此平凡的人類。她感覺體內的上古魔力持續攀升、熾烈燃燒。

「**快逃**。」她咬牙道，口氣彷彿懇求而非命令——因為魔法是活生生的力量，渴望**被釋放**，她在對付怪物的同時很可能使鎧奧遭到波及，也因為那道傳送門可能隨時關閉，將他們永遠困在這。

她沒等候鎧奧的反應，因為怪物已經急速衝來，快得化為一道白影。她也衝上前，如揮拳般將體內的永生之力甩出，魔力如藍色野火般放射，但是怪物閃過這道攻擊，連同接下來的幾次追擊。

瑟蕾娜揮動達瑪利斯，怪物彎腰閃避，隨即向後跳幾步。遠方傳來的陣陣咆哮持續逼近。聽到身後傳來踐踏碎石聲，她知道鎧奧正在跑向傳送門。

惡魔開始來回踱步。踐踏碎石聲停止，這表示鎧奧已經安然回到原本的世界，連同飛毛腿。

這隻怪物實在太聰明而敏捷，四肢雖顯瘦弱卻力大無窮。

如果還有其他怪物到來……如果更多怪物在傳送門關閉前從中穿越……

她的法力再次累積，體內的魔法之泉持續加深。退向傳送門的同時，她打量敵我之間的距離。

對體內魔力的控制力雖然十分薄弱，但她仍有長劍在手——由永生精靈打造的聖劍，能承受魔法——當作導體。

她不假思索，直接將體內的純然魔力灌入這把金劍，劍刃熾熱，綻放電光。

怪物一愣，彷彿察覺到她舉劍有何企圖。她發出震碎迷霧的戰吼，將達瑪利斯刺入大地。

地面出現一片網狀的燃燒裂痕，直朝惡魔而去。兩者之間的地面開始一吋吋崩塌，逼得怪物快步逃離。幾秒後，瑟蕾娜退至傳送門，腳邊只剩一小塊陸地，原本那條裂縫已經化為持續擴大的峽谷。

她從碎地拔起達瑪利斯。她知道自己必須離開——**現在**。但還來不及移步進入傳送門之前，體內魔力再次波動，強烈得使她屈膝跪地。痛楚閃過，她變回原本笨拙而脆弱的凡人身軀。

這時一雙強壯的手撐住她的肩下，她熟悉的一雙手，把她向後拖，穿過傳送門，回到艾瑞利亞，她的魔力如燭光般迅速熄滅。

鐸里昂恢復意識，來到走道時，看到鎧奧將瑟蕾娜從傳送門拖回。她意識清醒，但渾身癱軟，任憑鎧奧拖過地面。跨過界線後，鎧奧立刻放下她，彷彿她滾燙如火，她躺在石地喘氣。

到底發生什麼事？傳送門彼端原本是一塊岩地，但現在……只剩一小塊岩架和一片巨坑，那隻蒼白怪物已不見蹤影。

瑟蕾娜用手肘撐起身子，四肢搖晃。雖然感到頭部疼痛，鐸里昂仍勉強走向他們。他當時拉著她，然後……被她打量。為什麼？

「關閉傳送門，」鎧奧對她說，臉上鮮血因為臉色慘白而更觸目驚人。「**關上**。」

「我沒辦法。」瑟蕾娜低聲道。鐸里昂撐在牆上，避免因頭暈而癱倒在地。他來到靠近傳送門的兩人位置，飛毛腿依偎在瑟蕾娜身旁。

「那些怪物將持續入侵。」鎧奧喘氣。鐸里昂意識到這兩人之間有些不對勁——鎧奧沒再碰她，沒扶她起來。

在傳送門彼端的巨坑遠方，咆哮聲持續加劇。沒錯，那些怪物遲早會找到某種方法穿門而來。

「我徹底虛脫，不剩絲毫力氣關閉這道門……」瑟蕾娜難受得臉龐扭曲，接著將視線移向鐸里昂。「但你做得到。」

瑟蕾娜從眼角瞥見鎧奧轉身面對鐸里昂。她接著掙扎起身，飛毛腿再次擋在她和傳送門之間，低聲咆哮。「幫幫我。」她朝王子低語，體力恢復少許。

鐸里昂沒看鎧奧，而是直接走上前。「我該怎麼做？」

「我需要你的血，剩下的我來處理。至少……我希望我能處理。」鎧奧正想提出異議，但瑟蕾娜給他一個苦笑。「別擔心，只是在手上小小劃一刀。」

鐸里昂收劍入鞘，捲起袖子，拔出匕首，在手上一劃。血從傷口湧出，迅速而鮮明。

鎧奧咬牙道：「妳從哪裡學會開啟傳送門？」

「我發現一本書，」她回答。這是實話。「我想和娜希米雅說話。」

三人一片沉默，感到憐憫，也想起那些恐怖回憶。

她接著補充道：「我……我猜我不小心畫錯一道符號。」她指向用血擦過的一道命運之痕，那道符號因染血而改變。「因此傳送門開向另一個地方。但接下來的方法或許能關上門——如果我們夠幸運。」

她沒告訴他們的是：這麼做大概不會成功。但因為她房中沒有其他相關書籍，也因為亞奇已經帶走《行屍走肉》，她現在只剩曾在圖書館那道鐵門用過的封印咒語。她絕不可能丟下這道敞開的傳送門，或是留他們任何一人來看守。傳送門遲早會自行關閉——但她不知道到底要多久，那些怪物隨時可能入侵，所以她只能採取這個方法，因為這是唯一選項。如果這個方法行不通，她會再試其他方法。

這個方法會成功，她告訴自己。

鐸里昂將溫暖而表示贊成的一手放在她背上，她用指尖沾染他的溫血，這才意識到自己的手有多冰。她將封印符文一一畫在綻放綠光的符號上。鐸里昂未曾放開她，甚至在她搖搖欲墜時更靠近她。鎧奧不發一語。

她的雙膝癱軟，但她終於用鐸里昂的血畫完符號。最後一筆完成時，咆哮聲在受詛的異界徘徊，迷霧、岩石和巨坑消失，只剩原本的石牆。

瑟蕾娜集中所有精神，讓呼吸保持平順。只要能繼續呼吸，她就不會崩潰。

鐸里昂放下手，嘆口氣，終於放開她。

「我們走吧。」鎧奧命令，抱起飛毛腿，牠痛得嗚咽，朝鎧奧低吼以示警告。

「我們大概都需要喝一杯，」鐸里昂輕聲道：「也需要知道這到底怎麼回事。」

但是瑟蕾娜凝視走道盡頭的階梯。亞奇逃跑的位置。只過了幾分鐘？感覺像一輩子。但如果只過了幾分鐘……她的呼吸急促。她只發現一條路線能離開城堡，她很確定亞奇往哪裡跑。亞奇就是暗殺娜希米雅的幕後主使，而且攜書逃離、留他們給怪物享用……她的虛脫被熟悉的怒火取代，燃燒一切的怒火，正如亞奇毀了她所愛。

鎧奧擋住她的路。「打消那個念頭——」

她喘氣，將達瑪利斯入鞘。「**他由我來收拾**。」

鎧奧還來不及攔住，她已經飛奔下樓。

第五十一章

雖然身為永生精靈的感官能力已經關閉，瑟蕾娜穿過下水道時，仍能聞到亞奇所用的高級香水，以及他身上的血。

他毀了一**切**。他派人暗殺娜希米雅，騙了她們倆，利用娜希米雅之死讓瑟蕾娜和鎧奧決裂，都是為了權力和復仇……

她會將他一片片撕裂。

我知道妳是誰，他曾說過。她不知道艾洛賓讓他知道多少關於她血統的事，但是亞奇根本不知道她心中藏有何種黑暗，不知道她為了彌補過錯而願意變成什麼樣的怪物。

她能聽見前方傳來模糊咒罵聲，還有敲擊金屬的聲音。來到下水道時，她看出這裡發生什麼事：格柵牢牢關閉，亞奇找不出開啟的方法。或許諸神偶爾確實會聆聽她的祈禱。她微笑，抽出兩把匕首。

她穿過拱形走道，水流兩旁的走道不見他的蹤影。她繼續前進，瞥向水中，懷疑他是否試過從水中游出格柵。

他從她身後發動襲擊的一秒前，她已經察覺。

她將雙匕舉在面前，擋住他的劍擊，隨即後退，讓自己能評估目前狀況。亞奇接受過刺客訓練，而從他拿劍不斷向她進攻的姿態看來，她知道他沒荒廢之前所學。

她疲憊虛脫，亞奇則是體力充沛，攻擊強勁得震撼她的雙臂。

他以劍揮向她的咽喉，但她彎腰，揮向他的腰身，他以迅如閃電的速度跳開。

「我派人殺她，是為了**妳和我**，」亞奇氣喘吁吁，她不斷尋找亞奇的破綻。「否則她會毀了我們。既然妳不靠鑰匙就能開啟傳送門，那妳該想想我們能做多少事情。**好好考慮**，瑟蕾娜。她的死是個值得的代價，讓她不會破壞我們的初衷，我們**必須**推翻國王。」

她衝上前，向左虛晃一招，但暗藏的殺招被他攔截。她咬牙低吼：「我寧可活在國王的陰影下，也不想被你這種人統治。等我解決你，我會揪出你剩下的同夥、一併照料。」

「他們一無所知，他們不知道我所知道的。」他回應，居然輕鬆閃過她所有攻擊。「娜希米雅另外對妳隱瞞了一些事。她不想讓妳牽連其中，我原以為那只是因為她不希望妳為我們工作。但現在，我懷疑到底**為什麼**。她另外還知道什麼？」

瑟蕾娜輕聲發笑。「如果你以為我會幫你，那你實在是個傻子。」

「噢，等我的手下開始**處理**妳，妳很快就會改變心意。羅爾克・法蘭也是我的一名客戶——當然，我是指他被殺之前。妳應該還記得法蘭吧？他最大的樂趣就是給別人造成痛楚。他跟我說過，將山姆・科特蘭凌虐至死是他這輩子最銷魂的體驗。」

嗜血欲瞬間襲來，她幾乎看不見眼前一切，不記得自己的名字。

亞奇向水流的方向虛晃一步，為了讓她退向牆面——她的身子將順勢被他的武器刺穿。但是瑟蕾娜也熟悉這招，因為當年就是她傳授給他。因此，在他揮擊的瞬間，她已經彎腰埋身，用刀柄重擊他的下顎。

他如石頭般倒地，劍掉在一旁，她已經將匕首對準他的咽喉。

「饒我一命。」他沙啞低語。

她將刀刃陷進他的皮膚，思索該如何盡量延長他的折磨。

「**求求妳**，」他哀求，胸口起伏。「我那麼做，純粹是為了我們倆的**自由**，妳我是同一陣營。」

只要手腕一扭，她就能割開他的咽喉，或像癱瘓古雷夫那般讓這傢伙動彈不得，她能在他身上製造像古雷夫對娜希米雅造成的傷害。她微微一笑。

「妳沒那麼冷血。」他低語。

「唉呀，那你可弄錯了。」她溫柔道，火炬光芒在匕首上舞動，她考慮該如何處理他。

「娜希米雅不會想看到這一幕，她不會希望妳這麼做。」

雖然她知道自己不該聽下去，這些話語依然擊中目標。

別讓妳的光芒熄滅。

在她靈魂中膨脹的黑暗不剩絲毫光明，只剩些微火苗，隨著日子經過而持續減弱。不管她現在是什麼，娜希米雅知道那道火焰已經多麼衰弱。

別讓妳的光芒熄滅。

瑟蕾娜感覺那份緊繃感離開身軀，但她依然用匕首抵住亞奇的咽喉，直到站起身。

「今晚就給我離開裂際城，」她命令：「連同你那群黨羽。」

「謝謝妳。」亞奇低聲道，站起身。

「天亮後，如果我發現你還在城中，」她背對他，大步朝階梯走去，「我會宰了你。」此話足矣。

「謝謝妳。」亞奇再次道謝。

她繼續往前走，豎耳觀察他是否打算從她背後襲擊。

「我向來知道妳是個好女人。」他說。

瑟蕾娜停步，轉身。

他眼中略帶勝利意味。他以為自己贏了，以為再次成功操控她。她以掠食者的平穩姿態一步步走向他。

她停步，近得能吻他。他給她一個謹慎的微笑。

「不，我不是。」她說，然後出手，快得讓他毫無機會反應。

她將匕首深深刺進他的心臟，他瞪大眼睛。

他癱倒在她懷中，她將嘴脣湊向他的耳畔，一手扶他，另一手扭轉刺心匕首，輕聲道：

「娜希米雅才是好女人。」

第五十二章

瑟蕾娜任憑亞奇倒於石地，鎧奧看著血沫從亞奇嘴中湧出。她低頭凝視屍體，對他說的最後一句話仍縈繞於空中、掃過鎧奧的冰涼皮膚。她閉目仰頭，深吸一口氣，彷彿擁抱來到面前的死神，血汙則是死神為她的報仇所留下的酬勞。

他及時趕來，聽到亞奇求饒——最後那句話成了此生的最後錯誤。鎧奧踩踏階梯，讓她知道他在場。她現在是人類的姿態，但還剩多少永生精靈的感官能力？

亞奇的血灑於石地，瑟蕾娜睜眼，緩緩轉身面對鎧奧。她的髮尾沾染亞奇的血，呈現鮮紅。她的眼神……一片空虛，彷彿整個人已被掏空。有那麼一秒，他懷疑自己是否也會被她殺掉——純粹因為自己也在場，或是因為看到她的黑暗面。

她眨眨眼，眼中的平靜感消失，取而代之的是深沉的疲憊和哀傷，一種他無法想像的無形負擔令她的肩膀下垂。她從潮溼石地拾起亞奇掉落的黑書，拎於指間，彷彿這是一塊穢物。

「我欠你一個解釋。」她只有說這幾個字。

瑟蕾娜堅持要治療師先處理飛毛腿的腿傷——雖然只是一條長爪痕，但傷口不淺。飛毛腿扭動身子，被逼著喝下摻有鎮靜劑的水，瑟蕾娜扶住牠的腦袋。治療師把麻醉後的飛毛腿放在瑟蕾娜的用餐間桌上，處理傷口時，鐸里昂也盡量幫忙。在場的鎧奧斜靠在牆上，雙臂交叉於胸。打從進入地底祕道，他和鐸里昂就不曾交談。

這位年輕的棕髮女性治療師也沒多問。飛毛腿包紮完畢、被放在瑟蕾娜的床上後，鐸里昂要治療師先處理瑟蕾娜的頭部傷口，但是瑟蕾娜揮手要他閉嘴，而且威脅治療師先查看他的傷勢，否則就把一切向國王稟報。鐸里昂一臉不悅，讓治療師清理瑟蕾娜把他撞昏時在他太陽穴造成的小傷。考慮到瑟蕾娜和鎧奧渾身是血，他感覺這太荒謬，不過腦袋確實依然作痛。

治療師處理完畢後，朝他露出既害怕又有些擔心的微笑。該再次決定接下來輪到誰接受治療的時候，鎧奧和瑟蕾娜之間的瞪人比賽漫長如永恆。

最後，鎧奧只是搖搖頭，一屁股在鐸里昂剛剛讓出的椅子坐下。鎧奧滿身是血，因此脫下外袍和襯衫，好讓治療師清理他的小傷。雖然渾身是擦傷和割傷，雙手雙膝都是擦傷，治療師仍然沒多問，那張漂亮臉蛋維持莫測難解又專業的表情。

瑟蕾娜轉身面向鐸里昂，放輕聲音：「等我在這裡處理完傷口，我會去你房間。」

鐸里昂從眼角瞥見鎧奧渾身緊繃，鐸里昂只能強忍醋意——隊長意識到瑟蕾娜暗示王儲先離開，也因此刻意避開視線。鐸里昂忍不住想，在他昏過去的那段時間中，到底發生了什麼事？她去追殺亞奇的時候又發生了什麼事？

「好吧。」鐸里昂回答，接著向一旁的治療師道謝。

至少他現在有時間整理自己，整理剛剛幾小時中發生的一切，而且計畫如何將他擁有的魔力解釋給鎧奧聽。

就在他走出用餐間的同時，他也不禁意識到：他的魔法——**他**這個人——並不是鎧奧和瑟蕾娜的重要考慮。因為打從在安多維爾的那一天開始，**那兩人**老早成了主角。

瑟蕾娜並不需要讓治療師查看頭部傷口。她被魔法掌控的瞬間，身上所有傷口早已癒合。她身上只剩血汙和撕裂的衣服，還有疲憊，無法形容的虛脫。

「我去洗澡。」她告訴鎧奧，鎧奧仍光著上身，讓治療師處理傷口。

她需要把亞奇的血從身上洗掉。

她在浴室不斷擦洗身子，就算肌膚因此疼痛，頭髮也洗了兩次。走出浴室後，她換上一套乾淨的外袍和長褲。把溼淋淋的頭髮梳過後，鎧奧走進她的臥室，在她書桌旁的椅子坐下。治療師已先行告退，鎧奧也穿回撕裂的深色襯衫，她能從裂口之間看到白色繃帶。

瑟蕾娜查看昏睡於床上的飛毛腿，然後走向關閉的露臺門前，凝視星空許久，尋找某個熟悉的星座——雄鹿，北境之主。她深呼吸。

「我的曾外祖母是永生精靈，」她開口：「雖然我的母親無法像永生精靈那般變身成動物型態，但我似乎繼承了那種變形能力，介於我的永生精靈和人類型態之間。」

「妳無法再變身了？」

她回頭瞥他。「魔法在十年前消失時，我就失去了那個能力。我猜那就是為什麼我當時逃過一劫。我小時候，只要是害怕、不高興或發脾氣的時候，就無法控制那種變形。我當時試著學習控制，否則我很可能因為不小心變身而讓自己的身分曝光。」

「但在那個……另外那個世界，妳能……」

她轉身面對他，看到他害怕的眼神。「沒錯。在那個世界，魔法之類的力量依然存在，而且跟我印象中一樣恐怖而令人窒息。」她輕輕在床邊坐下，兩人之間的距離卻彷彿千里。「我無法控制——不管是變形、那股魔力，或是我自己。我在對付那隻怪物的時候，很可能也讓你遭到波及。」她閉上眼，雙手微微顫抖。

「所以妳**真的**打開通往另一個世界的傳送門。怎麼做到的？」

「我看過的那些關於命運之痕的書……裡面記載開啟暫時傳送門的各種咒語。」然後她解釋在薩溫節發現祕道和墓穴，伊琳娜要她成為御前鬥士，凱因的陰謀，她在決鬥時如何擊敗凱因，還有今晚她是因為想見娜希米雅而開啟傳送門。她沒提起命運之鑰、國王可能擁有這種上古之鑰，而且國王可能對嘉爾黛和羅蘭進行什麼陰謀。

她說完後，鎧奧說道：「要不是因為我身上沾染那隻怪物的血，我還親自進入那個世界，我會以為妳瘋了。」

「如果有其他人知道——不只是開啟傳送門的咒語，還有我是誰，」她的口氣疲憊，「你知道我一定會被處決。」

他的眼睛發光。「我不會讓任何人知道，我發誓。」

她咬唇，點個頭，走回窗邊。「亞奇向我親口承認，是他派人暗殺娜希米雅，因為她很可能讓他失去對那個組織的控制權。他假扮摩里遜議員，僱用了古雷夫；他綁走你，是為了讓我離開城堡。那個匿名威脅就是他安排的，因為他想讓我把她的死算在你頭上。」

鎧奧咒罵幾聲，但她依然看向窗外，凝視那個星座。

「但就算我知道錯不在你，」她輕聲道，「我仍然……」她發現他一臉苦惱。

「妳仍然無法信任我。」他幫她說完。

她點頭。也因此，她知道亞奇贏了，也為此恨他。「當我看著你，」她低語，「我只想觸摸你。可是那晚發生那件事……我不知道我是否能原諒你。」他臉頰上最深的傷口已經結痂，她知道那會留下疤痕。「我為我當初做的事情向你道歉。」

他站起身，因為傷口疼痛而皺眉，然後走向她。「我們倆都犯了錯。」他的口氣令她心跳急促。

她鼓起勇氣轉身面對他，凝視他的臉龐。「你明明知道我的真實身分，為何還能那樣看著我？」

他的指間擦過她的臉頰，溫暖她的冰涼肌膚。「永生精靈，刺客……不管妳是誰，我——」

「別，」她後退。「別說出來。」

她無法再把一切交給他——現在不行，這對他們倆都不公平。就算她以後原諒他當時選擇國王而非娜希米雅，她也將因為尋找命運之鑰而遠走他鄉、前往一個她永遠不會讓他跟去的地方。

「我需要處理亞奇的屍體，以便交給國王。」她勉強開口。他還來不及回應，她將先前丟在門邊的達瑪利斯撿起，進入祕密通道。

深入地道後，她才讓淚水滑落。

鎧奧凝視她消失的位置，思索自己是否應該跟著進入古老黑暗地道。但他考慮她透露的所有祕密，知道自己需要時間才能消化這些消息。

他看得出她另外有事隱瞞。她說出的細節實在模糊，而且也沒說明她為何擁有永生精靈血統。他沒聽說過有人透過隔代遺傳的方式繼承力量，但話說回來，人們對永生精靈也早已淡忘，這能解釋她為何知道那些古老輓歌。

他溫柔摸一摸飛毛腿的腦袋，然後走出房間，走廊無人而寂靜。

還有鐸里昂——照她的字句判斷，鐸里昂似乎也擁有某種力量。怪物曾被某種隱形力場擊飛……但鐸里昂不可能擁有那種力量，當然不可能，因為瑟蕾娜自己的……**魔力**也在她返回這個世界時消失。

瑟蕾娜是永生精靈，繼承了她無法控制的力量。就算她不能變形，但如果被誰發現她的真實身分……

這能解釋她為何那麼畏懼國王，她為何未曾說明自己來自何方、有何經歷。而且住在**這裡**……這對她——或是任何永生精靈——都是最危險的所在。

如果有誰發現她的真實身分，就能利用這個情報對付她，或害她喪命，他將無法救她。他無法說謊，無法動用任何關係。再過多久就會有人開始挖掘她的過去？再過多久就會有人決定去找艾洛賓．漢默爾、逼他說出真相？

腦袋還沒做出選擇、做出計畫，鎧奧的腳已經知道該走向哪裡。幾分鐘後，他發現自己敲一扇木門。

父親的眼睛因為睡意而朦朧，朝他瞇起。「你知道現在幾點嗎？」

他不知道，也不在乎。他走進房間，關上門，打量昏暗室內，確認沒其他人在場。「我需要你幫忙，但在我說明之前，我需要你先答應我：別問任何問題。」

父親顯得有些納悶，然後交叉雙臂。「我不多問。你說吧。」

窗外天空開始微微發亮，黑暗轉淡。「我認為，我們應該派御前鬥士前往溫德林，消滅當地的皇室家族。」

父親不禁揚眉，鎧奧繼續說道：「我們已經跟他們打了兩年的仗，卻一直無法攻破他們的海軍防線。但如果我們殺掉他們的國王和王儲，或許能趁亂攻入，尤其因為我們的御前鬥士或許能取得他們的海軍防禦計畫。」他深呼吸，讓口氣顯得漠不關心。「我想在今早向國王提出這個方案，我希望你能支持我。」

因為鐸里昂永遠不會同意這項做法——除非他知道瑟蕾娜的真實身分，而鎧奧也永遠不會讓任何人知道她的身分，包括鐸里昂。但這項提議如此極端，他需要動用所有政治關係。

「真是野心勃勃而大膽的計畫。」父親微笑：「而如果我說服我在議會中的盟友也表示支持，我能有什麼回報？」看到兒子的眼睛閃爍，這個問題已獲得解答。

「我就會跟你回安尼爾，」鎧奧說：「我會放下侍衛隊長的職位……跟你回家。」

那不是他的家，不再是，但如果這麼做就能讓瑟蕾娜離開這個國家……溫德林是永生精靈的最後據點，全世界唯一能保護她的避風港。

他能和她「共創未來」的這個夢想早已不剩任何希望。她也承認雖然對他仍有些感情，但永遠不會信任他。她會永遠因為他做過的決定而恨他。

但他能為她做這件事。就算他以後再也見不到她，就算她拋下身為御前鬥士的職責、永遠留在溫德林……只要他知道她平安無恙，沒人能傷害她……他願意為此出賣自己的靈魂。

父親露出勝利的眼神。「包在我身上。」

第五十三章

瑟蕾娜來到鐸里昂的房間，把剛剛向鎧奧說明的事情向鐸里昂重述——雖然內容更為簡短。聽完後，鐸里昂長嘆一聲，倒回床上。「聽起來簡直像小說情節。」他凝視天花板。她在床鋪另一側坐下。

「相信我，我之前還有陣子以為自己發了瘋。」

「所以妳真的開啟通往異界的傳送門？透過命運之痕？」

她點個頭。「**妳**還把那隻怪物打得七零八落。」噢，她沒忘記那件事，也沒忘記他也擁有特殊能力。

「那只是我運氣好，」她看著這位善良又聰明的王子。「我還是無法控制那股力量。」

「在墓穴，」她繼續說：「有個傢伙……或許能告訴你如何控制你那種力量，或許他對你繼承的那種力量有些了解。」她不太確定該如何描述莫特這個東西，因此只是說：「改天我會帶你去見他。」

「他是——」

「看到他的時候，你就會明白——**如果**他願意屈尊跟你說話。他可能要觀察你一陣子才決定是否喜歡你。」

過了一會兒，鐸里昂伸手過來牽起她的手，湊到脣邊輕輕一吻，此舉不帶曖昧，只是為了表示感謝。「雖然我們倆的關係有所改變，但我在妳和凱因決鬥後對妳說的那番話是真心話，我會永遠因為妳進入我的生命而感激。」

她感覺咽喉一緊，捏捏他的手。

娜希米雅夢想建立一個能改變世界、看重忠誠與榮耀而非盲從與權力的宮廷。娜希米雅死的那天，瑟蕾娜以為那個夢想也永遠破滅。

但是看著面露微笑的鐸里昂，這位聰明體貼仁慈的王子，吸引鎧奧這種好男人願意對他效忠……

瑟蕾娜思索：或許娜希米雅那個不可能成功的絕望夢想或許能實現。

現在，真正的疑問是：他的父王知不知道自己兒子帶來什麼樣的威脅？

亞達蘭國王必須承認，這位侍衛隊長所提的計畫殘酷而大膽，也將對溫德林以及所有敵人產生殺一儆百的效果。因為兩國之間的禁運令，溫德林拒絕讓亞達蘭男子入境，但接受尋求庇護的亞達蘭婦孺。也因此，唯一適合的人選就是御前鬥士……

國王的視線掃向坐於長桌旁的侍衛隊長，對方正在恭候聖旨。聽到這個提案，韋斯弗的父親和另外四人立刻表示支持。想不到這位侍衛隊長這麼狡黠，老早安排了盟友。

另一方面，鐸里昂以難以隱藏的驚訝表情凝視隊長。很顯然的，韋斯弗並不認為鐸里昂會支持這項提案。可惜韋斯弗不是皇室子嗣——他擁有敏銳的戰士思維，也不怕做出殘酷決定。王子還沒學會這點。

讓刺客遠離王子也能帶來額外好處。他委託這名姑娘處理他的髒活，但並不想看到她接近鐸里昂。

她今早帶亞奇・芬恩的頭顱來見他，就在期限的最後一天，而且解釋她發現什麼：亞奇才是娜希米雅遇刺的幕後主使，而這兩人都和那個反動組織有關。娜希米雅牽連其中，這並不令他意外。

但這名刺客對這趟旅程有何意見？

「傳喚御前鬥士。」他下令。在接下來的沉默中，議員們交頭接耳，王子看著韋斯弗的眼睛，但對方避開視線。

國王面帶微笑，扭轉手上的黑戒指。可惜帕林頓不在場目睹這戲劇性的一幕。他前去處理卡拉酷拉的奴隸暴動，而那項消息必須徹底保密，信使們甚至因此被滅口。不過，國王是因為更重要的原因而希望帕林頓在場——他想查明昨晚是誰開啟傳送門。

他在睡覺時察覺到世界突然挪動。傳送門只開啟幾分鐘，然後又被關閉。凱因已死，城堡裡還有誰擁有那種知識，或是血中那種力量？就是那人殺了黃腿婆婆？

他將一手擱於名為「諾盾」的佩劍。

雖然沒發現屍體，但他打從一開始就不認為黃腿婆婆只是失蹤。她消失的那天早上，他親自去馬戲團查看受到破壞的馬車，看到木頭地板上的點點黑血。

黃腿婆婆是氏族領袖，五百年前消滅克拉坎家族的三支野蠻派系之一。克拉坎女巫以公平公正的方式統治了一千年，建立豐碩文明，但被那三支嗜血氏族推翻。他邀請馬戲團來這裡，就是為了跟她見面——向她購買幾面鏡子，詢問當年強大的鐵牙聯盟現在還剩下哪些人物。

但她還沒提供任何有用情報便遭殺害。不知道她為何遇害，這令他大為不悅。她的血乃濺於他的城堡，其族人很可能來這裡討回公道。如果她們前來，他會做好準備。

因為在菲力安峽谷的陰暗處中，他為新建大軍培育了一種新坐騎——那些雙足翼龍仍然需要騎士駕馭。

議會廳的大門開啟。刺客昂首走進，又是令人難以忍受的囂張姿態。她瀟灑的觀察廳內細節，然後在桌前幾呎停步，深深一鞠躬。「參見陛下。」

跟平常一樣，她避開對方的視線，唯一的例外是之前那天：她走進議會廳，幾乎把摩里遜活生生剝皮。他不禁有些希望不用把那愛哭的議員從地牢釋放出來。

「妳的夥伴韋斯弗隊長提出了一項……不尋常的計畫，」國王朝鎧奧揮手。「你何不自己解釋，隊長？」

侍衛隊長在椅子上微微挪動，然後站起身，面對她。「我提議派妳前往溫德林暗殺其國王與王儲。妳在當地也將試圖取得他們的海軍和國防計畫——如此一來，趁溫德林陷入混亂之際，我們能繞過他們銅牆鐵壁般的堡礁，占據他們的國土。」

刺客凝視他許久，國王注意到兒子變得極為靜止。接著，她露出惡毒冷笑：「很榮幸能以這種方式侍奉陛下。」

他一直未能查明她額上那道符文到底有何意義。那道命運之痕實在難以辨認，意思可能是「無名」、「未命名」或類似「匿名」，但無論如何，看到她臉上那道邪笑，國王知道她會享受這項任務。

「咱們乾脆把事情弄得更有趣些，」國王思索：「再過幾個月，溫德林就要舉行當地的冬至節舞會，如果挑那個佳節吉日宰了他們的國王和王儲，咱們要傳達的訊息應該就會更為強烈。」

聽到計畫突然有些變化，侍衛隊長挪挪身子，刺客再次對他微笑，一臉黑暗喜悅。她到底來自哪種地獄，居然享受這種惡行？「這個點子可真棒，陛下。」

「就這麼決定，」國王下令，所有視線集於他一身。「妳明天就出發。」

「但是，」兒子插嘴，「她顯然需要時間來研究溫德林，學習他們的人文習俗以及——」

「坐船過去就要兩星期，」他駁斥：「入侵城堡、想辦法如何參加舞會也需要時間。她可以把所需資料帶上船慢慢研究。」

她的眉頭微微揚起，但只是鞠個躬。侍衛隊長站在原地，比平常更僵硬。他的兒子怒目相視——瞪他，還有侍衛隊長，憤怒得令他懷疑兒子可能會當場發火。

但國王對此毫無反應，因為這個好辦法已經做出定論。他將立刻派騎士們前往菲力安峽谷和死亡群島，而且命令奈洛克將軍所率領的軍團做好準備。他沒打算讓溫德林這項計畫出任何差錯。

趁這個機會，他還能測試這些年來暗中打造的一些兵器。

明天。

她**明天**就啟程。

而且居然是**鎧奧**提出這個做法？但是為什麼？她想質問他，他想出這個辦法時腦子到底在想什麼？她未曾讓他知道國王當初做出的威脅：如果她一走了之、如果任務失敗，他會被國王處決。她雖然能幫微不足道的貴族或商人詐死，但不可能幫溫德林的國王和王儲這麼做。永遠不可能。

她來回踱步。知道鎧奧還沒回房，她因此決定進入墓穴，就算只是找些事情做。

她以為莫特會因為她開啟傳送門把她罵一頓——已經罵過很多次——但她**沒料到**伊琳娜會在墓穴內等候。「妳**現在**有足夠能量出現，怎麼昨晚就不能幫忙封閉傳送門？」

她瞥一眼王后皺起的眉頭，又開始來回踱步。

「我當時無能為力，」伊琳娜說：「就算在此刻，來到這裡，我的體力也消耗得比往常更快。」

瑟蕾娜怒目相視：「我不能去溫德林。我——我**不能去**。鎧奧**知道**我為妳做事，為什麼還逼我去那裡？」

「深呼吸。」伊琳娜輕聲道。

瑟蕾娜瞪她。「這也會毀了**妳的**計畫。如果我前去溫德林，就無法處理命運之鑰和國王的事情。而就算我假意承旨、私底下在這片大陸跋山涉水，國王不久後也會發現我根本不在溫德林。」

伊琳娜交叉雙臂。「如果妳在溫德林，就更接近朵拉奈爾城，我認為這就是為什麼那位侍衛隊長希望妳前去。」

瑟蕾娜爆出笑聲。他這麼做只是給她帶來天大麻煩！「他想要我躲在那些永生精靈之中，永遠不回來亞達蘭？我不可能那麼做。他不只會被**殺**，而且命運之鑰——」

「妳明天就搭船前往溫德林。」伊琳娜的雙眸綻放光芒。「先別管命運之鑰和國王的事。前往溫德林，完成該做的事。」

「是妳把這個念頭放在他的腦袋裡？」

「不。侍衛隊長這麼做，是因為他想以他唯一所知的方式救妳。」

瑟蕾娜搖搖頭，凝視透過通風井引進墓穴的陽光。「妳哪天能別再對我發號施令？」

伊琳娜輕笑。「等妳不再逃避妳的過去。」

瑟蕾娜翻個白眼，然後肩膀下垂，一小塊回憶浮現於腦海。「我昨晚見到娜希米雅時，她說……她知道自己有何命運，她接受那個命運，是因為一切才能開始改變。妳認不認為，是她誘導亞奇……」她無法說完，無法親口說出可能的恐怖事實：娜希米雅安排了自己的末日，知道這麼做可能改變世界——改變**瑟蕾娜**——死後的影響力更勝生前。

一隻冰涼纖手抓住她的手。「把那個想法放到一旁。無論真相為何，都不能改變妳明天要做什麼——前往何方。」

而就算瑟蕾娜在這一刻明白真相——伊琳娜的拒絕回答其實已經說明答案——她還是願意遵照王后的指示。她以後仍有機會再次審視這個真相、仔細端倪其黑暗而殘酷的每一面。但現在……這一刻……

瑟蕾娜凝視滲入墓穴的陽光。光芒如此微弱，卻能擊退黑暗。「好吧，溫德林。」

伊琳娜嚴肅微笑，捏捏她的手。「溫德林。」

第五十四章

會議結束後，鎧奧盡量避開父親的視線。鎧奧向國王和鐸里昂說明計畫時，父親一直盯著他，感覺被背叛的鐸里昂也瞪著他。鎧奧試著快步返回兵營，但被一隻手揪住轉身時，並不感到意外。

「溫德林？」鐸里昂咆哮。

鎧奧維持面無表情。「如果她有能力像昨晚那樣開啟傳送門，我認為她該離開城堡一段時間，這是為了我們每個人著想。」絕不能讓鐸里昂知道真相。

「她永遠不會原諒你像這樣送她去弄垮一整個國家，而且還以如此公開的方式——把殺人弄成一場戲。你瘋了？」

「我不需要她的原諒，我也不想再擔心她會不會因為思念故友而放一堆異界怪物進來這個世界。」

他痛恨從自己口中吐出的每一個謊言，但鐸里昂全盤收下，兩眼因此噴出怒火。這是他必須做的另一個犧牲，因為如果鐸里昂不恨他、不想看到他滾蛋，他就更難割捨此地。

「如果她在溫德林出事，」鐸里昂咬牙警告，拒絕退讓，「我會讓你後悔來到這個世上。」

如果她發生任何事，鎧奧也相當確定自己會後悔來到這個世上。

但他只是回答：「你和我遲早得開始學習當個領袖，鐸里昂。」隨即大步離去。

鐸里昂沒追上去。

破曉不久，瑟蕾娜已經來到娜希米雅的墳前。最後一抹冬雪已溶，露出棕色的貧瘠大地，等候春天回歸。

再過幾小時，她將航過大海。

瑟蕾娜雙膝跪於溼潤泥土，在墳前低頭。

然後她說出昨晚想對娜希米雅說的話。她打從一開始就該說的話。不會改變的話，就算她對娜希米雅之死有何發現。

「我想讓妳知道，」她朝風、土，以及深埋地底的遺體低語：「妳說得沒錯，妳是對的。我確實是個懦夫，我逃避太久，已經忘了奮起抵抗是什麼感覺。」

她深深磕頭，額頭貼地。

「但我保證，」她朝土壤低語：「我會阻止他。我永遠不會原諒、不會遺忘他們對妳做了什麼。我會解放伊爾維。我會讓妳父親重拾王權。」

她挺直身子，從口袋掏出一把匕首，劃過左掌。鮮血滲出，在金色黎明下呈現紅寶石色澤，她把掌心壓在地面。

「我保證，」她低語：「我以本人之名與生命起誓，就算只剩最後一口氣，我也會讓伊爾維重獲自由。」

她讓血滲進土壤，以意志力逼血將這番誓言送去娜希米雅終得平靜的某個異界。從這一刻起，她心中只有這條誓言，沒有其他契約，沒有其他義務。永不寬恕，永不遺忘。

雖然她不知道該怎麼做，或需要多少時間，但她會堅持到底，因為娜希米雅已經無法親力親為。

因為時候已到。

第五十五章

早餐時間後，鐸里昂捧著一疊書來到瑟蕾娜的房間，發現受損的臥室門鎖尚未修復。她站在床前，把衣服塞進一只大型皮革背包。飛毛腿最先迎接他，雖然他確信瑟蕾娜老早聽見他走來。

飛毛腿跛腳走向他，搖著尾巴。鐸里昂把書放在桌上，然後單膝跪在厚絨地毯上，撫摸飛毛腿的腦袋，讓牠舔他幾下。

「治療師說牠的腿會痊癒。」瑟蕾娜開口，注意力依然集中於行李。她的左手纏上繃帶——他昨晚沒注意到這個傷口。「那位治療師幾分鐘前才離開。」

「很好。」鐸里昂回應，站起身。她身穿厚外袍、長褲和厚披風。她的棕靴堅實而且造型適當，比平常的裝扮低調太多。這身是長途旅行的裝扮。「妳原本打算不告而別？」

「我覺得這麼做比較容易。」她回答。再過兩小時，她將航向溫德林，充滿神話和怪物之地，夢想之國度，化身血肉之軀的夢魘。

鐸里昂走向她。「這個計畫實在太瘋狂，妳不需要前去，我們可以說服我父王改變計畫。如果妳在溫德林被抓——」

「我不會被抓。」

「到時候沒人能幫妳，」鐸里昂將一手壓在背包上。「如果妳被抓，如果妳受傷，我們根本幫不了妳，到時候妳只能靠自己。」

「別擔心。」

「我**當然**擔心。妳在那裡的每一天，我就會擔心妳有何遭遇。我不會……我不會忘記妳，一刻都不會。」

她的咽喉緊繃，這是她唯一允許自己表現出的情緒。她低頭瞥飛毛腿，地毯上的愛犬正在抬頭看他們。「你能不能……」她嚥口水才看他的眼睛。在清晨陽光下，她眼中金環發光。「我不在的時候，你能不能幫忙照顧牠？」

他牽起她的手一捏。「我會把牠當做我的寵物，我甚至會讓牠睡在我床上。」

她對他微微一笑。他覺得如果她再流露更多情緒就會崩潰，因此朝帶來的那疊書揮手。

「希望妳不介意，我需要找個地方存放這些東西，妳的房間應該……比我的更安全。」

她瞥向桌子，但沒伸手去取，這令他鬆一口氣，因為他帶來的這些書只可能引來更多疑問。族譜、皇家編年史……任何可能解釋他為何擁有魔力的資料。「沒問題。」她一口答應。「我猜那本《行屍走肉》應該還在這裡的某處流浪，或許它會喜歡有你陪伴。」

要不是這番話是事實，他或許會莞爾一笑。「我就不打擾妳收拾行李了，妳的船出港時，我也得忙著開會。」他對抗胸腔的痛楚。這是個謊話，而且技巧很糟。但他不想去碼頭，因為他知道另外有人會在場目送她離去。「那麼……看來我們得說再見了。」他不知道自己是否被允許擁抱她，所以他把雙手插進口袋，對她微笑。「好好照顧自己。」

她微微點頭。

他們倆現在是朋友，他知道彼此之間的界線已經改變，但是……他轉身，清楚知道自己一臉失望，因此不想讓她看到。

他走兩步之後，她開口，態度輕柔而緊繃。「謝謝你為我做的一切，鐸里昂。謝謝你成為我的朋友，謝謝你不像其他人那樣。」

他停步，轉身面對她。她高抬下巴，但雙眼早已溼潤。

「我會回來，」她輕聲說：「我會為了你回來。」他知道她有些話沒說出口，文字無法形容的情感。

但是鐸里昂依然相信她。

碼頭擠滿忙著裝卸貨物的水手、奴隸和工人。天氣溫暖，微風輕拂，風中帶有春意，晴空萬里無雲，很適合航海的一天。

瑟蕾娜站在船前，這艘船即將帶她走過第一段旅程。船將前往某個預定地點，一艘來自溫德林的船將與之會合，接納逃離亞達蘭暴政的難民。登上這艘船的婦女們大多已經進入甲板下方的船艙。她動動纏上繃帶的左手指頭，因為從掌心擴散的隱隱作痛而皺眉。

她昨晚幾乎沒睡，而是緊抱著飛毛腿。一小時前的道別幾乎令她心碎，但是飛毛腿的傷口仍未痊癒，她不能勉強帶牠去溫德林。

她並不想見鎧奧，也沒向他道別，因為她對他有太多疑問，什麼都不問最簡單。他不知道他給她設下了多麼困難的陷阱？

船長喊道：五分鐘後啟程。水手們連忙趕工，好讓這艘船準時出港，駛過艾弗利河，然後進入大海。

前往溫德林。

她用力嚥口水。去做妳該做的，伊琳娜對她說過。這表示她必須殺害溫德林皇室？還是做其他事情？

一陣散發鹹味的微風吹亂她的頭髮，她向前走。

但某人從碼頭旁邊建築物的陰影中現身。

「等等。」鎧奧說。

瑟蕾娜身子僵直，看著他走來。她發現自己正在凝視他的臉。

「妳明不明白我為何這麼做？」他輕聲問道。

她點個頭，但開口：「我必須回來這裡。」

「**不行，**」他的眼睛閃爍。「妳——」

「**聽我說。**」

她只剩五分鐘。她無法向他解釋——無法說明：如果她不回來，就會害他被國王處決。這項消息反而可能害死他。而就算他逃跑，國王也會轉而殺害娜希米雅的家人。

但她知道鎧奧這麼做是試圖保護她，她也不能讓他什麼都不知道，因為如果她真的死在溫德林，如果她發生任何事情……

「仔細聽好我接下來要說的。」

他揚起眉毛，但她沒讓自己多想，沒懷疑自己的決定。

她盡量以言簡意賅的方式讓他知道命運之鑰、命運之門、黃腿婆婆；她藏在墓穴的紙張——描述三把命運之鑰所在的謎語，她知道國王擁有至少一把；有隻怪物的屍體被封在圖書館底下，他永遠不應該打開地下墓穴的入口——**永遠**；羅蘭和嘉爾黛可能被捲入某種更大更恐怖的陰謀。

說出這些事情後，她解開脖子上的伊琳娜之眼，塞進他的掌中。「永遠別摘下，這東西會守護你。」

他搖搖頭，一臉蒼白。「瑟蕾娜，我不能——」

「我不在乎你是否會去找那些鑰匙，但我需要讓**某人**知道，除了我以外的任何人。所有證據都在墓穴。」

鎧奧用另一手抓住她的手。「瑟蕾娜——」

「**聽好**，」她重複：「要不是因為你說服國王派我出這趟遠門，我們倆原本可以……一起查清楚那些事情，但現在……」

船長的咆哮再次傳來，剩兩分鐘。鎧奧只是凝視她，眼中滿是悲痛和恐懼，令她說不出話。

接著，她做出這輩子最魯莽的事。她踮起腳尖，在他耳畔低語。

這些文字將讓他明白為什麼這件事對她這麼重要，她說她會回來是什麼意思。但一旦他明白，他會因此永遠恨她。

「這話什麼意思？」他追問。

她憂傷一笑。「你會明白的，而等你明白的時候……」她搖搖頭，知道自己不應該說，但還是說出口。「等你明白的時候，我希望你記得，那對我不會造成任何改變。我對你的看法永遠不會變，我當時還是會選你，我永遠會選你。」

「拜託——拜託，告訴我，那句話是什麼意思。」

但時間所剩無幾，所以她搖搖頭，向後退。

鎧奧向她走近一步，開口道：「我愛妳。」

她強忍啜泣。「抱歉。」她只希望他之後仍能記得那句話——之後，也就是他明白一切的時候。

她的雙腿恢復前進的力量。她深呼吸，看鎧奧最後一眼，然後大步走上梯板，沒注意已經上船的其他人。她放下行囊，在欄杆旁的一個位置找個地方，俯視碼頭，看到鎧奧仍站在梯板入口處，梯板正在向上收起。

船長下令啟航。水手們匆忙來回，將繩索解開、拋甩又綑綁，然後船一晃。她的兩手緊抓欄杆，因為用力過度而疼痛。

船開始移動。鎧奧——她又愛又恨，令她思緒混亂的男人——只是站在那，目送她離去。氣流擒住風帆，城市愈加遙遠。海洋微風拂過她的頸項，但她無法停止看著鎧奧。她凝視他，直到玻璃城堡化為遠方一道光點。她凝視他，直到她周遭只有閃亮海洋。她凝視他，直到太陽沉入地平線，零碎星光高掛於空。

直到眼皮下垂，腳步搖晃，她才停止凝視鎧奧。

海鹽氣息充斥她的鼻腔，跟安多維爾的鹽味截然不同，一道生氣勃勃的海風攪動她的頭髮。

瑟蕾娜・薩達錫恩咬牙吸氣，轉身背對亞達蘭，航向溫德林。

第五十六章

鎧奧不明白她為何說出那幾個字，那是個日期，連年份都沒有，只有月份和日期——好幾星期前的日期，是瑟蕾娜出城那日，她在那個日期的一年前曾在安多維爾失控。她父母雙亡的日期。

他待在碼頭，思索那個日期，同時看著愈加渺小的風帆，就算船早已離港。她既然讓他知道命運之鑰那些事情，又為何暗示得如此模糊？有什麼事情會比他侍奉的國王所隱瞞的祕密更嚴重？

命運之鑰，這雖然令他害怕，卻也合理，能解釋許多事情：國王為何擁有強大力量，為何經常遠行，為何所有護衛人員神祕死亡，還有凱因為何變得那麼強大。還有另外那天：鎧奧暗中觀察帕林頓，發現對方的眼眸偶爾突然發黑。她把那些事情告訴他的時候，是否知道她留給他什麼樣的選擇？他回安尼爾之後又能做些什麼？

除非……他能找個方法擺脫向父親做出的承諾。他從沒說過自己**什麼時候**返回安尼爾。他可以明天再考慮這點，至於現在……

鎧奧返回城堡後，前去她的房間，查看她書桌上的物品，沒有任何東西跟那個日期有關。他查看她那份遺囑，但那是在那個日期之後的幾天簽下。她房間裡的寂靜和空蕩幾乎快將他一口吞下；他正準備離開時，注意到半藏於桌子陰影處的一疊書籍。

族譜和無數皇家編年史。她什麼時候把這些書拿來這裡？他之前那個晚上沒看到這些東西。這是某種線索？他站在桌前，抽出皇家編年史——都是過去十八年的紀錄——然後開始一份一份往回看，沒有任何線索。

接著，他看到十年前的文件，比其他年份都厚，這倒也合理，畢竟十年前發生那麼多事。當他翻到她提供的日期那一頁，時間彷彿暫停。

今晨，歐隆·加勒席尼斯國王，其姪兒與繼承人，洛伊·加勒席尼斯，以及洛伊之妻艾芙莉·艾希里弗，被發現遇刺。歐隆死在歐林斯城皇宮寢室床上，洛伊和艾芙莉陳屍於弗若茵河畔的莊園住宅中的床上。洛伊和艾芙莉之女，艾琳，則下落不明。

鎧奧抓起第一本族譜，裡面列出亞達蘭和特拉森的皇室血系。瑟蕾娜試著讓他知道的是，她知道那晚發生什麼事？她可能知道失蹤的艾琳公主藏身何處？那一切發生的那晚，她在場目睹？

他翻閱內頁，再次審視已經看過的宗族紀錄。他突然想起寫在艾琳上方的名字：艾芙莉·艾希里弗。**艾希里弗**。

艾芙莉來自溫德林，是皇室公主。他以顫抖的雙手抽出一本記載溫德林皇室族譜的書籍。在最後一頁，艾琳·艾希里弗·加勒席尼斯這個名字寫在底端，其上方就是艾芙莉。但這條家譜只有記錄女性成員。女性，沒有男性，因為——

艾芙莉上頭的第二人是瑪帛，艾琳的曾外祖母，永生精靈三姊妹女王之一：玫芙、茉菈，以及瑪帛。最年輕也最美的瑪帛死後化為女神，今日被稱為女神黛安娜，狩獵者之守護者。

那個回憶如磚塊般砸上他的臉。那個冬至節早上，瑟蕾娜領受女神黛安娜的金箭——瑪帛之箭——整個人顯得非常不自在。

鎧奧檢視族譜上的每一人，直到——

我的曾外祖母是永生精靈。

鎧奧震驚得必須以一手撐桌。不，不可能。他將視線移回依然攤開的編年史，翻到下一個日期。

艾琳・加勒席尼斯，特拉森王位繼承人，今日喪命，可能死於夜間某時。救兵尚未抵達她所住莊園之前，前一晚沒發現她的那名刺客已返回將她了結。她的遺體仍未被尋獲，據推測應被丟進莊園後方河中。

她說她當時被艾洛賓……**發現**。她奄奄一息，差點凍死於河畔。

他提醒自己別太快下定論。或許她只是想讓他知道她依然在乎特拉森，或是——

艾希里弗的族譜上方寫了一首詩，彷彿某個學生邊讀邊抄筆記。

艾希里弗之眼

絕美眼眸，史詩頌讚，

璀璨之藍，鑲以金環。

璀璨之藍，鑲以金環。他不禁驚呼。他凝視過那雙眼睛多少次？她在國王面前總是避開視線，因為那雙眼睛就是她無法隱瞞的證據。

瑟蕾娜・薩達錫恩並不是艾琳・艾希里弗・加勒席尼斯的同夥。

瑟蕾娜・薩達錫恩**就是**艾琳・艾希里弗・加勒席尼斯。

瑟蕾娜就是艾琳・加勒席尼斯，對亞達蘭最大的威脅，只有她可能召集一支能對付國王的大軍。現在，只有她知道國王的力量來源——而且試圖加以摧毀。而他將她送回她最強大盟友的懷抱：她母親的家鄉，遠親的王國，姨媽的領地——永生精靈玫芙女王。

瑟蕾娜就是下落不明的特拉森王位繼承人。

鎧奧雙膝癱軟，跪倒在地。

銘謝

特將本作獻給蘇珊・丹納，因為妳就是那麼美好的朋友、我值得等待的朋友、我的靈魂之友。謝謝妳帶來的（瘋狂）大冒險，跟我一起笑到肚子痛，妳為我的世界帶來太多喜悅。愛妳唷～

我對我的天龍特攻隊表示無盡感激：我的超強經紀人塔瑪・李津斯基，我的超棒編輯瑪格麗特・米勒，還有天下第一的蜜雪兒・納格勒。能有妳們的支持，我真的非常幸運。謝謝妳們為我做的一切。

給我的好友和審稿夥伴，艾力克斯・布萊肯，總是提供睿智而絕妙的建議和主意，也總是勸我別放棄。謝謝你在這趟旅程中照明指路。感謝艾琳・波曼，我為我們固定在星期五聊天，在「狂野餐廳」的惡作劇，還有同樣身為在二〇一二年的北卡羅來納州格倫維爾湖的殘酷小龍蝦事件的生存者之一感謝妳。我真慶幸當初有寄電子郵件給妳。

我也要感謝艾米・考夫曼、凱特・張，以及珍・趙，謝謝妳們不但提供支持、批評和鼓勵，也一向是最棒的朋友。謝謝丹・克羅格斯，你是同甘共苦的摯友。感謝傳奇的羅賓・哈柏，謝謝你帶兩位新人作家來喬治亞州的迪凱特市共進晚餐——謝謝你對我和蘇珊提供的建言和親切對待。

因為許多人的努力，我的書才能成真、交在讀者手中，我打從心底向你們表示感激：艾瑞卡·巴爾馬、艾瑪·布萊蕭、蘇珊娜·克蘭、貝絲·艾勒、阿蘭娜·弗萊曼、夏農·戈德溫、娜塔莉·漢米頓、碧姬·哈茲勒、凱蒂·赫西伯格、梅麗莎·卡沃尼克、麗納特·金、伊恩·蘭伯、辛蒂·羅、唐娜·馬克、派翠西亞·麥可修、蕾貝嘉·麥可納利、蕾吉娜·羅夫·法拉斯、瑞裘·史塔克，以及布雷特·萊特。也大感謝布魯姆斯伯里出版社的全球團隊，能跟你們合作，實在是我的榮幸。

給我的爸媽、家人和朋友一個大擁抱——謝謝你們堅定的支持。謝謝我的好丈夫喬許——文字無法形容我有多愛你，無論何種語言。

謝謝珍娜·卡德薩旺，妳以令人驚豔的珠寶設計讓《玻璃王座》的世界成真。感謝凱莉·迪古特繪製的地圖、妳的熱情，以及妳的美好。

感謝我的讀者，謝謝你們讓這趟旅程美好得彷彿童話故事，謝謝你們的來信、同人誌、參加我的活動，謝謝你們讓全世界知道這部小說，謝謝你們讓瑟蕾娜進入你們的心中。你們讓我長時間的努力完全值得。

最後，我要感謝我在 FictionPress.com 的讀者，你們陪伴我這麼多年，實在令我永生感激。不管這條路帶我去哪裡，我會永遠感恩於心，因為這條路讓你們進入我的生命。謝謝，謝謝，謝謝。

奇炫館

祕夜魔冠（玻璃王座系列二）

（原名：CROWN OF MIDNIGHT）

著者／莎菈・J・瑪斯（Sarah J. Maas）　譯者／甘鎮隴
發行人／黃鎮隆　副總經理／陳君平
總編輯／洪琇菁　國際版權／黃令歡
執行編輯／許晶翎　美術編輯／許晉維、李政儀
企劃宣傳／邱小祐、劉宜蓉　文字校對／施亞蒨

出版／城邦文化事業股份有限公司　尖端出版
台北市中山區民生東路二段一四一號十樓
電話：（〇二）二五〇〇—七六〇〇
傳真：（〇二）二五〇〇—二六八三
E-mail：7novels@mail2.spp.com.tw

發行／英屬蓋曼群島商家庭傳媒股份有限公司城邦分公司　尖端出版
台北市中山區民生東路二段一四一號十樓
電話：（〇二）二五〇〇—七六〇〇（代表號）
傳真：（〇二）二五〇〇—一九七九

中彰投以北經銷（含宜花東）／楨彥有限公司
電話：（〇二）八九一九—三三六九
傳真：（〇二）八九一四—五五二四

雲嘉經銷／威信圖書有限公司　嘉義公司
電話：（〇五）二三三三—三八五二
傳真：（〇五）二三三三—三八六三

南部經銷／威信圖書有限公司　高雄公司
電話：（〇七）三七三—〇〇七九
傳真：（〇七）三七三—〇〇八七
客服專線：〇八〇〇—〇二八—〇二八

香港經銷／城邦（香港）出版集團有限公司
香港灣仔駱克道一九三號東超商業中心1樓
電話：（八五二）二五〇八—六二三一
傳真：（八五二）二五七八—九三三七
E-mail：hkcite@biznetvigator.com

新馬經銷／城邦（馬新）出版集團Cite（M）Sdn. Bhd.
E-mail：cite@cite.com.my

法律顧問／王子文律師　元禾法律事務所
台北市羅斯福路三段三十七號十五樓

二〇一五年八月一版一刷
二〇一八年八月一版二刷

■中文版■

郵購注意事項：
1.填妥劃撥單資料：帳號：50003021戶名：英屬蓋曼群島商家庭傳媒(股)公司城邦分公司。2.通信欄內註明訂購書名與冊數。3.劃撥金額低於500元，請加附掛號郵資50元。如劃撥日起 10～14日，仍未收到書時，請洽劃撥組。劃撥專線TEL：(03)312-4212 ・ FAX：(03)322-4621。E-mail：marketing@spp.com.tw

國家圖書館出版品預行編目(CIP)資料

祕夜魔冠（玻璃王座系列二）/
莎菈・J・瑪斯（Sarah J. Maas）作；甘鎮隴 譯.
— 1 版. — 臺北市：尖端出版, 2015.08
面； 公分.
譯自：CROWN OF MIDNIGHT
ISBN 978-957-10-6100-9(平裝)

874.59　　104010878